犬塚堯

全詩集

思潮社

昭和34年（南極の頃）

昭和14、15年頃（後列中央）

一高入学当初

一高時代・フランス文学研究会（和服にて）

朝日新聞社会部記者時代（左）

南極、タローとジローと

H氏賞受賞祝賀会
新川和江氏より花束

昭和32年頃

昭和47年（自宅・書斎にて）

庭園

犬塚 堯

年老いた村が僕の庭を養っている
伯母のような神が思い出に胸ふくらし
僕らが日々使って失うものを
朝毎に快い音を立てて送ってくる

窓々は鳥の眼のように瞑く

犬塚 堯 全詩集

犬塚　堯　全詩集

思潮社

目次

『南極』1968

『折り折りの魔』1979

I

『河畔の書』1983

『死者の書』1991

未刊／未収録詩篇　1969-1994

未刊詩篇

未収録詩篇

合唱曲／詩劇

英訳詩篇

散文

犬塚　堯　全詩集

詩篇

南極

南極の食いもの

鍋の中の大盗賊鷗は
まだ翼があるといい張っている
あざらしは
煮えても煮えても要求する
「海水をコップ一杯」

私の陪食者は
死んだようになって坐っている
氷山の流れる食卓で
ウイスキーは同じ歌を繰返えす

BORN 1820' STILL
GOING STRONG！
「生れてこの方　強くなる一方」
霊根を形良く切って
フォークを刺すには気力が要る
煙の中でひとり
私は鬼のように怒って食っている

私はときどき怒鳴りたくなる
「俺だって牙があるんだぞ」

あざらし

それはちょっとした記憶に過ぎなかったが
ある日　南極の中の固有の鋳型あざらしを射ったとき
弾丸の行きつくところまで
僕の良心の一部は泣きながらついて行った
氷海を去ってアフリカに向う途中
僕はキャビンの中で思い出した
「獲物を置いてきてしまった」
するとドアをひっかく音がして
「そうだ　そうだ」と声がした
その晩から僕の心臓は
壁の鉄砲のそばの釘にぶら下って
互いに激しく責め合っているのだ
嵐の中を気取って走る宗谷の中で

どうなることかと僕は考える
頭に穴のあいたけだものは
もう補填することも
無に帰すことも出来ない
僕の持物までが今となっては
　たとえば　ジャーやマンドリンやトランプや
　ランプや辞典やタバコ類が
とり合えず　不完全な獲物に道を譲っている
すべてに起っている欠乏と
夜固って昼間融ける信念と
分光器に掛けられた良心と
僕は気になって仕方がない
東京に着いても庭の福寿草が
煽情的な節回しで
あざらしあざらしと云い出しはしないか

不調な太陽

歪んだ太陽を直すものはいない

それはパイプ煙草と一緒にされて
南アフリカの乾草に横たわる

われわれ日本人は南極で
まず　磁石で太陽を探した
それは断言し　確信して現われた
強い遠心力で自らの個性を実演し
あまつさえ　多産で知的だったから
観測には大変役立った

帰路　アフリカに近づくにつれて
次第に欠点だらけとなり
ついには火猫の玩具となった

土器を作る黒人は至極冷淡で
白人とみると縞馬の皮に添えて切り売りし
飼犬でさえ　鼻先で熱いのを掘当てても
すぐ後脚で
乾草の中へ転がしてしまうのだ

たたかれた馬

額ぶちの前景の馬は誰にたたかれたのか
馬の顔を正面にまわって眺めるのは誰だ

僕たちは空間から一つだけ死をはずすことは出来ない
馬が疾走すれば湯気立つ屋根が落ち
遠景の海は破れた穴が埋められない

有能な航海者が船を坐礁させた午後
戸口を出たところで
傷ついた島に出会ったという

僕は知っている
耳に鉤を持った釣師や
鳥を射落して以来
鉄砲で空を斜めに支えている狩人を

魂が不完全に死んだ場合
心ならずも呼び集められた近親者が

妙に刺戟的な埋合せをやるものだ

絵の外でも馬の横顔は
決して恥と苦痛を失わないから
馭者が額ぶちににじり寄って
突然　断いたりするのだ

五十日の夜

ずっと以前から
太陽は空の奥にひきこもっていて
長い筒となった夜を亜鉛と塩の光で充した
ぼくらはそれを
　悖徳の踊り子のようだと噂した

ぼくらは基地の小屋から
内地と無線で連絡をとっていたが
ある日
電波の感触が極めて放埒になって途絶えた

したがって
ぼくらと交信した知人の最後の行為を
「犀角を削っていた」 とか
「骨牌を切っていた」 とか
「反乱をやっていた」 とか
めいめい勝手に議論をし
ついには信ずるものが無くなった

氷河は日々広がって海に向って行った
ブリザードは西から吹いてきて
地底の化石樹海を叩いて過ぎた
ぼくらはそれを
　熱意のためだと噂した

それからつとめて人間的な日記を
見せ合える日記をつけた
はじめの間は
腕と笑いは別だった
原子と連想は違っていた
やがて地震に緑素がまじり

山脈の日付は同じとなった

ずっと戸外にいた橇犬も
衛星の関係を聞違えるようになり
空間で燠のように燃える餌を思って
はね上ってみたりして
そのため青白い光を帯びた

太陽はちょうど五十日いなかった

犬は隕石みたいになり
ぼくらは羅針盤のようになって
残った夜と和解した

ぼくらはもはや　信不信によらず
運行の理に叶って行動し
磁場に沿って思考した

髪に霧が立ち
指に帯電しても

だれも理由を確めず
食い散らした海豹を水銀のように扱い
嵐にも底意地悪くなく
天体について噂するものはいなかった

アフリカの居る場所がない

不思議な眼を持つ海は
アフリカに泳ぎつく
不思議なのどをふるわせて
アフリカは樹に登ってゆく

傷だらけの空模様
そこから砂がひりひり痛む
踊るような恰好で獣が州庁にやってくる
書記は叮寧に登録して
「いいか　走ってはいかんよ
　葡萄と紫陽花で暮すのだ」

いつごろからか　雨の代りに
いろいろな弾丸が飛んでいた
獣のさびしい住処を通り
象魚の心象を通り
窶れた河を激しくした
コーンパイプを揉む労働者の掌にも弾痕がある
なまめかしい地図に多くの旗がピンでとまっている
シュバイツァー氏もバッハを蠟燭で弾くために
黒人の病院に電気がくるのを邪魔したという

ケープやプレトリアの街を旅行者が歩く
下水溝に火食鳥やトカゲの血が衛生的に流れている
もしも標識の矢印通りに歩いたら
旅行者は何事もなく帰国するかも知れない

たとえば昨夜　酒樽を抱えた神が一人
また射とめられたという事件も知らずに

無論　告発者でも友でもないが
有色人種はよくこんな話を

手と足を使って街角でしている

国連がアフリカに
樹から降りて来いといったらしい
近く霊や乾いた獣が降りてきて
調査団に訴状を出すということだ

貿易風のうた——ケープタウンで

さて　それは偏西風
果実を煮ている軍港を
猫のように飛びこえてゆく
また　それを
火鼠が南に飛ぶように
明るく騒がしい貿易風

だが　僕は
この赤く禿げた海岸で
あの自由な消息を手に入れた

ランプのような文字
双太鼓の音高い章句

また　また　戸口に来ている
魅せられた禁猟の鳥
ピストルを射つ片眼の先の
熱い麦の香のついた鳥
僕の胸に音を立てて
繁みの中に巣をかける
そして
歯の間に嘴を入れる

窓の下から給仕がたずねた
――おや　お客様は啼きましたか――

それから　終日
母衣をかついだ太陽が一足先に
オレンジ川をのぼっていった
他の太陽の遺骨を持って
回り歩いたかも知れない

ともかく　鬼火のような昼下り

渡り廊下で蹴つまづいて
ノックもせずに聞えた半端な歌
――この土地の　ふざけた自由――
――象になっても生きていたい――

象になっても焼鏝をあてられても
重たい皮で　ぞろぞろと
泡のような月の
町の漣の中に入ってゆく

僕は深夜の新聞を受け取る

(カラハリ沙漠の聾の雨が)
(情事の前に首を締められた)
(当分の間　雨期延期)

心の濁る海

マダガスカルの夜明け
貝と魚に巻きついて
生皮のように寝ていた船を
また　貿易風が飛びこえる

僕は風信旗のように
あちらこちらを向きながら
やっと　返事を書き終えたばかり

象になっても　いや　そうだ
塩辛い巣の不具の鳥よ
僕もどうやら朝発ちだ

難民

車座の中から立上った太陽は
太鼓のように叩かれて上った
人が難民となるとき
それを大空の不和な骨の中に密封する

燃え木のような難民は
海の足まで縛り上げ
一枚の青い生皮のように鉄床の上で
ふちにすがった船舶や
鱗にまみれた沖合を
灰になるまでたたくのだ

人が難民となるとき
耕やされた河口に蹴り出され
省察の最後の範疇と一緒に
捺印して消される
難民は悲劇的な標準で
つまり　事々に四肢で先ず匍ってみて
その高さ以上の事物の支配を焼き払う

協約は不利
動転している存在が虚構かも知れないのに
一つ一つ首を締めあげ
または墓地となる方に眼を垂れ

円陣となって心と照合してみる

概念は重い　瞼は重い
まるで復原されない骨のように
魚や羊の幻影が飛んだだけだった

難民は沿道で階級どおりに眠った
そして　跛行する夢を遠い獣のように見ていた
どの伝統にも応じない音　とくにその子音
時に眼近にくる夢の名前
たとえば　太陽とも海ともいわないで
照合できない魂の包みはそのあいだ
自ら枯れた種子だと偽って
交啄《いすか》に突つかれ
横たわったまま動いていた

抽象の猟

獅子が重い頭を差し上げるとき

形式として定めるために
つづいて注目が起ってくる

鳥が槲《かしわ》の森を越えるとき
それの設計を決めるために
暖められた空の限界がつづいてくる

たとえ　理性が増加しても
猟銃と罠に落ちるだろう
抽象する狩人は
鐚銭でひどく飢えている

「明晰な秋」とつぶやいて
獅子の頭をはずし
空の区切りで鳥を捕えるのだ

空と罪人

魂についてあいつはうるさい

内側の羽をむしられたら
小分けして伝言のない空に拋るほかない

うわさされて死ぬのはつらい
馬だ馬だとはやすあいつたち
たとえ　馬の心になったとしても
やっぱり　空は騒がしい
雨ごと引回されているような

もしも魂を再三釣り上げた所なら
死後の思想でも立ち直るものなら
たとえ　これが燃え残りでも
やっぱり空から　顔に見えるだろう

地と罪人

僕はどの犯意とも共謀がある
僕はどの殺人にも思い出がある
大地にめりこむ夜がかくれ家

いつもドアからドアへと走っている

武器をもち　または素手で
金貨をもち　または極貧で
僕はどの町の門もくぐった

驢馬の鳴く日は酔っていた
僕を現像しなかった監視所はない
血のある所に置いて来なかった手袋はない

昼間は兎唇で呼吸し
夜間は怒りっぽい花に囲まれていた
僕は梯子から降りてくる検事を恐れる
彼の連想を恐れる
彼が呼び出す名前にはみな返事をする

こういうときでも
僕の骨と肉は不和なのだ
拷問されると先祖から泣き出す
僕はどの弁護にも該当する

釈放されても法廷に出てゆく
僕はどの判決にも観念する
地上のどの吊縄にも僕の首が入っている
僕はどの納骨堂にも入ってゆく

海と罪人

疲れた草土が海底につづいている
心に腐蝕があると海が入ってくる
遠い昔確かに泳いでいた気がする
そして実際は窓までしか泳がない

海が鳴るたび吐きつづける
こころの永年の塩味
截れても截れても抱き合う魂は
落ちた肉ほど恥しがらない

悔悟でせばめられ　もう少しという海峡がある

それを渡るとき　嫌な海馬のような気がする
波の中に立ち消えた凪が集って
岸を掬っては海をふやす気がする

海にはいろいろの物が落ちてくる
心に廃物が溜まる気がする
ついに吐ききれないものがあり
大匙をもった神が毎晩海面に出る気がする

歩く人が消えるところ

歩いている人が
ふと見えなくなる一点がある
すると　そこを地球の隠れた海だといい
元の森　または単に窓の在った所だという

しかし　いっしんに歩くひとほど
よく消えるので
僕は全く精神上の理由があると思う

ひとは消えてから
すぐまた平気で歩き出すので
そのあとを魚でも車でも
元通りに動いているし
ある広告人などは差し障りもなく
ポスターを貼って行ったぐらいだ

地球が不倖せになり
地面に火が刺さっても
新しい兵士がきて歩哨に立っても
歩く人の無言の理由はおんなじだ

孤独が困る人ならば
番犬を一匹連れて
その一点を注意深く並んで通ればいい

僕も歩きながら
不意に見えなくなるところがある
あまりにも瞬間的に起るので

僕は　悪意や偏見も
その場所には好意をもっていると思うのだ

街から眼が退くとき

停車場のある街に
太陽は身投げして行った
その熱いなきがらが
方々の支線で運ばれて
愛人も立会わず
栄光はこれでこと断れた

記憶に新しい作業をさせることは難しい
理性と呼んで僕が運転する車も
なかなかやって来ない

砂一つない街が建て直されても
葉の下で身をふるわせている石は
極から極に通う通路でしかなく

馬車はひいて歩く影も見つからぬという
幾度も思い出して正式の名を一つ呼ぶ
幾度も歩き直して自分の足を一つ見つける
「これまで」
といって二つの眼は引き退ってゆく

もう待ってはいられない
法則に叶ったように思い出せ
記憶の愛人は暗い所にいって泣きはじめたし
お前の馬も暗い脚しか持っていないのだから

搬家《パンチャー》——中国の引越し

熱い粥　熱い粥
裏から土地が衰える
何の値うちもない風だ
遠くに出水の音がする
「老半月《ローバンイエ》」と発音して

孀婦《シーフ》が北に舟を出す

死滅するほど川狼を叩く
棘という棘を並べておいて
——秋の前は豪気だったが——
孩子《ハイツ》は飢餓で銀河系だ
河口の草は耳聡い
まだ霊感は合法だ

熱い粥　熱い粥
脅迫も哀憐も　もう厭きた
うしろの山は沙虫ほど低い
残り火の故都は箸の先
燠の中で白くつぶれてしまう
過年の衙門《ヤメン》にまた雨だ

熱い粥　その厨房の
朦朧とした花嫁が
瞼もあけない屋根を負って
粟の栄える向うの車路の

よく燃えている耕牛の空の
他の曙に搬家《ハンカ》する

同じ鎌に驚く時代

太陽と地球が同じ鎌でおどす
刈りこまれた雲
樹の枝に逃げこんだ星
残酷さまでがそっくりだ
君は愛するというけれども
たとえば　殉ずるともいうけれども

此処ではたびたび騙される
哺乳の時代
自殺の時代
ふいに燕麦の竈に入れられて
出来上ったはずの都会がもう一度焦げる

胸近く切先がくるといって

大学や工場や銅像や
郊外まで抱えて癖多い都会は
虫のように飛び出してゆく
君は劇場で吹っ飛んだ俳優を見ながら
やはり愛しているというのだけれども

空まで警戒しているいやな時代
死刑囚はずっと上まで行って処刑され
自殺者は机から随分下の方で事をすませる
海は途切れているのに渡船が出てゆく
扉がなくても壁から出入りし
空で狂乱する町に便りを書かねばならない

地球が春だといっても
いまは疑うものばかり
太陽がもう一度見ろといっても
拒絶するものばかり

雲もあらかた削られて
避難した星も殆ど逮捕された

手にも頭にも証拠になるものがなく
征服され方がいつもバラバラなので
個性についていっさい理由を述べられない住民は
特にこうした太陽や地球の
共犯について話すのだ

PROMETHEUS

肉の上に肉
草の上に草
海の上に海

魂はいつも二重にうたう
太陽の上にもう一つ太陽が

切断された脚で
鎖と一つになった腕で
食い切られて鷲の眼となった眼球で

二つの歌からプロメトイスは立上る
果実の中のもう一つの果実
大地を知っている手の下の手

生を真似　死を真似て
血しぶきの立つ地平線まで散歩して
嘗ってプロメトイスが深く埋れていた墓地
いまは彼が酔って　上で揺れている墓地

定義

たとえば
腕が　森と魚と花の中に
投げ出されたとしたら

それは胴から離れているので
船のように曲って行く

身体が水の中から

浮んで来たら

それも死んだことだから
頭を根にして立上る

つぶれた眼が
草の間を転がったとしたら

心臓とは縁が切れてるから
花だけの愛をしきりに眺める

壁の中にぬりこめられた耳は
ずっと言葉を断っているから
石が足踏みするのを聞いている

真面目で不幸な

恋をすると角が一本生えてくることがある
昔は兜などによく付いていたやつで

照れくさいときはパイプに使える
酸っぱい広場でけむを出しながら
「いつも心だけで愛して恥しい」
うっかり間違えていったのを
そこら中の散歩客に小突かれて
僕はベンチでしなびるほど恥しかった

歇まない泪をよその村に運ぶ
自尊心もなく　国もなく
挨拶だけで妊む女がいる
心をこめた花束を渡すのに
蓬や嫁萩のような雑草にみえることがあり
密会するときも顔が二つ要る
償いの婚礼をよくやらされて
笛を吹くさびた行列の先を歩いた

角の生えない平和な晩がある
朗らかに伏して多産に悩まない日がある
ところが　四つ足みたいなのが
ひっそり来ていう

（君の母上にまた会いましょう）
（あれは優しい女で身持ちもよかった）
たちまち僕の鼻が遠くまで効いて
自分の愛の領土を嗅ぎわけるので恥しかった

基地の私生児

首にキッスの音を立てて
雲母《きらら》のささらの埃の中を
流氷で去ったのが父性らしい

母性は蹲がんで幌を縫い
細目に故郷を歌いながら
乾燥野菜を炒《いた》めている

化粧くずれの雲に囲まれて
基地には恥しい夢が多い
父長のいないさびしい食欲

南極に母がいるとは何事だ

基地に冬がくる

夜のとぐろに足を入れ
僕らは底泥をひっぱって眠る
このごろ　太陽は藁火のように弱って
心低い基地の上を回っている
　悪魔祓いの隊長さん
　もうやすんだらどうだ
おお　そうはいかない
蘚苔の育つ庭先に
尖兵の風花がやってきた
紙子の小太陽群を引きつれて
間もなく寒気隊の叛乱がくる
不埒な氷塔が林立するのに
わが白夜には火種が足りない
プリンスオラフからよい便りが来ない

目を剝いていても仕方がない
敵意ばかりの冬ではないし
もう寝たらどうだ

おお　物見せずにはいられない
日報に書いた大きな夕方も
目を離すと青葱のように細る
少しいい顔をするとオーロラも
天井裏の風琴のように騒ぎ出す
ダッシュのついた季節の搦手
黒く破れた空合いから
歯を噛んで雪が降りてくる
聞えるのは斧の音ばかり
士気の上らぬ知恵だけで
儂は釈然としないのだ

帰還

友人の外套はさびしい
悪い氷河から借りてきたようで
彼はまた旅を逆さに出ていった
僕らは旅装から永い嵐を叩き出された

〈旅が終れば　理性も終る〉

僕らは熱もなく抱擁し
遠い氷壁にもう一度身ぶるいして
基地の扉をくぐった
　燭台のように倒れたあれが僕らの勇気
　跳ねているのが旅でみた鳥の傲り
それにもう一度銃をつきつける

君ら基地に残留したものは
卓上の四季と颪をよくみろという
生粋の信仰が待っていたという
だが　ここは母の狂った場所　火照る動物の市場　饒舌

な魔性の通信所　分娩後の時計のまわるところだ

僕らは旅の間
来る日も来る日も沈まない太陽に
次第に信を置かなくなったのだ
氷山に落ちかかる薪のような
燃える音だけだと笑ったのだ
僕が金曜のとき彼はまだ木曜だった
執念深い空だけみていた僕らには
君たちが杯をあげ　片目をつぶってみせても
硝子を走る雲しかみえない
やがては愛が甦えるといい
北半球の故郷の方には
侘助椿《わびすけつばき》みたいな家族が待つといっても
僕らは
「天刑は激しい　檻は嚙むようだ」としか云わない

南極では物は腐らない

あざらしの夫婦が並んで死んだ
永い旅から帰ってきたら
何の腐爛も起さずに
雌は立派に立ったままで
眼から氷柱を垂らしていた

犬が食ってしまったらしい雄は
赤い泥のような小さな塊りになり
クレバス沿いに点々と並び
一番新しいらしいのが
一本湯気を立てていた

嵐の中でいなくなった福島隊員

犬に餌をやりにいったまま帰らない
そのとき
君はブリザードから空に飛んだという

または氷の底深く落ちたという
無明に向って飛ぶな
たとえ身体は逆さになっても
脚で大地を支えている方がいい
この世には所々亀裂があって
僕らは落ちないようにそこを跨ぐのだが
あれ以来食事のない犬たちは
鼻先を入れてしきりに中に行きたがる

ラングホブデの氷山街

同族の金貨人よ
内地を出て以来の商売気はどうだ
東径40度　南緯69度の付近
磁気店の雲をはらって
軒には泡立のいい太陽を掛け
知識の舌の焼けつくやつで
一杯五円の裏切り鯨

迷子の迷子の弁天夜光
今朝は魂六角の他の基地の女を仕入れた
水晶の墓掘り　均衡の犬も
そろそろ屠殺にかかるころだ
贋の墓場に入りきれない
葬列ぐるみの葛根《かっこん》ペンギン
現在を全部過去だと偽って
並べてたたいて売りに出そう
時代おくれがおそろしい

あのころは実に何でも売れた
オングル島の真苔をそえて
天頂のさびしい屋根まで売った
ラジオゾンデの植民地の
感性の兎の耳をつかんで
アンテナのもつれる音を売った

焼絵のような内地の大臣に
博士ほどよくものを売ったと報告しよう
さらに僕らは

エンダービー僭主同盟と協定し
らくだ氷河から南の梅干岩
金魚岩　さかずき岬をまわって
蛙島の突端まで
酒焼け店輔の並ぶ繁盛

米語露語仏語を使うホテルに住んで
「科学の成果」を待つ世紀を騙し
他処では売れない代ものを梱包し
百年うたえるＣＭソング
〈未来は美しい〉と太鼓をたたく

日の丸の洪水列島から二万キロ
ここは神を黙らせて
理性一本で値段のつく
甘やかな金貨都市ラングホブデだ

鳥に悪意を

胸の上に鳥の記憶が積っている
始祖鳥から禁鳥にいたるまで

その騒がしさを追わねばならない

左右の窓には往年の泥
泥には麦といたいた草
高所の春に続く枝の段々まで空想し
点々になるまで追うのはよくない

仮りに雌鳥が好む啼き方を思いついたりしたら
鳥たちは実在の強味を発揮して
太陽のすぐ下　僕の心の球形のふちにかけ上って
ひしめくように情事をことととするからだ

鳥を消化するために

君の眼窩に巣の聚落があり
僕の眼に黄色い葉がいっぱいある
それをふるい落せば冬
年来の雪鳥が帰ってきた
くたくたの酒がゆれる胸の中で
産卵の生暖い気配がする
もう酔ってしまった鳥がいる

君の口から繊月に吹く風がある
僕の口は絶え間ない鳥の通路
人間が神や真理について語るのは
鳥の気位にはこたえるだろう
一つの祈禱が騰ると
大盗賊鷗が狂しいほど翼をうって
胸壁の裏にくちばしが突き当たる

僕らは内部の鳥を落すことはできない
鳥の軌道と弾道は滅多に一致しない

心の中から発射すると
出口がなくて弾が悲しむことがある
精神力の中で疑念よりいいものはない
たとえば鳥の起原について　構造について
つづけて鳥の無知と能力について

すると使命のない鳥が列を離れて
季節の外に転落してくる

僕らは炎で鳥をたたき
よく燃えるまで念入りにたたき
一本の小骨まで平らげる
明るい冬　凛烈なひびき
僕らは消化を疑う心をなだめながら
灰の中にはもう雪鳥がいないことを確めた

航行する権利

一滴の海水も届かない

ああ　らんぷ小僧　これが苦痛の夜の入口
海をいっぱいにするのには
これだけ多くの魚の熱望が必要だ
僕には塩の経験が

僕には海岸をさぐる指と掌が要る
躍りこんでくる海らしいものに
傷のようについた航路がほしい
重たい嵐の根がほしい
沈んでも沈んでも浮いている
海人の信念がほしい

らんぷ小僧　らんぷ小僧
瀆神の油を燃やしても
底無しの灯台に転げこむ神の音ばかり
捨てられる前の気の毒な海
この世には海が足らない　情熱が足らない
舟に突当る歯並みが足らない

日常の　またはそれ以上の冬

冬には春の混信がある
知識の在った場所に充実の印象が
心の旧跡には元の感情が
僕には混信を聞きとる耳が要る
出口に泳いでゆく眼は要らない

できたら肢の間に航行の霊を挟んでほしい
海のなくなる所までゆかねばならない
らんぷ小僧　らんぷ小僧
お前の明るい村の終るところ
心が螺線する海峡
そこは夜明けまで投錨するところ

発掘

この化石人にうまく調和してくれ
釘の下にあらぬ心臓を鳴らして
北国風の口上をいわせないでくれ
風景は時々醜い

僕は熱い父祖の味わった愉楽や憎悪
とくに　その教訓を愛している
たとえば　四肢を充分に伸ばし
安楽に自己を養うこと
その意味を解するのが好きだ

時空を超える連帯をもち
互いに刺さった鏃をもち
今日もまた苦痛を持ち越しながら
自問自答して獣の道へ
　　　月光の道へ
　　山羊王朝へ辿ってゆく
そして　廃墟の花文に正しい訓詁をつける
僕もなお　双称の肉体をもち
倒れるときに四肢を伸ばし
感性を灼熱し
理性を眼球石のように愛しているから
たぐい稀れな朝の裸体　アトゥサヌプリ

頂上を回る太陽の専制　長老の素振り
ここが悲嘆の大地
愛がしきりと高まるところ
神の眼差しのような真昼に
動物の恐れと　再生したい信念の
僕はいまも　伝統の挙措をしている
逃走する動物の正しい系列をみている

たとえば内気な祖先が
輪になって一つの人格を祈り
それが騎馬で奥深い樹海を行き
矢を放ち　獲物を倒し
その鳥の霊が鉤のようになって
僕の心にかかったら
死ぬまでの情緒の一伍一什を知りながら
僕は忍耐する力がないから
後代の禽獣　または原型に同感し
翼を曲げ　一つずつ脚を折る礼法
その習性を覚えるだろう

死とは単称の語法で
類については「衰亡」と呼び
複数の冠詞がつく
一人で死ぬものに鄭重な正義
ここは　謙譲の土
やさしい欲情の草地

だが　今朝は発掘者が
化石のまわりで船のように騒ぎ
骨斧で花を削り　縄を切り
遠くに骨を運んでゆく

もしも　僕が
これら死屍をめぐって臆病な子孫の中で
いつも住居を変え　柔らかな政府と闘い
官能を終らせ　言葉を修正し
日常の観察に手を加え
死体を真似ることを知ってるなら
彼は運ばれながら　壊れながら
「お前だけは知っている」

「お前だけは思い出す」
というはずだ

天幕の中

深夜の上げ底　夢中のトマト
眠りの底は汁だらけだ
長い歯並みで噛みつかれた
一年間の食後は重い

隣りの夢は古くていやだ
夜の皺に沿って身をねじり
干魚に河を通したい
飛べないカケスを枝に懸けたい

突き出る夢があって枕が騒ぐ
覚めぎわの眼は見落しをする
満足して始まる朝はない
夜は潰れるまで暗い

氷結

秋　西方の白夜から
大氷河が結晶しながら近づいてくる
ぼくらは凍ることを忌むべきか

太陽に愛されるだけだった時代が
燃えて終る醜さを押し返し
共同の力で貯えた荷を負い
並んで氷に入ること

薔薇や酩酊や奸策が
目印もなく一つの氷であることが

折り折りの魔

Ⅰ

ままにならない三軒の家

——砂漠でする子どもへの物語

三人の息子が家を三つ建てた
もう秋が来た　狂気の秋が
ある日象が通り過ぎて真ん中の家を壊した
親父がいった
「その象を遠くに捨てて来い」
河を渡ると象は粉のように小さくなって
墓掘りがそっと土に埋めた

それから家が再建された
てっぺんに鳥が真っ黒にたかり
屋根を破って煮える穀物を眺めていた
親父がいった
「その鳥を遠くに捨てて来い」
頭をしきりに振る森を越えて
疑問の解けない鳥が去っていった

それから屋根が修復された
三人の息子の妻たち　クッチャの女
十年間うさぎの声を真似ていた
タクラマカンの虎が来て
三つの扉《どぁ》を冬になるまでねらっていた
女の長い叫びがして長い肉片が扉のすき間からひき出された
親父がいった
「その虎を遠くに捨てて来い」
沙漠には竜巻が立ち「生きてる王」が歩いていた
肉を食い麦芽酒《クワス》を飲んで虎は剝製のように乾いて寝た

それから扉がとり代えられた
首都からそろそろペストが去ろうというとき
三人の息子は守護神を祀り
星座のような子供に囲まれて夜を過した
のどがつまって神託を告げない天使がいた
親父がいった
「その天使を遠くに捨てて来い」
村のはずれは美しい魂にあこがれていた

そこは太陽がよく回って来て天気がよかった
一人の余分な天使がいて大鼓を叩いた
太鼓が鳴るたび村に氾濫があり
玉蜀黍がすくすくのびた

ニコライの出入口——一九四四年哈爾浜で

風にまぎれて戦争の噂ばかりくる
セント・ソフィスカヤの尖塔が汚れてきた
ニコライが司祭服を着て
涙にくれているという話を聞いたか
格子の中に一摑みの夜があり
明け方まで蠟燭の火のように揺れる彼が
髪の中のすき間風と遊んでいる　と
それは町角にいる娘から聞いた話

ニコライは哈爾浜の空に出入口をもっていて
そこから石炭と冬の雲雀を運んでくる
尖塔が夕焼けて薪のように赤くなるころ

地上に戻ってうまい喩え話などしてくれる
寺院の裏から時折り淡い犬が出てきて
（それは四つん餇いになったニコライだというのだが）
ブランコと樽の揺れる市場に行く
そこでびしょ濡れの仲間と馬鹿騒ぎする間にも
白樺林の根は欲望を河に流していた　と

ニコライが司祭服を着て
烏《からす》の葬式をしたという話を聞いたか
それは貧しい弔いで
柵の外を通るコサックが一人
「あっ」と叫びをあげて行っただけ
柱と椅子に水滴のような心が倚って
溜息を夜に吐き散らし
哈爾浜の屋根の肋骨に鼠がしゃがんでいた　と

ニコライ　ニコライ
彼がカンテラを懸けた空の出入口
そこはかつてロシア人に蜜蜂と麵麹種子をもたらし

死者が陽気に靴を鳴らす場所だった
今はニコライ一人にも狭い出入口
戦争が淫らな雷のように近づくこのごろ
天の蓋がはずれたように雪が落ちてきて
真白になった町で娘がいうには
「馬車が一台とまったら　私の希望も一つとまるのだ」と

戦争に行く前に河にでかけた——一九四四年哈爾浜で

夥しい灯りのキタイスカヤを通って
僕はもつれた電線のように敏感だ
心のかくれた家に寂しい洋灯《ランプ》が明滅する
すると流れのような欲情の思いの中を
いつものあの牝の河獺が泳ぐのだ
僕は馬車を拾ってこういった
「行く先は松花江《スンガリ》だ　水草の漂う町だ」
岸辺を餇う獣《けもの》の低い毛並みと
その湿った乳房を愛したのは

確か昔土地に水の溢れた日
麺麹を百合ごと抱いた日だ
それから幾世紀か過ぎた日も
爆ぜる焚火のほとり
けものを抱いた記憶がある
今は窓の側で眼鏡をかけて何を学んだか
時々扉を叩く音は戦場への誘いだ

「地球は寒い」　そういうと
水掻きを吹き抜ける古い風を眼にあてて
河獺はしきりに泣くのだが
その頭の向うを鰯雲が走り
彼女の性を支える銅の神の音が聞えた
高々と月光の柱に四肢を吊して
女は甘やかな苦悩のあと
流氷の旅に出てゆく
河が二つに分れるところ
終りの花とでもいうべき宿へ
ふり返るな　と僕は獣《けもの》にいった

向うは落ちぶれた哈爾浜の商業区
夕方炭火のような戦火の見えるところ
朝はアカシアの淡い首振り並木
春先眼鏡をこわした僕が
河の虫がいっせいに走る河上へ
湯気立つ肉身のけものと走るとき
重い二枚の葉と瓜二つの魚が河から身を起す
そのとき蟹座から転がり落ちる斧がある
いつも情熱につきまとっていた青い刃《は》が
二人の間に椎の実のように落ちてくる

不意に向きを変えるのは

鳥がいっせいに右を向く
それは地球の自転する方向で
大地の力に突如目印が現われたからだ
飛鼠がいっせいに向きを変えて走るのは
茶畑の青みに彼らの旅の終りがあったからだ

僕らが不意に頭を回したのは
あちらで神が両手を鳴らしたからだ
昼の星が二つ激突し
肥沃の土地が種子をはじいたのだ

僕がふり返ってみたのは
神饌の麦と種子無し棗《なつめ》だ
太陽がステップし使者が懸命に走ってくる
だが賢い文字が読めない
健やかな調子は兎の文章だ

僕らの帽子が曲る　壜が倒れる
酒が机の下に滴りおちる
眼を閉じると老いて愛戯をもつ国がみえる
翅をもつ高い国
その国を守るためにいつも襲ってくる犬がいる

やがて　鳥は頭を戻してさまざまに飛び立ってゆく
鼠は並んで元の場所に戻ってくる

僕らも回した首を戻して
この世の激しい焚火の音を聞く
目の前に数本の道をみつける
それから帽子をとって別れてゆく
僕らがもう一度いっせいにうしろをふり向くまでは
だれもいま向うで見たものの話しはしない

Ⅱ

伊万里湾

鳥の群が岬から飛び去る
曇天を一直線に
古い書翰を読むように
（もし鳥が飛ばなければ
　空のことはもっと判りにくい）

海についてもそうだ
波の心を引っぱって

浜倉庫の石段から
陸に上る蟹がいる

この村もかつて水底から上ってきたのだ
激しい雨が村を包み
野葡萄は痛い房を振っている

地上について僕が知っているのは
暗い藺と漁猟の網のこと
どの家からでも立上っている細い火のことだ

YANが話すには——福岡刑務所の独房に住む友に

YANとは北京時代僕の家にいた下男で無実で捕われ、警察で拷問されて帰ってきた。二十七年間無実の死刑囚としてとらわれている友に仮りにYANの名をつけた。友はキリスト者となり、独房で鳥を飼い、そのうちの一羽を送ってきた。そのことは「怒りの鳥」として以前、詩に書いて発表した。

YANがいうには

ある日役人が捕えにきて
自分を檻に閉じこめたのだ
「こいつは最悪の天性だ」と罵って
籠のそとから暫く眺めていたが
「全く無用の鳥だ」といって立去った

そこでYANは思ったのだ
確かに自分の心は空にあこがれ
地上を手さぐりで歩いたし
暮しといえば米穀を少し望んだだけだ
それに頭も尻っ尾も不確かだから
あるいは鳥ではなかろうか　と

そこで樹々に花咲く間
一つの歌をくり返しうたっていた
やがて実のなる季節がきて
ときどき見回りがきて
「相変らず意味の判らぬうたをさえずっている
　それがまあ罪の報いというものだ」
そういって水を差入れて立去った

冬近く　樹の実が激しく降り出した
地平線の方はまるで泥酔者のように
赤くてらてら光って見えた
それからＹＡＮはどうしたか

彼の両手はもどかしいほど
一日に一つのことしかしなかった
餌皿の向うに小さな玉を転がすこと
それから箸で気永に皿を叩くこと
夢は羽毛に包まれて　朝　乾草に卵を産む
嘆きの卵とよばれる奴で
生れた場所ですぐにすすり泣く

それから永い月日が経った
ところがある日
思いがけない一声がＹＡＮの口からとび出した
われながら聞き馴れぬ力あるその声が
みるみるうちに成長し
若い角をもったキリストがはね回り

新奇な喜びで心はたちまち氾濫した
想念の河はまっすぐ延びてゆき
甘美な舌はふるえながら
連日しゃべるのにいそがしかった

大地に大きな根があるように
暗がりの中にも輪よりも太い誇りや光があるわけだ
ＹＡＮは表通りを通る人々を呼びとめた
仕立屋は帽子をもっていたが
医者は蠟燭をもっていたが
ＹＡＮの尊大さに驚いて逃げ出した
入れ代って役人がとんできた

そのときＹＡＮは燃え上っていた
鷲が翼を拡げたような大きな時間の中で
未来の若い穀物が並んで地団駄踏んでいた
万能の動物が出揃う足音が聞こえ
煙草が芽をふき氷が立てつづけに割れた
これら解き放たれたものの凶暴な行列に
役人は目を見張ったが

ＹＡＮが寝返りうつのさえ
天体の自転のように大きく見えたらしい

そこでＹＡＮは役人にいったのだ
どうやら道理がわかったか
一匹のバッタを仮りに殺したら
もっと大きなバッタが立上る
種子をぞんざいに捨てたなら
巨大な花が立上ってくるのだ
俺にはまだ名前のつかぬ新しい心があり
この世の大胆な愛人と呼ばれてもいいぐらいだ
そういってＹＡＮは嵐が抜け出るように
檻からさっさと出てきたというのだ

ＹＡＮは確かにそういった
手紙にもそう書いてきた
しかし僕は知っている
彼はまだ鳥の姿で籠の中にいる
これで二十七年目だ
彼に会うときその衰えた羽を撫でてやらねばならぬ

彼をみると本当にそう思う
ＹＡＮを鳥だというなら真の鳥
もし罪人だというのなら
地球も真っ黒な球体で
空の間を流れている一羽の鴉に過ぎない　と

下手人

僕は一人の下手人に出会った
彼は激しい光の淋しさの中を過ぎていった
秋が過ぎて町は限りなく拡がり
壁に貼られた彼の手配書に僕は
泪の中に静かに溜る未来の人物を見た

僕らの心の一隅にも×印の犯行現場があり
ポケットに手を入れた刑事が時々やってくる
彼の眼帯は葉の落ちる森をかくしている
彼は鳥や昆虫の死屍の影像の中にいる

朝毎にきりきりと井戸水を汲み上げる
僕は大地の痛さを綱で巻き上げる
その水で畠に淡く野菜が育ち
白菜をたべて身を落す女たちから
裂かれた魚と同じ苦悩の話を聞いた

町に海鳴りの聞こえる季節がくる
四方はすべて一つの感情に支配され
空白になってゆく場所から残った場所に
移動するけものが見える
僕らも旅へと支度を急ぐ

一つ残った洞穴で
僕はあの下手人と卵を分けた
僕らは背中を一つに合わせた
半分消えた裁判所で背を鞭打たれて町を出た
馬車の前後に相似た魂を載せて東西に分れた

それから冬の間に起きた事件はこうだ
僕が食卓で口から一片の肉を落したとき

遠くで彼の首が打ち落とされ
妻が不安な子を一人生んだそのとき
彼は穴に蹴落されていたというのだ

「聖者」が町にやってくる

この町で彼にしばしば出会う
彼は不老不死　銀の毛に包まれ
輝く長身に妹の子孫──世代の知恵を備えている
彼はランプのような眼で町の能力を見て巡る
旅館ではだれにとっても彼は平凡な同室者だが
四つ辻で魔性の宴があると雄雞をつれて駈け出してゆく
町中の酒を揺すってコップをもつ人を酔わせる
彼は動物にも新しい知恵を与えて広場に送ってくる
猟師の行進をやり過して彼は鳥の儀式に行ってきた
彼がいるとき　町には労役と財貨が限りなくふえる
しかし彼が立去るとき　その否定の身振りの大きさに僕は思想を変える
彼が最後に残す様々な感情は明晰で偉大だから
彼が過ぎた町々には記念として多くの町名が残る

歓喜通り　憂鬱通り　愛情通り　その他
彼に感謝するのは
表通りにいつも熱い感情を残してゆくことだ
住民は通りで風琴のような雲とともに踊ったり
水蠟樹《いぼた》の枝から首を吊ったり
信仰のままに壁を伝い塔に登ったりする
彼は全生活の前兆で町を鼓舞する客だ
今日僕は彼を待って水辺で食事をしていた
相伴には肖像画にもなったという一匹の猿がいた

折り折りの魔

ある日三叉路で**アル・サロ**という看板が
光りながら身をよじっていた
悪魔が好むという略語の魔法ノタリコンが
長い町をうねうねとくねらせ
人々を地下に誘惑しているのに気がついた
僕はそれまで都市の健やかさを疑ったことはなかった

太陽の拍車が鳴る半島に続き
遠くの山は野菜の新鮮な苦味をもち
その間に建てられた一つの都市が
火の粉のように激しい音楽で栄え
一度も凶相を現わすのを見たことはなかったのだ

そう云えば魔の仕業か　一日一度通る三叉路で
解き難い言葉がふいに口から出ることがあった
出所不明の言葉は醜聞のようにのけぞったりして
それが遠くの僕の母親に届き　彼女の耳鳴りになっていると手紙がきた
「全く耳鳴りは厄介だ　永年思いがけないことを聞かされた」
とアプレイウスは「転身」第一巻に書いている

ある日僕は町で親友に出会い　その手を握って引っぱった
すると　彼に縋っていたらしい魔性が嫌な音を立てたことがある
とすれば友の優れた知識が全部悪意に変ることもあり
悪霊を封ずるという消火栓や窓も
うっかり開くことがあるかも知れぬ

そう思ってこのごろ　古い釘が何を打ちつけているのかを考える

日常の道具にとりつきまたは壁にかくれ
柱や家畜の背に負われたある不吉な生物を
釘はその侘び住まいのままうちつけてはいないか

それでもまだ多くの家々で
美貌のひとはルキフェルの帽子を脱ぎたがらず
主婦は時々竈のプラズマと遊んでいるし
塗薬をつけた雄雞が戸口から駈け出したり
人はこの世にない宛名の手紙を出したりする

この町がやがて平和で善良な法則に叶い
理性を求める集会が方々で開かれても
一見虚弱にみえる魔の　これら非合法な執念は終らず
字引にも出ないほど気弱な折り折りの魔を
黙らせることも出来ないのではないか

熊の檻——滋賀の朽木キャンプで

朽木村の熊が深夜笹道を通り

鋏で切ったような月の下
餌の蜂の巣につられて檻に入ったらしい
鉄扉の落ちる音がした

そのとき僕らは近くのテントで
薪のように熱い腕を交して愛し合い
尊大な性の暗黒から顔を上げて
あの灰色の情熱の北方を一瞥したりしていた

首に遊星をもつ熊の深い吐息が聞えたとき
女は蝶の感覚を天幕の中に放ち
僕はそれを追いながら甘い草を足先で蹴っていた

夏の陽盛りはむごかった
虻と木の実は太陽と雲に狂い
夜気が来てそれを癒していた

やがては死に赴く一頭の獣と僕らの間に
砂のついた共同の空間があり
互いに背と背でこすりながら

突然僕らは熊の愛となり
女は毛皮に閉ざされた苦痛に呻いたのだ
もしも出て行って彼と戦うとしたら
互いに傷つき合う肉体は故郷の低い声に励まされ
揺れる川　揺れるランプを見るだろう
大地の藁の二つの陰影となるだろう

獣の睡魔が僕らを襲う
彼が檻の中でうつむくのを感じる
熊のひどい飢に僕らの淋しさが倍加する
若い枝は眠ろうとし老いた果実は目を覚ます
おそらく立ちはだかって神が見ている
下界は大きな秤であり
個々の生命が亡びるまでこのように釣り合っているのを

ついに檻の中で眼も鼻もない熊の嵐が吹き出す
怒りの正しい塵埃が立ち上る
僕らの性の爆竹が鳴りはじめる
豪華な夜の懊の中で合作された魂
はるか遠い夢の中で一つになる雷雨

僕らは抱き合う
かなたで漆黒の熊の巨体の落ちる音がして
僕の両手に女の吠えるような双の乳房が落ちてくる

福島君の火葬

南極に同行した福島越冬隊員は一九六〇年行方不明となり、氷の割目から海に沈んだと思われていたが、八年目に西オングルの雪の下で発見された

ボツンヌーテン山巓《さんてん》で
プターシカ（小鳥）と君の声が聞え
そのあたりから盗賊鷗が飛び去った

ルツホルムベイ海辺《うみべ》で
ホロトリカ虫と君が囁き
そのあたりにカニクイアザラシが現われた

音高い数々の消息が絶えて
半旗半円の墓地は

八年間古い話ばかりだった

春　火の粉の夜光が立ち
夏　飴色の牛雲がさまようところに
秋　地衣をかついでペンギンが並び
冬は酢のように苦い氷河が流れた

僕らはいなくなった君について
空の針金苔に座っているといい
また深海の麻岩に蹲んでいると考えたが
実は基地の西　雪の中にいた
君は氷の意志をもつ氷人で
横たわったまま一つの太陽を何度もはね返していた

ピッケルで掘り出すと
快活なプターシカ　多くの天性が
カンブリア紀以来の年月を走った
このように一つの氷で終ることを
どこから来たか知れない君の眼の
悲しみの印を正しいと眺めた

僕らは君を火葬にした
火の中で君の確固とした意思は解散し
やがて煙の間から
君の骨が落ちてきた

君の霊は再び昭和基地をさまようものとなり
足を上げてジャングル横丁をしばしば曲る
亡命の心が泥の磁場を蹴ってゆく

君は嵐に恋情を妨げられていないか
電波の網にもつれていないか
ボツンヌーテンで鳥の卵を抱かないか
ストーブの火蕊に混って落ちなかったか
気弱い縄となって切れなかったか
僕らの皿の上でフォークに手が刺されなかったか
通信所の釦《ぼたん》を　内地の耙を
君はきのう欲しがらなかったか

涯しない共存

昔　中国の街角でみた
関節をはずして身体を折り曲げる少年を
客は喝采し投げ銭をしていったが
僕にはいまも元通りにならぬ苦痛がある

北京動物園の入口に立つ巨人の番人の
樫のような腕の腕組みがいまも解けぬ

光の国を幾度も通り苦悩も幾度か忘れたが
死に急ぐ肉体は忘れ難い最後の形をする

昔　中国の街角で一匹の猿を売りつけられた
塩と果実をしきりに夢みる猿だ
僕はいまも猿のその眼を見開いて
東から西へ千古吹き抜ける風をみている

室《むろ》の中で下男に仕込まれ　熟れ続ける酒の
掠れた声と顰めた面相は元に戻らぬ

戦火の中を河下る夫婦と羊の舟は
まだ色青き河口に届かぬということだ

年月の表裏で栄え　また衰える事物が
ある日突然不滅の形をして残るということ
降神を待つ聖糧《マナ》さながらに
おお　これが今夜の食卓だ

僕は卓布をひいて乳と野菜を並べる
鈍い土地から肉体が手さぐりの食欲で忍び寄る
騒ぐ皿の卵と腕組み解かぬ壜の列と
深い酢の闇はずっと以前からみていた

食後　叔父が一服してみているのはあれだ
彼が繰り返した綿引きの結婚　性におびえる回々《フイフイ》の笛
茶をつぐ叔母がみ続けるのは糞ころがしという虫

後肢で牛糞の玉を押してゆくその実に遠い道程だ

Ⅲ

鼬が来た夜

ああ　待っていた鼬がやってきた
いまの風はどちらの窓を叩いたか
僕は灯を寄せて手紙を書いた
皎々とした月のように白い手紙
それは宛名もないのに噎ぶように出てゆく
机の上の赤いジャム器《き》　右の器《うつわ》と左の器
床下の草がかくした一つの国に
待っていた鼬がやってきた
僕の心は油のようで
火の海の中に女がいる
僕の肉体は猛々しく
感覚の天敵と棘に耐えて
たとえば石に挟まれても

今夜　愛のための一つの道が見えるのだ
大地の刻印――穀物は地平に拡がり
山の野菜は嵐に囲まれて
乳房を愛される女たちのようだ
撓う空に向って弓のような六分儀
球体の中の神が裸身で傾く流離
古びた石の星は槍のように走り
地下水の魚は樹の根に当る
熱く秘められた交尾の国
夜が明けたら湖沼の向うへ
車を押して僕は返信を読みにゆく
ああ　待っていた鼬がやってきた
ナナカマドの花を踏んでやってきた

深夜の壁

そのとき僕は
夜の深い呼吸の中で目をさました
精蟲のように輝く星が窓に見え

欲情の巨大な腕が家を抱いていた
すると壁に双の乳房があらわれ
乳が部屋の中にほとばしった

わかっていた
性が鞴の火のように吹上げる夜のあることを
川と空と蜜にまじる父のために
しとやかにうち伏す壁を僕は愛する
僕の背後で情熱の糖菓《ボンボン》が卓上の皿を転がった

乳は十二日と十二夜あふれるだろう
生成と変化の間にあるすべての女性　蟋蟀《こほろぎ》
台所の酒の熟れるところにも淋しい女性がある
葡萄の房のような寝台から僕は
天井の蠅が彼のみの神を見るように
眼を見張って頬色の神をみた

そのとき確かに壁が哭いたのだ
大地の隅々まで抱上げる夜の力の中で
球根にひそむ母と樹の側の羊が鳴いた

天体が全て林のように勃起する中で
僕は愛した　僕はお前を愛しつくした

それからぼんやり眺めていた
青ざめた乳の上に並ぶ朝明けの
若い蜘蛛の目つき
悪いランプの列
矢のように走るスペルマを

庭園

年老いた村が僕の庭を養っている
伯母のような神が思い出に胸ふくらし
僕らが日々使って失うものを
朝毎に快い音を立てて送ってくる

窓々は鳥の眼のように聡く
遠い山の充溢と蒲公英の穂の旅立をみている
僕が一日の仕事を果すころ

原素のような夕雲が庭をかけぬける

そのとき年月をかけて一つの共和国が
村を囲んで成長していくのを感ずる
妻は白髪のリラの俳優に感じ入って
かすかに物狂う手つきで緑茶を注ぐ

魂がふと過敏となる日
僕は椅子に倚ってうつむく
すると苦草《にがぐさ》の間から飛び上って
「許す」という栗鼠が一直線に走ってゆく
知識を自己流に使い
心を分けて方々の門を叩くことと
銅塔の律法を守って暮すことを思う

庭にくる一匹の虫が
自らの毒で俄かに昂まる素振りをするとき
僕の首すじに一筋の痛苦が走る
行者のように尊大であろうとして落ちた虫を
庭は静かに足を踏んで風葬する

日一日と賢さまさる庭
柵を開いて出た所に強固な村の午後
稲は病いを癒し　黄金の勝者の田がつづく
河口の塩で傾いて立話する人は
この村でついに立消えた古い言葉を使う
矢のように素早く空を打つＭＥＴＡ語で話す

目の前に犬がいる

一匹の犬が来て僕の前に座らなかったら
僕の背に餌が一杯なことに気づかなかった
犬のうしろの湿地を走る風が速いためか
犬はしきりに風邪をひく

僕が未来に投げて置いた槍があり
双児に分けておいた思想があり
それで事足りるといえば
犬はしょんぼり頭を垂れて

町中の灯を消すほど吐くのだ

僕のうしろに成長の遅い性があって
とりわけこの犬を怠惰にするらしい
犬が何とかして向きを変えようとすることがある
確かにそのとき僕のうしろに凶器があって
時々光ったり動いたりしているらしいのだ

麵麭

死後までつづくのっぽの「時」が
蔓の匍う午後の階段を昇ってゆく
棚では突然針が回って時計が鳴る
何とも空しい無窮の合図だ
愛で締めつけられ熱ある部屋は
西陽の方に傾いてランプをつける
〈そのとき竈が麵麭を焼き上げる〉

貴女がいなくなってから
この部屋は奇しくも凪と虫の遊び場だ
行き惑う落葉の上で黙って出会い
少しずつ鳴り出す弦楽器のように
うめいているのは何だろう
僕の愛は鮮烈な意味を必要としない
僕は怒りのたびに出発する旅人だ

〈熱い麵麭の耳をひき千切る〉

そのとき貴女の痛む髪の吐息を聞いた
水槽の魚が鋭い角度に向きを変える
窓の鳥が暖い羽を閉じる
太陽の薄い塩味を求めて向日葵が
日がな一日首を回していた
貴女がいなくなっても
繊維のように従順な夢がまだ残っている

〈僕は麵麭に蜜を塗りゆっくりのばす〉

そのとき貴女の黄色い地平が遠ざかる
空っぽの雲が走り　イメージは冷淡だ
僕は飢を満し　台所を片づける
麵麭種子と蟹が小さな神の姿で笊に残っている
だれもそれ以上に生き残るとはいっていない
冷えてゆく竈は土地の一部だ

土地の亀裂を叩くといい
名もない肉体が夜半に目ざめるように
憂慮の土をしばらく叩くといい

死後の心が感ずるのはおそらく
夥しい草木の幻惑と
駱駝の荷ほどある思い出ばかりだ
僕が感ずるのは
貴女がふと眉を寄せたような秋の表情と
麵麭屑とともに散らばる苦い秋の音ばかりだ

明け暮れのオーリャ

両手で採む数珠
きょう僕は太陽と同じことを考えている
脚を組んで永い休み
僕は梨と同じ味がする
悲しみの長い眉
そのとき僕は海と同じうねり
ひるがえる魚を波の下に抱える
だが　貴女はけさ僕と同じ鏡に映らなかった
朝の恋がはじまった
貴女はいつも涙ばかりで
涙の灰の中にさよならをして顔を消す
僕は反対に笑いながら
横たわる野菜と同じ疲れを感じていた

牛から陽が昇る
僕は彼とは同じ飢をもち草を嚙む
だが　貴女とは向い合って一本の鎖になりながら
同じ輪になったことがない

愛のために右と左に首を曲げた夜
正午　お互いに時計を見て抱き合っても
同じ時刻ではなかった
貴女はパンを焼き　街に出ていった
僕は五色鶸の啼く街から帰ってきた
短かい日だった

きょうも僕は太陽と同じ考えだ
そういっていい
感情はこの野菜と一つだ
そういっていい
だが炎になった貴女を理解できない
僕が夕方壁を伝わる聖者を見
馬の瞼の洗礼をみるときも
貴女は異端の縄となって部屋の外にいた
愛人よ　貴女は花の衣裳を着る
僕は土を借り雨を借りても花を育てることはできない
劫初から非同であった僕たちは
曇った音楽の中で二人食事する　愛は昂まる
言葉は謀叛のように行き違う

貴女の胸の確かな傷
僕の頬の不確かな傷
食卓の上に鋭いナイフが二つ

再び海へ――ケープポイントで

魚介が驟雨を待っていた
僕のうしろの都市は既に繁栄を恐れていた
背に雨が降りはじめた
青く氾濫した町は
土の下に心を曲げた水を流した
遠くに戦争の塵埃があがっていた
村に出ると魂の小さな同盟があり
使者の旅がはじまった
一夜は従妹たちに支えられた宿におり
情事のあと一羽の猫が忍びやかに通った
楽器に情緒のテロが集まり
音楽は呪縛のようだった
四方の城門に振らねば醒めない曙があり

千年来黙っている牛の音だけだった
昼　軍隊は蛭の群のように消えていった
犯された土地から
こわれた運河を下って海に出た
海では再び魚の間にいた
僕は蟹の間にいた
もう少しでこの都市が廃墟となり
激しい水に洗われることを知っていた
僕も泳ぎながら雨を待っていた

河畔の書

Ⅰ

石油

驚くのは
僕らの五体が石油になるということだ
何十万年もあとに
思念が油の中で揺れるというのだ
けものの四肢は
砂にとけて成金草の根となるそうだ
突然の終末がくるとすれば
その日の最期の宴会がそのまま
花の間を通る運河の中を流れてゆく
僕が新しい空で
小夜啼鳥の眼となるなら
唐黍の輝きから始まる風景に声を上げるだろう
驚くのは
炎の中に出入りする気楽な官能が
垂直に立ち昇る次代の神の
胸飾りとなっていることだ

急速に滅びた民族の栄光は
半島となって突き出し
実現しなかった時代は
終日風の中で荒れまくる
驚くのは
道徳を仕上げて消えた王朝が
地下になお一竿《いっかん》の旗をもつことだ
そのとき僕は
湧き立つ新平野の秩序に入ってゆけるか
はじめて見る事実と虚偽を
直ちに区別できるか
それから
ずっと未来の鳥の墜落
あちこちで起る山火事
旧世紀が終るとすぐ生れ出る新型のレモン
これらの出来事に
あらためてわななく感情はどれか
莨《たばこ》色の地層をかけのぼる僕は
たとえ油となっても
今より思慮深い力をもっているか

いつかまた僕は

いつかまた僕は同じ刃で人を刺すだろう
何千年か前の冬
鼻の短い男ののどをつかんでそうしたように
(いまも群集の中に彼に似た男を見て驚くのだ)
二人のもつれ合う影があれ以来
地球の回りを回っている
いつかまた雪の降る日
地上に同じ影を落しはしないか

いつか　たとえば何千年かあとに
窓辺に緑衣の男が現われる
彼がもし僕の名で呼ばれるとしたら
このようにきっと愛するだろう
同じ声で　同じく吃りながら——
ここにいま鸚鵡がいるから
そこにも一羽いるだろう
山茶花の間に古い風が吹き
女は少し顎を上げるだろう

すると彼はなぜとも知らず
女をふと何千年か前の名で呼ぶだろう

河畔の書

火のような船が河を下ってゆく
書物の上を影が通り過ぎる
椅子に倚って永い月日の物語を読む間に
時の針が少し進む（杖をひく老人のように）
水茎の好きな女（表紙裏の亡霊のような）
その情熱は小川に似て
湿気のまま愛されて
早く死んだと書かれている
墓には雨あとしか見当らず
分別盛りを太陽の方にいって
炎の塊りに縛られた　と

この村は美しさに乏しい
窪を流れる村の貧しい水は

野ねずみの弱い血の音がする
山人参と蝸牛に囲まれた丘の塔
そして子どもの身の上話
悪い夕方の鐘の音

僕の両手は何と愚かな形をしていることか
自己の内側を探ることはできず
夏の支配に倦んで本を草むらに取り落す
ああ　あのころの流儀では
僕には恋などできなかった
欲望の格子戸をあけたりしめたりしていたが

あれは本当にそうだったか
肉体から一面に咲き出た花
花粉の舞う道が一本
真の肉体があったのに
冥府の出口に集る男らの
首の鎖の音を聞いていただけだ
足許の大地も割らず　鋤鍬もうたず
畝を甘く嚙むこともしなかった

蝶に似た星が一晩中
女を乱しているときも

火のような船が下っていった
醜い村の屋根から屋根へ
鳥の足のような神が歩いている
この本の最後の物語が
鳥の声と短い雨で終ったからだが
牡牛のような河を泣きつづける女は
僕には昂まる愛のしるし
愛撫の身ぶりをする不実のしるし
あの眼は確か灰色だった
焼かれる草の色だった
声には炎の音がした
火掻きに転ぶ炭の音がした

河との婚姻

ある日　哈爾浜の私の家をたずねてきた

クルギ・タと名乗る巨きな女を
私はすぐに河だと気づいたのだ
かつて北満洲の広野でみた一本の河だ　と
ふり仰ぐと彼女の息づかいに
激しい水音が聞え
巻上げた髪は藻のように濡れて
庭先は青く波立っていた
私は群なす草ぐるみ彼女を迎え入れたのだ

河音のする日常の部屋に住み
消えては現われる密語と泡の中で
私は伸び上って女ののどを吸い
そして契った
夜は鈴を鳴らしていた

市場の旗より丈高い彼女はそこで
ひとつかみ二十個の瓜を買い
山羊を引いて帰ってくる
小さな台所で身をかがめ
クルギは昔の料理をつくる

肉と石炭と炎とで
皿に夕焼色の野菜を盛る
私は幕をおろし灯をつけて
うつむくクルギと食事する
彼女の瞼の上に浮ぶ月
煙を上げる酒　酔い痴れる大地
女の白皙の宏い胸に手を置いて
百里先の山脈の熱さを感ずる

彼女は従順にひざをつき
月日の中に歯を食いしばって
私の愛を受け入れる
クルギはやがて子どもを生む
伝承と曙のゆりかごの中に
船のようなゆりかごの中に

正午　乳は家の中にあふれ
子どもらは喜びの声をあげる
それらは壊疽の畑が癒えて
押し出された黍が歓喜するようだ

私は女の横たわる形をみつめる
泣声にまじる狼の声を聞く
二枚の幌のような耳を揺する
風は興安嶺を越え　アロン湖を越え
季節毎の独白が去ってゆく
そしてクルギはいってしまった
ランプのように光るくるぶしに
樺の木の大きな鞋《くつ》を履いて

それからすぐ秋は終ったが
私は曇った窓に倚って考える
クルギは元通り広野を流れているだろう
その重い水の底に草魚が泳ぎ
それもやがて凍結するだろう
だが　いつか
多分　春の黄塵のあとかも知れないが
あの長い髪と重い乳房をもって
氷の割れる音の中を
クルギ・タが再びくるだろう　と

不死家——*PSYCHE*

自動車に轢かれた男が立ち上って
炎天下を再び歩き出す
彼は真っ直ぐ歩道をわたって
草垣の右に折れていった
幾度も車に轢かれたが
いつも死なない彼は
「不死家」と書いた標札をかけている
妻は首を吊ったまま何十年も
食事を作り皿を片づける
息子達は遠い戦場で
燃えながら走り回っている
何人かの祖先は投身し
いまなお濡れたまま河畔にいる
植えこみには古い鳥が居残って
空はいつもしゃべっていた
死にきれない親戚がときに集って
瞬きをつづける鶏をたべた
みなひっそりと影の名前をもち

雲間を漂う老いた神を窓からみていた
雷雨に妨げられた夜が明けるたびに
「千年」という名の愛犬を抱いて
床に垂れるほどの髪をもつ姪は
「死にたいねぇ」とつぶやいた

ふとんが一枚

神が立去り　ふとんが一枚
夜明けに轟いて閉じられた扉《ドア》
私は愛のあとの手ざわりをなつかしむ
戦慄の羽根を映す青空
早くも中天に位置して彼は
一日の激しい創造をはじめている

早朝の海浜はうたう貝ばかりだ
花形の髪をして妻は泡のように腰かける
潮が食卓の周囲にひろがり
陽気な皿の光の中の魚を

私と妻は二つにしてフォークで刺す

ひる甲冑の訪問者がきて
おくれて鳶色の手紙がくる
岩は終日しぶきを上げて
幻に似た種子を高々と吹き上げる
陽射しがふと傾くころ
彼も空で手をはたと休めた気配

私は脚をふんばって
一日土を直線に掘り起した
棘の間に果実は実り
今日も鳥を追って森が少し移動した
夜　おお何もかもうまくゆく
「空の使者」という名の酒を飲みつくす

灯の下に昆虫が集って逆さになる
磨硝子にうつる氷菓と乳房
髪を櫛けずり　手足を粧い
欲情にあふれた身体を横たえる

そのとき寛衣をひきずる音
轟くノック

神が添い寝し　ふとんが一枚
忽ち無数の猫と星に囲まれて
私は彼の「十桁目」という名の愛人となる
耳の没薬が吸われ
素早い手つきにつれて
私と妻は感覚の絃の上を走り回る
自動ピアノのはね回る鍵盤のように

逃亡者

兵隊が追ってきて「止れ」という
止ったとしたらどうなるか
――YANがいうには――

私は帰ってきた
覚えがないか

私は昔の顔も名前も失った
日向くさい藁のような名だったが――
山羊声の姉さん
黙って急いで
うしろ手に扉《ドア》を締めてくれ
嵐がうしろから追ってくる

私は旅先の市場で盗みをした
幌の中で兎を絞めた
生れ変れるものならと
季節に寄りかかって鳥と交った
洪水で卵が流れていった
少女のような春の叫びの中で
私は毎日宿屋の窓際で発作ばかり
うっかり二本目の刀をもつと
なぜだか血糊がついていた

林で賢者に咎められ
枝に首をかけたら靴が落ちた
素足を崇める夕立の町

ずぶ濡れの正直な女たち
私の分身という男たちは
私が咳こむとみな咳をする
彼らのゆすりと密売と
その都度辻で鞭うたれた
庇のない人生の遠方を
痛さに飛び上って走り出す

ある日　よくしゃべる犬に出会った
弦楽器のように敏感で
心づかいのある犬だったが
山峡で彼を見失った
以来　私も言葉なしだ
私はこうして帰ってきた
灰色の姉さん
声はなくとも私は
燃えさしの薪だ
煙の匂いでここにいるのを分ってくれ

不滅のしるし

帰ってみたらよい流行は終っていた
いや　すべての時代が終っていた
鳥は固い空の間に消え
最後の犬が門前で倒れたところだ

僕は物が終ってゆくのをみながら
薄れかかった庭先に入ったのだ
だが再び不滅と称する時代がきて
深いところから水が現われたら
夜明につかえた魚が浮くだろう
苦難の茄子に雨が降りつづき
市場がぼんやり出てくるだろう

世界のはじまりには悪い典型がある
翅についいて何も知らないうちに
毒のない蠅がやってくる
だれも美について知らないうちに
岩の下から花が咲き出す

昼の仕事を覚えないうちに
根と根の間に光が届き
早熟な麦を刈れというのだ

不出来な世紀

この世が始まったとき
まず光が盲いた眼を開かせた
鳥貝と人間が同じ眼つきで
四囲を見まわした
風笛が鳴った
辿々しい犬がやってきた
部落が出来て屋根が出来た
複雑な空の下を一本の傘が通った
なおまだ夢想中の鳥がいた
果実に少し火照の味が残っていた
山は新しい腫れ物のようで
地平に雨が流れていた
やがて麦が立ち上り

早々と休んでいるのは神だけだった

この世が終るときはこの逆だろう
いそがしく神が立ち上る
黄色い畑が雨雲をさがし
午后二時　最後の麦が終る
禿げた山の上で
これ以上の醜さはないといった女が
卵を一つ抱いて
羽のない鳥を孵すだろう
火の粉の中で
狩人が矢を探している
罅の入った犬が力をふるって
もう一度村の方を振り返る
やがてその眼もあかなくなり
自分は死んだと思うのに
凍った首が前に垂れないので
この世は犬の刑で終ると考える

街で彼と出会ったら

石器人が時折り街を歩いている
実際に見た人はいるのだ
街角で僕が貴女といるときに
背後から影を落していったのがそれだ
幾度も建て直された都会の中で
たとえ彼の目と目が会ったとしても
驚いたり悲しんだりしないでくれ
いまなお太古の記憶をもち
伝統と慣習に従う群集の中に
たまたま彼はまぎれこんでいるのだから
彼はビルにかくれた森を過ぎ
古い沼を渡っているつもりなのだ
彼は学校や交番の前を歩いてゆく
ある日偶然彼と並んで僕は
一つの太陽を仰いだことがあるのだ
貴女は立止って腕の時計をみ
食事の時間とつぶやく
僕らはグリルでナイフを使う

ナイフは羊の心に届くほど切れる
僕は貴女の美しい顔にも
数万年の時が流れているのを眺める
テーブルはゆっくりと大地と共に動いている
僕らは再び街に出てゆく
そのとき彼が鹿などかついで
向うから引き返してくるのに出会っても
驚いたり悲しんだりしないでくれ
彼の労苦と我々の仕事は共同であり
律義さもまた同じであり
街に古い誇りと敬礼が残っている限り
必ずどこかで出会うのだから

隣に現われたもの

確かに何かが横にいたのだ
走っている車にいつどこから
乗りこんだのか知らないが
不意に隣に坐っているのは

すでに消えてしまった世界から
力をふるって出現した何者かに違いない
おそらく風の中で怒り悲しみながら
永い伝統に守られてきた彼に
心ならずも私は調子を合わせて
怒りまたは悲しんだが
彼が聞きとっているらしい空の声は
糸のように一筋　私の耳にも届いていた
だが　彼を容易に信じてはならぬ
ある日　天使でもまた悪魔でも
ひそかに隣に来ることはあるのだから——
彼の耳は長いかも知れぬ
咳ばらいは獣の癖かも知れぬ
急に泣き出すか
または噛みにくるかも知れぬ
そ知らぬ様子でハンドルをもち
空の熱さにつづく確かな時代の中で
未来がちらちらするのを私は見ていた
やがて彼は降りていったらしい
わずかに残る衰えた気配と

そのさびしい余感に私は思う
たとえ彼が害をなそうとなすまいと
もっと彼を信じ熱望すべきではなかったか
いつも半ばしか成就しない世界や魂が
日には夜をつぎ　夜は日についで
渾身の力で再び現われるものなら
隣で彼が瞬間光ったあのときだ
私は振り返って見るべきではなかったか

Ⅱ　牛

牛を追え
まだ　そこここにうづくまる強固な幻を
都会の朝　街かどで鉢合せして
その角《つの》に驚いたことはないか
「終りの牛」と名づけた牛が

駅の旅客にまじって降りてくるのを
見たことがないか

牛を追え
一列で並木に沿って逃げる牛の群
われわれがそこに暖かい牛を探すのは
未だ完成も純化もされぬ性に魅かれるからだ
その欲情は四つ辻にあふれ
火のような眼で振り返る

たとえば遠い公園で
男女が腕をかわして立ち上るとき
突然　女が牛のように啼くのを聞いたか
熱い舌を垂らした花ざかりの牛が

辞書と薬壜をもって歩く君が
もはや狩人ではないといっても無駄だ
君らがかつて放った矢は
交差点の信号で少し待ち
町から町へ飛んでゆく

一頭ずつ倒しながら
昴まるわれわれの情熱が見るのは
倒れた牛のその先に立ち上る新しい牛
唯一の思念に集められ
やがて正しい形となる牛の部分だ

この街はほとんど失敗している
自然は再び実現しようとして
ときに地と空を揺すり上げる
交感しようとして季節は回る

牛を追え　不変の牛を
ロータリーで溺れる牛と
夜は雲の間に現われる「牛の兆し《しる》」を

狼

一篇の詩を書き上げたそのとき

突然　ノートの上で吠えたのだ
私は狼を見たことがない
考えたこともない
だが　インキの滴る狼が
そこに現われたということは
私の心を横切ったある憎悪の
仮りに比喩とした一匹でもあったのか
私は獣の真剣な面持ちにうたれて
彼のために奥深い原始林と
氷片のようにとがった月を
詩の中に書き入れることにしたのだ
それから私は考えた
もしかすると永い年月　それとも知らず
彼を閉じこめていたのではなかったか　と

私は落着くために水飲みにいって戻り
こんどは群をなしている彼らを見た
一群が森を歩くのを見た
蒼涼と月に照らされてゆっくりと
移動する彼らは理性の輝きをもっていた

そこで詩のはじめの連を読み返す
それは飢え渇く世の入口で
さびしいがいかにも確かな部分だ
すると一匹の狼が戻ってきて
そこらで低く唸っている
母よ
霧の中　または雨の中で
敵に向って示すすきのない姿勢
欠乏の中から火を吹く一筋の情熱
これらは貴女が教えたものだ
それから本能にひそむ神の正しさ
私は言葉を求めてノートに記す
世界の沈黙に向けて放つ一つの言葉
山の稜線に放つ一つの遠吠え

それから一気に書いてゆく
彼らが望み　成就してゆくものを
欲情や苦悩がやがて光り出すところを
やせ衰えて足がもつれながら
なお　見上げる沖天の神々しい嵐を

やがてノートの上にも風が騒ぐ
私はすでに真の狼を認めた
だれも気づいてはいない
インキのついた爪や
群を離れたものにも兄弟の
名を分けた共同の思い出があることを

蚊と地獄

十年経って再びスヴェーデンボルグの書を開いた
そのとき　本の中にはさまれた蚊の屍《しかばね》をみたのだ
地獄に関する教説の「炎」という字を脚で支え
自らは文字の中の句読点となっている一匹の蚊だ
僕はゆっくりと十年前の夜を思い出す
口を閉じた故郷の余韻にまじる蚊の唸りと
耳許で囁いては引火《ほくち》奴のような眼を光らせる様子
それは百人の兄弟を敵として生れついた姿に見えた
激しい雨ばかりが降るころだった
「千度名を呼べ」と本には書かれていた

「千度目に愛するものの霊が汝のうしろに立つだろう」
僕はその通りに読みくだした
僕の背後に愛する影が寄り添った
快い負担が軽く僕の背を押した
書物の中に火を噴く獣が見えかくれした
終夜　蚊は灯のまわりを回っていた
僕はふと火つけ走盗であった祖先の愉楽を思った
地獄の柱のかげで音を立てている人々のことだ
僕は書物から眼を上げて四囲を見た
東方はいつも野卑な夜明けをもち
北方には暗い鉄の情熱があった
やおら　本の中に風が立ち
頁が数枚はらはらとめくれた
純粋な文字は常に誇張されている
真理には誇張が必要で　しかも成就を急いでいる
何と暖かな気候だろうと思いながら
僕は書を閉じたのだが　そのとき
一匹の蚊が躍りこんだのに違いなかった
そのころ僕の脚は地上の力に満ちていた
道は塵埃をふき上げ石英のように光っていた

僕はいま衰えた道を蹌踉と歩く
町には苦い旗亭が並び名無しのように酩酊して出てくる
太鼓の鳴る大地　遠流の土を歩いてある日
死の中の島ともいうべき愛人に出会い
鬱屈の中に凶相の肉体が甦えるのを感じた
それから十年目の書を再び開いたのだ
「地獄を見た」と著者は書いている
地獄の柱を守るように蚊がそこに横たわっていた
花をつけた冬の礼装のままで細い手を上げ
蚊は書物から静かに滑り落ちようとした
この軽さは苦難の生涯を降りる我々と同じものだ
救いとは泣きつくして軽い肉となること
魂が紙のようになって飛ぶということだ
本の中で再びどろどろと太鼓が鳴りはじめた
電流が文字の闇黒の中を走り出す
輝く麦の間を日は日によって過ぎてゆく
死の中の島の何という甘美な肉体だ
僕はまた千度愛する名を呼んでみた
今度は違った
書斎の隅に立ち上った影はひそかに放心していた

抱擁もくちづけも柔らかな崩壊を楽しんでいるだけだ
呼び出されて試される魂はやがて
この蚊のように乾いて横たわるだろうか
蚊は行間をすべって畳に落ちた
僕はそれを拾って教説の綴句の中に置いた
牢固とした形で死につづける一匹の蚊は
再び書物の中に閉ざされたのだった

飛蝗

父の墓から匍い出た飛蝗《ばった》が
頭で三度地面を叩いたのだ

その鄭重な敬礼と仕草とで
僕はそれを父の姿と見て
急いで会釈をしたのだが

おそらく父が求めたのは
たとえ小さな虫であっても

地上で交すべき瞬間の礼儀ではなかったか

供花をもって立つ僕の上に
雲の走る空がつづいている

風の中でなお創造する神は
思い出や習慣《しきたり》によらぬ巨大なものや
もっと小さなものを作るだろう

それらは至極敏感で
炎のような未来を満たすだろう

僕らはときに見ている
種子や石たちがよく目覚め
泉や草がその声を聞き違えているのを

それから明るい往還で
さまざまな生物が互いに振り返って目礼し

地上や地下で忙しい知的なものが

何かの親愛で僕らを不意に驚かすのを

一匹の虫

いつも散歩する道の小さな穴に心ひかれていた
それは鼻孔のように息づいていたからだが
ある正午　汗のような雨が降ったとき
一匹の虫が穴から出てきた
何かなじめぬ様子で辺りをうかがい
やがて小さな一声をあげた
僕にはそれが「主《しゅ》」（SHU）と聞えた
虫が戴く主とはどの警句より鋭く　真面目で
無神論者をも驚かす響きがあった

握ると虫の体臭があふれ
ふくらんで産卵の気配をみせた
眼を近づけてよく見ると
芥子粒のようなそれが実は厳然として
傘をもった竜の形をしているのだった

若いが既に豊かな知識をもち
僕の掌を少しずつ食い破ろうとした
そのように行動するのはおそらく
主と呼んだ声につづく確かな説話をもつものとみて
僕は自宅に持ち帰ったのだ

籠に飼ってしばらく経った
虫はしばしば飢え渇き僕の妻を呼び寄せた
その白い髯をみた妻は虫のふるう鞭に恐れ
一つのエロスを彼に与えたのだった
虫は自信に満ち　時には傲岸に成長した
籠を檻に代えるころ　それは
天を仰ぐ複眼と精緻な巨体を完成した
彼は腹匍いで家に沢山の道を作った
僕は毎朝その道を通る　太陽の並ぶ道を

彼はなぜ様々に変身するのか
どこに辿り着こうとしているのか
多分　自然はいまも創造の途中であり
神は制作の手を休ませてはいないのだ

その神に通ずる我々の言葉も出切ってはいない
この分別の鎧戸から空の高さまで言葉を送るには
特異な抑揚やはずみが要る
炎を捩る鞴のような舌で

虫はまことに放縦で彼の領土に海や砂や風を求めた
すると絨緞に島が出来て流人と鳥があがってきた
麻が伸び　妻と娘はそこで会話をしている
過去に苦しまず未来の想像を恐れずに
海のホリゾントに精霊を認め
身内に天上の種族の妊娠を望んでいる

どうやら虫の意図がわかってきた
ある日檻のまわりを新大陸がリボンのように回ったとき
客が来て部屋を席捲する感動に満足して茶を飲んだ
そのとき虫は無数の肢で静かに歩いていた
卓布が滝のように床に滑り落ちた

僕は終日檻の前に座り愛情の全てを示している
虫の声と仕草を使って同化につとめている

触角で秋をさぐり　季節最良の果物を皿に集めている
死がなければ人生は更に不可解なように
時代は終らなければ疑問は解けない
虫は終る時代の痛苦をなめていた
裂けるような顔と体形の変化
吐息と独白の激しさ
白熱し失神して立ち上るとき一つの神の姿勢を示した
妻と娘は愛の昂まりから涼しい涙を虫にそそいだ

かつて神への通路をもたなかった大地の
縄のようにも一人の神を手繰らなかった時代の
わが家に信仰を求める虫がいまも歩き回っている

犬の位置

不意にくるもの
性急なもの

吹きつのる風の中

人がみな駈け出す中で
あの犬の幻影は
消火栓のところで微動だにしない
僕は知っている
何百年も昔
急に走り出そうとした犬が
その姿勢のまま
そこに止っているのを

不意にくるもの
性急なもの

当時　草むらだったその場所で
声高い太陽に励まされ
犬の本能にひらめいたのは
いっしんに走ることによって求められる
ある大きな何かだったに違いない
舗装され歩道となったいまも
犬は一歩もひかずそこにいる

不意にくるもの
性急なもの

たとえば一瞬のうちにくる死も
生きて熱望する位置を
変えることは出来ない
よく働く心臓は死後もなお
明るい光にまぎれて
町から町へと打ちつづける

不意にくるもの
性急なもの

驟雨がきて人は傘を開く
気球が空で躍っている
この騒然とした風景に
なお見えかくれする過去一切のもの
姿勢と場所の異動を拒否する一切のもの

僕は消火栓の横を走る

決して亡びることのない
一匹の犬の輝きの横

犬の基督

僕はみていた
低い太陽が影を押しつけている一本道
揺らぎながらやってきたトラックと
檻に満載された野犬たちを

青い山々が吹きおろす風の中
過激な音楽を聞くように
トラックは一度立ち止まり
うしろを振り返ってまた走り出す

僕はみていた
犬たちがそれぞれ背負う異国の来歴
老いて烏帽子をかぶる犬
町の泥棒と海を越えてきた犬

群集の中に愛を見出した犬
半ば引き裂かれた不動の犬
二粒の豆ほどの母子の犬
彼らは知っている
間もなく一匹ずつ吊り上げられ
針金でうたれ　扼殺されるだろうと
彼らは脚を折り　尾の上に正座する

トラックは時々飛び上る
灰色の地獄につまずいて
金曜の鞭にうたれたように
そのとき僕がみたのは
やおら野犬の中から立ち上って
遥かな天を見上げる一匹の犬だ
胸に十字の印をもち
前脚をかかげて声を上げる麦色のそれだ
天国を約束する仕草
頭上に光輪を支え　解けた鎖の上に立つ
犬たちの見守る中でその声は山に届く

トラックは再び立ち止る
用を足しに運転手が降りてくる
湧き起るうたは車を満たし
心をつなぐ一本の縄のような証《あかし》が現われる
馥郁と焼き上る未来のパン
五旬節近く　きしむ檻の中
—神のおんちからにわかに出で給う—
トラックは左に揺れ山並みは右に揺れ
痰のからむ遠吠えをのせて去ってゆく

そのあと僕がみたのは
一本のつむじ風と一本の道だ
はじめも終りももたぬ道は
いつも狂おしく愛を求めなかったか
飢え渇く一族は自らの救世主を
路傍に生むことはしなかったか
かつて残された布衣につく血をみて
人々は集って評定し
やがて何かの啓示をみることはなかったか
一本の道の上で

Ⅲ

多摩の無精

「馬の首」という星座から
星が一つ失せるとき
多摩の田の蛙の背に影が映る

(このごろ狂った蛙がいなくなった)

川に終日　灰を捨てる女たち
目地草《めじぐさ》に降る朝鮮風の雨で風邪ひいて
僕は草の根のことばかりを思う

(針ねずみの巣を知っている)

昔から建っているあの家は
巧みな本能をもっていて僕は好きだ
窓という窓が千里眼で
激しい雨にまばたきする

扉《ドア》を叩くと古い風が顔を出す
兎のように振舞う家人と
水無葱《みずなしねぎ》で性悪となった犬がいる

（一年毎に行商がくる）

ある日　柔らかに家が崩折れたが
太陽を見上げ　獣のような最期だった

海の親類から泡の便りが来て
野菜畑に明るい郵便が置かれていた

（すっかり秋だ）

精悍な空が奥多摩につづき
向うの雑木林の神とこちらの神が
麦を蒔いたと合図する

日ましに昂ぶる麦が叫ぶ道を
（そこは地獄の上かも知れないが）

ゆらゆら火のように歩く女を連れて
つれづれ散歩ばかりの日だ

旧北多摩の保谷村

この村に移り住んだとき
ふと見かけた一匹の賊は
淋しげな仕草で千年多摩に住み
今は全く用無しの
秋は稲穂の先　正体無しの
飛蝗《ばった》の音する哀しみの
昼は仮名の紙魚《しみ》となって
帳面にはさまれて学校までゆく
薄い髯をもつ手足と
古釘のような知識とで
村の都市化に逆らっていた
村はその神出鬼没の叛乱と
悪ふざけを容認していた

夕方　指を銜えて村が唖となるとき
鳥が屋根をかきむしって飛んでゆくころ
旧海溝の波が青く戻ってくるころ
筒のような夕暮れの中で
ガラクタの夜店が開かれるころ
彼はどこかでのけぞるのだが
そのとき　痛いという一声をもつ町　保谷《ほうや》

空までの段々に居坐って
いまは一匹だけの賊が
娘の柔らかいのどのあたりで泣いたり
ねずみを藁から解き放ち
柿の葉を枝から落し
罠にけものの足跡を残し
洋灯《らんぷ》の芯に灯を入れたりする
僕の書斎の窓に舌を乗せ
古い文言をとなえる彼と
僕は銭湯で出会ったので
三分間云い争って出てきたのだ

彼は家路につく役人につきまとい
土地買いのうしろを追いかける
野猫に笛を与え
弱った蠅を集めている
そのとき　痛いという一声をもつ町　保谷

急ぎ足で野蒜《のびる》を買いにいった女が
途中　突然石と化した彼をみたといい
紫蘇の畑で発作を起し
果物をたべ残すのをみたという
祭の太鼓が鳴り終り
雪が降る少し前
一本の武蔵野鉄道の上で
風に舞う痰を吐いていたという

だが　彼は健やかな暦
まじめな伝統と僕は思う
彼は地平の灰　年毎の驚異
広野の正気に違いない　と
だから僕は

彼が庭先にくるのを喜ぶのだ
彼は日光鼯鼠《むささび》を連れてくる
昔ながらの客のように
村の入口を恭々しく通り
気に入りの星を二つ
眼のようにしてやってくる

古い家が怒るとき

武蔵野の斜面に立つ古い家
昔から「苦悩の家」と呼ばれていた
この家の主人は夜毎　椅子に倚って
冥想に時を費し　しばし淫楽し
終って永い祈りをあげる
彼が立ち上ったあとも
椅子は慣性で揺れつづけ
主人が残していった重い心を
朝まで前後に揺すっていた

ひるはどこからともなく旅商人がきて
散薬を売り　広告などを貼ってゆく
すると一斉に光が彼に注目し
聡明な犬が出てきて静かに吠える
蔦の間ですでに老眼となった窓々は
時のうつろいを見知っていた
雑木林をわたる黄銅の羽音の鳥と
あかあか燃える西の空と蚊柱と

村人は「幽霊が廊下を走る」とうわさした
書物をもった主人が白粉にまみれ
並んで走るのをみたという
この家の心はすべて疲れたままに
無窮で不朽の仕草をしていた
暗い書斎にはすでに思想があふれ
人智がきわまると思われたときに
どうして窓が泣かずにいられよう
月光の射しこむ中のねずみの群が
どうして泣かずにいられよう

村人はこんな不安を話していた
「あの家はすでにかしこ過ぎる」
「本能はいよいよ鋭い」
武蔵野の真ん中の保谷《ほうや》から
いつか沼と蟇が消えてしまい
麦や菜種の畑が失せたいまも
時折り流星が空をとぶ
終夜　蜜のように重い雲を通して
この家は神から真下に在って
一本の竹のように信仰が育っていた

雨期が過ぎ　ときに小さな地震があり
多くの四季がめぐってきた
ある日　多勢の村人がかけつけた
ついに怒り出した家のまわりに

家は塵を吹き出し　身をふるわせていた
ドアの間から聞えるのは
老いた哲人の声でもなく

人智に馴れた犬や家禽の声でもなく
時代を超えて連鎖する激しい言葉

村人はみていた
いま亡びる家の最期の地団駄を——
いつかまた再建されようと
住み馴れた数々の魂が
家のすき間から飛び出して
保谷と名乗る「真の村」から
しきりに上昇してゆくのを

まだ出て来ない一人の兵士
——横井伍長も小野田少尉も出て来たのに

僕の朝夕にかくれて三十年
いまも点呼に返事する兵士がいる
重い装備で海亀のような沖を見張っている
一日に一度　僕の記憶の谷間を駈けぬける

僕が住む武蔵野の保谷《ほうや》は静穏な町で
猫の店は一軒隣　草木屋はそのまた隣だ
兵士が雨を飲んで粥をすする日は
僕にも飢えがやってくる
彼が鉄冑を脱ぎ　折れた女に抱きつく夜は
僕が恥しい夢をみている夜だ

南の兵隊はみな出てきたというのに
いつまでかくれているつもりか
彼が急に空地の先で発砲したらどうする
軍隊語でよそに電話をしたらどうする
町の八幡で祭がはじまり
氏子は農道を通っていったが
僕のペンには熱帯の颪
指の間に蜜蜂の音がする

兵士の日々の剣《つるぎ》の痛さ
盗んだ薪の火の熱さ
正体なくつのる敵意と盗みぐせ
律義のつらさ

いつかは彼を説諭して
座布団に坐れといえないか
軍服を脱いでただの働き者にできないか

保谷駅前の薬局で
同じように困っている元軍曹の主《あるじ》と二人
壜の薬をふりながら
そんな話をしたのだが

日々の火

火を運ぶ仕草がだんだん醜くなる
腕を闇の方に伸ばし　眼を伏せて
鳥がひそむ廊下をわたって
水の苦しむ厨を通り
乾草の転がる道へ
両手で火を囲って
淋しい天体を庇うように

木の実がしきりに降る
限りなく衣類が脱け落ちる
仄明るさを愛する牛馬が
灯りのそばを歩いてくる

老いの早さに驚いて
人々はふいと過去を振り返る
そこには数千の松明をもつ日があり
生きているものには火山の火量
死者でさえあり余る火の粉を落していた

いま指の間にある一個の火を
根気よくそれをもみ上げて
燃え上ると家にもちかえる
卓子が照らし出され
倒れた椅子が身を起す
庖丁が葱の中の雪崩を削る
塩を探してつづけざまに
魚が棚から落ちる

窓のところで身を曲げているのが
愛欲だ　虫だ　GASTROPO-DA
壁に火の消えた猟銃が下がっている
心が窓から離れると
沢山の嵐がくる
部屋の中を兎の思想が歩く

夢が石にぶっつかる
夜の雲とすれ違う
炎について積年の
寝言がはじまるのはそれからだ

武断の家

かつて父祖とともに戦った家だ
誇りもいまは悪癖となって
塀に降り立つ鳥を追い立て
庭に来た夏を不機嫌に突き回す
上目使いの番犬のいる玄関は

魂が外出するのを拒んでいる
亡父は書斎の揺り椅子にいて
戦さのことばかり思っていた
彼は生前　自分の肖像画の中に
真鍮の馬具を画きこませた
庭では古い軍隊が死にきれず
戦士らは自らの歌の中に折れ曲って
永い月日を眠っている
深夜　階段の所にうづくまる黒い男に
僕はときどき火を借りる
石投げを業とする叔父だけが
鳥を提げて元気にやってくる
彼が勢よく扉を締めると
梁から冠をかぶった鼠が落ちる
母は収穫の日にも哀しみの粟を抱き
人生は永遠に棘だらけと思っている
だが　新しい時代が家を囲んでいる
僕はそれを旋風のようなものと考える
僕はこの家の一切に束縛されぬといったのだ
僕には新しい義務と希望がある　と

粗衣をまとって大地で働く　と
そういって愛を求めたが
花嫁はどこかで腰に砂をつけてきた
疲れた異国の昔の軍歌をうたっていた
理に叶う結合のときにさえ
枕づたいに僕の眼に彼女の砂が入ってきた

郵便

戸をあけるともろもろの種子と
感覚に満ちた逆風に出会う
僕が移り住んできたここ保谷《ほうや》にも
まだ終らない太古の意思と
さらに深まりたい大地の情熱がある
その慇懃な道の先に郵便局がある
畑のキャベツの中をゆくと
不意に過去の川が音を立て
ためらっていた流れが激しい魚をよみ返らせる
草むらでは古い鼠が立ち上ろうとしている

小さな骨の間に太陽が垣間見えて
弱った本能を鼓舞している
男女が手足を抱いて斜面の方に倒れてゆく
斜面の雑木林の上を鳥の幻が渡ると
あとから追うように一本の淡い矢が現われる
僕の観念にも傷つきやすい的があり
それをいつも高所に運びたいと思っていた
しかし　天の結び目は解けないままで
地上の謎としての石が転がるだけだった
僕は穀倉と酒倉の間を通る
物乞いのような肉体に酔った力が通る
そこで罌粟の冠をかぶり欲望を背に負う
もう間もなくだ
僕は礼譲という綽名をもつ坂を下り
郵便局に辿り着く
そこには死語のまじったざわめきがある
正午の偉大な泥地　丈低く知的な鳶色の草
ずっと遠くは沿海地方で帆と旗のはためく所
乾いた塩の中に愛人がいる
僕は手紙を書く

僕はそれを郵便局に置く
手紙は霊感のように素早く飛び立つ

死者の書

物象

私の眼は静かに待つことを学んだ
波が次第に現われ　やがて
波の一つ一つが争いながら
宏大な海となってゆくことを
私はそれを窓からみている

ほのかに四つの肢が現われ
耳と尾がつづき　それが
一匹の犬となってゆくことを
私は静かに待ってみている
犬が壁に沿って走るのを見送る

私の耳は次第に聞き届ける
冬の空に消える単音のそれぞれが
空に共鳴る海の音となってゆき
長くなきつづける犬の　それが
一つの身の上話であることを

海や犬が耐えるというなら
私もまた耐えるのだ
瞬間に見たと思うときでも
物象となるためにはみな耐えているはずだ

空をしぼって飛び降りる一粒の雨
やがて一個の壺となるための熱い土
永い時代消えていた星や石が
次第に現われるのも同じだ
時の中に姿をみせる古い友の額

宙に浮く額と脈絡のない一本の手
このように激しい孤影を示さずに
どうして心をもつ物が見えてくるだろう
窓と壁がやがてこの部屋を現わす
カップと灰皿が卓子を示す
そして不意の贈物のように　やがて
小さな滴が酒となって現出する
壜が立ち上って酒を包み　それが
卓子の上で静かに声を上げるのが聞える

理法 I

一瞬にして村が消えたとして
書斎で物を書きながら僕が消えたとして
どうしてそれが不思議だ
雪の中を歩きながら僕とお前が消え
つづいて白樺の並木が消え
眼の回った星が空を降りてくる
もう僕には驚くことがない
村も並木も消えて瞬時に現われる
反乱する者は元の町のはずれに集り
栗鼠たちは反対の森の中にいる
お前と僕は新しい町に手をとって再び現出し
ふと思い出して閃光の中を歩き出す
そのときお前にわかるか
いったんは地下で記憶を共同にしたことが
二度三度　雪の積もる中で
僕らは再び三たびと消えては現われ
さまざまの伝承によみ返る
親しい骨は骨につながり

豊かな肉のかげが骨を包み
生れ代った数千年の声で話合う
「確かにそうだ」といって
お前の最初の疑問に答える
もう一度僕が炉のそばで本を読みながら
薪の火とともに一瞬消えたとして
どうしてそれが不思議だ
束の間の滅びと死をくり返さずに
このように愛し合うことがあるか
この本が一筋の意味をもつことがあるか
薪の火がちろちろと燃えつづけることがあるか

理法 Ⅱ

蜂だ
胴ぶるいして飛び回る蜂が
突然　眼の前でかき消える
寸時に見えなくなるものを
理法に叶うことと私は思う

彼だ
斧をかざして彼が
昨日ふっと消えるのをみたのだ
かくれた森から再び現われた彼は
消えた事実を否定するのだが
兵隊も山の火もある瞬間消えるのだ
大気《アリア》の子らは
まず明《あ》か明か自らを示し
ふっと消えては現われる
光に散在する暗い穴の中に
彼らは何度も躍りこむ
もしいま向うの丘に
鉄塔と木いちごの群が再び姿を見せたら
私はきっと思うだろう
この世の到るところには死所があり
かれらはそこで十分に死を味わってくるのだ　と

私だ
だれか私をみたか

突然　旅人のようにかくれた道を歩いたのだ
だれか知っているか
私が苦痛もなく消えた瞬間の消息を

火星の秋

火星の秋
二枚の重ねた皿のような
宇宙がふくれてゆく中を
いま　静かに往来する神が
いよいよ崇められむことを
噴き上る土砂と火の渦の中を
妊った太陽のゆらめきの中から
スタンザ（頌歌）が聞こえ
静かな秋が
火星に訪れむことを

暦を一枚めくると
百万年の木曜が終り

次の金曜までまた百万年が過ぎてゆく
空に播かれ漂う穀霊が
星々の田園で朗らかな稗となる
そのとき地上にも穀物が稔る
暗い空を流れ歩く霊たちが
愛する霊に出会うと
そっと手と手を重ね合う
そのとき地上では言葉もなく
愛が生れて重なり合う

牙のない獅子　花弁のない花
角のない山羊　車のない馬車
これらが宙空で
互いに元の完全な姿を認めながら
席をゆずり合っては流れてゆく
なだれを打つ火星の秋
神はひとりスペクトルの中に
無為の姿をうつしている

秋たけなわ

ますます大声の頌歌がひびく
ランプが一つ星雲の中に浮ぶ
五メートルの大レンズでも見えない
だがそのとき
下界では小さなランプを無数に掲げ
数億の窓が明るくなる
疲れて人々が餉いながらも
困苦の中でも希望をもつなら
完全な否定を再び否定する意志をもつなら
死後でも帆を上げて
天を航行する船に乗るだろう

森で仆れたけもの
海底で産卵して死んだ魚ら
土中で暮した盲目の蟲が
揺れるタラップを上ってくる
すべてがすでに名を失ってはいるが
新たに名を与える神の力を待っている
(死者は待たねばならぬ)

舷側に並ぶ兵士や学者たち
または気のふれた人でさえ
かつて地上で味わった四季を思い出しながら
こう呟くだろう
火星もすっかり秋だ
冬は近い　と

地球の上で

断末魔の地球が
深夜に突然昼をつくり出し
炎の力で黒い土を噴き上げる
氷と火で鍛えられたわれわれが
営々と地上に多くの共和国を築き
極彩色の旗を掲げながら
古い地球とともに姿を消そうとしている

合体する生命を創った神の荒い息が
まだナウル島の風の中にまじって

赤道下の注意深い酋長ツイウエが
この世は終るのだなとつぶやく
私は深く眠っていたが目を覚まして気がつく
この世の始原は滅亡の激しさに似ていたことに
新しいいのちはいつも腐蝕の土から生まれた
死者の胸の上に槍をもって生者が立上がる
恐竜が化石となるとき小さくなったとかげが走る
泥の中で水牛を曳いて労働する者は
赤熱の火の中でも牛とともに働いた
永く海中で心を培って陸に上った人間の祖は
煉瓦を積んで城を築いた
火山にも氷河にも耐え抜いてきた人類の裔は
潮の匂う街に灯りをつけ
憎悪と赦しの町角で永い間立ち話をしたのだ

鳥は天体の甘さをもつ木の実をついばみ
われわれは神人共食の宴を設け
髪を垂れてやってきた神の妹と食事をした
愛と性は火の粉のように熱い子らを作った
われわれの村には幸福で美しい言葉が生れた

その言葉を継承しようとして
大洋を巡《めぐ》る未だ名のない生物がいる
彼らはいのちを整え経験と知恵を貯えながら
未来を信じていま漂流している

いつか陸に上って彼らも栄える国を作るだろう
私はそれらに人間の栄光をすべて与えてもいいと思う
たとえば人類が終末の劫火に焼かれ
奔騰する海にすべての墓地が沈むとしても
われわれが死語とした無限の言葉は
新天体として回る地球の上で
最も崇められた言葉として必ず彼らが思い出してくれる
その精巧な口からうたのようにきっと発してくれる

星雲と手紙

街角でぼくらは向い合っていた
話の途切れ途切れに聞こえるのは
空いっぱいの星からくる言葉だ

身肉に響く甘美なそれは
かつて聞いたことのない声だ

星には生物がいないと失望することはない
星々は彼らの言葉を遠いメッセージで送ってくる
地球も星として空に言葉を発信している
それらは宇宙空間で互いにまじり合い
すでに予言として意味は解けているはずだ

一つの星しか見えなかった曇った晩
ぼくは夜っぴてその星に恋をした
彼女は光る手袋をして空の廊下に立っていた
そのとき
彼女は火山を噴き上げていたかも知れぬ
何と柔らかで美しい肉体であることか

地球の中にもひそむ一の火二の火
王冠のように火の粉を噴き上げる
溶岩や雪崩の中の低い神々の声
それはすべての事象に向う愛の声だ

山の形　牛の形　鳥の形をして
神はどっと涙を流す

おお　われわれは
このようにして大きい愛の支配の中にいる
われわれの労働はもはや苦痛ではない
雷光が手足を輝やかしてくれる
生れてまた死ぬ星も労働しているに違いない
空につづく田んぼの上に敬虔な農夫が散らばり
沈黙の牛が星から星へゆっくり犂をひいてゆく
ここには何万光年の忍耐があり
大地の麦もまた永く耐えてきたのだ

ぼくらの心に星雲が唸って入りこみ
ぼくらは性愛のあと街角で互いにお辞儀をした
街灯の下で左右に別れた
夜空に漂う言葉の全てが
あすには明敏な星に届くだろう
能力をもつ星はそれを聞くはずだ

人工衛星が宇宙から戻ってきたと新聞は伝えたが
ぼくらはその前に星に届いて帰ってきたのだ
どこからともなく不思議な文体の便りがきたら
それは何万光年も漂流して届いたのだから
わが家のポストにそっと入れておいてくれ

隕石

無数の隕石が足を鳴らしながら
固い気層にさえぎられて
地球に届かぬまま消えてゆく
その擦れ合う雨のような音が
私を目ざめさせる
庭では葡萄がこすれ合って
窓が開いたり閉じたりしている
腕の汗の中に立ち消えた神の
蹠のにおいを嗅ぎながら
私は気づく
彼はそこまで来ていたのに

今夜もまたいってしまった　と

ところで妻は枕の向うに首を曲げて
眉を寄せ荒野の追放者のように
足先を動かしている
苦痛の夢の中にかくれている

庭中のうつむいた虫たちは
月に輝いて貝のようだ
魂の石がいくつも置かれたもう一つの庭
天上の火の粉で草は灰になり
噴き上げられ釘のように曲がって落下する星々が
老いた風の中で私と石を結びつける

壁で時計が鳴る　三つ打って終わる
私の肉はちりぢりの孤児だ
闇のどこにも分れて蹲み
それが私の本当の眠りなのだ

妻に知らせようがない

私は消える　消えていくよといっても
彼女はしっかりと丸い繭となって
固く曲がって大気の棚につかまったままだ

だが　私は考える
これは今夜の事件なのだ
夥しい鉄屑にまじる一人の神が
流れついていては行ってしまう
そして過去と未来の間の寝床で
私にもみろという共同の夢
異界につづく共同の夢に違いない　と

地球がある日

日々何億という星々が落ちてゆく
地球もまた滅びない星といえるか
だがこのように創造され
人の形に魂を鍛えられた地球の最后は
人間らしい仕草で星座を降りてゆくだろう

引力を失った昆虫の群が飛び立ち
船は宇宙の深い波に漂いながら
帰る港もないままに霧笛を鳴らす
戦場を失って舞い上がった戦士らは
なおも英雄のように遊泳して宙空で闘うだろう
様々な楽器が音を立てて旅する中で
永年訓練された人間とその思想の成果は
大地が失せてもその空無を理解しながら漂う筈だ
真剣であった心について言うなら
私はさらに友情を求め　私の忠犬は
噴火によって罅割れた身体で私のうしろについてくる
すでに死んでしまったものたちはとっくに墓を出て
舞い踊る霊たちと一つとなり
瓦斯状にゆらめくユーラシア大陸の上を
柳絮のように飛んでゆく
カラスクの文物は駱駝と共に移動し
崩れる山嶽を越えて神の思い出に辿りつく
この黒々とした宇宙に陶酔が残り
燧神が無数の太陽に火をつけて回るだろう
黒点の爆発で檸檬色に輝くところに

天頂のチュウリップが一本突然咲きはしないか
われわれは親しみ愛を尽くした
自らを失うほど言葉を真実にした
艱苦の中で創られた言葉は
老いた星々に出会っても快いあいさつをするだろう
不機嫌な神に対しても変らぬ信仰を示し
やがてくる復活と栄光の合図を
黒い塵の中で鈴音のように聞くだろう

ベンチ

僕らは並んでベンチにいる
川下の波止場まで漂うベンチ
地球は花と灯を飾っている
花火が上る　千発も
夜空の下ではまだ足りないか
無数の遠い銀河で一つの星が爆発し
一瞬太陽の百万倍の明るさとなる
宇宙のXマスの葉が落ちてくる

たとえ何億枚が落ちてきても
地上の祭にはまだ足りないか
いま超新星が一つ生れ
孤独な空のベンチの上で
そっと他の星の側に寄ってゆく

お前もまだ名をもたぬ星のように
川のベンチで僕に寄って坐る
港から汽笛が聞こえ　遠い砂漠に戦火が上がり
核爆発が燦めく
同じときにブラックホールに
渦を巻いて無数の星たちが吸われてゆく
同じときに地上では一人の男が絞殺した死体を一つ
そっと埋めてその上に草をかけている
罪にふるえ　かくし切れない死体のそばで
天を仰いで赦しを求める
僕らは知っている
宇宙の隅々まで神が均衡と平和と正義を与えていることを
世界はこのように創られやがて浄化されることを
天空で回る水　水が海に躍りこむ

静かな額をもつインパラの群が空の草を噛み
星々の間を移ってゆく
人々は地上の辛苦に手を合わせ塔の回りをまわっている
冥黙する鳥は窓の横の籠の中にいる
そして僕らはベンチで瞬時に成就する愛に
見つめ合って相手の目の中にと消えてゆく
僕らは人の姿をした一体の星の形となる

落し子

この醜い子は大人になろうとして
病いの巣から立ち上がってくる
空の間で成長し青く地上に投げられた子だ
雲の寝巻を着てやってくる
油断するな
彼は年嵩の女の寝床にもぐりこむ
骨の傘を少し開いて
欲望に形をつけようと足を動かす
自分がだれだかわかっていない

男とも女ともつかぬ名を名乗っても
彼は両方の性の囚人なのだ
そのように半睡の女に抱き入れられる
蛾が洋灯に粉を散らす間
彼は熱のある肌をまさぐる
乱れたことのない正直な女が
小さな天体のように頭を回している子を
美しいのどの下に入れてくれる
受難が奇蹟の愛を呼ぶと教えられて
彼はそっと乳首を嚙みにくる
ときに怒った女に裸のまま追い出される
窓枠に月光がはさまって
秋の終わりの葉が飛んでゆく
未来は休みなく走る大地の向うにある
彼は裸足に震え
出口のところで不思議に思う
病いがちな僕の身体をうしろから
そっと押した神々しい手があり
それで落下してきたのだが
なぜこんなところに下界の戸があったのか

もしこれが幻というなら
なぜ扉がひとりでに開いて僕を招き入れたのか

未決

天と地の間で宙吊りの人間たちが裁かれている
塩を口に含み死の国への途中なのだが
地に向日葵の種子が成長し
天に明日の星が作られているとき
天地のどちらからも絶縁されず
風の中で囚人らしく青い足を揃えてぶら下げている
頭の半分を渦巻く空にうなだれて
怒鳴り合う下界の声を足の下に聞いている
下界の町では相変わらず川に突き当たり
地軸に足をすくわれる者がいて
激怒し泣き出し他人の門前で米麦を少し分けてもらう
彼らはシーツをひっぱって冬に眠りこむ
やがて仲間が叩き起す

さあ　春だ　出てゆけ
それから汗を流し　牛を追って畠に出てゆく
こうしていればよい未来がくると信じている
湖水は均衡し　錠前が口を閉じ
浜の貝が長くうたをうたっている
山と山がせり上がり　油田が流れ出す
暁がきらめくとき
天上の法廷の門が左右に開くのがみえる
地上の合唱に送られてひとりづつ死んだ者が
行き場もなく宙に浮かんでいる
完全な正義が判らぬ限り死もまた不全だ
生きている間に困苦と屈辱を十分味わったとしても
うつろな習性が変ることはなかった
舌無しと呼ばれる彼らの口は
天に告白するすべをもっていない
ときおり天上の法官が立会いにくる
むちの音がする　首の落ちる音がする
既往の罪を承服した者もしない者も
くるくると回りながら昼夜の判決を待っている

雨の日の空にはみえるだろう
たくさんの人間が水がめのようにぶら下がっているのが
あたかもこれが不変の形かも知れぬと思いながら

百万日の約束

あのとき僕が見たのは幻ではない
確固として不動のものだ
そのときさっと約束したに違いない
いつかまたこの場所で会おう　と
恋情に欠けた月がきりきりと昇り
最后に聞こえたのは土笛だった気がする
その後　月は百万日の夜をかけて
上ったり下ったりしただろう
その場所に河が現われ河が消え
渡り鳥がきて　また去っていった
土の下で魚が冥黙して石となる
そこにいまは街が建ち　灯がともっている
ああ　この雪には見覚えがあるのだ

狂ったように旋回しながら
高く高く積もってゆく
僕らがそれを一緒にみなかったのは
おそらく永い年月を
互い違いに死んだのかも知れない
再び三たびと時を違えて生れたのかも知れない
たとえ顔を思い出せなくとも
貴女は確かだ　存在は不動だ
だから僕の足許によろよろした犬を
送ったりするな
黄色い葉っぱを送ってくるな
他の路を無感動に歩いても
ここにきてなぜかいつも僕は激しくなる
吐息を風にまぜ　石の上に涙を落したりする
いくつもの時代を生きてきたが
僕は知っている
人間に偽りの時代はなかった
だが　憎悪の世紀はあったのだ
重い雲の下で人々は激しく争った
生まれるとすぐ毒と刃をもたされた

一度は貴女も邪悪な姿になったかも知れぬ
僕もまた重い牢に入ったような気がする
だがここは確かに約束の成就する場所だ
ふいに土笛が鳴り
何かの形で仄かな永遠が示される
僕らの服装は今は違っているかも知れぬ
言葉も互いに違うかも知れぬ
（名前も思い出さぬのだが）
約束の愛が一瞬光るここが
きっと出会う約束の場所だ

飢餓

雪が積もり　飢餓によって一切が終るという
それなら麵麭一つでいのちが満たされてよいのか
私は傲然として今宵の食卓にゆく
灯をのせて花を添え　威儀を作り
陪食者らに敬礼する　すると
生きものに飢えを与え素早く獲物を殺すことを教えた神が

卓布の草原に日を交ぜて風を起こす
飢えて罪を犯すものがよろめいて出てきたら
椅子をすすめ　私も同じ怨みをもつものだというのだ
私たちは一斉にナイフを手にし卓上を見渡す
戸外では飢えた生物が自分の餌を追っている
鐘が鳴り聖餐《マナ》がゆらゆらと降りる時刻だ
養った家畜が寒い小屋で大きくなる
そら　皿に急激な肉が上ってきた
私たちは歯を鳴らす　壺に手を入れる
中国の骨折した二十日鼠の仔に蜜を塗る
空に向って逃げ損ねた鳥がそこにうずくまる
よく焼けてよく咳をする鶉《うずら》だ
籠の卵が互いにひそひそ話をしている
天地が背丈を縮めて卵の割れる音を聞く
胡椒が熱さにはねあがる
私たちは僧侶が塔でたべる韮を思う
囚人ののどを通る饐えた油を考える
武器を持って歩く一列の蟻　一列の麦畑
週に二度あふれる井戸　コップの水
そら　手足に力が戻ってきた

裸の腕に汗が光りはじめた
声をかけてみろ
飽食した今なら何にでも変化できる
雪は灰白色に大地を覆いつくし
私たちはナイフを置き口を拭いて立上がる
瞬間　他人となり深々と辞儀をして別れる
椅子が一つあお向けに倒れる
私たちは夜の外に足を出す
戸外では食いさしの餌をのこして虫が穴に入ってゆく
私たちも暗い影の中に入ってゆく
明日もまた食卓に灯がともるだろうか
えんえんと続く三百六十五日の飢え
一年の屠殺と牛の叫び声
卓上に残したたくさんの皿と骨
まだ消えていない灰皿の煙草

砂の下の会食者

嵐が星々を歩かせ次々と灯を吹き消す

宇宙塵の中に浮く大地　一個の食卓
船のように皎々と輝く一軒の家
どこからともなく会食者が集ってくる
飢えた地上に次々と生まれた者ら
頭巾の中に顔をかくし
吐息を洩らし指を鳴らす
幾世代にもわたって飢えと闘ったものの子孫たち
一つの時間に集められて
思い出を新しくしようと話し合う

バターの炎があがりそれぞれの流儀でたべはじめる
フォークが野菜をかき乱し
ナイフをもった男が羊の肉片を切り裂く
一人がオルゴールを回し
音楽は森に行って戻ってくる
食卓は暖かい放射線に囲まれ
時にコレラの菌が現われ雷鳴が轟く
約束された南北の土地　魚たちで昂まる海
女たちが出てきて土間に落ちた骨を拾い集める
風上の男は酒が沸くのを待ち

風下の男は遠く神殿の建つ音を聞く
彼らは食卓を囲んで見たり聞いたりする
広い綿花畑と鳥の叫びと
のび上がる唐黍に風が突き当るのを

一人遅れてきた
その客は斜めに坐る
地球はなお宙空の瓦斯の暗さに浮かんでいる
霜の中の星たち　外套を着た神
彼らは飽食を求めそして許された
食後はいっせいに眠りこむ
煙草を吸っていたものもうつぶせる
永い時間があっという間に過ぎ
その間に氷河期が終り　あちこちの山が火を噴く
水は抽象となり　豆は円く変化する
会食のまま埋もれた彼らの砂漠を隊商が横ぎる
いつか彼らは掘り出されるだろう
満ち足りてあるいは半ば飢えたまま
食卓の上に折り重なって

労働と食卓

大地の配偶者のように椅子の下で
番犬は脚を折って闇の方へ身を曲げている
労働を終えたわれわれは食卓を囲む
坐ったまま何と次第に夜の姿に似てゆくことか
播いた種子はいま暗い畑で弾ねているだろう
さあ　酒が踊りはじめた　鳥は煙の中だ
われわれの星は家のまわりをまわっている
女は綱のような髪を巻きあげて粧いをしろ
飽食で巨人のように養われた身を投げるのだ
青いベッドの上に　風立つ丘のようなベッドの上に

斧の時代——マーラー第一交響楽第三楽章

河に沿って歩くとき
ゆっくりとしたティンパニーの響きが聞こえる
低く低く地底から届くその音は
耳に残った古代の巨人の跫音だ

僕は崖の上に腰を下ろして新しい町を見下ろす
そこはかつて巨人が腰かけた場所で
僕には以前からの約束の岩なのだ

あのころは白雲がどっと吐き出され
絶え間なく空に騰っていった
大羊歯は腕をふるって胞子を飛ばし
昆虫も爬虫類も伸び上って
己れの最大の形をしていた
斧をかついで現れた巨人には
身内もなく敵もなく大きな空間の中で
原型としてただ一人の時代であった

快活な神々が山上で雑談し
その声は谷に到って晴れやかにまた還ってきた
新しく盛り上がる土も
生成の音をたてていた
巨鳥は翼を拡げて遊弋し
その爪の下で大きな鼠の祖が泣いていた
巨人は腰を上げて谷をわたり

哄笑する陽を浴びて山を二つ越えてゆく

僕はいまも土の下に聞いている
彼のゆっくりとした実に淋しい跫音を
彼の時代はまだ終ってはいない
雷鳴と噴火の中に立つ唯一の人間の
誇りも愛も僕にはわかる
深夜目ざめて彼の吐息を聞くことがある
立ち騒ぐすさまじい自瀆の吐息
幾世紀もつづく溺愛の唸り声だ

寝床でひとり僕は考える
そのようにして彼は己れの原型を後代に伝えたのだ
夢想の中で未来の女はすでに形作られていた
そして子どもが生まれたのだ　と
小さな斧をもつ冬の三人の子ら
洪水と氷河に耐えて育つアルカリの子
そのころ巨人の言葉はただひとつだったに違いない
咆えるように発語されて　それは

愛人と子らの真の知恵の起原となっただろう
彼があのように寡黙でなかったら
われわれはいまこれほど無数の言葉をもたず
彼があのように暗くうつむいていなかったら
いま群集は喜怒哀楽の街を走り回りはしない

おそらく彼は少しの間消えているだけだ
その熱望と孤独は大地にまだ残っている
満月の空に斜めに彼の斧がかかるときがある
風の中に颯っと斧の音が聞こえたりする
いまも唯一つの言葉をさぐる三人の子が
ちいさな斧をかつぎ　寒暑に耐えながら
鈴蘭燈の橋を渡ってくることもあるのだ

死後の唄

死者がときに歌うことを僕は知っている
青菜のように曲った自分の肉体の側で
しばらく魂はそれを眺めながら

近親の涙声の中にホッホと歌を混ぜたりする
それからなお続く習性にしたがって
窓を抜け　生垣を飛び回り
ベルが鳴ると家人より早く玄関に出てくる
鐘が鳴ると思わずホッホと逆立ちし
調子が合わずに光と闇をとり違える
「救われて」と司祭がまだ祈っている
棺のまわりには柔らかな藁の休暇
病死や焼死や轢死のものも
かつて自らが作った小屋に愛着し
よく出来た小屋の戸を握って離さない
影もなく苦悩にも切れないような心を
かつては魂などと呼ばなかった
火に灰が混じるように
生の中にいつも死の影がちらちらした
いまは死の中に生が見えかくれして
死者はふいに歌い出す
ひとりで　または死者の合唱で
　小麦よ　羊毛よ　海辺の木　ホッホ
忘れはしない　労役の逸楽　ホッホ

彼らは不屈の大地に見えない種子を蒔く
生者と並んで海から網を引く
血とは生きている証拠　または死んだ証拠
不完全な人生を支配していた大いなる者が
死後の不全をまた支配してくれる
不思議な夢想と傲りに鼓舞されて
死者はぎざぎざの地平にも出現しようとする
地下水に棲む蟇の間にも
形よい肉体の隙間にも
凍える島や藪の中にも
半ば建設された街の中にも
馬の額から湯気立つ霊の中にも
まだ焼けている戦場にも
薄荷から飛び立つ虫の群にも
死者は立ったまま　ときに歌いながら
新しい哀しみのない顔を作っている
大いなる杖で示される自分の新しい土地を待ちながら

死者はそこにいる

死者である私は見ている

半日花の茎が三本立っている傍
食器を運ぶお前をみている
青い火が鍋を動かし
叫びを上げて料理ができる

お前らの食事は激流のようだ
旧世紀のまま頑くなに
立ち去りも曲りもしない椅子が一脚
だが私はそこにはいない
私はここだ
ずり落ちてときにスープに浮かび
パセリのかげにあるのが私の目だ

暖かい海から来て死者が街に並ぶ
彼らは目が離せない
暗い街の上の静かな別れ話

稲妻が午後の手帖のメモを引き裂き
いまも橋の上で旧友に出会ったりする
死者に突き当りながら生者は気づかず
煙草に火をつけていってしまう

蜘蛛のように裏返って死んだ者や
紙のように舞って死んだ者が
もっと確かなことや
役立つものを思い出そうとして
ビルの間に締めつけられた霧の中を
流れていっては立ち消える

父祖の魂が渡り歩くさぼてんの上
いまにも再生し握手する掌のように
思いやりになって
人生は棘だらけだ
人は石に髭をこすりつけて働く
斧の光となって森へ行くのだ　と
死者は今日も苦難の中に現われる

呼ばれると聞こえないだろうが
彼らはちゃんと返事をしているのだ
子孫がひき継いだ家の外で
倒れそうな門灯を支えながら

おお　目が離せない　離せない
小屋では牛が押し合いをしている
煙突がときに火の粉を散らし
屋根の下の思いつめた心をどっと噴き出す
死者は家の中に向っていう
なぜ固くなって炉の前に集まるのだ
私は悪い季節を知っており
灰が悪いこともまた知っているから
私の子である四人の老人よ
お前らが懸命に石炭を放りこむのを
死に急いでいると見えるのだ
人生は耐えられぬものではない
この世で死んでしまった風はない
冷えた土のオーブンでさえ百年前と同じように
あすは赤い麵麭を熱く抱くのだから

東單牌樓の電車路

うしろ手の若者が北京の電車路に膝をつき
青い長衣の背の白墨の丸印に
ピストルをうちこまれるのを見た
彼は前のめりに線路に倒れていった

憲兵は立ち去り　死体が運ばれ
待っていた電車が再び走り出した
僕は日本人小学校に登校し
教師から思想犯という言葉を習った

五十年経って北京にゆくと
地下鉄ができ電車路はなくなっていた
孝子顕彰の牌樓も取り払われて
東單の道は広々としていた

だが僕にははっきりと見えたのだ
家路を急ぐ自転車や群集の間に
杭のように前かがみにうちこまれた若者の姿が

〈昔は夕空には鳩笛が鳴っていた〉
秋空の下に青い一本の杭が
五十年経ってもなお動かずにそこにあるのが

最后の乞食

四条胡同《スーチャヤオフートン》の芋屋の釜に夕暮が降りてきた
両手を拡げていつもの乞食が
着ぶくれて冬の原人のように現われる
日時計と一緒にぐるぐる回って
影が巻きついた釜の火の側に蹲みこむ
(そのとき彼は賢い考えで頭がいっぱい)

子どもだった僕は遠く避けて通った
見つめられた中国の娘が家鴨と一緒に逃げてゆく
空には鳩笛の音がいっぱい
日向《ひなた》の色きちがいと人々はいうのだが

彼が物をたべるのを見た人はいない
飢の中から泣くような愛が浮き上る

老いた北京はときに苦痛の顔をして綻びる
彼は糸をくわえて切れた街を繕う
背や胸に金蠅がたかっては飛び去り
それらは彼の使者のように大人しい
樽がころがる風の中で彼はふいに立ち消える
道の向うで鞋を投げ捨てて

彼が現われると井戸水が湧き正陽門が開く
雨の中では雨降り乞食　石像のように
真に飢えて胎児のように何も食べない
北京中が食べている時も
鼻水が凍り　心は石の上に垂れ下がる
いまに兵隊がきて連れてゆくと人々はいう

阿片の煙の中に女に似た青桐が立っている
乞食の肉に花があふれ　空には鳩笛がいっぱい
ある日　兵隊に押倒され夕雲ぐるみ彼は縛られた

尻を蹴上げられ　蠅の群が彼の背から吠えて飛び上る
綿帽の下の巨きな頭は叩かれる
（賢い考えで頭はいっぱい）

古い鳥がいっぱい並んで空を流れる
芋釜の火が落ちて火の粉がいっぱい
最后の乞食は亡びないと僕は思う
思ったとおり彼は途中でふいに立ち消える
人の形をした空っぽの縄を引きずって
何も気づかず兵隊と軍用犬が行ってしまう

蠅

昔　北京の街角で饅頭にたかる金蠅をみていた
中国人が追い払うと再び来襲し
何かの中心に向って重なり合う頭を突っこんでいく
それは確かな意思によって一つの共和国を目ざしていた
精巧な金色の身体で言葉を交わし
労働する民衆のように美しかった

こどもの僕は思ったのだ
彼らにもまた無窮の大地があり
やがて大いなる行進をはじめるに違いない
胴ぶるいしながら自らの信義の国を再建するだろう　と

夜がきて　僕は考えた
彼らにも安息があり　歓喜に泣き
彼らのための万能の金色の神をみるだろう
蠅の形の神は彼らに完全な本能を与え
そして恐怖から解放してくれるだろう
刃をもつ蠅たちが辺土に立って自らの国を守るだろう　と

そのころ人間の永い戦争がはじまっていた
炎の中の民衆　焼け落ちる建物
灰燼の中国の町を日章旗が通っていった
だれが種や民族をほろぼしたか　ほろぼせなかったか
戦いは終り僕は日本に帰って小さな家を建てた
正月のある日の午後
一匹の蠅がよろめき出てきた

僕の書物の上に匍い上った
老眼で力なく刃をかかげた蠅が一匹
彼と僕は眼と眼を合わせた

おお　彼らの官能の領土は失われたのではなかったか
たとえそうだとしてもその歩みには
なお歳月を過ぎてゆく力が残っていた
未来はないとだれかが云ったとしても
僕は彼の行方を追いながら思ったのだ
苦悩の中には目的があり　それは一つの方向をもつ
地球の沈黙が僕たちに共通であっても
僕にも彼にも不意の力があり
そのとき共通の声を発するだろう
そしていつか不思議な愛によって再び出会うだろう　と

銀狐

部屋の隅でひっそりと柱の影の一部となっている銀狐だ
私が机にうつ伏せて息をひそめて見上げたそのとき

彼は柱の影から飛び上って走り出す
それは一つの合図なのだ
かつて私は北満洲でみた
曇天が噴き上る雪をおさえ
呻く大地と闘っているとき
突如　白樺の間から飛び出して銀狐が走るのを
彼は尾を引いて鉄路の上を北に走った
そのとき私は種莢のような少年で
黒い河のほとりに佇立していた
嗄声の颪に突き当たり
袋につまった心をかついでどこに行きようもなかった
だが　そのとき私の心は瞬間に決まり
直線となって朔北に行くべきものと知ったのだ
北―北―

おお　今夜も私の部屋から銀狐が走った
だが　家族は知らない
あのとき瞬時に北に向った少年がいま
大人となってここにうつ伏せとなり
海を渡ってきた私の狐が一匹

ここにずっと巣をかけていたことを
部屋の中で私の独白の中を浮き沈みする銀狐
顫音の中をぐるぐる回っている銀狐

なぜ私の心は烈風の中で一つにならぬのか
なぜ何本かの木のように行きくれているのか
窓から北満の怒声が聞こえる
「みろ　銀狐はいってしまったぞ
　限界を越えろ　向うをみろ　直線になれ」と
どうやらそれで私も北に届いたのだ
凝結する意思の北！
私は机の上に身を起こす
いつか煙草は長い灰となり
残った酒がこぼれている
冬に真向かって白い書籍が数冊
どれもみんな閉じている
もう私は振り向く必要はない
再び柱の影にかくれている銀狐を

死者の村

ひとかたまりの土塔となり
丸まった材木となっている廃墟
何の声も残っていない
木乃伊の上をゆく塩と砂嵐
これは真の死者の村だ

私は声を上げず死に急ぐものを信ずる
音もなく剝かれてゆく深夜の果実
射たれて黙って落ちる鳥
声もなく倒される鹿

私は完全な死はやがて新生と
手をとり合うだろうと考える

血に染まった兵士が家々の戸を敲き
息をひそめてかくまわれる
やがて足先をふるわせて死んでゆく
草の下の冬の昆虫のように乾いて

鳴きもしない身動きもしない
あとは戦火に焼けた橋の上を
蚊柱が回りながら渡ってゆくだけだ
無人となった村のかまどでは
冷えた灰の中を鼠が出入りする

ふり返ると太陽は万象を照らし出す
おお　そんなものは見たくもない
太陽も虚像であるという噂さもあるのだ
いつかは燃えつきるものとしたら
そのときはいずれ私も鼠や鳥と同じ形となり
われらもまた死に急ぐものだとしたら
同じ影となって並ぶのだ

そのとき私はしゃがんだままで
死者としてここにかくれていると主張する
いまこそ完全な死者となったのだ　と
近くに墓ができてもだれも挨拶はしない
時代の墓所と呼ばれ中には何もない

ひたすら眠りこむ繭のような心の置場だ
ある日　突然　押し黙った道の上に
地下から飛び出すものを見るかも知れない
たったいま死から許されて現われた
野生または謀叛の一つの声
切り裂くようなそれが新入りの魂だ

再び影が

駅前で僕の影が蹲んでいるのを
君はみたという
凹んだ月のようにゆらゆらと
その影はあお向いて
通行人を呼びとめていたと
僕の名を名乗るそれは
思案のために直立している僕から離れて
ある日ふいと
どこかにいってしまった影だ

かつて僕と影が連れ立って
玄界灘を往き還りした時代があった
雪の哈爾浜中央寺院の横では
塀に沿って彼は二つ折れに立っていた
僕が松花江の淵にいると
彼は水の中に入っていた
彼が部屋の隅で輾転すると
僕はベッドで寝返りをうった

僕らは互いにわかっていた
死と生が釣り合うように
彼と僕はいつも一つであったのだ　と
僕のものとなったその影は
実際は僕より年上なのだ
僕が十年の貧しさに耐えたとき
彼は五十年の自分の落魄を示した
僕はみたのだ
洗面所の水の迸るところで
髪が抜けて入れ歯を鳴らしているその影を

僕が灯の下で読書するとき
僕よりずっと身を曲げて本を暗くした

彼は長い経験で僕を鼓舞してくれた
光を際立たせ　鑿をふるって
風の中に立ち上る樹の意思を教えてくれた
唸る太陽に向かい浄められ鎮められて
僕はのび上がって彼と手を合わせたのだ
彼は少年の僕にある日欲情を与えた
階段をしなやかな足取りで彼があがってきた
鏡を覗く気配がした
足のほうから入ってきた
毛布をひっぱって僕は固い影を抱き寄せた
かすかに身をふるわせて僕らは
猥らな夢の中に落ちていった

永い年月のあと不意に
なぜ彼がいってしまったのか
草の間のゆらゆらゆれる時代に
一本の小刀のような恐れを彼は突きつけて

信仰を明らかにしようとしたのだが
僕は思案のまま立ちつくしていた
いまは疲れ衰えて
ひとり身を落とした彼が蛇口の水をすすり
夕日の石畳の中に消えていったのを
君はいま見送ってきたという

だがいつか道の上で再び彼に出会うのは僕だ
群れなす影の中のただ一つの僕の影だ
彼には真の怒りと愛がある
死後の思想を知っている彼が
まだそれを十分僕に話していないから
突然立ち上がって背後から
再び僕と歩きだすと思うのだ

倒れるのは

倒れるものについて考える
瞬時で驚くひまもない

いっせいに倒れるものについて考える
懸命に走る軍隊が
城門の前であお向けに倒れる
すると向こう側の軍隊が裏門で倒れる
折れた膝の歌を唱いながら務めを終え
なお無名に並んで兵士は瓦斯状に終る

群集の中で一人だけふいに倒れるものは
流浪者として少量の吐息を残して消える
この世に立ち上ったときも彼は少しの吐息をしたのだ
猛然と歩いてきてばったり倒れるものは
影を投げ出し　ときに「しまった!」と叫ぶ
たちまち市場の横を昇天してゆく
誰にも見送られず鳥の声を聞きながら

数世代を頑固に立ち続けた一族は
不幸な壜のように並び
雪の中でも立つことしか思わない
下等なものは始めから立とうとしない
匍いながら墓所となる地の上を歩く

ときに立ち上がっても魂はすぐ横になる
屹立する風景は弓形になっても嵐に逆らい
怒号を長々と聞かせてくれる

自《みづか》ら大地に五体を投げるものがいる
額に瘤を作って地底の沈黙の塩とまじり合う
再生する肉に土が積もり　草が茂り
蟲の声の中を月が昇ってくる
月が撒き散らす光の金曜に倒れるものは
週末の鞭に打たれ慰めの鈴音を聞く
木曜なら白帽をかぶり党項羌《タングート》の神に出会う

深夜追われて逃げる盗人には倒れ方がある
左右の脚の間に顔をかくし蜷局《とぐろ》を巻き
夜明まで糞の形に横たわる
その上を傘がかくすように夜の群鳥が飛び回る
枯れてもなお立つ樹が教えてくれる
時が来るまで決然と立っていろ
隣とここそ話をするな
無窮に向って歴史とともに消えるに委せよ　と

誰かと向かい合って立つのは悪い形だ
目と目を互いにちらちら交わし
二人の間に何かの運命がありはしないかと考える
向こうが倒れるのを待つか
倒すしかないとも考える
ばたんと足下に倒れた相手を見おろし
それが永年の敵であったのか　または
未来の愛人であったのかも知れぬと悩むのだ

矢

矢を放つ
それが草原の中で私が示す
決然とした唯一の姿なのだ
もっと鮮やかな殺意があればいい
冬近く滅びるほどの飢えによって
一心に矢を放てばなおいいのだ

足下に獲物をおさえて
流れる愛と血が凝結し
音も立てず他者と同一のものとなる
殺意と苦痛が瞬時に消えるここが
回る大地の不動の一点だ
山上の陽が求めても分け前など残っていない

月のうしろにかくれる星々のように
無数の美しい肉体が部落の向うへかくれてゆく
私はそのひとつを直視する
彼女にとって私が恐怖の柱であればいい
鋭く研がれた穂に見えればなおいい
私はこの土地の若い神のように走る

私の腕の中に鐘のように響く柔らかな裸体がある
風がまわりを回る水浴した身体がある
世界は布を開いて慾望や苦痛をかくしてくれる
空の極みに向かって朝の鶏が啼くまでには
折れた脚を投げ出した鹿が消えてゆく
髪を編んだ女が細い顎を残して消える

きょうも私は同じ姿で草原に立ち上がる
日々の飢えと寒さがくり返し
愛と死を一つに作る
それが私を石像のようにしている
私はまだ数十本の矢を背にもち
逆風の中に愛を追う速い脚をもっている

謀叛の犬

われわれが後退《ずさ》りして
犬たちから逃げるときがきた
公園の朝
うろつく一匹の犬を見ても
驚いてとび上るときがきた
その遠吠えに
原始の韻律がまじり
夜は深々と冴える
やがて

脚韻を踏みつつ朝がくる
人間はもう未来の秩序や
王國の支配などを思うな
すでに自らを解き放ち
彼らは本来の犬なのだ
一頭毎に星を抱えて
狡智の眼が新しく輝く
尾は鋭く立ち上り
帰り咲いた犬の影は
高々と伸び上り
村々の裂け目を越えてゆく
溢れた川を渡り
雪原を点になるまで走る
毛皮をまとって
うづくまる人々を
嗅ぎながら探し出す
永い間　犬を愛護し
養ってきたと思う人ほど
ずっと遠くに逃がれていろ
彼らは舌を垂らし吐息して

旧家の庭に熱い唾を撒く
知恵も衰えた人間が
杖をひいてこの世の穴に逃げこむ
穴の中から遠い犬の会話を聞く
原型の犬はやがて
彼らのための耳を立てた神をみるだろう
新しい掟と良い血が
子孫を美しく養うだろう
かつて
彼らが服従した小屋に
切れた鎖と首輪が残り
犬の新領土には
人間が置き忘れた七色の旗が落ちている
その上で温かい仔犬らが
上になり下になりして
遊んでいる

猿の刑

亡父はよく猿との血縁について話した
鏡を覗くと確かに猿がいる
ある日　吊されて死にそうな顔をみて
私は「猿の刑」という詩を書いた
私の猿はねらわれている
法に触れている
充分許されてはいない
鎌や銃をみると忽ち仮死の有様だ

私の人生の苦《にが》さをたどってゆくと
子どものときみた北京の
動物園の猿に出会う
巨人の園丁に見張られていた猿の
うつむいた憂鬱はそれ以来私のものだ
いまも戸口で関節が痛み
熱い唾を吐く女に昂まり
転んだ酒を猿の手つきで掬う
眠りの底に猿が群れて

木をゆすっては果実を拾う
豆殻と砂がたまって先日手術をした
(父も胆石と柿の実で死んだ)

貧血で寝ている病室に
友人が代る代るやってきた
彼らは人間の歴史を偉大だといった
肉食には利点がある　と
とりわけ人の世の野心は楽しいと論じていった

「もう一度やり直してみるか」
私は起上って鏡に向かい
両手で顔をごしごし洗い
暴れる猿の髯を剃りあげた

単行詩集書誌

『南極』
一九六八年三月一日　地球社刊
二一五ミリ×一五五ミリ　一一六頁　上製　布製
角背　定価八〇〇円　装幀＝司修
第十九回H氏賞受賞

『南極』あとがき

南極のゆきかえりに、がり版刷ワラ半紙「南極新聞」というのが発行されていた。僕は特派員だったので内地の新聞に報道する義務があったが、南極新聞にも毎日、社説風のコラムと、詩を一篇書く義務を押しつけられていた。ニュースや雑報、人事、ゴシップなどで埋められた原紙にコラムと詩の余白があり、そこに鉄筆で書きこむので、ほとんどが即興で、それだけに楽しかった。

眩しい夏の深夜、みどり色に変る秋の太陽、その他ブリザード、ペンギン、あざらし、橇犬など、手当り次第に素材とし、ときには隊員を一人ずつ諧謔的にうたったりした。

日本に帰って半年ほどして、友人がその中から十篇「日本未来派」に発表した。隊員のために書いた詩なので、もう役割りを終っており、僕は発表など考えてはいなかった。詩集にする気持もなかった。親しい友人たちから詩集にまとめるようにすすめられながら、長い月日が過ぎた。ところが、南極で僕が書いた日記（約二千枚ほどのもので、その中に詩も集められていた）を学生時代の友だちが回し読みしているうちに紛失してしまった。そうしたことから、手許に残っているいくつかや、記憶にあるものをまとめて置く気持になったのである。

基地で遭難した福島君の詩は内地で書いた。アフリカや東南アジアでの詩は航路の途中なので詩集に加えた。

なくなった日記は暴風圏の中でも書きつづけたものので、僕にとっては記念なのだが、恐らく出てはこないだろう。

『折り折りの魔』
一九七九年五月十日　紫陽社刊
一九五ミリ×一三〇ミリ　九六頁　上製　ビニール
ケース入り　定価一七〇〇円　装幀＝谷川晃一

『河畔の書』
一九八三年八月一日　思潮社刊
二二五ミリ×一四五ミリ（箱寸法）二二六ミリ×一四〇ミリ（本体）　一二〇頁　上製　丸背　貼箱入
定価二〇〇〇円

『河畔の書』あとがき

私は四年目の書を出すことにした。

少年のころ、満洲（中国東北部）の河の畔りで一冊の書を読んでいた。機関の音を立てながら船が河を下っていった。

その書物はもう手許にはない。私はこの詩集に「河畔の書」と名づけた。

私にとって生命と存在の理解の手がかりとなる生物たちがこの書に出てくる。前詩集から「一匹の虫」をそのつながりとして再録した。

第三部は私の住む町、保谷《ほうや》が舞台だ。ここにも神と自然に鼓舞されるものたちがいる。

出版には新川和江氏、宗左近氏、荒川洋治氏らの大きな協力を得た。

出来上った書は、以前の詩集『南極』『折り折りの魔』その他の詩劇らと同じく、家族のように私の身近かに在る。そして家族のようにほとんど何もしゃべらない。

『現代詩文庫82　犬塚堯詩集』
一九八五年二月二十日　思潮社刊
一九〇ミリ×一二五ミリ　一六〇頁　並製　定価一一六五円

『死者の書』
一九九一年十一月二十日　思潮社刊
二一六ミリ×一四〇ミリ　一一二頁　上製　丸背
定価二三三〇円

既刊詩集は、『南極』から『死者の書』までを収録したが、第一詩集から第三詩集までは、思潮社版『現代詩文庫82　犬塚堯詩集』を底本とし、初版詩集も参照して、詩行の再確認や表記の統一をはかった。表記については、原則として新かなづかい、新字体を採用したが、著者慣用の表記は尊重して生かすこととした。「一匹の虫」は、はじめ第二詩集『折り折りの魔』に、次いで第三詩集『河畔の書』に若干の修正が加えられて収録されているが、ここでは「現代詩文庫」版にそって収録した。

未刊／未収録詩篇

未刊詩篇

農夫

そのような昼があると知ったのだ
夜の空の下できらきら光る大地
神でさえ地上を忘れているのに
二人の男が畑で働いている
二人は夜を仰ぐこともなく
空が狂っていることも思わず
舞踏のように調和しながら
昼日中鎌をふるっている
孤独を上手にあやしながら
麦と蜂に囲まれている
彼らは私の子どもに違いない
夜の中に渾身で昼を作る果敢な子だ
ふところの奥に顔をかくして

どのような苛酷さにも耐え
きっぱりと空を拒否し
肉体の中から輝きを作り出す
種子のように沈んで再生する二人だ
わらを束ねて背に負い
頭と背が火のように燃えている
汗によって強固になった彼らは
神の夢の中を出たり入ったりしているのに
上を向くこともしないのだ

首

憎悪に燃える男が
首を絞める形で闇に入ってゆく
闇には裏切りの棚があり
手さぐりで細い首をみつける
闇のまわりはかんかん照りで
太陽は薄荷酒ではないのだが
愛を信ずる者が酔って踊っている

地球には蜂みたいに人がしがみつき
東半球で心が傾くなら
西半球でいっせいに裏返る
彼は両手をのべ髪を逆立て
くり返し闇に入ってゆく
(一つの法則のように)
それから首を絞め上げる
単調な音がして女が倒れ
その血は行方知れずとなる
死屍が燐のようにちかちかする
草で覆ってもまだ光る
海に捨てても戻ってくる
忽ち女はどの町にも現われる
水だけ飲んでも冬至にやせても
「愛する」という口ぐせだ
ぎざぎざ陽の当る公園で
うつむいて毛糸など編んでいる
闇には囚われた炎が餇い
死んだ火が裏切りの棚に載っている
棚には猫や鳥の裏切りもある

（それでは彼はどうするか）
憎悪に切れ目はないのだから
いつも同じ形をして
きょうもあしたも闇に入ってゆく
手さぐりで首をさがしている

記憶

いと小さきものとして生きた記憶がある
氷の割れる音と海鳴りの空間を
微塵となって遊泳しながら
私はすでに知覚していた
弓なりに反った時間が大地を抱えているのを
そこには時代も歴史も物語もなく
蜿々とロープのような世紀しかなかった
私は見た
蒼い太陽がいくつも並び
やがて白光となって踊り出すのを
そのときはじめて私は泣いた

草をつけた新しい鶏の横で
劫初の細い白金の声で

極小の私が風に舞いながらも
いかに賢く完全であったかの記憶がある
こつこつと音を立てる一巻の書のように
私には知識も本能もそろっていた
生成し消えてゆくものが私を囲み
愛するため　また憎むために近寄るので
私は信頼と悪意の固い種子であった

遠い山が火を噴き出し
世界が悩ましい表情で唸ったとき
私ははじめて外に出た
地熱が鳴兎《なきうさぎ》に欲情を与え
汗がしじみ蝶の翅を流れたとき
固くなった石が転がったとき
私は歩きはじめた
私は次第に大きな形を成しながら
はじめて苦しみを覚えた

名前をもって未来に出現する多くのもの
やっと開いた口から現われる多くの言葉

そして私は大きくなった
なり過ぎたのだ
二つの木のような足をもちながら
道の果まで来て立ち止る
二つの筒のような眼をもっても
野の一部しか見ていない
耳の扉は隣の声しか聞いていない
私は沈黙の瞬間とうつむく暗さの中で
いと小さきものとして私が
永遠の振子によって自足した日を思い出す
とすれば何故
ブランコのような十字架で揺れていた
あの芥子粒ほどのメシアはいないのか
心を破る醜い音楽に囲まれて
何故私はこの部屋に蹲んでいるのか

愛のためにわれわれは

河を渡る二つの花粉ではいけないか
二つの巨大な身体を合わせながら
雷鳴を信じ青い穂のように一つになれないか
かつてあのようなものであったのは
それには完全な理由のあることだから
なぜなぜと互いに問うことなく
あの劫初のかすかな叫び一つで
愛の成就に足りないか

颪

僕は颪に巻かれている
いまこそ由緒ある颪の中だ
颪に逆って鳶色の陽を見守る
鉄槌のように振り上げられた陽を
これが僕の希望なのだ　と
砂でこころを鍛える颪は
僕を立ち止らせ　再び前進させる

崑崙の吐息が嵐となり
かつて北京や哈爾浜《ハルビン》で僕に追いつき
馬車のまわりを回って怒声の中で
愛することを教えてくれた
白樺が隣の木を求めるように
地段街《チタンガイ》や西単《シータン》を下って行きながら
僕はいつか愛を見失ったが
才能のある風は思いがけない方向を見つけ
たしかにまたどこかに現われる
もう一度目的をしっかりとさせ
その正しい来歴の言葉によって
僕の魂を動かしてくれると思うのだ

夜がきて都市の門がしまる
空の繭である星が熱のある糸を生み出す
やがて風の声がきこえるときだ
強くあれ　強くあれ　と
父の声で僕の脚をつかむ
たちまち窓をくだき
雲の髪を吹きおとす

血の中の風速と欲望の行為とで
僕は再び三たび炎を掬い上げる
背と背をすり合わせる人々の間で
今日と別れることができる

僕は風にまかれているだけだ
いまこそ由緒ある風の中だ
沸々とした刃で心を鍛える風は
僕を立ち止らせ　再び前進させる

上からの一撃

昨日　夢の中に再び現われた場所
山茶花の横　どことも知れぬ
太陽がくらくらと光を送ってくるあたり
いきなり真上から
私がかつて猛烈な一撃をくらった場所だ

一体　私が何をしたか

肉体は愛に満ち足りて
奇跡の石のように立っていたし
思想は明晰で千の輪となり
真実と不実をよく見分けた
たしかに私はそう云った
私は究極のものを喜ぶだろう　と

そのとき　頭のてっぺんを
何かの手で打たれたのだ
飛び上って私は苦痛に耐え
それから高鳴りする風の中で
私は何かを取り落した

疑問だらけの大地の上で
愛はひたすら官能の中で揺れた
草と花は四方に散らばり
牡牛のように私は飢え渇いても
本能は贅沢でしっかりしていた
知恵おくれでも日当り悪い場所にいても
私は究極のものを喜ぶ　と

そう云って思わず首をすくめる

夢にも忘れぬあの場所は
山茶花の横　どことも知れぬ
真上にくらくらと太陽があって
そこらで腕を振り回すものがいるのだ

われわれがたとえば
経験だけで自立するといっても
地上の平和で自足するといっても
なぜかまだ怒っているものがいるのだ

火傷とKAPPUNT

「まばたきの中で何が見える?」
アフリカの南端　蟹の匍う港
船べりに腰かけて　彼
火傷している占者が聞いた

手づくりの空合い　敏感な都市に向って
僕は一つまばたきする
雲が倒れる　鸚哥《いんこ》は籠の中にいる
それだけだ
それだけか?
彼は首を振って火をつける
パイプに熱い草を押しこんで

そのとき岸で釣られた魚が
海に血を返していた
漁師は帽子屋に出ていった
「もう一度みろ」と占者がいう
冬の重たいアフリカが微かに身を動かす
黒人を法区に追うにわか雨と
躄がもち歩く大時計と
とまることのない粉挽き臼と

次のまばたきを締めつけるあの情熱の時間
気位を求めるわずかな時間がやってきた
森からころげ落ちる小動物と

小さな魂の物音がつづき
矢つぎ早に出てくる三輪車が
黍刈りに急ぐのが見える
最後のまばたきが見たのは
狡猾な手にかくされたもっと大きなもの
ホッテントットの火傷をした
占者のうしろにかくれたものだ
衰える国の長い刑務所と
郊外の麦畑にいる軍隊と
南半球の遅いトンボの一列だ

僕が日本にいた時も
一背にはよい試練があった
流し目を貫く矢が飛んでいた
視線のもつれを断つ刃があり
まばたきが海で神の航跡を捜した
この海も神の羽が波をうつところだ
占者の黒い頬にある火傷のわけは知らないが
それは恐らく天与のものだ
昔から消えなかった炎だ

この一皆の中にあるものは
アフリカの正しい語法
重なる葡萄と休息と
労働する犬　退儀な利鎌
海に続く死者の果しない日没だ

玄海

海　不朽の眼で
何度も私を振り向いて
老いた波の間に連れてゆく
少年の日に私は
遊学中の日本から中国の家に
再三玄海を渡っていった
潮は船を揺り上げて
古い丸太のような腕で
船べりを一晩叩いていた
永い月日のあと
とある表通りで

海が私を目覚めさせた
私は不意に揺り上げられ
しぶきに濡れ
それから浪のことも飛魚のことも
すぐに忘れて歩いていった
ある朝　食卓で
スプーンをもった私の上を
白い泡がうねりながら
音をたてて過ぎていった
過ぎた愛だと私はいった
塩から新しい愛の感情がほとばしった
海は何度も振り向いて
花咲きうつむく部屋の隣から
不実を許さぬ過大な力で
すべてを明らかにしてくれる
いま公園を歩きながら
合わせたショールの間から
お前のひっそりした声の間から
突然聞こえた冬近い海の声だ
真実であれ　真実であれ　と

あれだ　あれが聞こえたのだ
燃えさしの灰色のつつましい夜
公園の出口で一瞬
お前にみえただろうか
靴を濡らして高々と
揺り上げられた私が

東方へ

猿が走った　窓があく
僕がみるのは白亜紀だ
鍋のように燃える空だ

石炭に神が並ぶ　炎が上る
棘と鶏と酒の朝
畑に罠を置く　獣が来た
僕は東方に働きにゆく

老いた土地の背中を蹴る

塩の頂きをもつ山に　いまも
チングポーという名の一族はいるか
正午の陽は舟のようだ

僕は鍛治屋　車輪の王
森から女を連れてきた
天体を背負って花嫁は
春夏秋冬　水を汲む

日没　高々埃があがる
猿が走った　窓を閉じる
夜は料理を女と分ける
死魚の茶色の眼が落ちる

僕の一族絶えて久しい
瑠璃色の腕で女が踊る
火片の愛をかいくぐる

振り向いて石炭の上の神が聞く
「それでどうする」

ＹＡＮの独房

福岡の無実の死刑囚から手載り文鳥が送られてきた

ＹＡＮよ
君の無実を知っているのはその人だ
ちぢれ毛で　ぼろの下は裸足で
硝子に髯を映している人だ
丸首の毛糸を着て獄窓の外から
二千年くり返しの独り言をつぶやく
それから急に咳をする
（手足の釘跡から一筋の血を流しながら）
それで君は
天上にも咳があることに気づく

ＹＡＮよ
君は腹のところに抱いて
二羽の文鳥を卵からかえした
それは怒りの鳥という奴で
まだ空を見ないのだ
しかし夕方　灰色の壁から

再び君の掌《て》に帰ってくる
君の手には風が吹く林があって
木の実が雨のように降っている

ＹＡＮよ
君を告発したブリキのような検事と
君に判決を下したあと
襟を立てて日没の道を帰宅した判事とを
いまも忘れていないか
あれから三十年
彼らも年をとっただろう
二度と戻っては来ない
麦が枯れ　陽の落ちたところには

いつかそっと首を絞めにくる男がいる
屋根に閉ざされ柱におびえる刑吏だ
覗き窓から内をうかがい
眠っている君をみて彼は考える
永遠の眠りを前にして人間は
なぜ時々眠る必要があるのかと

そしてこの不思議な独房に驚く
君の横にはふくれ上った二羽の鳥がおり
窓の外にはやせた顔の人がいて
立ったまま風邪をひいているので

ОЛЪГА——一九四五年ハルビンで応召の前に

僕らには七つの薄い朝しかない　オーリャ
小さな太陽を七つ口移しすれば終る
声を殺した哈爾浜の固い空に囲まれて
尖塔の鳥たちは段々悪くなる気がする
キタイスカヤの犬は肩を咬みにくる
今では銃をもたないとどこにもゆけない

戦争になってやさしいものは姿を隠した
腰高い紐にも木曜の百舌の隠れた巣がある
明るい村が最後の井戸まで消え
河を失った草魚が海を向いて死ぬのを見た
哈爾浜郊外から長い手紙がくる

従順な馬が箱を負って隠れた道をやってくる

僕はこの頃眼に悪い色が出て苦しい
かつて先祖が火を放った部落があり
それ以来の山火事が眼に映るのだ
僕の発砲で倒れる人が遠く並ぶ気配がする
僕の腕は檻の二本の柵に似ている

曇ったくちづけの小さな太陽を一つ　オーリャ
お前の瞼は鬣《のろ》の室《むろ》をうつ屋根
お前の祈禱は獲物の憎しみを解き
小さな会釈しかしない生物を安心させる
その火照った髪に雪が降り
戦場につづく煙たい道に積もるといい

長い列車が今日も走ってゆく
うしろから銀狐が走ってゆく
林間にパン種のような希望を残してゆく
幾度か春の氷が割れて平和が来たら
僕が若しも人を殺さずに生きて帰ったら

塩入りのパンを焼いてくれ
お前の遠い故郷ネルチンスクの熱いパンを

朝

太陽でさえ迷《まよ》い子だ
大きな吐息で窓にしがみつく
十二月の風は庭の葉を裏返しにして
凍えた塀をとびこえてゆく
だが早朝の裸形は籾のように熱い
テーブルでは果物が重く傾いている
私はお前の横に横たわり
二人を代表する世界が遠くで擦過して
大きな兆《きざし》の灰を作るのを感ずる
蛾のようなお前の首は
敏捷な影をもつ首は
何も云わず　追憶にふと眉を寄せ
火のような枕の側《せ》で立ち上る
そのとき季節に急かれた神々が

それぞれの虫とともに舞い上る
お前は傲然と髪を巻き上げ
樺色の肉体に流れる衣裳をまとう
そうだ　お前はずっと東の女だ
沼が鳴って鷹の目をした国
私はずっと西　星に蔦のからむ西
勁い胸をもつ国の男だ
私たちは快楽で卑屈な肉を鍛え直した
もう心を動かすことはない
振り返って何百という鉤を解き放つ
太陽は迷いからさめて窓を離れ
子を産んだあとのダイナモのような力で
ひるに向って進んでゆく　道を砕きながら
果物は限りない観念にしたがって
自分の力で厨にゆくだろう
私とお前は煙り立つパンをたべ
塩入りの珈琲をのみ
雑穀の芽ぶく庭先の鳥の間を通り
固い大地へ鎌をもって出てゆく

ＪＵＮＫＵＮの王は

ＪＵＮＫＵＮの王は
七年民を愛し
約束通り七年後
統治を終えて民に殺された
斧をもった民衆は
三日三晩走りまわって
音立てて開く暁の中にかけ込んだ
王は実にやさしく死んだ
白馬の背中から
魂がころげ落ちたのだ

ＪＵＮＫＵＮと
名を呼ぶ七年の喪のあと
彼は葉書の影のように帰ってきた
商買の栄える世には
市場の天幕の中におり
武闘の世には
跛者となって歩いていた

飢饉の世には
死産した子の中におり
魔の支配する世には
蜂にまじって飛んでいた
民はみていた
食卓の上の啞の王
餌箱の中の豆の王
膝を柱に釘うたれて
弓なりに反る王
颪の中で回る王

永い年月のあと
僕らは王墓を発掘した
経典のような空の中で
王の高い声は鳥に似ていた
掘り出された親書には
真に王たるものは
民を愛してその民に
七年後殺されると書かれていた

庭先の恋唄

庭中が私に何か言おうとしている
そうでなければこんなに
風が集るわけがない
ころげ回る鳥たち
飛び降りる百日紅の葉
裏返る池の魚《うお》
これが私の前庭だ
心の前の庭なのだ
もつれた星の間のお前
十七年愛されて
塩のよい光となったその影が
石伝いにやってくる
独り居の私に見えなくとも
お前はすぐに仕事をはじめる
古い棚の糸をひき出して
沈んだ井戸を汲み上げて
涙声の厨で歌うだろう
硝子の曇った景色を拭き落し

吠えることを忘れた犬を叱る
屋根の上でのたうち回って
帰って来ない風の音
風の中でつぶやく私のくせだ
火の上に煤があり
煤の上にはねずみ
そして追憶の中に蹲む神
ごらん　庭先で椅子が倒れている
老人のような椅子の上に月が出る
私はみている
お前の腕が橈のように庭を漕いでゆくのを
お前は何をかくしている?
本当の名だろうか　それとも微かな
呼吸だろうか

伊万里の便り

故郷の伊万里湾から
さびしい便りがくる

ベッドで手を伸ばすと
潟の船虫や
流れのようなものにふれるのだ
(どうして寝室に川なぞできるのか)
譲葉《ゆずりは》のような女が横たわり
火をくぐった遠い都で
欲望を満しながら
感覚の風に逆らって
作物が日々刈られてゆく
緑が土からなくなると
どうして空まで黙るのか
おそらく伊万里の屋根の上
太陽も分銅ほどに重いだろう
鼈甲色の秋が去ろうとし
岬の上で寒気を待つ
伊万里の鳥の独白がはじまる
それが僕の耳鳴りとなるのだが
耳にくちづけている女には
鳥の声なぞ聞こえない
ときに洩れるすさまじい父祖の吐息も

僕の心の淵に匍ってくる蟹の痛さも
お前にはわかるまい
晩秋の罅の入った女には

月光

月光だけで慰められる生きものが
空の一番深い方に身を傾ける
私の飼い犬は錠前を卸したような
空の裂け目に魅かれて傾いている
そのとき瞼の上を漂う雲から
犬に啓示のようなひらめきがないといえるか

妻は月に舐め回された皿を洗っている
蛇口をひねると夜の海峡があふれて
皿を満たすだろうと妻が窓の方に傾く
一日の労働が終り
私は年老いた都府の音を
身を曲げて聞きとろうとする

弦楽器が娼婦の粋姿《しな》で腕に抱かれ
庭の昆虫は地上の己の声の高さまで飛び上る

こんどは犬の横に猫がきて
宇宙の黒々とした愛人に出会うと思って
犬と並んでじっと傾いている（二つの脚韻のように）
この知的な態度を見過してよいか

やがて甕の中で酒が傾き
おそい情熱が窓の風に抱きつく
「内海《うちうみ》」という名をもつ妻は
ドアというドアを手荒に締める
方々で音立てて月光が転がり落ち
古い流儀のランプ等《ら》が次々消える

秋

夏の間旅に出ていて
扉のノップに手をかけなかった

室内にはどうやら
昆虫や鳥があふれているようだった
それでもまだ次々と
窓や鍵穴から入ってゆくのがみえた
足を踏み入れると室内に
さまざまな巣ができていて
床には塩花とすすきと果実があり
果肉の一部はすでに酒となって滴っていた
僕は壁に寄って旅の陽溜りを裾から落した
鏡の奥に滝が流れ　落鮎がいた
しぶきに濡れる髪を解き
振返って暖炉に火を入れた
豆が煮えたぎり鋭いハムが焼けた
生物はそれぞれに啼きながら
食後　花やかにとび狂った
僕は薄荷のパイプで
故郷の遠い煙草をくゆらした
磁気が乱れる中に音楽が聞きとれた
窓の青さの映る書をとじて
僕はさなぎを蹴散らしながら

螺旋階段を登っていった
このまま登って空の毒に届くと思った
黄葉の枝で寝床をつくり
ゆっくり身体を横たえた
夢は秋の怨嗟に満ちていた
神々の手すさびのせいか
眠ったまま僕は
天井の縄を逆さに渡ったりした

未収録詩篇

春

白樺《しらかば》の林を歩いていて
銅鑼《ドラ》のような晴れた音をきいた
松花江《スンガリー》の氷が割れた最初の音
「オリガはとてもきれいだ」と言おうとしたのに
それより早く春が来た

キャンパス

〈矢〉

春　君たちはキャンパスからあふれるように出てくる
君らは明るい五感の麦　区域を越える洪水

熱い拍車　合図の金管の一声だ
地球は何百世代も「困った若者」を産みつづけた
（五千年前の碑文にも「いまどきの青年は困ったもの」と彫られていた）
若者は大地の棘《とげ》　腐れかかった種子を割る胚芽《はいが》
光る逆風　一つの時代に刺さる矢だ

君らは愛のない時代に刺さる　死の時代に刺さる
鉛毒と暗いレースで化粧された町に　鬼火のように酔っている火薬の群れに刺さる
深夜　千切れた手足と血を復原しようとしている子どもらのために
君らは遠い狙撃者の腕に刺さる
君らは偽りの食卓に　愛するものを笑う劇場に刺さる
千匹の蠅　千の窓の憂鬱に刺さる

〈想〉

君らは春ごとにくり返し咲く花ではない
新しい成果を加えるためこの世に来た群集
君らの生命を高々と支える君らの父母とその父母
すでに骨片であり塵である父祖たち
数々の記憶でありもはや記憶ですらない無数の死者

君らはその遺産すべての相続者
水と空と鳥　車輪と歌とジルコン
進路と未完の設計を継ぐもの

空想しうる限りが君らの所有
自分を偉大と空想しない人は
偉大さの一部さえついに持つことはできない
たとえば始祖鳥がはじめて翼を得たのは
永い間空想によって飛びつづけたからだ
僕らは知っているはずだ
欲望の向うには必ず実在があることを
渇きの向うに果汁　憧憬の向うに未来の愛人がいることを
光の向うに太陽が　熱の向うに炎があるように
崇高な想念の影の落ちている所があれば
ずっと向うに一つの神がいるかも知れない

〈港〉
くるかも知れない
衰えた自由王国からの便り　波に消えた破船の便り

希望と意思について人々の苦い訴状
それを読むのは君ら　強い声で告発するのも君ら
素早くねじれる筋肉の快楽と冒険
過敏な同盟の新しい立法
君らが学んだ父祖の教えと新しい知恵
早くも君らは未知の人々と名前を告げあっている
君らの友愛の合言葉　公共の海のビザ
世界は巨きな帆船のようだ
君らは火夫のように快活に出てゆく
校内は海罌粟《うみげし》の咲く港のようだ

（今年の大学卒業生に贈る詩）

髯を剃る前に

鏡は斧と一緒にいつも不安な場所にある
一眼巨人の姿勢で近づきまず位置を正す
鏡はしばらく騒いで静かになる
覗いていると顔に隠れていたものが出てくる
まだ夢を見ている者　同族の敵　異族の友など
彼らは娯楽を求めて広場で耳を大きくする

帽子屋の前を通るとき人は走り出す
頭の形や想念をうしろから計られるからだ
鏡の奥には風の止るところがあり
割れたコップは接げないままでいる
引っぱっても出ない太陽があって夜が長い
男たちは木と人を倒し深い井戸で手を洗う
鏡に向う女たちは眼の中に副葬品を見て泣くことがある
僕は数年来猿のように寠れているといわれた
髯を剃りながら僕に隠れている猿について考える
彼らには地獄と天国の迷路がない
その血筋は大人しい果汁にだけ適し
集団で森を移動するのが僕には偉大に見えるのだ

髯剃りあとに刺客がきて

耳の下の小さな傷から終日血が出ていった
彼らは床の上でしきりに転がり
やがて肩を貸し合って窓のような傷口に匍い上ってきた
「お前の耳奥で鳴ってるのは怠惰な脈膊の音だ

信心深い土地を一回りしてきた運河の音じゃないよ」
そういって不様に転落した
僕は剃刀を宙にしたまま鎧戸をおろし
鏡の中で古い顔が出そうとする一つの完成
たとえば神秘な表情について考えた
夜はひどくきびしく抽象的だった
月が射しこみ夜哭虫が敬礼していった
—確かに過去の法律は美しい—
—そこでは他国者である妻も裏切りはしない—
深夜小さな血が行列を作り刺客となってきた
「こんどは完全に殺す」という
こんなとき血管の中にテーブルまで持ち出して
享楽している血にも困るのだ
彼らは刺客に向っていい立てる
「残った血でも一種の帝国が作れる
そこには僭主もいれば賢者もいる
眠っている間に送られてくる贈物だってあるからな」

海の方から帰ってきた

夢の中まで波がきたことがある
官能は高くもち上げられ
あとには眠りの底に魚介が散乱していた
だが昼の海は他人のようだ
かつて象も深く泳いだ日があり
彼らは太洋の性質を見届けたうえで
乾いた土地に渡ったのだという
太陽が昇り降りる信仰の道には
いつも偉大さに挑戦する謀叛があり
僕もまた水路に出て争い
天に囚われることを知っていた
午後は神を最も感じやすい時だ
森林は力を増して海と草地を分け
丘陵には啼いている生物のための墓地があった
僕は父母たちが叫びながら歩く方にいった
無数の海は既に遠ざかった
農場では明るい牛が僕と同じ血を流していた
虫が健康な歯で幹を噛んでいた

根を育てる土の音が聞え
僕は労働で花々を作る手をもって帰ってきた
雲の中には二、三の鳥がいた
溢れる井戸を越え　ゆっくりと斜面を渡り
僕は知的になろうとする家の
物を恋い慕う扉の方に登ってきた

回想の奉天

欲望のあり余る町　奉天
道路はところどころ狭められていて
そこを通る感情を締め上げた
病気がちの髪をかかえてゆくと
タオルのように雨を絞る空の下
足が汚れ　僕は恋した　細くなった女を
二月は苦い　九月の苦痛はとても長い
欲望のあり余る町　奉天
アカシヤが葉をふるい落すと

道のトカゲが反りかえる
記憶には幾つものひびがあり
馬のように賢い少女が出入りする
看板の朱房が風にまわり
夕方のゲリラが高黎畑をまわっていた
夜　西の神が騒ぐので祈りが出来ない
月は狩られる前のキツネに似ていた

欲望のあり余る町　奉天
大運河が郊外を流れていた
ジャンクは夜通し火を焚いて河を下りた
船腹が赤く燃え　時計が鳴った
大豆を負った移民の男女が
袋の中で音を立てて交接する
朝の霊魂は窓と同じ色をしている
僕は家鴨と屋根にいた

欲望のあり余る町　奉天
早く大人になれるなら牛でもよかった
町中の敵の間を歩いてゆける

大地の根の欲情を噛むことができる
祝祭日の少女を乾草に転がすことができる
僕は黙って暖炉の母の側にいた
近くの駅はおびただしい蒸気に包まれ
夜汽車がかけこんできては、叫びを上げた
僕は大人しく繋がれた形にうつむき
果物の蠅のように襲ってくる女たちを
尾の先でときどき打っていた

手術

手術室に入ると医者が飛びかかって
鼻からガスを押し込んだ
たちまちの暗闇に犬が入って来た
いま屠殺されて同じ旅に出るという犬が
僕らは連れ立って「狭き門」に着き
そこで魂の目方が秤られた
盗んだパンで養われ　狂気の時に詩を書いて
正気の時は戦争したので軽過ぎた

犬が山羊の真似までして
僕は陰部に似た門にお追従をした
中に入れぬ五体は千年前の風邪を引き
犬のふぐりに豆が芽を出した
そのとき　医者に叩き起された
みると足下に木綿包みの僕らの肉片が落ちていて
硝子壜に入ろうとまだもがいていた
そこにも天国はあるらしかった
しかしもうかかわりのない努力にみえた

メルグイの島

——モーケンの老婆は虎と鹿の話をする。
死に方まで話してくれる——

ハンモックに揺られ　光の下で眠ると
メルグイの死者の島に突当る
それは銛や骨斧や副葬品をもつ教訓の島だ
盲目のため大地を忘れ　本能を捨て
愛と闘いをやめた者の流れつく島

そこに立っているモーケン族の老婆が
「木を叩け」という
すると木の裏から虎と麝香鹿の声が聞える
虎がゆっくりと鹿を追いはじめる
風除小屋の人々も互いに敵を認め
世襲の火と企らみをもって出てゆく
水辺を越えて執拗に追う魂の苦痛の爪色は
魅惑する神の力の罠に向っている
メルグイの島に黙って満月がおりてくる
虎が鹿を食いはじめる
千年経ても尽きない欠乏の吐息が聞え
鹿は舌の先でチリー唐辛子のように小さくなる

だが　ある日
怒る虎が脚をひきずってゆくのに出会う
骨の間の闇にひっかかりやせ細るのがみえる
そのように人が富み　知識が栄えたあと
衰えたまま信念を後代に送るとき
天国の無造作な入口が示す寛容に向って

脚を折り頭を下げねばならない
闘いをやめ死を考えずに眠ろうとする者に
いつもモーケンの太鼓が鳴っている
香りの麦と群蜂の間から老婆が声をかけてくる
「メルグイに来い　一本の木を叩け」

持病

亡父はよく猿との類似血縁について話していた
鏡に向うと確かにそこに猿がいる
ある日　吊されて死にそうな顔を見たので
「猿の刑」という詩を書いて詩誌「風」に送った
僕は注意しているのだがしばしば律法に触れるらしい
斧や銃を見ると忽ち仮死の有様だから

人生経験にまじる拙劣さと苦さを辿ってゆくと
子どものとき見た北京動物園の一匹に出会う

巨人の園丁に見張られた（恐らく最悪の）
うつむいた猿の憂鬱がその時以来僕のものだ
いまも戸口では関節の持病があり
熱い唾を吐く女に昂まり　転んだ酒を拾う
眠ると一群の猿が底に集って
夢をこわさぬようにして果樹を荒すのだ
先日豆殻と石がつまって僕は内臓の手術をした
（父にはこんなことはなかった）

手術すると積年のやせた果物と貧血が出てきた
友人が代る代る見舞いに来て
歴史の偉大さ　肉食の利点　とりわけ野心の楽しさを論じてゆく
僕はこのごろその気になって
「もう一度やり直してみるか」と鏡に向い
両手で猿の風土病をごしごし洗い
顔をおさえて暴れる髯を剃ってしまう

怒りの鳥

福岡刑務所の死刑囚I君が
ひなから育てて送ってきた

ある日玄関に一羽の鳥がやってきた
独房で愛と怒りに育てられた鳥は
確固とした姿勢を籠の中でも示したのだ
いくつもの辺境を宙返りしては越えながら
小さい燠となった魂を示したのだ
その激しい饒舌に驚いて
娘は書斎に引きこもってしまった
籠を庭先に吊るしておいたが
翌朝庭の様子は一変していた
無為の立葵が物狂いのように咲き出し
欲望にふくれていた鼠が飛び上って
小径をつづいて出ていった
卑屈な屋根に終日雨が降り
胸を反らした鳥の説法が聞えていた
僕の家庭は不実な泡をかかえた自己満足の袋となり

天井にまでつかえていた信心でさえ
かすかに風鈴を鳴らすだけとなった

「鳥のもてなし方があるはずだ」
そういって僕は新しい稗を畑に蒔き
妻は森まできのこと虫をとりに出た
鋭い拒絶を学んだ鳥
絞首の枝をみてきた鳥
たそがれには花火のような恋唄で
夜には凝視のまなざしで僕を責め立て
地獄の暦で三千年の老いを味わわせる
このごろ咳をすると亡んだ故郷の風がまじり
洗面器に手を入れると罪の浄化の川が流れる
僕と妻は摑み合うように抱き合い
五旬祭以来の絶食をつづけている
巨大な空と自由を真に分け合った僕らと鳥の先祖
僕はいま　座右の銘に羽を一つ画いてもっている
だが目前の蒸気の中に一羽の鳥が立ち上る
その声で群鳥が次第に集ってくる
どんな季節が西から来たのか

これらは死を覚悟した兵士たちだろうか
死刑囚から手紙がきた

「僕はまだ処刑されずにいる
僕の無実を晴らすために
君の一家は努力を続けているのか
君は一休みしているはずだ
鳥の暴動はまだか
それには方々に柵が要る
鳥の砲台はまだ作られていないか」

古い支那の地図がある

一枚の支那の地図がある
父が生涯求めた歓びの石の
それが最後の遺産であるから
僕はずっと持ち歩いているが
僕の生れたところには印があって

そこには今うつつの門が建っているということだ
僕の病いはその印の東の市場
七面鳥の籠の中にあったもので
病いの間中　治療の太鼓が鳴るというやつ
いまだに事務所で耳にするのがそれだ

自宅には海を越えてついてきた一列の羊がありそれぞれが性的で毎夜湯に涵って啼くのだが
友がくるとやむなく一頭ずつ火にのせる
それから
支那の遥かな王が星にまじって飛ぶ話をし
結局あの長い海の戦争のことまで話さねばならず
意気沮喪して行く先のない川のように
地図の上を匍い回ったりするのだ
そこには点々と空白の部分があり
それは突然井戸のあふれるところ
歩いていてポケットが水びたしになるところ
または分け前をとりにくる怒った苦力の窓口
一人の毛織りの泥棒の入り口でもある

陽気な本屋にある支那の地図なら
金貨の音も聞えるだろう
野生の麦が生い繁って
数千の支那人が放尿するのも分るだろう
しかし折り畳んだ僕のそれは
四季を通じてふえる七面鳥の卵の群れが
僕と同じ咳をしているばかり
悪い種子を運ぶ蟻の声ばかりだ

夜中にそっと開いてみるが
いまも名前のついていない不可解な山が一つある
そこでは
燐寸の頭が火を噴くような山火事がときどきある
それは翼ある王の魂が飛ぶときだ
そのとき僕は元気になる
たとえば地上が楽園であろうとなかろうと
魂は黙って飛ぶからだ
父と同じく僕も
襤褸のままで煙草をもつ彼が好きだ
彼は山頂に屋根の反った古い祠をもつ人物だ

難儀な浪華のひとりぐらし

欲しいものを求めるときは気をつけろといわれた
希望と破綻が共にくることがあるからだ
窓があいてとびこんで来たのは確かに理想的な女であったが
またたく間に家中を女性と化してしまったのだ
柱時計がその夜からいやに弱々しい声を出しはじめた
暖炉の裸の腕の中で薪は叔母の表情で炎を上げる
僕の肉体で本来女であった部分に苦しい情熱が立上る
僕は紙の柔かさに一々乳房を感ずる
壁の中の鼠は雄々しい本能をもっていた
それが青い足で娼婦のように歩き出す
籠の中で嫉妬の鳥がひっくり返る
夜はそこいら中のものが変な手つきで僕をふとんに入れて
朝は全く用ずみ男というように枕を叩いて起すのだ

確かに欲しいものは注意して手に入れねばならなかった
僕は一杯の水を求めた　ほんの一杯だ
しかしコップをあふれても水道は出っ放し
その上　扉から川が躍りこんだのだ

七月は空いっぱいに雲を集めて
終日雨やまず　太陽の行方もわからない
感情の乾いた部分にはとくに土砂降りがくる
橋を越してびしょ濡れの郵便が届く
開いてみると季節の長い慰問文だ
指には一列のカビが生え揃い
日々の会話は水車の議論と水中の回想ばかり
「本当にあのころはよく愛し合いましたねぇ」
そういってあとは涙がとまらぬのだ
もう棚には魚に関する書物しか残っていない
皿に泳ぎつくのはたくさんのしゃこの群だ
かってはは炎暑の国に旅をして
水は地球のやさしい一部と思ったのだが
いまは身体中が水ぶくれで
僕は手製の竹籠に乗って
洪水の中にぽっかり浮んでいるだけだ

鳥の病気

屋根に匍い上った記憶
思い出そうと葱のような町をみている
僕は天使　おんどりの病気をしていた
手術しても心や習性は変らない
病院の窓口で金を払って出てきた

だが　薄明とともに町は変っていた
肉体はいづれこの世の支配に折れ合わぬ
冬の蒼民は天の動揺に釣り合わぬ
手すりも階段もない都市で女房はひどく悲しんだ
犬にも蟻にも翅があり
商人たちも羽をふって市場に来ていた
そこで売られる二千年のもやし　囚人手製の漬物
海から拾ったブイヨンと魂の青い顔料と

時間が来た
歌の中を神が降臨する時間だと
群集は眼を細めて光をみつめていた

だが　大地こそ裂かれた果物のように
塩ごと飛び上ろうとしたのではなかったか
僕は天使　おんどりの病気をしていた
しばしば岸のない川を流れ
死土から観念のない麦を拾った
とある街角の鳥屋のウインドウに僕が映ったが
刃を合わせている主人がなぜか微笑んだので
ガーゼを抱えた女房の肩を押し
鳥の声を一切出さず
僕は北方の風の中へと立去ったのだ

訪問

僕は四度幸福だった
僕は四度戸を叩いた
野性的な扉を開いた女の眼は
奥の奥まで花盛りだった
（そこは一つの共和国）
僕は玄関に杖を置き

乾いた鳥のように一つ咳をした
棚の花瓶は強力な花を失って
瓶のまわりは火の海だった
敷物の上に音楽のくねり
それから葉煙草の咆哮だ
女が支配する秘密の文明に
身を傾けてひたすら寝入る猫がいた
女が薄荷と盆をもってきた
天国の高い食卓はこわれたらしく
神々のパンが山から谷に落ちていった
噛みしめるオレンジの中で山羊が啼いた
僕は女にくちづけて
正しい木理から生れる難解な薔薇色を愛した
酒は盃の中で驟雨となり
楽器のように騒がしい魚がもう黙っていた
確かに彼女の智恵は遠い雷鳴に守られていた
その声は剣の音につづき
優しさは大地の檻に囲まれている
僕は四度その裸の背中を
「沙漠の首府」と呼んでみた

すると女は僕のあれを
四度も「冬の蜃気楼」と呼んだのだ

夜の中で昼のＧＩＲＬ ＨＵＮＴ

夜の中で昼のように明るい
束の間の天与の時刻だ
古い肉体が集って夜毎
花のように女を作り出す間
水溜りを突つきながら待っている
やがて薄い塀に沿って
雑草が驚異の夢をみるころ
鐘が鳴って深々と街が礼をする
すると　女たちが続いてやってくる
打殻《うちがら》の暖かさをもつ星空の下を
一列になって通ってゆく
その何人目かの女を
僕は知っている
いやな川をいつも流れてくる女

それから種莢《タネサヤ》みたいに二つ程
操を包んだ女が通る
雨の日だけという女
海綿をもった女がいる
林檎を蹴ってゆく女
すぐそのあとのあの女だ
外套の下に何もかもかくして
急ぎ足で並木の中に消えてゆく
さあ早く声をかけるんだ
彼女の前にまわるんだ
たとえ女が眼を外らそうとも
袖にかくれた爪先の
暗い印に覚えがある
その口の苦い声を忘れていない
胡桃をかっと割る程の一撃で
あの貪婪でそれきりとなって
罰のような長い月日
僕はお前を探していた　と

生れかわり

川で一度死んだ女を知っている
水藻の下を流れ
逸楽を味わい
水門のところで蘇生した
それからは水をたたえる心臓をもち
魚のように
海に続く死後の予想ができる

僕も昔
百日咳の子らの列に加わり
草木の間の白い道を
けものとなって歩いていった
それから半焼けの太陽に向って
一声吠えて蘇生したのだ
いまも四肢でしっかりと立って
荒野に続く死後の話ができる

戦死の公報のあと突然

帰ってきた兵士を一人知っている
いったん焼土に埋められて
樹のように再び地上に現われた男だ
彼は植物の四季をもち
秋は花をふるい落す
彼の死後の説教は果しなく地下に続く
その誇り高さを疑うものはいない
彼はいま外交員として町を行き
家々をノックして回る
ドアがあくとすかさず彼は
「母なる大地」という保険をすすめる

午後

子らの母
渦巻く珠羅紀から
私が連れてきた骨太の花嫁が
大きなカーテンをあけ放つ
風の中を飼い犬のように

太陽が庭先に入ってくる
私は納屋にゆき
それから遠くまで土を掘る
私の周りを通信衛星が回り
人々は互いに交信していた
午砲が鳴って私は休息する
椅子の形をした雲が
低く寄ってくる
午睡の間に私は
数十世紀の夢をみてしまう
土器から気球までの夢
永い世代の婚姻と分娩と
様々な神の図案
祭壇とその上の一列の鳥
私は眼ざめて魂の素早さを思う
それはときに遠くに行き
驚異するとすぐ
知らせに戻ってくる
傍らに子らが寝ている
寝息と共に蛇腹のように

揺れる「時」の中で
私の夢のつづきをみている
猟銃の音がする
子らの母が
巨大な脚でベランダを降り
牧場の方に歩いてゆく
彼女は柵を開いて家畜を入れる
復活の喜びを知っている家畜たちを

ノート

一篇の詩を書き上げたそのとき
突然ノートの上に立上って吠えたのだ
私は狼を見たことがない
まして考えたこともない
だがインキの滴りをもつ狼が
そこに現われたということは私の
詩にとって場違いというのではなかったろう
先ほど私の心を横切った不信または悪意が

仮りに比喩とした一匹でもあったろうか
私はこの真剣な獣の面持に打たれて
彼のために奥深い原始林と
氷片のようにとがった月を
詩の中に書入れることにしたのだ
それから私は考えた
もしかすると永い年月　それと知らず
彼を閉じこめていたのではなかったかと――
私は落着くために水飲みに中座して
戻ってきてこんどは群をなしている彼らを見た
これほど多くの狼が森を歩くのを初めてみた
蒼涼と月に照らされて　その一群は
ゆっくりと移動する理性の輝きにみえた
そこで作品のはじめの連を読み返す
それは飢え渇く世の中の入口で
心弱く　いかにもさびしげなものだ
すると狼たちが再び戻ってきて
私の戸口の前で低く低く唸っていた
母よ　母よ
霧の中　または雨の中で

敵に向って示すすきのない端正な姿勢
虚無に向って火を吐く一筋の情熱
これらはかつて貴女が呉れた勇気の贈物だ
貴女はすべての本能にひそむ神の正しさを教えた
私はそれによって言葉を探しノートに記す
世界の沈黙の中に放つ一つの言葉
山の稜線に放つ狼の一つの遠吠え
それから一気に書いてゆく
彼らが望み　かつ成熟するすべてのものを
欲情と孤独　真の愛とまことの信頼を
やせ衰えて足がもつれながらも
なお振り返ってみる沖天の嵐の中の神を
するとノートの上にも風が舞い立つ
群れを離れたものには
名を分けた兄弟の思い出がある
私はすでに狼だ
真の狼を悟ったのだ
だれも私を見たものはいない
考えたこともないはずだ
毛に覆われ　机に投げ出された二つの腕

インキの滴りのついた十の爪先を

公園

星の出に　白い星の出に
石と石の間を歩いてきて
二人はベンチに腰かけて
互いの義務について考える
地下からの声の励ましで
愛のはじまりを探し当てる
木の葉がぐるぐると回って
街では火事の号外がかけ回る
二人は目の下の火傷について考える

汚斑のついた遠い埠頭がサイレンを鳴らし
嵐が海を渡って鳥を吹き落す
一週間前に上陸した鼠たちが
公園の細道を歓楽街のようにかけ回る
二人はベンチで向い合って

近づく低気圧の話をする（水夫のように）
いつまでもこうしてはいられない

冬の女なら着ぶくれて身体を寄せ
夏の男なら裸の腕で抱き寄せる
冬でも夏でもよいのだが
季節は全くお構いなしに
愛欲を骨牌のようにかき回す
やせた炎が一つになり
恐れを知らぬ灯となって
最後の電車がいってしまう

いつかまたここで落ち合うときには
公園やベンチはないかも知れない
木々は骨となって白く取り囲み
愛の証人はどこにもいない
街には火事の跡もない
石もなければ星も出ない
古い海の方向には風も出ない
老いた鼠が見えない道をいったり来たり

固い霧にはさまれて向い合う二人は
かつて愛した相手かどうか
手と手で互いにさぐり合う

空と地の間で

空から何か降って来たのがわかったか
貴女の紅茶が揺れているのがその証拠

それは小さな精霊の一つに違いない
未完で不安な形をした印のようなもの
何となく地上にあこがれたものだ

それはありうることなのだ

あそこで髯をふるって働く神は
様々な意匠や四季に手を加えている
そして半端で誠の足りぬものが落ちてくる

自然が成就しないままわれわれを取り囲む
春が夏へと変ってゆく　ごらん
空までの古い階段で人々は中腰だ

声を上げて集る天使らもまだ美しくない
一枚の着換えももっていない
見上げられるときのその羞恥がわかるか

不全な夢の往来する空間にぶら下って
心臓を鳴らしている蜜柑を皿にのせ
その不足な甘味に苦情をいわぬことだ

軋る高風《たかかぜ》も一つの意思とはなっていない
やがて形を整えてテーブルの上に吹いてくる
そのすさまじいひとりごとが聞えるか
それでも何一つ風らしい仕事はすんでいない

ぼくらは午前の仕事を終えて汗をふき
二つの心が仕遂げられ魅せられて空に上ってゆく
だが雲間では突然二羽の蜂鳥となって

奇体な声で飛び交うだけだ

ぼくらが両手をテーブルにのせ
射るように眼と眼を合わせて
のどに言葉をつまらせながら
心はいま結ばれるだろうと話しているときに

猫無し町

一匹の猫が現われる
忍び足に無表情に閲歴のない空間を通ってゆく
すると曇った天体の下で
道も車もふいと消えてしまう
その猫につながって
相似の猫がまた現われる
遠い雷鳴に感電して歩く二匹のあとに
つながってまた一匹が現われる
前の二匹と全く相似のそれは
遅刻してきた獣神のようだ

彼らは一列になって静かに昼を移動させる
縄のような一本の魂をひきずってゆく
彼らはおそらくたった今
天上の熱い藁の中で完成したものだ
燠のように知恵や本能を鍛えられ
最良の猫の典型として通り過ぎる

私もいつか（誰か見ていたに違いない）
相似の三人がつながって
寒天のように白い町を歩いたのだ
舐めるように見おろす空の下を
一本の縄のように魂をひっぱって

われわれはときとして
四つ辻の混雑する群集の中から
天上にひき上げられ鍛えられて
一つの身心を三つに分けて
錨のように地上に帰される
そのときだ　始原の町を通るのは

私はいってしまった
猫もまたいってしまった
思い出してほしい
われわれがこのように一族を代表し
自ら気づくこともなく
抽象されてふと通り過ぎることを
われわれの霊が風に送られて
三人となって歩く空間があることを

道は再び現われて車が走り回る
鐘が鳴り店々が戸を開く
だが私はその町の元の名を知っている
だれもが記憶の向うに手さぐりする
猫無し町　人無し町というのだ

病む妻を励ます詩

身をかがめて　雲の物狂いとなって

貴女を覆い　それから見ている
失神した死の虫がどこかに出かけて行くのを
貴女の眼が現われ瞬き　消えてゆくのを
脚が土の下に沈んでいる貴女を呼び返そうと
たくさんの言葉が出口を探している

突然　私の口の中が熱くなって洩らす言葉
ずっと昔　それが原子の熱であったとき
それは亡霊の古典の時代だったが
彼らは青い鞋で立ち上ったのだ

貴女には理解できないか
風の中の固い配偶者であり　血の流れる髪をもつ貴女は
曲りくねった河の上に
うつ伏せて時とともに止っている

筋肉はふるえ　肌は薄い毛に包まれているのに
貴女は歩き出さないのか
夏の雪　高原の住民のように
鏡を鳴らす快活な村の方には

もし病いが醜いならレースを顔にあてて
身を傾けて急げないか

柱に巻きついて死者たちは苦しげだ
習慣を忘れず希望もなくなお耳を傾け
出所不明の言葉を聞きわけようと
そうやって新来の不安な心をこすり合う
僕らは以前　手すりのない階段の上で
背のびする鼠らの朗らかな声をきき
綿の花畑にいって一本の茎になるまで愛し合った

貴女を苦しめる槍と氷河と枯葉の夢を出て
水が輪をつくる土の上
二体の神が一つに結ばれる土の上
農穀の穂を噴く土の上で
せめて寝返りをうってごらん
空に突き出した指でわかるはずだ
意思的で忍耐づよい言葉の数々が
枝の間を蜘蛛のように走っているのが

村の中で

暖かい乾草がお前の褥となって
丸く柔かに身心を作り上げる
太陽に洗われて肌が穂のように輝く
外套を着た夕陽が森で歔欷する声の
あのやさしさがのどにひそんでいる

私を育てたのは山の斜面だ
憎悪もまた一つの力と教えられて
村境を私は守ってきた
日旺には黼を押し　柵をつくり
若い畑が押し出す麦を刈り入れる

藁に包まれてお前は倒れてゆく
背を反らし谷となって河が流れるように
私もきらきらとした剣の性となって
解かれ選ばれてその横に倒れてゆく
お前の胸は綿畑のように風があふれる

夜がきて盲いた子らも眼を取戻す
家畜は小屋に　鳥は卵の上に
何もかも村のはじまりの営みと同じだ
神が大地の下にきているときに
なぜ空などが必要だろうか

一日の仕事を果して充足する村は
私たちを一つにしてずっしりと押えてくれる
互いの腕の中に劫初の夢が出入りする
そのとき
お前の紡ぐ糸は過去から未来につながり
私の追う鹿も過去から未来にと走ってゆく

深夜の町にゆくのは何故だ

くちびるに静かな毒が溜ってくる
机上の花は毒のため身を曲げている
重たい街の骨がからからと音を立てて
風の中で亡びるかも知れないと思わせる

「出てこい」
たしかにそう聞こえたのだ
深い靴を履き　大きな煙草をくわえ
私は出てゆく　無窮のはずだった街へ
夜の奥で傾いた小屋のような太陽と
見えない鳥たちの吐息の中へ

空はまたしても大きなパズルを抱え
そろりと歩み出た一人の影を目がけて
光のサインで締めつけにかかる
見捨てられ背かれてまだ明けない霜夜
悪い風が吹き募り　川が波を棘のようにしている
身を曲げてのどの毒を路上に吐き
この身ぶりが昔と同じことに気がつく
破船のような星々が縮んだ空で
髪を乱し十字になって沈んでゆく
街を曲り　もう一つ曲り　何を失い何を得たか
窓々は苦痛にしっかりと閉ざされたままだ

だれにも告げることのない苦痛は

黒々と影を伸ばしている謎のようなもの
脚にもつれ冷気に倒れている椅子のようなもの
かつてここは椅子を並べ神人共食の国であった
中州《なかす》に置かれた石卓に神人が集まり
そこで瓜を裂き球根を甘く煮た
いざ別れるときのあの節をつけた長い言葉
見捨てられ　背かれ　風邪をひいて
女は川沿いのホテルで灰のような夢をみている
裏通りに出ると戸毎の鍵がいっせいに鳴り出す

鳴り響くサイレンの中でこの町は
一度は戦火に焼かれ消えたことがあるのだ
それから再建が始まった
焚火を囲んで兵隊帰りの若者が働いた
軍服のままの男娼が焦げた煉瓦に坐っていた
川が水を集めて山の方からどっと流れてきた
海の中道《なかみち》を新しい潮がとび越えた
ふところに手を入れて通行人が出てきた
それ以来町はさまよう者の迷路だ
立止まって煙草をくわえ　火をつけて

私に解けるものは一つもない
ざわつく石が横たわった魂のように空を許っている

「家に帰れ　早く」
たしかにそう聞こえたのだ
古く鍛えられた街並みは何か決心するのかも知れない
目に見えない骨と血が動き朝が近い
まだ枕にしがみつく生者と甕棺の死者と
複数であるもののもの倦さ
マンションの豹　ごみ箱の犬たち
怒るか吠えるかしようとして欠伸をしている
くちびるに残る毒のひとしづく
太陽は昇ろうとして記憶の底に姿を見せる
成しとげられるのは四方の道だけだ
走り蜘蛛が通る　食いさしの餌を置きざりに
肉体は明るすぎる
途切れている
いつかは消える
風に逆らい明滅する列柱の灯のように

彼は入ってゆく

訓練された男が死の入口を入ってゆく
雷鳴の中を電気にうたれ襟巻をとり
彼は大股で入ってゆく　死などこわくない
老いてなお鍛えられた肉は薪のようで
沢山の霜と愛を明るくしてくれた

彼はふり返る　すると自分の一生の向うに
パンゲア大陸を回る古い海が見える
何万世紀もかけて火と氷で作られた山の上を
鳥の群が音立てて渡るのを見たとき
短くとも由緒ある生涯だったと彼は思う

彼はうしろ手に死のドアを勢いよくしめる
途端に自分の名を忘れる　これで一切だ
もはや無名　呼吸の中を雲が走り回る
魂がいくつにも分れて方々に出てゆく
疲れを知らぬ盲目の百本の脚となる

彼はどこかで見えないホテルに泊る
フロントに靠れて新奇な名を記帳する
鏡の前に犬のようなものがいて幻を映している
かつての愛人が雪の結晶をしているのに会う
樋をつたわって廊下から彼は深々とお辞儀をする

いまでは大地のやることが寓話にみえる
海を渡るパレードも盛んに上ってくる気球も
水槽に沈んでゆく一本のナイフでさえも
彼は涙声の鳥を聞き　争う市場の様子に驚く
谷間で抱き合う二人に怪訝ながら手を振る

硫黄の島で

神が雄々しく歩き出すことを知っている
だが南西の島で私が聞いたのは
歩くことを拒んでいる神だ
村が引っ越すというのに柱穴に居残って
村人が困っているというのだ

その夜　雷鳴が島を揺すり稲妻が樹を倒した
旅窓から暴風をみながら考えた
この世にはもっと激しい終り方がある筈だ
そのとき櫓も蜂の巣も同じように崩れ
人も家畜と手をとって消えてゆく
頭蓋のような地球が割れて燃えるものなら
炭火のように赤い神が残るだろう　と
やがて雄々しく歩き出す
冷えてこぶだらけの星の上を歩いてゆく
われわれは神意を知っているから
彼がはじめる仕事についてはわかるのだ
かつて在った善意で種子が作られる
妥協のない怒りから歯牙と剣が現われ
生物はそろって愛慾の眼を開く
豚草の花粉が飛び　海が鳴り出す
畑で斗う作物　森で嗚咽する鳥
恐怖から許されて次第に出来上る村
過敏な耳が並び言葉が交される
風雨に叩かれる旅窓で私は考えた
明日は晴れて村は輝くだろう

杜穴の神は雄々しく歩いて帰ったかも知れぬ
数億年はあっという間に過ぎるとしたら
村は同じものでないかも知れぬ
檳榔も村道も全く新しいものとなり
家畜もまた違った声を出すかも知れぬ　と

音楽は天に！

――九州交響楽団のために

弓のように撓う空から
星々は矢となって飛ぼうとしている
穹窿《きうりゆう》の極みに生れるうたを
君は聞いたか

音楽は天に！

娘のように初《うい》々しく
瞬間の叫びをもつ
あの清冽な声が

君が抱く提琴の胴に満ちている
夜は苦しい　美しすぎる
魂は白く磨かれ
うなじはいっせいに空を向く

おお　神は許し給う
地上に新しい音楽が生れるのを

人は皆高貴な振舞いをせよ
窓々に灯がついた
大理石に霊感が　卓上に愛餐《あがぺ》が
酒は唸り　麺麭《ぱん》は熱く膨《ふくら》む

「先ず音楽を」
あの死んだ詩人の声が聞える

楽器を抱け
吹口を湿めせ
絃に指を置け

地上の動物のやさしいひととき
水は輝き
海風が庭に来ている

音楽は天に！

神が腕を振りおろした

さあ　音楽を！

風景に向って

瀑布がある　戦車がいる
木かげにとかげが潜む
思いがけない風景の中でも
行きそびれはしない
心は鎧だ　風の通る道
たくさんの物音だ

解き放たれて心は歩き回る
何軒目かの家をノックする
その家は疲れ果て眠りに傾いている
煙突から煙も出てこない
私には分るのだ
これは限界の家だ
激しい時代がここで終っている　と

そしてまた進んでゆく
時の中の新しい風景に
見覚えのあるものをつなぎながら
かつて愛と予言のために
哀れな奴といわれた女は姿を消している
不意の雨に消えた火の跡
木々に妨げられた闇
私は手を上げてまた進んでゆく

才能は新しい怒りから生れる
心は本来無形だ　砂上では車の形

岩の下では草の棘　牢の中では湯気だつ鉛だ
ときに風景は私を戦士にする
氷河の向う　死後にも許さぬ掟があるなら
私は立止る　私は薬莢となる
心は縄をつたわる火　私は燻《いぶ》る
鳥が舞い上る　眼は一点に集中する
私は発射寸前だ

夜が明けるまで

気難しく黙った坂を上って
終りの電車が過ぎていった
鑵詰の寒天のような河の中に
最后の煙草の吸いさしが投げこまれる
風の中をうろついた肉体は
骨の上に薄着をつけた肉体は
それぞれの寝床にもぐり込む
昼、出っ放しだった疲れた心は
蝸牛管の奥に入りこんで

角笛のような寝言をしゃべり出す
それから金縛りの時刻がくる
追われるものはその形で立ち止り
仕事は机でうつ伏せに
残飯は食卓につかまって眠るのだ
こうしていればいつかは夜が明ける
だが何人かの不幸な女は違う
墓場と寝床の区別がつかないまま
受胎の形で子宮の方に曲っている
すると天国の格子を抜けて異形の使者が
女の足の指をひっぱりにくる
尖った手で女の寝姿を変えてしまう
枕の脇から草が生え小首のような花をつける
歓喜のため床に転がり落ちたナイフは
刃を上にして夜を過すのだ
一本の振子が手紙の束の上をいったりきたり
家ねずみの夫婦は立ち上って柱にしがみつき
露の中で盗人はブリキの屋根を覗いている
その間も月日はしっかりと外壁に蔦を巻く
たとえ苦痛であってもわれわれは

不滅であり絆を保つには
再生するまで死んだふりで忘我に耐えねばならない
夜は火だらけの星を降り注ぐ
老いた宇宙の鉄屑と嵐のタムタムと
この世の終りまで夢は歩くことができる
目覚めた神の偏執と熱意の中を
火だらけの夜はしらしら明ける
瞬間ではあるが
車庫から出てくる始発の電車がみるのは
燃えさしの薪のような街のビルだ

公園の山茶花

土の目眩《ま》い　身体《からだ》を折って
私は夕方の鳩のように落着かない
人生で知ったのは膝の折れた乞食の知恵だ
公園の固い椅子で西瓜の種子を踏み
ちりぢりに走る雲の行方をみている
ふるさとはどっちだ

神を祀らぬほど拗ねたくには

側にきて坐るのが秋の死者
お利口さんというようにすり寄って
ベンチで横になろうと誘うのだ
夏の汁がまだ残っているうちに
物売り物買いの形で抱き合おうというのだ
土がまた目を回す　この吐気のあとには
のどから地獄の水が噴き出す

人生は歴史のようには話せない
伝説の石も始ってはいない
土が回り　神が豹のようにはねる
私は中腰だ　神漿をすする形だ
茂みの鳥が声を変えて啼いている
木々も遠くに種子をとばしている
もし復活があるものなら　と

さあ　風に逆らって
未来の主を讃えてうたってみよう

巻舌でその尊い御名を　るるるう
骨を叩いて夜のさざんか　野辺のうた
仕事を終えて散らばった野鼠のうた
歩きつかれている主のために
酔ってまだこの世で目を回しているうちに

土地はもっと熱くなり棘草がのびてくる
宙空に救いを求める時代がきた
軒並みに早くもぶら下る人々
その足先に蝶がとまり　るるるう
髪をハープのように鳴らす女のうた
夜中のさざんか　野辺のおくりうた
空っぽの煙突から少し煙が出る

花の間の犬の腰つきに恋をしたり
てれんぱらんのうたでも結構だ
使い果した頭を斜めにして
るると舌を巻いて愚者にも見える主のために
夜明けのさざんか　蟹《かに》仙人掌《さぼてん》のうた
生きているうちは水晶体の声

死者には不要な絶望体の声

世辞と反論

家も庭も富み栄えていると君はいう
だが天井は鼠の暗い巣の王国だ
煤のついた冠をのせた牝がときに落ちてくる
僕は家の破れから風のように出入りする

僕がもう何もかも知り尽したという
だが書物の文字は午睡の夢のように消え
僕は痴れた風の中で曖昧模糊だ
十字路で立迷い家路さえわからずにいる

だれからも愛されているという
だが女を抱くといつも驟雨となり
汗の滴る骨が廊下を曲って帰ってゆく
親族は会議をするが悪評ばかりだ

未来に出てゆく船があるという
だが舷灯は鱝の闇に囲まれて
悲鳴のような霧笛を鳴らしている
かつて神像のあった港は海図から失われた

しばしば悔いてすでに許されているという
許すという言葉はずっと聞いていない
首吊り縄が一本アカシアの広場に降りている
瓦斯灯に蛾の寄るころが処刑だという

魂はクンビラ山から天国への車に乗り
やがて竪琴になる木蔭に墓もできたという
だが鳥籠の下の凹んで湿った寝床では
僕はまだすっかり死んではいないのだ

醬油

毎日醬油を多量に飲んで咳をした
軍医は兵士に不適格といって

蒼白の彼を元の学生寮に追い返した

戦争が終り焦土に新しい樹が伸びてきた
瓦礫の街にビルが立ちネオンがついた
軍艦が沈んでいる南海には台風が生れ
年毎の夏から秋へと日本にやってくる

彼にはいまも南方は暗冥で北方は酷薄だ

庭に土鳩がきて啼くと彼は咳をした
塀を渡る恋猫をみて彼も恋をした
ひるは刺繍をする娘らに囲まれて
花模様の中に現われる陽をみている

時にノックをして戦死した学友がくる
タバコの〝ほまれ〟がすでに切れたという
彼はマッチを擦ってやせて若い友をみる
敬礼して応接間を兵士の足どりで出てゆく

醤油はサイドボードの中で彼の少量の用を待っている

手にもつグラスの中のワインは
兵士の血より紅くない　紅くない

夜がくると彼は
昔の蒼白の腕を伸ばして妻を抱く
妻だけは現代の喜びの声を上げる

ねずみのようには届かない

ねずみが飛ぶのを見たのだ
空に向って垂直に
灰色の髯が雲を抜けてゆく
種族のための使者として
豆ランプのような眼でいっしんに
だが天の奥のどこに向って訴えるのか
やがてぐるぐる回りながら
スコールの中を再び
仲間のあいだに落ちてくる

僕の隣りで
君にも相応の願いがあるだろう
だれに向って求めるのか
空に匍い上る気もちはあるか
いませっせと泥の巣を作るねずみらは
彼らのみの神と天国を信じるから
祈りのねずみたちはまだいるのだ

おお　君もまた空に向ってとび出した
半ば疑いながら　立ち泳ぎをしながら
だが　君には力が足りない
おそらく雲の上まで行って
そこには何もなかったといって
落ちてくるだろう
下界には天敵を恐れながら働くねずみほどには
君を種族の使者と思う仲間はいないから
刈られた唐黍の間に落ちるだろう
下の下の形で　ただひとりで

雪中の男

夜の沈黙の中を
歯を嚙んだ雪が
ランプを掲げて降ってくる
見馴れぬ心が届くたびに
地表は鳥のように驚く
だが大地は決然として応答する
ここに一人の男が立っている
空の重さにはそれで充分だ　と
確かに彼の両脚は雪中にある
根から溢れる泪はハンマーのようだ
彼の感性は失意と野心で二つにはならない
曝された人生は捩子《ねじ》のように強固だ
彼は千の樹と百の屋根の間にいる
さあ　どんどん降りしきれ
横なぐりでもいい
彼を圧迫してみろ
彼は立去りはしない
無数の雪のランプの中で

彼の胸は燧石となって
空に向って点火された頭を掲げる
無窮の大地の証言を聞き
彼は未来を信じて立っているのだから

アーサーへおくる献詩

地上の二人

たとえ夜であっても
ここにきらきら光る大地がある
真っ暗な宇宙塵の中を
惑星である地球が回っている
老いた神が静かに遊泳しながら
四十億年も知恵を貯えた大地を見守っている
ほら　そこに
若者が二人　いま家を組み立てている
彼らの流す汗で地球は真昼をつくり出す
そして花々と稔りが地上に顔を出す

この瞬間にも宇宙は拡がりつづけ
無数の星がブラックホールに消えてゆく
遠く超新星が爆発し
太陽の百万倍の明るさに輝く
だが二人のフレーマーは黙々として
地上の孤独から共同の仕事を作る
まるで舞踏のように調和しながら
二人は地上に家をうち建てる
裸の背中は火のように燃えている
あのように果敢に働く者は
きっと私の子どもに違いない
肉体から輝きをつくり出し
たとえ種子のように土に落ちても
再び三たびと再生する男たちだ
労働でさらに強固になった彼らは
神の夢の中を出入りする
そのときだ　老いた神が
若々しい夢をみるのは
地球の大きい磁場の中で
彼らは放電する獅子に似ている

渾身の力でつくり出す大いなる真昼
その土の上に彼らはすっくと立ち上る

オレゴンの薔薇

緑の中の宝石に似たマウント・フット
カスケード山脈のその上の
オレゴンブルーの空の上の
強く賢く聖なる神が
いよいよ崇められむことを！
神の瞼の下の薔薇パーク
薔薇の中なる薔薇の王
花弁のふちをかけめぐる精霊たち
その上を陽炎がゆらゆら揺れて
ごらん
花々の上は大いなる祭典のようだ
栗鼠がくるみを抱いて枝にかけ上る
鳥たちが平和な森におりてくる
鹿が道を横ぎって山を登ってゆく
船が笛を鳴らしてユウラメット河を下り
人々がオスウェゴ湖で遊んでいる

インディアンは暖かい泉のほとり
または過去の栄光の砦にいる
黄薔薇には黄の夢
紅薔薇には紅の夢
白薔薇には白の夢
ポプラやもみの木が風の中で
恋人を抱くように花園を抱いている
すると太陽が間男のように近づいて
おずおずと薔薇にくちづける
太陽にも羞恥心はあるのだ
熱っ　と若い花が頬を染める
花びらにかくれた薔薇王女
戴冠式の薔薇の王
薔薇たちがいっせいに唱い出す
オレゴンのオルガン　オレゴンオルガン
滝壺のしぶきから垂直に立ち上る神
幸せに舞う鳥と蟲　かけ回るけものたち
地上の夏
だれが愛を求め　だれが愛されているか
愛人たちの語らいにまじる神の私語

いつもひとりごとをいうわれらの神が
いよいよ崇められむことを！
いよいよ崇められむことを！

天上の出会い

空の上で一つの霊が他の霊に出会い
互いに元の姿は何であったか見ようとする
だが何万年もの昔がわかるわけではない
牙もなく武器もなく耐えた来歴だけだ
石を使って暮した時代　種子を播いた時代
春分の空に労働の心が浮んでいる
やっと一つの言葉を思い出す
「さあ　出掛けよう」
だが一体　どこに出かけるというのか
地上はやがて昼も夜も光を失うだろう
空の居酒屋に酒好きの霊が集っても
酔うほどの酒はないのだ
姿のない蠅の羽音だけがとんでいる

やがて二つの霊は共同の記憶に辿りつく
「さあ　出掛けよう」
と　いって浮かんでいる
魂だけでは縮みも蹲みもできないのだ
四本の素足をからませて伸びたまま
これでも愛だなと思いながら

哭く山に

山よ　隣りの山よ
お前はすでに名を失っている
あれほど向うの山を恋い
お前は泣き過ぎたのだ
お前のすぐ隣りの僕は
両手に顔をうずめ叩きつける雨を受け
お前の中の熱泥と闇が
慟哭していたのを知っている
そしていまは
川水がさらさらとその残りを歔り泣いている

何万年も前からお前の中に消えた人々は
名を失いずっと山鳴りの中にいる
お前が静かであるときは
羽蟻が舞い岩壁を亀が歩く
つつじが咲き山裾まで苔が匍う
お前が柔らかな稜線でつながる向うの山に
冬の最中《さなか》ときめき昂まるのをみていた
忍苦の中で愛が成就するなら

もう一つの山が現われるかも知れない
ときに数本の火柱の姿をする神は
燃える石を噴き上げやがて冷え沈黙の石となる
僕らは劫初から一つだ
僕もいくどか沖天で泣き轟いたのだ
ときに僕は暖炉の中に赤く燃えるお前をみる
火掻き棒でそっと押さえながら
遠くで結ばれた互いの来歴を思い出す
僕らの日常には昼燃えて夜消える火がある
朝は土をしわしわと嚙む蚓《みみず》がいる
人には夜近い白粉　お前には四季の花

神の妻がお前の上にそっと豊かな雲を置く
そういうことだ
恋のため粧うということは
美しい姿で泣き叫ぶということは
いつか名を失うまで泣きつくし
無名に自然であるということは

巨人第二楽章
――マーラーの交響曲に

斧は鏡の横にある　巨人が斧をとり上げる
鏡はしばらく騒いで静かになる
鏡の奥にかくれていたものが現われる
樹間でまだ夢みている同族の者
落された自分の首を探している異族の者
やがて自分の妻たちとなる水辺の裸女ら
彼らは嬉々として巨人を追って河の中州に集ってくる
風の中には一弦の音楽が鳴り
彼らは立止って耳を大きくする

巨人は草の間に横たわり未来の夢をみる
墳墓の中で次第に骨となる自分の夢
副葬品の横で殉死の馬が嘶き
並んで死んだ女たちは稔りを作る
豊穣の妻は幻覚茸を嚙んで糸を紡ぐ
夢は平和と愛にあふれている
死後の夜は長い　井戸のように深い
雲に閉された太陽がときに顔を出す
彼はいつか子孫の中に生き返るのを待つ
これは確かな約束なのだ
天地が始ったときからの予言なのだ
再生する女たちはいっせいに粧い
たくさんの子とまたその子らを産むだろう
野の果てまで産みつくすだろう
死馬も立って丘の上で仔馬と嘶く
彼は目覚めて斧を元の場所に置く
鏡は再び騒ぎながら
子らとその子らをその奥にかくす
首をみつけた異族の者は笑いながら
静かで豊かな部落の方に帰ってゆく

皎々と青い月下に置かれた斧
彼の孤影は次第に小さくなる
(本当は一丈五尺もあるのだが)
ずっとあとの世紀の人々よ
ふっと消えることのある影は
君たちの真の祖先ではないのか
彼はときに山頂で噴火獣のように火を噴く
いまも生きていることの証拠に
しかし煉瓦で都を作った末裔たちは
殷賑な市場で話している
—山が燃えているように見える—
—あすから一週間は晴れとの知らせだな—

言葉とねずみ

ある日　口の中が熱くなって
思わず洩らした一つの言葉
出所不明の　だがそれは
確か　ずっと以前に一度

僕の口をついて出た言葉
あの女を掬い上げて草間に立上らせたもの
地球が回っているうちに
ふいに戻ってきた意味不明の言葉

僕はノートの紙片に書き込んだ
言葉は一篇の詩になろうとして
ノートの中で身動きしている
もう一度大地がぐらりと揺れて
姉妹のような言葉がくるのを待ちながら
僕は季節の中を歩いて帰ってきた
秋にすっかり疲れた夜の
十一月の風が柱に巻きついている

夜中に窓から野鼠が入ったらしい
ノートを嚙み千切っては運ぶ音がした
彼らも巣作りをする季節だから
だが女はというといまどこかで
眉を伏せた亡霊の影に過ぎない
たとえ言葉が届いたとしても

空耳の聞き違いと思うだろう
（もっとしっかり歩けないのか）

全く沈黙の空と星の間を
地球は身をくねらせて回っている
その中で月日はいくつも過ぎたのだ
出所不明で行方知らずの言葉
そして半端な詩と紙片
さわさわと鳴るノートの中で
（鼠にもひとりごとはあるものだ）
仔ねずみは暖かく育つだろう

杖と地球

陰鬱な顔だと思った
欠けた地球の影が杖をひいているのを見たのだ
乾いた海の谷間に巨獣の骨が並び
宙空を空《から》回りする虚ろな星の音がする
〈だが　私は諦めないよ〉と彼にいった

馴鹿の皮衣を着た難民が集ってくる
露西亜の土が遠く雪嵐に巻かれている
夢から覚めた昆虫が舞いながら
〈金星の出る空はどちら?〉と訊いている
匂いを嗅ぎながら寄ってくる牧羊犬
耐えて幾世紀も夜明けを待つものは
灰と鉄屑と硝石だけでも
まだ何らかの意匠をもっている筈だ
〈暫く消えていろ〉と私はいった
ここには一冊の予言書がある
貧しい眠りのあとも秩序を求めるものに
悪い時代ばかりではないと書かれている
垂れ下がる雲の下にまだ馬車が居残り
レールの先方は消えているのに
転轍手はポイントを切換えながら歩いている
一つの星として落魄する地球には
欺くことのない氷河と火山が働くだろう
生き残ったものが最後の知恵を出し合っている
さあ杖を置いて残った公園に坐るといい
ここもやがて失せるかも知れぬ

いくらでも泣き事をいうがいいのだ
それはそれで済んでしまう
遠い空間に老いて美貌の山がみえるか
あそこらに共和国が一つ新設されるかも知れぬ
やがて新しい生物が次々と現われ
それを養うだけの穀類と水と
しっかり肉に結びついた霊が並ぶだろう
突然泡をとばしてあふれる海は高貴だ
島々を結んで先ず女性の同盟ができる
これが創世のはじまりだ
反対側に祭と市場が賑やかに現われ
出番を待つ男らが松明を翳していても
〈もっとひそんでいろ〉と私はいった
生れ代った大地が花と盃を満たし
美事な虚無が笛を鳴らしている間は

村の病魔

胡沙過ぎて羊は熱い柵に戻ってくる

村は病いに襲われ家々は扉を閉じている

　病魔よ　お前はどこから来たか
　山の向うか　巨きな醜い岩からか
　　村を殺せると思ってきたか

鈴を振って踊り狂い巫者が問いつめる
村は泥灰で塀を作り屋根には威嚇の鳥
だが　死の病魔はのりこえてくる
家族は内からしっかりと戸を押さえている
それでもわずかなすき間から
　せめて苦痛だけでも　と
青い指を入れてくる死の国の行者たち

そうしているうちに高原に秋がくる
さあ　これで
病魔のひと夏の仕事は終ったのだ
岩に帰るときがきた
岩が再び恐ろしい形相をとり戻す
娘たちは綿花畑に出てきて踊り

炉の回りで支度する極彩色の祭り
羊たちは草原の崖に立ち上る

だが死はいつかまた忍んでくる
こんどは一軒の家にくるかも知れない
老人がのた打って一人息をひきとるように
細い指を一本そっと入れる
泣いている妻の横に羊が一頭
これも近づく死期を知っている
賢く啼いて小声でいう
　死もまた決して悪くない
　順番に流す血は聖壇に上るのだから

円形の墓地から

皎々と光る古い石
死者である私を円形に彫って
この石は飛ぶのかも知れない
私のこころの奥深い泉から水が滴る

鳥が集って翼を濡らしている
死者である鳥《とり》は光を集めてふくらんでいる
石の中で私は円環の瞑想も
時に移動したいと考える
するとどうだ
杖をついた車がやってくる
闇から出てひと回りする愉快な旅だ
かつて住んだ大地とも違う
天体ほども醜くはない
樹々の中で髪を櫛けずる女はやさしい
死んで円形となる女のなつかしさ
重なる光の輪をくぐって私は石に帰ってくる
これは墓所に違いない
回想はあり余っていてどれも不要だ
眼はあけていなくともいい
ときにどこかで大声で私を呼ぶ声がする
驚いて小鳥《ことり》はとび上るが
私はだまって返事をする
言葉など要らない合図のようなものだ
ときに暗い手許で時計がぐるぐる回る

しかし時刻はいつも同じだ
すべてを了解できるこの安楽を
十代前の父に知らせたいが
彼はあくびするひまもないみたいだ
二百年後の目覚のベルを鳴らすのに
螺子をもった神が現われたのかも知れぬ
死から目覚める素早さとその新しさ
不全が捕われて憎しみのない脈搏の強さ
彼は思いやり豊かなものとして
腕や胸にとまっている鳥を起こさないように
そっと立って風の出口の方に向うだろう
円形の魂をほどき　風になびかせ
徐ろに新しい線形となりながら

射程

射手は左眼を閉じる
右眼は照準を覗いている
照尺の直線上に僕の胸がある

射程の中に麦が稔り
ひとしきり雨が降る
僕の胸には来歴があり
四季の鳥が一列に並ぶ
彼の心はちらちらしている
一点に集めて心は粒になる
弾丸も粒になって静止
人生は棘だらけだが薔薇も咲いた
遠く手押車が行くのが見える
―銃声―
日没のように僕は目を閉じる
血は多くの心に分れて流れ出す
無数の人格がみる無数の日
四季の鳥は飛び立つ
彼は発射の反動でひっくり返り
あお向けに空の一点を見ている

鳥

鳥のひと声　横でぼくは眼を覚ます
羽毛を吹き起す風が抜ける
鳥の影は網戸から飛び去ってゆく
鈴の鳴る黄衣の道を　道士のように
翼を畳んだ鳥を籠に残して
高く舞いあがり　夢遊病者のように
新世紀を流れている

そのときぼくの日付もふっと消え
父母が南に去った昔日をみる
南阿でみた部落のフラミンゴの舞い
嘴の痛さで跳ね踊る人々の鳥の舞い
羽毛の散るにせの冠
のどにからまる薪切れの啼声
一勢に向きを変えて歩む厭世を知らぬ鳥

いつの間にか小鳥は籠に戻っている
ひと声だけ啼く

それから黄色い斑卵《まだら》を一つ産む
髪ふり乱した娼婦のように
それから啼かない
身動きもしない
恍惚として　実に尊大な鳥

YANの脱獄

終戦直後、中国人が博多で殺された。占領下の警察は二人の日本人を共犯として逮捕。無実を訴える二人の自白調書を拷問と詐術で作り上げ、旧刑訴時代の裁判は死刑をい い渡した。教誨師古川泰龍師は尨大な真相糺明書を書き上げ、一家を挙げて冤罪運動をはじめた。次々と協力者があらわれ、大下宇陀児、神近市子、塩尻弘明、八重樫昊、青地晨ら知名士が加わった。林家正蔵も銀座に立って道行く人に訴えた。「私たちは占領軍に引渡すぞとおどされて警察の作った筋書きどおりの証言をした。本当に二人は無罪です」と当時少年の四証人はあとになって裁判所にくわしい手紙を出したが却下された。僕も二人の死刑囚にYANとNと名づけて再三詩を発表した。冤罪運動も三十年近く、協力者は次々と死に、未執行のままYANもNも獄中に老いた。ある日、刑吏は写経に明け暮れるNを引き出して処刑した。無実を晴らす私たちの運動への見せしめだと古川師らは色を失い、絶句した。

ＹＡＮよ
刑吏は[illegible]のＮを抱えるように絞首台に連れていった
Ｎはもう戻ってはこない
絞首台のずっと上の方に行ってしまった
こんどは君の番だ
君には聞こえないか
天井から下りてくる太い縄と滑車の音が
お上《かみ》の裁きに逆らうならＮをみろというように
ＹＡＮよ
君は独房で卵から孵した鳥を飼っていた
君はチッチッと鳥たちと言葉を交していた
僕に送ってくれた文鳥はある日
チッチッと啼いて風邪で死んだ
ぐんにゃりとした鳥を埋めながら僕は思った
ＹＡＮよ　こんな姿にならないうちに
嵐の日に　看守の目を盗んで
風にまぎれてそっと脱け出してこないか
風の中に肉体を消してみないか
いっしんに歩くひとは誰にもみえないときがある
行き交う群集の中にもみえない人がいるのだ

地の果で君はしゃがんで卵を売ればいい
鳥は孵っても君らの無念をチッチッと啼くのだ
君らの無実を叫んでくれた人々は空の上で
溜息は雲間に洩れてくるだけだ
離散した君らの家族は死にまたは老いて
ゆれる欅林で涙のような葉を落している
天井の絞首の縄は空しくぶら下っている
お上《かみ》にはＮが消えたあとは
逆らう君も消えた方がいいのだ
証言を強制された四人は再審を拒否されて
いまはもう声も上げない
刑吏はＹＡＮは窓からふいに消えたといい
名前も言葉も失ってどこかにいるだろう　と
独房に脱ぎ捨てられた囚衣をみても
恐れ入ってぺたんこに折れ曲っているというのだ
一心に祈る古川師の読経の声も
古川師に協力する神父や修道女の讃美歌の声も
冬近い葉ずれの音にしか聞こえない
ＹＡＮよ　風に姿を消すときだ

根路銘《ねろめ》の夏——或るジュニア雑誌のために

—波の声もとまれ—
—風の声もとまれ—

私も奈美《なび》おばさんのように歌ってみた
それでも波たちは春をのせてやってくる
万座毛《まんざもう》の崖の真下まで
遠いニライカナイ（海底の国）の使者たち

「天に響《とよ》む大主《うぬし》（太陽）」
私は先祖の人々がしたように
あなたをていねいにおがみます
私は恋をしています

髪のリボンを乱す南風《はえ》
王黄蝶《おうこうちょう》のように心は舞っても
絹雲の根路銘《ねろめ》の里には届かない
私の声は波風に消えてしまう
意地悪な春の使者たち

＊

若夏の根路銘《ねろめ》
根路銘の御岬《みさき》
名護《なご》七曲り今帰仁《なきじん》を越えて
小さな声が聞えてくる
どうして悲しそうに僕を呼ぶの？

テーブルサンゴの間の潮に足をひたし
僕は悲しい祖国のことを思っている
昔　藍色の波を越えてアンナンにいった船は
南のにおいと幸《さい》わいを積んで帰ってきた
いまはその国に大きな飛行機が飛んでゆく
そしてアンナンの重い泣声と
暗い影をひいて帰ってくる
絹雲が夕焼ける空はそのため悲しみでいっぱいだ
僕らの空　根路銘の夏
何百年も武器をもたなかった父の国
僕も武器は要らないのだ　根路銘の夏よ

強い蘇鉄のような体を育ててくれ
ハブのように土を匍ってもくじけぬ敵意を
火の中の獅子瓦のような魂を

＊

私にも強いこころを作って下さい
とん　とん　ととん
芭蕉糸が織られて布になるように

とん　とん　ととん
機織る窓の明るさ
稲穂がいっぱい
私は九月のバラを織るの

とん　とん　ととん
家々の窓にお手を入れて
山にお帰りの神様
あの方を守って下さい

とん　とん　ととん
芭蕉布《ばしょうふ》をお供えしましょうか
あの方にも手巾《てさじ》を上げていいでしょうか
学校のお庭でこっそりと

＊手巾を贈るのは恋をうちあけること

＊

波上宮《なんみぃ》
やっと姿がみえたよ
君は鳥のようだよ

いいえ　鳥ではないわ
緋《ひ》と紫の紅型《びんがた》をまとって
仏桑花《ぶっそうげ》の花輪をかけて
猩々木《しょうじょうぼく》の下で踊っているの

波上宮
嵐が遠くにみえるよ

君は羽のようだよ
いいえ　羽ではないわ
私の小さなためらいが空に上って
青すぎる風に揺れながら
里前《さとめ》（あなた）と古い言葉で呼んでいるの

*

秋のアダンの色が沈む
新しい北風に乗って鷹《たか》が渡れば冬がくる

おいで
茅打《かやうち》バンタの崖に登ろう
空は二つに切れているけれど
いつかは一つ　僕らが一つになるように

おいで
摩文仁の丘にゆこう
小さな死の国を抱いているような

白い石の一つ一つがつぶやいている

「さあ　僕らのふるさとといいなさい」
「しあわせになりたいといいなさい」
「ここに眠っている人々の名をいいなさい」

未刊／未収録詩篇初出一覧

農夫
首
記憶
颪
上からの一撃
火傷とKAPPUNT
玄海
東方へ
YANの独房
ОЛЪГА
朝
JUNKUNの王は
庭先の恋唄
伊万里の便り
月光
秋
以上、『現代詩文庫82 犬塚堯詩集』思潮社、一九八五年

＊

春　新川和江編『愛の詩集』集英社、一九六九年
キャンパス　「颪」三五号　一九七〇年七月
髯を剃る前に　「颪」三七号　一九七〇年十月
髯剃りあとに刺客がきて　「颪」三八号　一九七一年一月
海の方から帰ってきた　「颪」四〇号　一九七一年七月
回想の奉天　「颪」四二号　一九七二年一月
手術　「颪」四四号　一九七二年七月
メルグイの島　「詩学」一九七二年八月号
持病　『歴程大冊』一九七三年
怒りの鳥　「颪」四九号　一九七三年十月
古い支那の地図がある　「颪」五〇号　一九七四年一月
難儀な浪華のひとりぐらし　「颪」六〇号　一九七六年七月
鳥の病気　「颪」六一号　一九七六年十月
訪問　「颪」六二号　一九七七年一月
夜の中で昼のGIRL HUNT　「颪」七一号　一九七九年四月
生れかわり　「颪」七七号　一九八〇年十月
午後　「颪」七八号　一九八一年一月
ノート　「歴程」二七八号　一九八一年十二月

公園　「ALMÉE」二二六号　一九八四年六月
空と地の間で　「風」九二号　一九八四年七月
猫無し町　「歴史と社会」五号　一九八四年十二月
病む妻を励ます詩　「風」九九号　一九八六年四月
村の中で　「風」一〇〇号　一九八六年七月
深夜の町にゆくのは何故だ　「風」一〇一号　一九八六年十月
彼は入ってゆく　「風」一〇三号　一九八七年四月
硫黄の島で　「風」一〇五号　一九八七年十月
音楽は天に！　「ALMÉE」二五三号　一九八七年十一月
風景に向って　「風」一〇六号　一九八八年一月
夜が明けるまで　「風」一〇九号　一九八八年十月
公園の山茶花　「ALMÉE」二六七号　一九八九年八月
世辞と反論　「風」一一三号　一九八九年十月
醤油　「詩人会議」二月号　一九九〇年二月
ねずみのようには届かない　「詩学」一九九一年五月号
雪中の男　「ALMÉE」二八一号　一九九一年五月
アーサーへおくる献詩　アーサー本社ビル完成記念として発表　一九九一年十月
地上の二人
オレゴンの薔薇
天上の出会い　「ALMÉE」二八六号　一九九一年十二月
哭く山に　「ALMÉE」二八七号　一九九二年二月
巨人第二楽章　「風」一二五号　一九九二年十月
言葉とねずみ　「詩学」一九九二年十一月号
杖と地球　「現代詩手帖」一九九三年一月号
村の病魔　「ALMÉE」二九六号　一九九三年三月
円形の墓地から　「風」一二七号　一九九三年四月
射程　「風」一二八号　一九九三年七月
鳥　「歴程」四〇五号　一九九三年十一月
YANの脱獄　「現代詩手帖」一九九四年一月号
根路銘の夏　未発表

合唱曲／詩劇

筑紫讃歌

一　序詩

海の上に海が鳴る
空の上に空がある
太陽の上にまた一つ太陽が昇ってゆく
心の上に新しい心を重ね
人はきわみない国を唱う

照《てる》だ　鳴《なる》だ　海と空
照《てぃ》だ　鳴《な》だ　海と空とが婚姻する
太鼓のように轟く玄海
照《てぃ》だ　鳴《な》だ　生命《いのち》のふるさと
鳥　魚《うお》　けものがあふれ
働く人が輝きあふれる

豊かな神々のあけぼのに
ニライカナイの船がくる
ゆらゆらゆらとやってくる

船べりを波が叩いて
祭のような海の上
どろどろ　どろどろと浪は鳴れ　はれ

さあ仕事の手を休めて立上り
高らかに　もっと高らかに
海を唱おう　つくしの海を
つくしつくしみをつくし
うつくしつくし　はれ
つくしの日向《ひむか》　日に向って唱おう
太陽の上にまた太陽が
太陽が二つ　もっとたくさん
晴れ　晴れ　晴れ

二　安曇《あずみ》の磯良《いそら》

わたつみの安曇の磯良　いそら
磐底《いわくら》に眠る磯良
日立を発って志賀の海に行け
海原《うなばら》わたる早足船《はやあしぶね》の梶取りに

永く寝過ぎて　いそら
顔中蠣《かき》の殻だらけ
恥しいから儂は行かれぬ
ならば蠣殻掻き落せ

痛い痛い　取れぬか　取れぬ
痛い痛い　おお　痛い
ならば華やぐ神楽を囃《はや》し
神楽囃《ばや》しで立たせよ　いそら

鼓うてうて琴を弾け笛吹き鳴らせ
たんなりりやと笛の音《ね》に
魚《うお》　烏賊《いか》　鯨《いさな》も踊り出す
たんなりりやと磯良も踊る

いそらが来るぞ亀に乗って
船のへさきに旗を立てろ　やい
杉切り倒し帆柱立てろ　やい
碇を上げて櫓をとれ　やい

日女《ひめ》は波に髪を涵《ひた》し
二つに分けてみずらに結ぶ
波蹴り立てて海原走る
千里の海を　万里の海を

千年経って安曇の磯良
志賀の海を守る神となり
秋の神楽に舞い遊ぶ
たんなりりやと年毎に
いそら　いそら　海のいそら

三　ヒコジとヒボコ

アシカビヒコジを讃えよう
葦の芽が萌えて出るように
柔らかな国土に現われた神
アシカビヒコジを讃えよう

水辺の春　水分《みまくり》峠の春
伽耶韓《カヤカン》の人がやってきた
南に美しい山があると

春　雷の走る山
カヤ山《さん》と故山の名をつけて
国と国とが手をつなぐ

稲穂がきて　やとみの花が咲く
文物に騾馬《らば》に綾錦
盧遮那《るしゃな》に青銅の神がくる
あの方はどなた？
筑紫《ちくし》に降り立ったあの方は？
雄々しく凛々しいあの方は？

天日矛《あめのひぼこ》　日矛の君はこういった
「つくしはみめよい女に満ちた国
月の光で子を妊む女たち
タンポポの穂のように舞う乙女たち」

奈多の浜で酒を振舞おう
凪の儺《な》之津の浮宝
アシカビヒコジが歩けば
草にも木にも花が咲く

ホーレイ（豊麗）ホーレイ

四　鴻臚館の栄え

八丈の館《たて》うち建てよ
大津の館《たち》に火明《ほあかり》ともせ
九《きゅう》丈の館《たて》うち建てよ
筑紫の館《たち》に火明ともせ

十丈の柱を建てよ
緑の瓦敷き　方一町に石を積め
鴻臚館の栄え　遠の朝廷《みかど》のいや栄え
千年を隔《へだ》て土の下で
いまも栄える鴻臚館
官人の歌が聞えるか
羯鼓《かっこ》の音が聞えるか

はんなり伎楽の酒《さか》ほがい
舞い回る杯回る灯が回る
葡萄唐草夜光杯《はい》
一角獣に灯が映る

春の終りに花が散り
花を踏み踏み酒ほがい
聞えるか　ほら聞えるか
面白琵琶の撥《ばち》の冴え
弁韓　弁韓　撥の冴え

五　ムクリがくる　コクリがくる

白縫筑紫《つくし》　何縫うぞ
とんとんととんと機《はた》織って
母は膝の上で何縫うぞ

蒙古《ムクリ》がくるぞ　高句麗《コクリ》がくるぞ
子どもは早よ寝よ　夜泣きすな

ムクリは志賀の島に眠っている
首塚にずっと眠っている
風吹く夜《よる》は首が泣く
海のむこうのふるさとを
声をそろえて泣くそうな

白縫筑紫《つくし》　縫うているのは祭の着物
子どもは早よ寝よ　夜泣きすな
櫨《はぜ》の木原《こばら》の紅葉が枯れた
ムクリがくるぞ　コクリがくるぞ

六　女神の独唱

私《わたし》が見えますか
私の歌が聞えますか

変る世を見てきたわたし
変る世を見ているわたし
いまも髪をなびかせ　うなじを上げ
知恵深く世を見守るわたし

波が洗う那之津の岸を
白い素足ですべるように歩き
清い歌を私は唱っている
海鳥《うみどり》が歌の中を飛んでいる

愛を育て　愛を守るわたし
年毎に花を咲かせている
愛しなさい筑紫の娘たち
髪なびかせて眸うるむ娘たち

一緒に愛を育てましょう
一緒に愛を育てましょう
私がきっと見えますよ

七　この橋わたれ

宰府の宮に　袖ヶ浦に
樟《くす》の木薫る道の上に
昔も腕を組み交《かわ》して
やさしく流した泪の若さ

雲匂う筑紫《ちくし》のゆうべ
那珂川の水が海に帰る
帰るなよ日が暮れたとて
腕を組み交《かわ》しこの橋わたれ

ネオンが水に映っている
菜殻火のように心燃えて
海鳴のように胸を鳴らし
この橋をやさしくわたれ

冬近く山々が泣いている
恋する山の息嘯《おきそ》の風に
観世音寺の鐘　新羅の鐘が
しらしら夜明け白縫筑紫

南京ハゼも真紅に燃える
くれないはまこと恋のあかし
腕組み交《かわ》しこの橋わたれ
やさしくやさしくこの橋わたれ

八　終詩

波良波《はらは》　波良波　と波騒ぐ国
潮うち上げて　帆を上げて
千里の海を漕げ　船に宝積み

外国《とつくに》と睦び　太平の海を千里行け
麁猛神《あらぶるかみ》は道を除けて
空のきわまで輝かせ
海を一路に健やかに
千艘《せんざい》ろう　万艘《まんざい》ろう

帆を高々と　帆音も高く
千里の道の行き交いに
銅鑼うち鳴らし筑紫《ちくし》の日向《ひむか》
小戸橘《おどたちばな》の檍原《あわき》　波良波

つくしよつくしみおつくし
水脈《みお》はつづけ海のかなたの国々に
天の上にまた天があり
陽の上にまた陽が昇る

波良波　波良波　波良波

伊万里讃歌

一　序詩

海がどんと鳴る　陽があがる
千万年の日があがる
海は伊万里の宝物
神々からの贈り物
海風に舞う海鳥に
陽がきらきらと上ってゆく

ちろちろちろと陽炎《かげろう》の
海原《うなばら》きょうも幸《さち》を抱き
蓬莱山《ほうらいさん》のかなたから
神々のふねがやってくる
男は銛《もり》で魚《うお》を獲れ
女は磯であわびとれ

海辺のむらは自由な国
伊万里の王がみまかった

王墓をつくれ杢路寺に
小島夏崎銭亀《ぜにがめ》で
鏡に真球《まだま》太刀《たち》抱いて
栄える海で千年眠れ

海がどんと鳴る　月が出る
賑《にぎ》やか神の酒《さか》ほがい
夜っぴて騒ぐ祝い神
伊万里の人も眠れない
海の苫屋《とまや》はあかりつけ
朝まで松浦《まつら》の舞い踊り

松浦の海人《あま》よ海に来よ
働く人は潮浴びて
喜びの声は山に行く
川内の山から山びこが
川内可愛い雁《かり》が行く
海がどんと鳴る　きょうも鳴る
腰岳の上に陽があがる

二　岩陰《いわかげ》の一万年

白蛇山はよい住みごこち
岩陰は風も吹いて来ぬ
陽は燦々《さんさん》と正面照らす
神の裳裾《もすそ》に囲われながら
平沢良《ひらぞうら》の石の包丁で
魚《うお》と菜《な》を切る女たち
ベンケイ貝の腕輪をつけて
縄文乙女が食事の知らせ

猪《しし》が薪火《まきび》で煙を上げる
滾々《こんこん》と湧く清水《きよみず》に
魚鳥《ぎょちょう》は栄え木の実は繁る
かほどの住《す》み処《か》はどこにもないぞ
粘土をこねて壺を焼け
肌に貝殻　押紋《おしもん》つけて
壺の口には火炎を彫って
神に捧げよ子孫がふえる

黒曜石を木船に積んで
ここの海を渡って行こう
平沢良でかっと砕いた石は
黒く鋭い烏《からす》ん枕《まくら》
おっしおっしと櫂《かい》やりながら
日本海やら韓国《からくに》に
土産待ってろ吾《あ》が妻たちよ
鬼灯《ほおずき》のように赤い吾子《あこ》たち

一万年がゆっくり過ぎる
縄文弥生古墳期奈良期
土には土が積み重なって
世々の代りやうつろうさまを
山の杉さえ生れて老いて
よろこび平和をみていたか
岩に彫られた如来《にょらい》さえ
読経《どきょう》の声を聞いてきたか

白蛇山の住みごこち　ホイ
一万年の住みごこち　ホイ　ホーイ

三　佐用姫猿笛《さよひめさるほ》

呼んでも呼んでも帰らない
いとしい狭手彦《さでひこ》は帰らない
佐用姫は小舟を漕ぎ出して
追っても追ってもいってしまう

五色の衣《きぬ》に身を伏して
佐用姫の舟が流れつく
浦の崎に梨の花のように
白くきれいな死に顔で

それでも狭手彦恋しいと
姫は社《やしろ》を抜け出して
晩秋《おそあき》には領布《ひれ》を振るそうな
何も答えぬ沖合いに

猿が哀れと柞《ゆす》の枝
猿笛《さるほ》を吹いてなぐさめる
泣いても泣いても泣ききれぬ

千年経ってもまだ涙

甲がにさえ前うしろ
生涯夫婦《めおと》で連れ添うのに
伊万里の娘が泣く夜は
姫も一緒に泣くそうな

猿も月夜に笛吹いて
ひとの別れをむぞうげな
むかしもいまもむぞうげな
恋の別れを泣くそうな

四　松浦党のうた

花咲き薫るもののふよ
松浦《まつら》に生れたもののふよ
互いに手を延べ手と手をつなげ
海の心で鍛えられて
不死の花なる貝殻草《かいがらそう》
強く美しい共和国つくれ

八幡仏《はちまんぶつ》のちから藉《か》りて
松浦《まつうら》武士は一列に
伊万里参《さん》ノ坪参段参杖《つぼさんたんさんつえ》
東西南北松浦の国の
木須嶺《きすみね》波多津《はたつ》加々良島《かからじま》
松浦一党一揆をつくれ

刀伊《とい》賊がくる　ムクリがくる
冑《かぶと》に香を焚《た》きしめて
山のいただき城うち建てて
のろしを上げよこころせよみな
外海の波が立ち騒ぐ
松浦の武士の意気地《いきじ》を示せ

旗指物《はたさしもの》がひるがえり
融《とおる》　久《ひさし》と名は一字
世に珍らかな名乗りして
かたみに親しく呼び交せ
貝殻草の共和国

咲き代り咲け松浦武士《まつらぶし》
咲き代り咲け花の武士《もののふ》

五　伊万里の焼物

窯《かま》の中では火が舞い踊る
神々の火が焼物めぐって
腕ふり上げて脚踏んで
この世に狂えと舞い踊る
わが身ゆだねる陶磁器は
肌をゆだねる愛人のようだ

大川《おおかわ》内山《ちやま》の山吹き颪《おろし》
切られた竹に風が当り
尺八のようにひゅうと鳴る
のぞき窓からのぞいたら
磁器の肌から赤い炎《ひ》が
水のようになって滴り落ちる

神と人との合力成《な》って
焼物がそろりと窯を出れば

美事色絵に描かれた
鳥松梅に牡丹花《ぼたんばな》
きょうも山には火が燃える
世界に誇る焼物の火が

伊万里津に待つ真帆《まほ》真帆《まほ》白帆《しらほ》
錨《いかり》をあげて船が出てゆく
オランダ船は出島から
マラッカ海から印度洋
マダガスカルから喜望峰
アムステルダム　ライデンまでも

これこそヒゼンイマリの磁器だ
紅毛の人も嘆声上げる
イマリヤパン不思議国《ふしぎぐに》
川沿《ぞ》い商家のさんざめき
川渡る三味の音《ね》も冴えて
いまりまだらやションガイナー

娘は紗《しゃ》のように軽く舞い舞い

韓国《からくに》から来た陶工たちは
無名に墓で眠っている
秘窯《ひよう》伊万里のいや栄え
白金黄金いや栄え
四百余年《しひゃくよねん》を眠っている

伊万里よ伊万里わが伊万里
大川内《おおかわち》の火を絶やすなよ
世界に届くわが伊万里

六　こどもの浮立《ふりゅう》

雨を下さい
めぐみの雨を
悪魔も早々《そうそう》退散し
五穀《ごこく》の稔《みの》りがありますように
カンコンシンソンコンダケン

府招浮立《ふまねきふりゅう》で
岩戸《いわと》をあけて
光の大神《おおがみ》出て下さい

もろびとみんなでお願いします
カンコンシンソンコンダケン

乾坤《あめつち》ひらけ
さいわい下さい
鉢巻き菅笠《すげがさ》道行きに
浮立《うきた》つ浮立の鉦笛太鼓《かねふえだいこ》
カンコンシンソンコンダケン

七　こどもとんてんとん

とんてんとんと和魂《にぎたま》と
とんてんとんと荒御魂《あらみだま》
早太鼓が鳴り揉《も》み合って
伊万里の川に落っこちた
みこしだんじり落っこちた
アラヨーイトナ　チョウサンヤ

神様どうしの大げんか
水にずぶぬれ川岸に
どちらが早くあがれるか

こどもみこしはけんかせず
仲良く町をまわったが
アラヨーイトナ　チョウサンヤ

とんてんとんと神様は
やさしく強い神様は
楽しく川でけんかする
川ガニ船虫《ふなむし》おどろいて
秋のみのりが目出度いな
アラヨーイトナ　チョウサンヤ

八　終詩

伊万里伊万里と呼んでごらん
ふるさと伊万里が返事する
おお　これが君のふるさと
君らの父祖を育てたくにだ
山々が並び　川は海へと
伊万里の湾がはらとひかる
伊万里の海に槌音《つちおと》がひびく

りゅうりゅうと空にかかる大橋
海は燦々《さんさん》と輝く空につながり
出船入船が千艘《せんざい》ろうと賑《にぎわ》う
先端技術の工場《こうば》が建ち
造船製材など工場《こうじょう》団地
広がる工場《こうば》働く工場

伊万里伊万里と呼んでごらん
ふるさと伊万里が返事する
おお　梨の真っ白な花
香りに虫が　羽音を立てる
ぶどうの房がたわわに実り
箱に入って遠く出てゆく

若者たちよ娘らよ
梨の酒で乾杯だ
牛の肉から煙があがる
ふるさと伊万里を讃えよう
畑にはギリシア神話のような葡萄の木々
雲がどっと腰岳の方に飛んでゆく

あすは海辺に日傘を立てて
泳ぎをやろうか波乗りしようか

伊万里伊万里と呼んでごらん
ふるさと伊万里が返事する
おお　町が太鼓を叩く
むかしながらの祭りを叩く
みこしかつぐは　若者君ら
とんてんとんと町ねり歩く

松浦《まつうら》の裔《すえ》の男《お》の子《こ》らよ
松浦の里のむすめらよ
愛のかたみの子を産んで
相生橋の月あかりで
昔　父祖らもそうしたように
ゆらめく川波を眺めよう
橋際に仲良く身を寄せて
千年変らぬ月がうつる川を

伊万里伊万里と呼んでごらん

ふるさと伊万里が返事する
おお　ここが君のふるさと
新しい世紀の声がする
遠い父祖らも声上げながら
新生伊万里を祝っているよ

伊万里よ伊万里と手を打って
みんなで渡ろう大橋を
次の世紀にかかる橋
君らの　君らの大橋を

二つの海

一　有明海

背振《ぶり》背中に耳納《みのう》を過ぎて
久留米つつじの花の間《ま》を
筑後大川　有明海へ
カササの岬に日は輝いて

早津江《はやつえ》芽ぶく葦の原は
背丈ものびて行々子《よしきり》啼いた

秋深み櫨の紅葉《もみじば》に
けしけし山は火群《ほむら》に染まる
玉垂《たまたれ》宮の鬼夜の祭
大松明に火の粉はとんで
雲となっても雨となっても
会いたやと女神　恋の激しさ

有明け干潟の緑の褥
絹藻の小波《さざ》　淡月の枕
鷺舞いおりる有明夜明
夜明　有明　有明夜明
鯨汐吹き　はねるむつごろ
汐呼ぶ汐招き　木登るハゼら

七つ釜に土器《かわらけ》投げて
海士舟子《あまかこ》護る幸魂《さきみだま》
朝日直《ただ》射すトンカラリン

有明干潟の海士《あま》と舟人《かこ》
父祖の声々　酒甕《みか》割って
狂おしの酒　すすめて神は

「この御酒《みき》はわがみきならず
　残さず飯《ほ》せ　ささ」
潮が満ちるぞ浮盃《ぶばい》の津
潮が干くぞ　飯せ　ささ
満珠千株の有明よ
満珠千株の有明よ

有明八朔大晦日
水天宮の船太鼓
　どろどろどろろ
島原不知火　遠灯り
　ちろちろちろろ
ここは有明　深沈海面《うなも》に月明り
やさしく照らす月ばかり

二　玄海灘

玄海よ　この先ははるか玄海
雲は湧き立ち　雲舞い踊る
雪は霏々として如月の
玄海灘の和多津見に
神々は集《つど》うて荒海をつくる

昼の日輪　夜の星辰
玄海は神々の詩だ歌だ
浪が手を挙げ足を踏む
海鳴りどよもし波が立つ
とどろとどろに波が立つ

山は背振か高良の山か
古代の大阿蘇　火を噴き上げて
おっしおっしと燃え熾る
神集島《かしわじま》から神々が
丁々と手を打ち鳴らす

初原《あじぼる》のくにの乙女らは
相寄る島の霓裳脱いで
二並び　いや　二並び
沫雪の白い腕のべて
男々しい神に身を寄せて

荒浪の上をとび越える
また　とび越える　そら
飛沫　白い肌　みえかくれ　そら
遠い韓《から》では首露《しゅろ》の天降《あも》り
筑紫日向《ひむか》の日の神天降《あも》り
水晶の輝やくみそら

北から鳥がわたってくるぞ
百千《ももち》の鳥がとんでくる
いろこの宮から神々の船が
百千の櫂をあやつって
浪かきわけて　そら

玄海灘の海の真中《まなか》

おっしおっしと漕いでくる
そらは晴れたに　荒々玄海
海は荒れたにヤマトは近い
徐福は上陸水神になった

ヤマトは近いぞ鑑真和上
盲いて和上は浪の上
三角波が船を叩く
玄海越えて志賀の海
ヤマトは近いぞ鑑真和上

そら　そら　晴れるぞ　玄海

惜夜《あたらよ》

第一場

老人

人の世の過ぎ来し方のはるかさ
ひと日の暮の薄陽のほのかさ
人のいのちの老いのむなしさ
夜の闇に地上の影の消ゆるごと
わが影もやがて消えゆく
地上の春去り地上の恋去り
老いの冬の残り火は
すき洩る風に絶ゆる
すき洩る風に通う
わが手枕《たまくら》の夢にさえ
なつかしびとは帰り来ず
いかなれば望みなきに老いやある

わが青き夢の掻《か》い間に
いま見ゆるかの憂いの顔は何
わが手に彫りしくばの木の人形の
憂《うれ》うるさまは何
さざなみ寄る浜辺のごとく
なよら袖振るさまは何
独り居のわれに物問うさまに

すずし眸《ひとみ》よ
いのちあるわれを哀れむさまに
いのちなき人形の嘆きざまに舞うは
おろか夢　おろか迷いや
夢ならばさめずあれ　みやびや
うつつならさめてあれ　恋しや

（唄）
うつつは深しわが泣くは
君がいのちを細しとて

老人
おろかごころの眼の迷い
おろかごころの空耳よ
一心作りし人形を
ひと眼みて淡き宵を眠らむ

一心なればか　心なしか
かんざしがゆるるぞ
面輪が鈴のようにゆるるぞ

神仏《かみほとけ》のたわむれか
魔性のたわむれか
人形が動くぞ確かに動くぞ

人形

重き手足に春風
つめたき髪にかげろう
遠きこころに春陽《はるひ》立ち
わが唇に晴れやかな声
われを作り給える翁《おきな》の
さみしきいのち慰めんとの思いに
ひと夜の舞いぞもかかる舞いぞも

(唄)
みどりの空を南《みんなみ》に
一羽鳥舞い舞い去りし
南《みんなみ》は父母《ちちはは》の国
　亡き父の嘆きに曇り
　亡き母の涙に時雨《しぐ》る
一羽鳥世に在りて　あだ

かなしみに舞い舞い去りし
かなしみに舞い舞い去りし

老人

一心こめて彫りなした
元は山端のくばの木も
元はせんなき人形も
いまは尊きいのち得て
うるわしう舞うわ
かぐわしう息づくわ
天にも登る心地
老いの身に有難や
仏の加護冥加の印や
手にあるは玉のさかづき
わが酔うは天の甘酒《うまき》

老人

浮いた心地おどけて見せよう
笑うてくりゃれおどけて見せよう
世にあるはわれらふたり

おかしき宵をおどけて見せよう

われこそは醜《みにく》き蟹よ
浜のざり蟹
匍うて生きる痴れ者よ

(唄)
月夜は波に洗われて
夢もしばしば破らるる
うつつの昼は横歩き
他目《よそめ》おかしき蟹《かに》に候《そろ》
何のおどしぞこのハサミ
何のおどしぞこのハサミ
何のおどしぞこのハサミ

第二場

(唄)
うたて浮世に面白き
朽ちしわが身に帰り花
花咲き花咲き日々の楽しさ

うつつか夢か夢とても
花咲き花咲き日々の楽しさ

（唄）
元よりわれはくばの木の
花咲く身にはあらねども
ひとの姿の宿りにて
まことの親を思うよう
うれしともまた悲しとも
こころの日々の明け暮れに
花咲く日々の明け暮れに

老人

楽しき日々の明け暮れに
わが手になりし美童女《みやらび》を
百合に飾り梯梧に飾り
絹に飾り錦に飾り
きょうは頼めしき若衆を作り
姫の供どち春のさかりを
花拾い野辺に花拾い

鳥の声しきりに鳴かむ
これこのように樟の木もち
右手に槌もち槌のひとうち
首が出来たわ
槌のふた打ち
手足が出来たわ
やれ見よ　姫のたわむれに
供立ちて春のさかりを
花拾い野辺に花拾い
いのちあらば連れましものを

（唄）
うたて浮世に面白き
老いのこころに帰り花
花咲き花咲き面白や

元は山端のくわの枝
いのちとこころ恵まれて
親の情のうれしさに

老人

親慕う娘に浅間しき
わが胸にさわぐいのちよ
知らで過ごせし人の恋
川に若鮎の泳ぐごと
細きわが血に若やぐものの流る

（唄）
うたて浮世によこしまな
老いのいのちの帰り花
花咲き花咲きいかなれば

老人

わが正体の浅間しさ
老いさらしては皺の眼に
涙流すこそうつつ
酔うて吠えるこそうつつ
酔うて吠えるこそうつつ
酔うて吠えるこそうつつ

（唄）
うたて浮世に面白き
うたて浮世によこしまな
老いのこの身の帰り花
老いのこの身の帰り花

第三場

人形

細く暗いうつし世の枕
お師様はお寝《よ》いなされた
お師様はお寝いなされた
細くはかないうつし世の枕
不思議冷えまさる宵や
柴炊きてお寝いなされた

（唄）
われは元よりくばの枝
お前も元はくすの枝

木々にこころはないものを
不思議親しき星月夜

人形

夜がふけわたればさすがさびしく
夜がふけわたれば

鼠

夜がふけわたればわれらが天下
さようこの世をわがもの顔

王候貴族のくらしがはじまる

人形

夜がふけわたればまた意地悪のねずみの声

鼠

意地悪も意地悪　性悪《しょうあく》も性悪
壁土はおろか　天井のハリまで食い荒す
われらはねずみ　ねずみゆえ

そこもとの着物を食い破ろうか
そこもとのホホを食い破ろうか
これみたかやい　これ見たかやい
とがった牙じゃ　長い長いひげじゃ

人形

どこぞに逃げよう
どこぞかくれよう

鼠

これ見たかやい　これ見たかやい
お前は人形であろうがやい
踊子人形であろうがやい

人形

どこぞに逃げよう
どこぞにかくれよう

鼠

これ見たかやい　これ見たかやい
とがった牙じゃ　長い長いひげじゃ
闇でも見える眼《まなこ》じゃやい

人形

　お師様助けて
　そなたが人形でないならば
　わたしの難儀を救おうもの

（唄）
潮騒ぐ国に生れ
銀《しろがね》の船を漕がむ
船に積む宝あれよ
姫とわれ千里行かむ

若衆

姫の声がわがいのちを覚まし
血潮は朝の潮のように寄せてくる

（唄）

潮騒ぐ国に生れ
銀の船を漕がむ
船に積む宝あれよ
姫とわれ千里ゆかむ
悪しき賊去《さ》りゆき
光射す海原《うなばら》
船に宝積み
帆を上げて千里
帆を上げて千里行かむ
みめ美わしき君と
頼めしき君と
真青《まさお》の海を千里行かむ

人形

お師様の仰《おお》せありしよう
連れ立ちて春の野辺ゆき
花のさかりを　花拾い花拾い

（唄）
春のかげろうは　ゆいさ

野に立つ波に立つ　ゆいさ
ふるえてふるえて　ゆいさやれ
空にあがるよひばりもともに　ゆいさ
日暮れなばひばりよかえれ　やれ
われらが胸の花畑にゆいさ　ゆいさ

（唄）
夜さりくれば星々は
千里かなたよりくる
君あればこそよろこびは
千里かなたよりくる
あかつきくれば太陽は
海より出ずる
われらが夜に愛のうた
口より出ずる

老人
騒がしき気配に夢破れ
きざはし踏んで来てみれば
わが眼は正気かわが眼は正気か

人形

お師様そのように恐しい
親とも慕い　ご恩に報いるいっしんに
過ぎし月と日

老人

恐しいは承知　煩悩の火にあぶられ
毎晩狂うた　肉《ししむら》は油したたり
皺の目から恥しい滝ほどにも涙流れた
枯木のような骨身におろかしい嵐が吹いた

老人

貴様はただの人形　わが手のなぐさみ
素性は何のこともない
ただの木切れ　ただの木っ端《こば》
恋のと心のと他愛もない
人形に何の恋　何の契りぞ
過ぎたる姿　元の素性に返してくれよう

若衆

たとえわが身は裂けようと
裂かれぬもののありとしを

老人

裂けしはわが身煩悩の
刃《やいば》に五臓絶ち切れて
眼尻《まなじり》切れて唇《くち》裂けて
五天も黒く土荒れて

若衆

たとえこの世に果てようと
五天明るく土晴れて

老人

何の土　何の天ぞ　元の素性にもどれ

老人

ただの木切れに　何のこころ　人形の卑しき

素性に何の恋
思い知ったか　思い知ったか

老人

いまはやこの世に
あるはふたり
ふたりのみ
いのちきわまるその日まで
ともに暮さむ
むつみ語らむ
朝餉《あさげ》を炊かむ
床《とこ》に伏さむ

（唄）
過ぎ来し方の遠き道
過ぎ来し日々のはるかさよ
わが魂の帰る道
かりの宿りのむなしさに
わが魂の旅ごろも

老人

わが手に戻れよ娘
わが手は汝《なれ》がふるさと

人形

わがふるさとは山の端
降る星寒きくばの木

老人

わが手に生れし娘
わがこころこそふるさと

人形

われは元よりくばの枝
木切れに何のこころ
われはもとより人形の
何のいのち何の恋

老人

いっしんこめて彫ったれば
永遠《とわ》のいのちがあるべしを

人形

早もわが手に木の香り
わが髪早も葉の香り
わが見し夢はたまゆら
風の葉ずれのたまゆら

老人

老いのいのちの苦しさに
わが見し夢のうたてさ
老いのこころの霜枯れに
花咲くと見しおろかさ

人形

早もわが身に木の香り
わが髪の毛に葉の嵐
雷《いかずち》の声おどろおどろ
わが枝に聞ゆる

再びわが身の枝に聞ゆる

輪多梨《りんたり》の花

一景　人の世の果　黄冥の入口

娘

あと振り返れば道は青ざめ
草木はみな枯れてしまった
いま来た東は遠い人の世
ここからは黄冥《よみ》の迷い路
沙羅の樹の白い絮《わた》が雨のように降る
地に敷いてはたまゆらに消え
疲れたこむらは雲を渡るようだ
年ごろ慕い育った亡き父母を
浄《きよ》い国にたずねたずねて来たが

どこからともなく後生《ごしょう》の獼猴《さる》の悲しみの声
牛虎獅子《うしとらしし》または烏《からす》の呻《によ》ぶ声々《こえごえ》
地底泥犁《じていないり》の人々が畜生輪廻《ちくしょうりんね》を泣くのだろうか
あの中に父母の骨の嘆きがありはしまいか

この手にあるのは祖母のかたみの三つの玉鈴《たますず》
一つは土から生まれた宝
二つは炎から生まれた宝
三つは水から生まれた宝
三千億土をたずねてゆくとき
地の国　火の国　水の国があって
おのおのに悪霊が待ち
善き霊から生まれた鈴を憎んで奪うという
こころをこめて鈴をふって難をよけよ
鈴をふって父母を呼び無事過ぎてゆけと
教えたまいし玉鈴

早くも風が吹いてくる
物の怪のさわぐ様子がする
願《がん》かけて願かけて十二の礼をなし

散業《さんごう》の歩みを　みほとけの守りを

地の国

ここは地の国　褐色《かち》の門《もん》
押して入《はい》れば　たちまちに
はるかな野辺に四季の花咲き
秋はみのり　冬は朽葉と虫のむくろ
ものを育ててまた殺す土のよき性《さが》　悪しき性

娘

(唄)
山に山　原に原
春夏秋冬を歩き通した
土から生まれた鈴をふって
私はどこまで来たのか

土の悪霊の声

おお　おお　その手の宝　鈴が欲しい
土にひそむ悪霊と呼ばれてわれは
万物を育《はぐ》くむ霊《れい》と争い

重き石に打たれ　疲れ果てた
おお　その手の宝の鈴が欲しい

毒ある花に化身《けしん》して
その鈴をとろう　その鈴とろう

娘

ああ風が暖かに変わり　春めき
花の香けうとく　物がなしく
眠りを誘《さそ》う声が聞こえてくる

化身の花

われを見よ　われを見よ
みどり細《くわ》し葉　朱《あけ》の花びら
蜂をも酔わす香り花《ばな》咲き
眼路の果てまで花また花
わが影に酔うて伏せ娘

娘

（唄）

あだし香りに誘われて
見知らぬ野辺にまよいきぬ
花の心を知らまほし
蜂となりても蕊深く
蜜を秘そむるこころ根を

化身の花

蜜をひそめるわけが知りたいか
花の色香《いろか》のすぐれるわけが知りたいか
この国ではたやすう覚えるぞ
舞《も》うて覚えよ　蝶のように舞うて知れ

娘

舞うて　舞うてめくるめいてきた
ああ　袖も重たく　眠とうなった
その花の下かげに甘い夢があるような
やさしい凪が来て待っているような

化身の花

鈴をとったぞ　土のよき性より生まれた玉を

土の下に埋もれ　暗い顔で死者を待つわれは
よくよく知っている　いのちが消えつつ
やがて　あくたとなり　灰となって
生身の美《うるわ》しさが失せ
怨愁《おんしゅう》とのみなるときの快楽を
お前は力衰えて顔も上がらぬ
さあ　生き物みなにこの快楽を伝えてやれ
娘　父母のもとに骨の音を立ててさまよいゆけ
みちすがら万匹の蟻に追いすがられて
泣き泣き歩め

娘

一つの玉を失って　父母の国は遠い
願かけて　願かけて十二の礼をなし
散業あれば　みほとけの守りを

二景　火の国

ここは火の国　赤き門
押して入れば　たちまちに
ぬばたまの闇に　星落ちて

炎が欲しいと　寒きひとびとの叫び
照らしてはまた滅ぼす火のよき性　悪しき性

娘

（唄）
さきは見えやらず　足許は凍《こご》え
吐息は雪となって落ちる
泪は霜のように固く　心は檻に入るよう
火から生まれた鈴をふって
私はどこまで来たのか

火の悪霊の声

おお　おお　その手の宝　鈴が欲しい
炎にひそむ悪霊と呼ばれてわれは
数々の森を焼き　生物の心を焼いた
村落は焼け落ち　燃える馬が走った
人を慈しむ火と争って疲れ果てた
おお　その手の宝の鈴が欲しい
緋色《ひいろ》の鬼と化身して
その鈴をとろう　その鈴とろう

娘

闇はにわかに明るくなり
私《わたし》の双《そう》の眸《め》にあかりが灯《とも》ったよう
地の果てを幽《かす》かな火が環《わ》のように匍《は》っている
その影は何　おそろしい顔をもつ影は

化身の鬼

(唄)
われを見よ　われを見よ
大樹を二つに裂き　王都《おうと》を灰にし
火柱となって雲を焼き
千万の人骨を瓦のように燃やした炎
この手に抱かれよ娘

娘

(唄)
朝は東に日があがり
夕《ゆうべ》は西に月出づる
おくどの薪火《まきび》　窓辺《まどべ》の灯

祈り祈って燧攢《ひきりびき》り
ゆかしと知りし火の心

化身の鬼

火をほめる歌はもう聞きあいた
地をおおい　空を走る稲妻をみたか
吠えつつ愚生《ぐしょう》の人とけものを追うてゆく
わが貪婪《たんらん》の舌を見よ　酷熱の舌を見よ

娘

わが頬は燃え　早も衣に火の手が届いた
ああ　この肉身は何とはかなく生まれたことか
無限地獄《むげんじごく》で火の騒ぐ声がする
わが父母もこの火に燃えているのだろうか

化身の鬼

鈴をとったぞ　火のよき性より生まれた玉を
紅蓮《ぐれん》の慾をもち　いつも闇に住むわれは
よくよく知っている　血肉《けちにく》が燃えつつ
舞うて灰となり息絶える快楽《けらく》と祭りを

お前も力衰えて　煙《けぶり》のように揺れよ
さあ　生き物みなにこの快楽を教えてやれ
娘　二度と火の恵みなどというな
父母の許に髪燃えてゆけ
みちすがら嵐に灰となり微塵となってゆけ

娘

二つの玉を失って　父母の国は遠い
朽し指に残る一つの鈴をふり
匍ってもゆこう　願かけて
願かけて十二の礼をなし
散業の功徳あれば　みほとけの守りを

三景　水の国

ここは水の国　青き門
押して入れば　たちまちに
八功徳水　池澄んで
七重行樹《ななえぎょうじゅ》　影もきよきみぎわ
ものをうるほし　または干《ほ》す水のよき性　悪しき性

娘

（唄）
足は露にぬれて　水草がささやく
紫雲は涼しくおりて甘い雨をそそぐ
流転の水はめぐって海原《うなばら》に入る
地上の大きな血潮《ちしお》　珊瑚の栄える音がする
私はどこまで来たのか

水の悪霊の声

おお　おお　その手の宝　鈴が欲しい
水にひそむ悪霊と呼ばれてわれは
巷を出水《いづみ》に消し　道を滅ぼした
青い果樹　鳥もくちなわも押し流した
わが幻は水辺に立ち　飢えて饗《あえ》を求める
おお　その手の宝の鈴が欲しい

飢えた老婆と化身して
その鈴をとろう　その鈴とろう

娘

私の総身《そうみ》に波のように悲しさがくる
双の眼に草の露のように涙があがる
みはるかす遠くまで愁いの色が立つ

化身の老婆

(唄)
われを見よ　われを見よ
住む池は枯れて　ひでりに割れ
それゆえにわれは老いさらばえて皺だたみ
髪は枯れた葦のように白く垂れている
衣の虱は頭に匍い上り
細き血を吸って正気《しょうき》を失うばかり
一足《ひと》は重く　二足《ふた》に膝折れんばかり
われを見よ　われを見よ
狂うばかりに水を欲《ほ》りする老婆に
その手の宝　水呼ぶ鈴を給われ

娘

（唄）
わが手の鈴は泣き出づる
遺品《かたみ》に残る鈴ふって
父母を尋ねる道すがら
足なえてわが歩む道
めしいて過ぎし遠い道

化身の老婆

父母を恋う姿にわれも涙流れる
なれどわれを見よ　われを見よ
枯れ枝のようなこの手と足
お前の祖母の姿とこそ見えよう
冬風のような　この声は
祖母の声とこそも聞こえぬか
その鈴をわが手にもたば
遠き珊瑚の海より澄みたる水が通い
土よりあふれ　池青み　蓮《はちす》を浮べ
わが絶え絶《だ》えの身にいのちよみ返らむ

娘

ああ　その他《ほか》にはご老婆を救うすべはないか
幼いときから　母の甜《あま》き乳飲まばと
父の強い腕《かいな》に抱かれなばと
東に母のおもかげを見
　西をむいては父の幻をみた
この鈴は残るただ一つのよすが
手にもって心をこめて振れと教えられたが
かなしみにうつつ失って
　この手は振ることもできぬ

化身の老婆

お前が泣くのは　わがためか
お前が迷うは　仏心のためか
ならば鈴を給《たま》われ　水を呼ぶ玉をこの手に

娘

(唄)
六道《りくどう》輪廻に生《しょう》をうけて
父母《ちちはは》となり子となって
広い浮世に御仏の加護あれ

定法《じょうほう》の理の恵みあれ

化身の老婆

その恵みというを魂消《たまぎ》えるこの身に給われ
世上一切は肉親なれば　われこそは母
この手に鈴を

娘

鈴はいよよ悲しく鳴り出づる
父母《ふぼ》の声が遠く私を呼ぶような

化身の老婆

父母《ふぼ》の後生も恐ろしいぞ
獼猴《さる》の赤き手となるぞ
飢え泣く烏《からす》　沼にひたる魚《うお》となるぞ
足を焼くさそり　窓に餇うやもりとなるぞ
父母《ちちはは》の後生を願う心あればわが手に鈴を

娘

その手に　その手に鈴を

このようにかなしみ鳴る鈴を渡そう

化身の老婆

おお　とったぞ　とったぞ
われは安楽の国悪性の国に帰らむ
汝は玉の守りを失って
まことめしいて闇をゆけ
うるしの川に溺れ　腐れる沢に落ち
立ちくらんで　針の柱を抱いて千年も泣け
とったぞ　とったぞ

四景

勢至の声

大願《だいがん》の誓は成就なせり
汝《な》が抱《いだ》く柱は天の真柱《まばしら》
汝が渡る川は大悲《だいひ》の川
汝がひたる沢は蓮華の台
顔を上げて空をみよ
顔を上げて空をみよ

奇瑞《きずい》の虹を渡るは汝が父母《ちちはは》
魔道は悉皆《しっかい》くだかれて
無量荘厳《むりょうしょうごん》の晨《あした》　父母に会わむ

顔上げてみよ　顔上げてみよ
ここに汝が失いし三つの鈴
無量十方《じっぽう》は仏の国　化仏《けぶつ》の歓喜《かんぎ》無数億《むすうおく》
汝《なれ》こそはこの国に咲く浄き輪多梨の花
香《かぐ》わしき風来りぬ
立ちて舞い舞え輪多梨の花

娘

私の手は軽く　衣はまるで羽のよう
光満ちた三つの玉鈴がこの手に戻り
なつかしい父母の御声が近づく
晴れやかな御声　心なごむその声

勢至の声

汝《なれ》こそはこの国の輪多梨の花
その指は白き花びら

立ちて舞い舞え
父母の喜びの声が近づくぞ
奏楽に立ちて舞い舞え

娘

五彩の雲が矢のように飛びかう
金色《こんじき》の鳥《とり》が枝にやすらっている
しろがねの沙《いさご》に六千界の日輪が輝く
何と明るいこと
私の袖は羽のように風をさそい
なつかしい父母の御声はもうそこに来ている

（唄）
わが舞う庭に馴れ遊ぶ
孔雀鴛鴦《おしどり》　面白く
父母来ませ　瑠璃の琴
天人聖衆《しょうじゅう》手にはやし
管絃歌舞のさかえあれ
宝鐸《ほうたく》もまた瓔珞《ようらく》も
すずしや　庭に音冴えて

父母と呼び子と呼びて
世世生生《よよしょうしょう》とめぐるとも
栄え栄えて舞い舞わむ
土水炎の宝鈴《たからすず》
ひとしお清く鳴り出でて
栄え栄えて舞い舞わむ

蚊帳

（唄）
月傾《かたぶ》いて池は病み
汀は青く蟲すだく
俄かに物の音絶えて
夜はしろしろと物すごし

（唄）
庭のとぼそくぐるはだれか
人にはあらず風がそろりと渡ったか
暗き廊下をわたるはだれか

蚊帳に妖しき風が吹く
竹の節音《ふしね》ならず葉ずれならず
得耐えぬげに永く細く
そこで泣くはだれか　だれか

声を忍んで泣くはわたし
産んで残せしこの子にひかれて
迷い迷ってここに来たわたし

（唄）
迷うなよ女　迷うなよ女
汝《な》がみどり子は蚊帳のうち
やすらかに寝ておるものを
恋しとて　やれ　起すなよ
いとしとて　やれ　触れるなよ
不浄の霊よ　やれ寄るな

思えば一年前のこの日
この子を生んでわたしは死に
仕丁《つかえ》のよほろに野辺に送らえて

心のみあとに残せしままに
骨肉は灰と散らぼうたわたし

（唄）
心はたとえ残ろうとも
三千仏の弘誓《ぐぜい》あって
方広経の転読にも救われなんだか
迷うなよ女　迷うなよ女
やれ　その子に寄るな

（唄）
前の世に何の罪ありてか
子を残しての死出の旅は
苦《にが》草棘《とげ》草いばら路を
蟲を食い食いよろぼうて
哀れとこそは思い給われ

黄泉路の旅のおそろしさは
道々口に炎もつ鬼に
鎖《くさり》にうたれて枷をこうむって

むごや鞭にうたれ歩いた
または

（唄）
甲冑着けたる軍《いくさ》ども出で来
身は刀もて二百にも切られ
ようよう見えたる川を越えて
忉利天にたどり着かんとせば
意地悪く水に落され落され
泣き狂い狂い迷うて再び
俗世《ぞくしょ》のうらみにひかれてきた

どうぞに哀れと思召し候《しょ》り
わが子の寝顔ひと目見たや
やわき肌《はだえ》にせめて触れたや

（唄）
幸うすき女の哀れさよ
のこるうらみもせんなけれ
されど亡者の凶《まが》つ手に

やれ触れな　のう寄るな

（唄）
念仏供養もしようほどに
早々《そう》立去れ　はや失せよ

この袖の涙　かばかりもしげし
この乳の張りて痛むこと耐えず
どうぞに哀れと　ああ
一目見たや　一目見たや
この手に抱きたや　この手に抱きたや

（唄）
女の声のあわれさは
やがて妖しくすさまじく
影に見らゆる身もだえの
世にも哀しくすさまじく

乳の痛さ　袖の重さ
このうらみを　いかにすべき

俗生《しょう》の勝《げ》にむごきことや
身を裂かるる口惜《くちお》しさや
ああ　ひと目見たや
この手に抱きたや

（唄）
まこと不吉の亡者の霊
仏罰をおそれよ　やれ寄るな
さなくば雷霆にうたるべし
早《はや》　早《はや》　失せよ　立去れよ
みよ　霹靂に松もふるうぞ
空も割れるぞ　月も消ゆるぞ
去れ早　去れ早

（唄）
おそろしや　前生の罪障よ
後生も及びなかるべし
たとえば仏縁失うて
畜生輪廻に堕ちようと

（唄）
母鹿仔鹿野にあそび
母猿仔猿になろうとも
わが子に乳を吸わさむを
あわれ　かなしやおそろしや
あわれ　かなしやおそろしや

三夜《さんや》

（唄）
月冴えわたり　波寄る岬
常磐に堅磐に　緑枝なす
数多より来る　海の鳥どち
（若衆笛もって現われ）

われこそは都にしられたる舞の舞い手、
笛の名手　首里の天子に奉るとて
笛の調べ舞の手振りを現わそうと、
九十九日を浜に出で心を澄まし心を砕き、

身を責め身をやぶるほどにも思い凝らし
思い悩みしが　いっかな心満す調べも
心叶う舞も思い出でぬ　祈り祈って
きょうが百日　奇しき調べはないか
美わしき舞は　面白う天子のみそなわす
曲はあらずや
（笛を取って）こうも吹いたるか
ああも吹いたるか　いかように吹いたるか
（鳥の声）
いやいや　こうも吹き給え
（笛の一節）
いやいや　こうも調べ給え
（また笛の一節）
（鳥　幻のごとく出る）

（唄）
あれみよ　岬に一羽の鳥
輝く冠　花のようなる翼
不思議の鳥や
いずこより来《きた》るか

鳥と化したるわれこそは
昔は都に優れたる歌い手にて
世に囃されし舞い手なりしが
死してののちは鳥となりて
南に遠く住みなして
年ごとの春には立ち返り
岬に立ちて　歌い舞うなれ
移ろい変わる世の姿に
変わらぬ歌をかく歌い
変わらぬ舞をかくは舞う
珍しき鳥のこころ　鳥の歌
鳥の舞をそこもとに伝えむ
わが歌を聞きゃれ　わが舞を見やれ
鳥の心に心なして
鳥の姿に姿なして
ともに歌い　ともに舞うて見やれ

きょうの一夜は　鳥に生まれて狩人の
弓矢に追われ逃げ惑う　鳥の姿の舞の曲

（唄）
野をかけて　それ山々かけて
枝から枝へ　谷から谷へ
なおも追いくる弓弦《ゆづる》の音
それそれ逃げよ　それ逃げよ

狩人の眼はおそろしや
小弓の矢こそおそろしや
三千世界はおそろしや
翼射られて地に落ちなば
翼も肢もゆわえられ
阿鼻の焰に焼かるらむ

それ急げ　やれ逃げよ
追うも逃ぐるも業なれば
何としょうなき　それ逃げよ
空かけて　天高く
翼うって　空高く
それそれ逃げよ　やれ逃げよ

昨夜《ようべ》は弓に追わるる鳥を舞いしが
今宵は嵐にゆらるる　か弱き鳥を舞わむ
嵐に迷い　嵐の中の独楽《こまつぶり》

（唄）
鳥の鳥栖《とくら》の浅ましや
果報に薄き鳥でさえ
子を守《も》る情けあるものを
揺られ　揺られて
かうゆらゆらと　ああゆらゆらと
颪の中なる独楽《こまつぶり》
かうゆらゆらと　ああゆらゆらと
鳥栖群びな　ゆらゆらゆら

（唄）
八万雲もある中に
数多《あまた》仏も在《いま》すなら
仏の大力救い給え
果報に薄き鳥なれども

罪業無量の身なれども
かうゆらゆらと　ああゆらゆらと
身を捩《もじ》り羽捩り　風の中なる独楽
鳥栖をかくも揺り揺りて
あうゆらゆら　ああゆらゆら
風の中なる独楽

三夜はいよいよ終《つい》の夜
こころをこめて鳥の曲
鳥の舞を伝えむ　笑い給うな鳥でさえ
恋の翼に身も狂う　波打つ際の細道を
恋にやぶれて泣き泣き帰る
鳥の姿をかくは舞い給え

（唄）
月の下行く綾藺《あやゐ》笠　よおい
思い人に馴れてののちの
別れこそ　よおい
名護《なご》　七曲《ななまがり》　今帰仁《なきじん》を
恋は泣き泣き帰るなれ

（唄）

磯の浜松　波よ聞け
磯馴《そな》れの松にわれも似て
荒き情に馴れてそろ
生死《そうじ》の嘆き　昔は知らね
重波《しきなみ》　磯に帰るとも
馴れてののちの別れこそ　よおい
名護　七曲　今帰仁を
泣き泣きわたる綾藺笠　よおい
見やれ空には　天の川
泣き泣き帰る一羽鳥　よおい

三夜をかけて教えしは人こそ知らね
鳥のこころ　鳥のいのち
いざそこもとの手に作りなして
首里の天子に奉り給え

あな面白の鳥の調べよ鳥の舞いよ
三夜をかけてとくと心得たれば

見事に作りなして天子に奉らむ
こころして南の古巣に渡り給えや
また来む春に戻り給えや

また来む春に戻るとも
わが姿を見わくることはあらじ
恥かしの鳥の姿
群鳥の中にうちまじりて
見わくることはよもあらじ

（唄）
たんなりりや　笛の曲《しらべ》
たんなりりや　鳥の声
たんなりりやとうるわしく
たんなりりやと栄えあれ

たんなりりや　真如の月
たんなりりや　風凪いで
たんなりりや　黄金《きん》の海原
たんなりりやと栄えあれ

南に帰る不思議鳥
南に帰る不思議鳥

この舞い　この曲あるほどは
まだ来む春に戻らずとも
われを忘るな　われを忘るな
たんなりりや　たんなりりや
この舞い　この曲あるほどは
などか忘れむ　などか忘れむ

盲遊女

てさぐりの小見世格子でふいと別れて
わたしは耳をすましていた

月の出も星の光もみえぬのに
ゆびにふれ　または抱かれて
六夜待つ身の仏じゃないが

あなたのお顔がみえていた

足音は遠ざかりつつ消えてゆく
残り香をしのぶこころに
桂にかけた香袋と
残った酒のきついこと

ただなぐさみの客の中に
あなたはなぜかやさしくて
盃の底のたよりなげな
この身をふかく寄せてきた

百年待ってもやとみぐさ
千年待ってもやとみぐさ
小さな花はすぐに散る
目はみえずともいまはただ
まことを一つやとみぐさ

ひとときのしあわせ　まことの夢
たとえ買われたわたしでも

こん夜はどうぞ呼ばないで

ひとしきり啼く虫の声
ひとしおに恋しさまさる
ひとりわが身は虫ならぬ
泣くにその音《ね》を忍ぶだけ
ひとり月夜も闇にいて
ひとり月夜も闇にいて

恋々魚——沖縄民話による

われは南のかなた
與那国のかなた
蓬莱山の海のかなた
珊瑚の海を泳ぐ魚
青と緋の袖をかざし
頭《こうべ》に瓔珞瓚々《ようらくさんさん》たる冠《かんむり》つけ
気高く清らに泳ぐ魚

ある日漁《すなど》りの網に囚われ
あまた魚群《うろくず》にまじりて籠《かご》に入り
はるか龍宮を慕うより
漁師はおん手差し伸べて
つよき御手《みて》ぬち拾われて
「あわれ麗しう輝く魚よ
錦よりさらに冴えて
この世のものと思われず
早よ早よ海に戻れかし
再び網にかかるなよ
達者にくらせ」と放ち給いぬ
そのいたわりのやさしきおん手
眉目《みめ》濃《こゆ》きその男ぶり
赤銅《あかがね》の肌のおん方をえ忘れじと
沖へ逃れゆきぬ

おおそれよりは幾夜海満ち海干いて
幾夜月出で月沈み
月夜の晩は何故《なぜ》知らず

（唄）

いつか恋する恋の魚
泪流れてふるえる胸びれ
星は笛吹き風は琴弾く
恋しさまさるかのひと思《も》えば

いつか恋する恋の魚
龍神いたく哀れみ給いて
ひとに恋せし魚の身汝れは
再び海に戻ることならぬ

ひとの姿に作りなし
人里遠く汝れを行かしめん
女の誠を朝夕つくせ
ひとの情に世々添いとげよ

いつか恋する恋の魚
ひとの姿に生まれ変りて
神のお加護冥加の至極
恋しきおひとに添い遂げむ

龍神きっと申さるるようは
晨《あした》に月の消ゆる前に
疾《と》く起き出でて浜に出で
元の魚に戻りて汐に身を涵《ひた》し
鱗を洗い肌をみがき
髪櫛けずり身をととのえ
人の姿に再びととのえ
早々《そうそう》朝餉《あさげ》の支度に戻るべし
ゆめその姿を見らるるな
心して魚の姿見らるるな

龍神のおことばこころえて
朝明けやらぬ海より戻り
美しう女房の姿にととのえて
日々の暮らしの楽しさを
人界《にんかい》の幸《さち》身に余る日々

（唄）＝しあわせな舞い
たつきなりわい背の君に

海の馳走をふる舞うて
夜は美酒《うまざけ》酌みそそぎ
灯火《ともしび》消せば窓辺の月

いとしき妻とくち寄せて
そっと抱かれて奥伏床《おくふしど》
かく柔《やわ》き肌《はだ》世にあらじ
しなやか指よ細きうなじ

灯火《ともしび》ゆれて身を揺りて
豊かな髪よと撫で給う
夜すがら唇《くち》を吸い給う
乳房におん手を置き給う

とうとう鼓　匂う浜木綿《はまゆう》
とんとん太鼓　凪の海
月は真如に　雲間出で
下界人海　真珠《まだま》の明《あか》さ

おそろしや満ちたる月も

やがて雲間にかくるるならい
浜辺の汐でいつもの如く身を洗い
魚の姿に戻りしすきを
南無三にわかに目ざめたかのひとに
雨戸のひまより見られてしまうた
それとも知らず身じまいして
家に戻ったを　やにわにひき倒され
烈火の怒り　ふるえる掌《て》に
丁々と打たれた
打たれて簪も落ちた

（唄）
　みたぞ　みたぞ　汝《なれ》の正体みたぞ
恥ずかしや三年《みとせ》のわが恋そそいだは
美しく粧いし魚の化身なりしか
小袖の錦は緋色の鰭
柔らかき肌は銀の鱗
黒耀の目とみしは魚のまなこ
ようも化けたぞ
みたぞ　みたぞ　この目で見たぞ

お許し下されわが背子
確かにわれは魚の身
三年《みとせ》前放たれて海に戻りてより
恋してやまぬ魚となり
人の姿にかくは身をなして
うれしやお側に添うて三年《みとせ》
ただ一心に仕えまつり
いつわりごころはつゆありませなんだ

つゆ知らぬわれをたぶらかし
人の姿に化身して
この先も化けて通す気だったか
みたぞ　みたぞ　賎しき魚の素性と知らで
恥ずかしや　われは世の痴れ者
人の嘲笑《あざわら》う声が聞こえるわ
魚の身なればこそ
三年過ぎても子の生《な》せぬわけがわかったわ
素性をかくしたはわがあやまち

これこのとおり幾重にも詫びまする
なれどお前に恋わたり
明け暮れ泣くを龍神のいたく哀れみ給い
人の姿にわが身をなして
海の掟にそむく故に
再び海には戻るなと

その海こそが汝《なれ》のふるさとよ
早々《そうそう》戻れ　悪しき夢みしはわが愚かさ

その夢はいつわりでござりましょうか
強き腕《かいな》に抱かれて
添い寝の床のよろこびを
いとしいと仰せ下されました

いとしいものか　おぞましいわ
賎しき素性をわが妻と名乗った汝《なれ》を
前世の縁《えにし》と思うて娶《めと》った
たおやか身と思うたはことわり
もとより魚の身体《からだ》ぞ

なよらか肌と思うたはことわり　魚の肌ぞ
思うだに浅間しとも浅間し　早海《はや》に戻れ
再びわが前にきっと現われな

おそろしきその声
去りまする　このように海に入ります
ふるさと遠く捨て去って
戻るくにとてありませぬ

知ったことか
帰るべきくにあろうとなかろうと
疾く疾く沖に行け　えい沖へ

お願い　もう呼び戻しては下さりませぬか
許すとひとこと仰せ下さりませ
さすれば朝餉も炊きます
波は早わが脚を涵《ひた》しておりまする

ならぬ　ならぬもっと沖に行け

やさしく唇《くち》吸うて下された
細き腰を抱いて下された
いとしいいとしいというて下された
元は魚の身なれば
いついつまでも老いることなく
美しいままにお仕えいたします
ひとこと戻ってこいというて下され

ならぬ　ならぬもっと沖へ行け　もっと沖へ

はや腰まで波が届きました
いまならまだ戻れます
昔は清き珊瑚の海も
いまはつめたく身も冷えます
帰るくにとてないこの身
戻ってこいとひとことだけ
さ　ひとこというて下さりませ

きょうよりわれは村人の
笑われ者よ

朝来ぬうちに　沖へ去れ
汝のまことはたとえいつわりならずとも――
恋の明暮はたとえ幻ならずとも――
いや　いや　やはり許せぬわ
去れ　去れ　化生《けしょう》の者よ
人の世界の迷いごと
三千仏《ぶつ》も照覧あれ
魚と通ぜしわが身の罪

おお　おお　とうとう
海はおとがいまで届きました
神仏の慈悲きっと魚にも後生あれ
転々輪廻の後生もあれ
早海《はや》に沈む私に
許すというては下さりませなんだ

おお細く細く声は消えゆく
その声はいかにも哀れ深し
波間に消えゆく女の泣く声
波間に消えゆく女の泣く声

沖より寄せるさびし波
しろがねゆらゆらさびし波
ふるさともなき魚の身の
恋し恋しと呼ぼうとも
波間に消ゆる魚の恋
うらみの海に縁うすき
うつつうき世のうすなさけ
うな底沈む魚のうた
魚のうらみは泡《うたかた》と
たちまち消えて海の上
うたたむなしき有明《うみよう》の月
うらみの海に縁うすき
うつつうき世のうすなさけ
うな底沈む魚のうた
魚のうらみは泡《うたかた》と
たちまち消えて海の上
うたたむなしき有明《うみよう》の月
光もうすらと消えにけり
月もうすらと消えにけり

合唱曲／詩劇初演記録

筑紫讃歌（作曲團伊玖磨）一九八九年十一月十日、福岡サンパレスにて初演。
指揮團伊玖磨、合唱筑紫讃歌記念合唱団
伊万里讃歌（作曲田村洋）一九九三年三月二十一日、伊万里市民センター初演。
二つの歌　未発表。團伊玖磨との共作として作られ、没後発見された。

＊

惜夜《あたらよ》（作曲山下毅雄）一九七〇年十一月十日、新宿厚生年金会館小ホール初演。上演川田禮子
輪多梨《りんたり》の花（作曲山下毅雄）一九七一年十月二十二日、新宿厚生年金会館小ホール初演。上演川田禮子
蚊帳（作曲杵屋正邦）一九八〇年十一月五日、国立小劇場初演。上演川田禮子
三夜《さんや》（作曲杵屋正邦）一九八二年十月三十一日、国立小劇場初演。上演川田禮子
盲遊女（作曲山下毅雄）一九八四年十月三十日、国立小劇場初演。上演川田禮子
恋々魚（作曲宮下伸）一九九二年十一月十九日、梅若能楽院会館初演。上演川田禮子

英訳詩篇

英訳＝ジェイムズ・カーカップ
徳永暢三

The Seal (あざらし)

Well, it was only a slight memory—
one day when I shot a species of seal native to the Antarctic regions
a part of my conscience weeping followed the bullet
until it struck the target. On our way to Africa,
leaving the frozen sea, in the cabin
I happened to remember—'I forgot to bring it back.'
Then, I heard something scratching at the cabin door,
and it was saying, 'Yes, yes.'
Since that night my heart has been hung on a peg
near my gun on the wall,
vehemently reproaching one another.
In the SS Soya that sails in a prim, affected manner through a storm
I wonder what will become of it.
A beast with a hole in the head
can never have its vacancy filled
or be reduced to nothingness.
For now, my belongings
like the thermos, the mandolin, a pack of cards,

the lamp, a dictionary and cigarettes,
have been alienated to the imperfect game.
Dearth that befalls everything,
belief that is solid at night and melts away in the day,
and conscience that is processed in a spectroscope——
I cannot help worrying about
whether the flowers （*Adonis amurensis*） in my garden,
when I return to Tokyo, may start singing ‘Seal oh seal !’
with a provocative melody.

（from *Antarctica*, 1968）

The Sun in a Bad Condition（不調な太陽）

There is nobody to repair the distorted sun,
it has been patched up with smoking tobacco
and is lying among the dry grasses of South Africa.

Japanese, we were in the Antarctic Zone

and first of all were looking for the sun with a magnet.
It thrust itself forward, adopting a self-confident stance.
It acted out its personality with centrifugal force
and in addition, as it was productive and intelligent,
it was very useful for our observations.

On our way back home, getting nearer to Africa
it became more and more defective
until it was a toy for fire cats.

Black people who make earthenware pots were just indifferent
and, seeing visitors are white,
sell the sun together with zebra hide piece by piece,
and even a family dog, on digging up something hot by his nose,
at once rolls it into dried grass with his hind feet.

(from *Antarctica*)

YAN Talks（YANが話すには）

—dedicated to a friend of mine who lives in a cell
of Fukuoka Prison

YAN was a houseboy for my family when I was living in Peking in my youth. He was arrested on a false charge and, after having been tortured by the police, returned to our house. YAN is the provisional name I gave to a friend of mine who was condemned to prison for twenty seven years. He became a Christian, kept some birds in his cell, and sent us one of them. Some time ago I wrote and published a poem "Bird of Anger" on this episode.

YAN says,
one day an official came to arrest me
and shut me up in a cage.
The man railed at me, "You are the worst man ever born !"
as he looked at me for some time from outside the cage,
and then, saying, "Totally useless bird !" he went away.

And so YAN thought:
Well, although certainly my heart longed for the sky,
I walked on the ground always fumbling about,
and lived hoping only for some rice.
Also because my head and tail are unreliable
I may well be a bird.

And so, while flowers were blooming on the trees
I sang a song over and over again,
until a fruit-bearing season came,
and the watchman came from time to time,
only to say, “You always keep singing the same meaningless song;
well, that’s the price you have to pay for your crime.”
So saying he had some water brought in to the prisoner, and went away.

Winter drawing near,
fruit began to fall with thudding sounds from the trees.
The distant horizon glowed as glossy-red as a drunken man.
And then, what did YAN do ?

His hands could do only one thing—you'd watch him impatiently—
rolling a small ball that goes beyond the food plate,
and then to strike the plate leisurely with a chopstick—
his dream is to be wrapped in feathers
and lay an egg in the morning in dry grasses—
the egg people call the Egg of Grief
that sobs at once when it is born.

Since then many years went by,
until one day
suddenly a sharp voice issued from YAN's mouth.
The forceful voice, which I had never been used to hearing,
became full-grown in an instant,
and a young horned Christ started jumping around,
and the heart was suddenly overflowing with strange new joy.
A river of thoughts went streaming straight on,
and the sweet tongue was busy
trembling and talking day after day.

As there are large roots in the earth

so there are in darkness pride and light sturdier than wheels.
YAN called out to people walking along the public road.
A tailor had a hat
and a doctor had a candle,
but they were surprised at YAN's arrogance and ran away,
and the official came hurriedly to replace them.

At that time YAN was all ablaze.
In the course of time expanding like the large wings of an eagle
the rows of young corn of the future were stamping with chagrin,
the heavy tread was heard of omnipotent animals suddenly appearing,
tobacco shot out buds and ice broke into continuous lines.
The official stared in wonder
at the brutal procession of all those that were liberated,
and even YAN tossing about in sleep—an ordinary affair—
presumably looked to him like some planet turning on its own axis.

So YAN said to the official,
Now I suppose you've somehow understood the nature of things—
if you've killed a locust

a larger locust will set to its feet.
If you throw away a seed carelessly
a huge flower will come up.
I have a new heart that had not yet been given its name,
and I may well be called the bold paramour of this world.
So saying, as he told me, he left the cage quickly
as if a storm had passed through its bars.

YAN certainly said so,
and that is what he wrote in his letter,
but I know he is still in prison in the form of a bird—
and this is the 27th year.
When I meet him I must smooth down his bedraggled feathers,
I really think so when I see him.
This is how I think of him:
if he is a bird he is a true bird,
if he is a criminal
our whole earth is a jet-black globe,
a mere raven doing nothing but drift in the sky.

(from *Occasional Demon*)

The Night a Weasel Came (鼬が来た夜)

Ah, the weasel I had been waiting for came at last.
Which window did the wind strike just a minute ago, I wonder.
Pulling the lamp nearer, I wrote a letter—
a sheet of paper brightly lit like the moon—
and, even with no address on, the letter goes out, as if sobbing.
Two red jam jars on the desk, one on the right, the other on the left—
the weasel I had been waiting for came to the one country
hidden by grass under my floor.
My heart is like oil,
there is a woman in the sea of fire,
my body is fierce and even if,
suffering the natural enemy of senses and thorns,
I am caught, let's say, between rocks,
I see tonight a way for the sake of love—
branded in the great earth, the corn spreads to the horizon,

and the mountain vegetables are surrounded by storms,
like women whose breasts are caressed in love—
a sextant like a bow bent towards the curved sky,
an exiled wandering where gods all naked within a globe incline.
Star of an old stone runs like a spear,
fish in the underground water knock against roots of trees—
a country hot and hidden of pairings.
After daybreak I'll go pushing my handcart
beyond a lake and marsh in order to read a letter in reply.
Ah, the weasel I was waiting for has come
treading the flowers of a rowan tree.

(from *Occasional Demon*)

Midnight Wall（深夜の壁）

I woke up, then, in the night's deep breathing,
and saw stars in the window glistening like spermatozoa,
and huge arms of desire were embracing the house.

And then, a couple of breasts appeared on the wall,
and the milk spurted into the room.
I had known that there were nights when
sexual desire blazed up like the fire in a forge.
I love the wall that bows down with gentleness
for the sake of my father who is mixed with honey, the river, and the sky.
Behind me on the table bonbons of passion rolled on a plate.

The milk will be in effusion for twelve days and nights—
all women and grasshoppers between generation and change—
and even in the kitchen where *sake* ripens there's lonely femininity.
From the clusters of grapes of my bed
I stared at a god the colour of a flushed cheek
as when a fly on the ceiling gazes at its own god.

Just then the wall wailed—it really did.
In the power of the night that holds up all the corners of the great earth,
there did my mother hidden in the bulb of a plant and the sheep beside the tree weep.
All the spheres stood erect like trees in a grove,
and there I loved and loved you completely.

And then I was gazing vaguely
at the look in the eyes of young spiders in a line on the pale milk,
the row of bad lamps,
the sperms rushing like arrows.

(from *Occasional Demon*)

The Wolf (狼)

When I finished writing a poem
suddenly on my notebook the wolf howled.
I had never seen a wolf
nor had I thought of one,
but a wolf dripping with ink appeared there.
Was it a temporary metaphor for
a certain hatred that had crossed my heart ?
I was struck by the serious look on the beast’s face
so for his sake I started to put in my poem
a deep virgin forest

and a moon honed like a thin edge of ice.
And then I wondered
whether for many years without realizing it
I had not kept him locked in.

To calm myself I went for a glass of water
and, returning to my seat, I found a herd of his tribe,
walking in the forest.
Moving slowly in the clear blue moonlight,
they possessed the radiance that is intellect.
So I read again the first verse of my poem,
the part about the hungry and thirsty entrance to our world,
all so lonely but with everything so certain.
And then, a wolf had returned
and was growling under his breath.
Oh mother,
these are what you showed me:
a posture of airtight defense before one's enemy
in mist or rain,
a strain of passion breathing fire from out of one's privations,

and god's justice hidden in instinct.
I put down words in search of the word,
the one I launch towards the silence of the world,
the howl that is sent towards the ridge of the mountain.

And then I dash off my poem
writing what they desire and want to see fulfilled,
how their desire and their agony eventually start to shine,
and the divine storm at the zenith that
they, their bodies enfeebled and thin, their feet in a tangle,
still aspire to.
After a while, a wind ruffles my notebook.
I have already acknowledged the true wolf,
and nobody is aware of the claws stained with ink
or knows that even in the wolf separated from the pack
there is the common memory of the name of brotherhood.

(from *A Book by the Riverside*)

A Mosquito and Hell（蚊と地獄）

After ten years I opened a book by Swedenborg once again
and I saw the corpse of a mosquito pressed between the pages.
It was emphasizing the word ‘flame’ in the preaching about hell
and had turned itself into a punctuation mark among the words.
Gradually I recall a night of ten years ago—
mixed with a lingering echo of my homeland
with its shut mouth, the droning of the mosquito
with glaring fiery eyes, whispering close to my ear,
so that it appears to have been born with its hundred brothers
as its enemies.
It was just about the time when nothing was happening,
only that it kept raining heavily day after day,
when I found in the book the words: ‘Call the name a thousand times.
At the thousandth time the spirit of your loving person will stand behind you.’
That was how I read through the passage,
and behind me a loving shadow stood close,
and an agreeable burden pushed my back lightly.
A fire-spouting beast in the book was now in and now out of sight,

all night long the mosquito was flying round the lamp.
And I happened to think of the joy felt by my ancestors
who were firebrand-thieves on the run,
I mean those who make noises behind the pillars in hell.
I raised my eyes from the book to look around —
in the east the sunrise was always explicitly vulgar,
in the north there was a dark passion of iron.
Slowly a wind rose in the book
and softly turned a few leaves.
Pure words are always exaggerated,
truth needs exaggeration and besides it is impatient to be realized.
Feeling how warm the weather was, I closed the book,
and a mosquito must have leapt into the book.
At that time my legs were full of the earthly power,
the road, billowing dust and dirt, was shining like quartz.
Now I am tottering along the exhausted road,
the town street is lined with bitter restaurants
and I come out of one of them drunk as any nameless man.
One day, the whole earth resonating like a drum,
exiled I was walking in a faraway land,

when I met a lover who should be called an island in the midst of death
and felt my body revive though it had been eaten by evil omens
in its spiritual depression.
Ten years after, I opened the book again.
'I saw hell.' is one of the author's expressions.
There the mosquito was lying as if protecting the column in hell.
The mosquito, still in its ceremonial dress of winter adorned with flowers
and his thin hands raised,
was just about to slide as quietly down the page
as when we do towards the end of our lives of sufferings.
Our only salvation is to have a good cry until our flesh becomes light,
so that our soul takes flight like a piece of paper.
Within the book the drum has again started to rumble
electric current starting to run through the darkness of the words,
day passing by day among the shining wheat fields,
and how sweet is the body that is an island in the midst of death.
I called once again the name of my loving person a thousand times,
and then found it was different: the shadow that arose
in a corner of my study was silently stunned,
its embracing and kissing was only enjoyment of soft disintegration.

Will the soul that is summoned and put on trial
soon dry and lie down like this mosquito ?
The mosquito slid down between the line of words to the *tatami* floor,
and I picked it up and placed it within the phrases of sermon.
The mosquito that keeps dying in firm and solid form
was shut up in the book once again.

(from *A Book by the Riverside*)

A Worm（1匹の虫）

I had been attracted by a small hole in the road I used to walk along
because it was breathing like a nostril.
One day at noon, when it was rained—it fell like sweat—
a worm came out of the opening and
looking about furtively as if in a strange land
uttered in a small voice
what sounded to me like '*shu*'（meaning *the Lord* in English）.
A worm crowned with the Lord—well, that was sharper and more telling

than any epigram, with a note that surprised even an atheist.

When I grasped the worm, it gave off an overflow of smell,
and swelling itself up showed signs of egg-laying.
I then looked closer and saw
that the worm though as small as a pin's head
was shaped exactly like a dragon with an umbrella over it.
Young as it was, it had already acquired abundant knowledge
and tried to bite off small pieces of flesh of my palm.
I thought his working in that way probably meant that it led
to an irrefragable narrative issuing from his voice saying '*shu*',
so I took him home.

For some time I raised him in a small bamboo basket.
He was often hungry and thirsty and called my wife.
She saw his white beard and was afraid he would crack his whip,
so that she gave him Eros.
The worm grew up self-confident and even haughty.
About the time when I replaced the basket with a large wire cage
he evolved into a finely intricate, gigantic body

with an ommateum looking up into the heavens.
He crawled around our house, leaving many trails
and I follow the trails every morning, paths aligned with suns.

Why does he turn into various forms
and where is he trying to go ?
Probably nature is still engaged in creative work,
and god has not rested from his schedule of creation,
nor have our words leading to the god been exhausted.
In order to send words from a Venetian blind of this discretion
up into the high sky,
you would need to use a special intonation and an impetus
by means of a tongue like a forge that twists a flaming fire.

The worm was so self-indulgent,
he asked for the sea, the sand and wind as his dominion,
and then an island formed itself on the carpet
and an exile and a bird came ashore.
Flax is growing on the island and my wife and my daughter
are talking to each other there

without feeling tormented by the past,
with no fear of imagining the future,
and are witnessing a spirit on the sea horizon
longing for a heavenly tribe to be conceived by them.

Somehow I have grown to perceive the worm's intention;
one day when a new continent surrounded his cage like a ribbon
a guest came and took tea, happy and contented with the excitement
that swept the room, where the worm was walking quietly
with his numberless limbs, and the tablecloth
came sliding down like a cataract on to the floor.

All day long I sit in front of the cage and demonstrate all my affection,
I try to identify with him using his voice and gestures,
I grope for autumn with my feelers,
trying to pile the best seasonal fruit on a plate.
Without death our life would be even more mysterious,
and our age would not become clear of doubts until it ended.
The worm has been suffering the agony of an age nearing its end—
his face looking almost split open, his body becoming transformed,

violent gasps, intense monologues—
and when, growing white hot and unconscious, he stood up
he betrayed the attitude of a god,
and my wife and daughter, as their love grew heightened,
shed cool tears upon the worm.

The earth gave no passage to a god,
the age had no hand to haul in a god like a rope,
but in our house a worm is even now walking in search of a belief.

（from *A Book by the Riverside*）

Famine（飢餓）

It is said that the snow will lie deep and
famine will bring everything to an end.
Well then, could life find just fulfillment with a loaf of bread ?
I go to tonight's dinner table with a proud air,
place a lamp with flowers on the table, assume a dignified stance,

and make a respectful bow to my guests—then,
the god, who had sent hunger to living creatures
and taught them to kill game quickly,
stirs a wind by mixing day with the grassland of a tablecloth,
implying that if someone, who might commit a crime, appears
staggering with hunger, he would offer him a chair,
to show that he, too, suffers the same distress.

All together, we take a knife and cast our eyes over the table.
Out of doors hungry creatures are hunting for their food.
It is time for the bell to ring and for manna to come floating down.
Livestock puts on flesh in the cold shed.
Look, on a dish the sudden meat bulges up,
and with our teeth chattering, we thrust our hands into a jar,
and spread honey on the young of a Chinese mouse which suffered a fracture.
A bird that failed to take wing towards the sky is crouching there—
a partridge that is well broiled and coughs all too often.
Eggs in a basket are talking in whispers to one another.
Heaven and earth cringe on hearing the eggs broken.
Pepper jumps up in heat.

We think of the leeks priests eat in the tower,
of the rancid oil that goes down a prisoner's throat.
A line of ants marching with arms, a line of wheat in the field,
a well that overflows twice a week, a glass of water—
look, hands and feet are enlivened,
sweat begins to glisten on wet arms;
try and speak to them—
now that they are fed well they can change into anything.
The snow turns all the earth's surface ashen gray.
We put down our knives, wipe our mouths, and stand up;
instantly we are total strangers to one another,
so we part from one another after making a deep bow.
A chair falls down on its back,
we step into the outer dark, where insects
run into their hole, leaving the remnants of their food.
We too enter a dark shadow.
Will our table be lit tomorrow too ?
Three hundred and sixty five days of endless famine,
the slaughter and the scream of cows goes on for a year,
lots of dishes and bones are left on the table,

cigarettes in the ashtray are left still burning.

(from *Writings of the Dead*)

The Dead Are There (死者はそこにいる)

I, dead, am watching.

By the side of three shoots of a day lily
I am looking at you carrying tableware.
Blue flame agitates a pot
and with a cry food is cooked.

Your meals are like torrents, and there is
a chair as stubborn as the old century,
that does not go away or bend—
but I am not there,
I am here—
sometimes slide down and float on the soup,

with my eyes sometimes hidden in the shade of parsley.

Coming from the warm sea, the dead form a line in town,
and they cannot take their eyes off:
quiet talk of a divorce above the dark street,
lightning that tears off a page of the pocketbook of an afternoon.
Even nowadays I come across my old friends on the bridge,
but the living, even when they bump into the dead,
do not recognize him. They just light a cigarette and walk away.

Someone who died, being turned over like a spider,
someone who died, whirling like bits of paper,
goes drifting in the mist that is choked between high office buildings,
in order to remember something more definite
or something more useful, but only to disappear.

Above the cactuses that the souls of one's forefathers walk on,
one's life is sympathy, like a palm that may at any moment
revive and shake hands with other people;
so, life is full of thorns.

People work using their beards to scrub stones,
so they could turn into a hatchet's flash and go to a forest.

The dead appear today, too, in affliction.
You may not hear them talk when they are called,
but certainly they are making replies
while supporting the gate lamp that may fall down at any moment
outside the house their descendants inherited.

Oh, I cannot take my eyes off; how could I ?
In the shed cows are jostling one another,
the chimney scatters sparks from time to time
gushing out their heart's pent-up thoughts under the roof.
The dead talk into the house
saying, Why do you all harden and gather before the hearth ?
I know the season is bad,
I know the ashes are bad,
so, you four old people who are my children,
when you throw coals upon the hearth so assiduously
it looks as if you are going to die in a hurry.

Our life is not unbearable,
no wind has ever died on earth,
for even the oven of earth grown cold
will keep hot the red bread tomorrow as it did a hundred years ago.

(from *Writings of the Dead*)

散文

Ⅰ　詩の原理

言語世界の神話的行動

語群の往来

言語を覚えてゆく能力の鋭さは、言語を忘れてゆくときのもろさと釣合っている。単純な生活に集中される本能の確かさによって最初の幾つかの言語がマークされ、それは名詞であれ、動詞であれ、助詞であれ、その配列とともに瞬時に行動の形態を捉えてしまう。

知覚や印象が、記憶の集積を巧みに、瞬時につなぎあわせて夢のストーリーを作り出すように、言語はそれに対応した経験の中から全く似通った衝動を呼び起こして新たな行動と決意に結びつけることが可能だ。

たとえば、形容詞の次に名詞があろうと、名詞の次に形容詞があろうと、主語と述語の順列、ときには主語の省略如何にもかかわらず、なにひとつこの場で変ったことは起こらない。われわれが考えているほどには、用語の厳格さは思考や生活を厳しくしてはいないのだ。

貝のつぶやきともいうべき幼児の言語力は実は、予感のように満ちてくる生活と未来の大きさを見渡していると思われる。その太陽をも叩き落とす暴力の秘められた快感や、夜と昼の絶え間ないリズムへの調和は、すでにその知能にとっては、言語全体の出現ともいうべきである。彼らはそれを見ている、いや所有している。その姿で幼児が眼を見開くとき僕には獅子の凝視のように思われる。

言語の一群が共にやってきたり、共に去っていったりすることは既に経験で知られている。失語症は、これらをすべて失い、ある日、すべてを一挙にとり戻す。とくに際立ってもいない言葉の一つが狂ったように口の中で騒ぎ出す。また、親しかった言葉の幾つかが隊列を離れたりする。

新聞が最近報道していた実話だが、一人の娘が記憶の一切を失ったにもかかわらず、感情の脈絡、道徳や常識の体系、習慣に対応する態度、日本語の文法の殆どが彼女に残った。彼女には普通名詞や抽象名詞が残って固有名詞の殆どがなくなった。とくに興味深いのは、最も彼女に身近く、血肉の一部でさえあった両親や友人の名が忘れられ、おまけに自分の名前さえ想起できなくなったことである。

言語を所有するもの

深夜、両親の間にはさまれて眠っていた嬰児が、永々としゃべりはじめる。両親は恐れおののくが、それはそのとき、確かにどこかで一つの出来事が起こっており、そこに赤ん坊の魂がいっていたのである。本来、魂の生成と形成は赤ん坊になることも出来るが、さらに修練を経た大きな魂になることも出来る。一定の年齢に達した人間にあってさえ、彼を支える魂には幼いものから、百歳を超えるものまであり、環境にさえ恵まれるならば、思いがけない偉大さによって鼓舞されることもある。すぐれた感情によって昂揚しているときでも、人間の行動は、その輪郭において非個性的だ。愛や憎しみはいっそう行為の形を単純にする。大戦争といえども事件の輪郭は平凡で愚行めいており、ほとんどどこからも真に英雄的な魂を呼び出すことが出来ない。

われわれが言語によって特異な状態になるのは、それをどこからとも知れず、思いがけない遠さから呼び出すときであり、また言語によって現象や事物を変化させるときである。

アイヌが腰に手を当てて、鍬では掘り起こせなかった根株を罵り、呪いをかけていう。

「お前に手足を生やして、自分で歩けるようにしてやろう」

するると、その母が飛んできて、その口を押さえ、

「悪い言葉を口に出すな。子孫が絶えるぞ」とおそれおののきながら息子を叱りつける。

悪い言葉を彼らは、ウェンイタクと呼んでいるが、それは悪霊を引きずり出してくるのである。反対にヌプリイタク、高い言葉は善霊をひき出す。欧州中世の図鑑にも記され、その嗜好や癖まで記録

されている悪魔たちは、雄雞に白粉をぬったり、略語ノタリコンを使ったり、焼鏝で例の証書を書いたりしながら、うかつな現世の人間から声がかかるのを待っているに違いない。僕はどうも家の中の古い釘に打ちつけられた哀れな魔もいる気がするのだが、それは、声を出す人々の現身に様々の意匠をもつ善意の裏返しのような形をして現れようとしていると想像できる。

アイヌのユーカラが人間の口を借りて一人称で語り出す神々の自伝風になっているのは、単なる文学上の工夫ではなくて、実際にそのような霊の状態で語り出されたものと考えられる証拠がある。炉の上に身をかがめ、右手で胸をうちながら、ユーカラを歌う紫雲古津の老アイヌが耳朶まで真赤に染め、ひきつる声でいつの間にか小城主ポンヤウンペになってゆく。顔をゆすり、明け方まで何万語もの言葉を語りつづけ、夜明けとともに彼を襲った神は沙流《さる》の故郷に帰ってゆく。NITNE—KAMUI—KOTAN（魔国）のさまざまの魔、PASE—KAMUI（重い神）、IWENDE—KAMUI（悪い神、凶つ神）、TUREN—KAMUI（憑く神）も老人の身のまわりにいて好奇心に満ちて働いている。

僕がコタンに入って暮したある日、深夜、寝言をいう馬を聞き、朝、チキサニの枝から燃える火のそばでさびしげにうつむいた犬をみた。その犬の無言と甚しい孤影をみて、それがかつて姦通の罪を問われ、鼻をそがれて追放された男の変身ではないかと本気にそう思ったのだ。それは、そこにいた老婆が、犬の腕をとって泣くようにいたわりながら、「お前のことは私から詫びて上げるからね」とつぶやいていたからだ。

神話的作用

われわれは言語の自存する世界とその言語を呼び出して用いる現世との二つの異った領域をいつの間にか、一つに見立ててしまうことに馴れてしまった。だが、その間の交通と合図のあり方は昔のままなのである。

言語が自存する世界におけるその神話的行動は現世の鏡には直接映らないために、時折り、比喩として認められるに過ぎない。言語の力によって外側から、また内側から、無理にひっぱられる感触については、原始人や、未開の人々の方がはっきり体験を表明することができる。カナカの土人は欲望の発生でさえ、物霊が「引っ張ったのだ」という。日本の田舎でも、空腹について「このたびは飢えさせられている」という。そして、たえず飢えている哀れな物霊に対して、まず心の中で供物してしまうのだが、もっぱらそれは、その霊の名称に対して丁重に行うのである。

海岸に並んで股を開き、遠くにいる精霊によって受胎しようとする女たちは、現実の性行為と精霊との抱擁を全く併存させうる状態にある。したがって、現世に影響しうる諸霊の形はどのようにも表象しうるので、神なる岬、神なる山があり、鳥や樹木の会話、どのような衣裳をも身につける悪魔がいることになる。

儀礼や呪文、合図や舞踏、炎や音楽はすでに験された方法であって、これらによって、二つのコスモスが交感しうることがわかっているのである。

奄美大島のある教養高い婦人は、僕の質問に対して一人の神の名を教えてくれたが、最後まで名前をいってしまうと、神が不意に出現するかも知れないと思って、語尾をごまかしてしまった。同席していた作家の島尾敏雄氏のとりなしで、僕も神のフルネームを質すことを断念した。

このように、体験が二つの根元的な世界に跨り、かつ位置づけられている場合には、物語はいっそう複雑になってくる。われわれが、一般に幼児体験と名づけ、成長してから時折り起こる状態（たとえば夢想や麻痺について）を退行現象と呼ぶが、それは、現世の物語が行為の順序、話の系列にしたがって時間の概念を得ているのに対して、言語世界の霊は語源を司りつつ、一般には心性そのものを拡大しており、そのために行為は時間の前後を失い、「大いなる最初」であり「大いなる最後」を示しているのである。

すべてを過去に属するとして話すことはウソであるが、すべてを未来にして話すのもウソである。しかし、「今」を正しく話し切るものはいない。事実は時間の延長通りには並ばず、創造はいつも、言語と記憶を遊ばせている根元的な時間に始まり、共同生活の規律や制度、風習によって縮小された心性や生命の力を元に戻し、膨脹させたものからはじまるのである。

神と悪魔の合図

奄美大島の八十歳のノロ（巫女）は、海岸の神木を切り倒そうとする土木課員に対して、激しい韻文と即興的な反覆、対句によって怒りを示したが、彼女の美しい詩を覚えているのは土木課の方で彼女はその場で忘れている。特異な抑揚と昂奮、韻律と対句、音綴の暗示、暗喩と誇張は言語の本質であり、それ自体は儀礼、祭式を要求せざるを得ないものだ。したがって、これに与えられた賢明な祭式と芸能は時間の本質的な形式を再現し、物語の偉大さ、魂の豊富さに貢献している。

言語はその覚えやすさと同時に忘れやすさによって、われわれの現実との関係を明らかにしている。同時に緊張を高め、祭礼を求め、本質的な行動を求めている。社会生活は極度に意味と思考を限定し、遍在するものを局限的にしてしまうが、原初から存在し、完全に必要とされる意味を備えている自然や、超自然は、完全さへのノスタルジーをいつも心の中に送りこんでいる。この郷愁と、緊張は巫女よりも、まず詩人にあるはずの感情だが、この感情についての詩人の議論が、野天市場の議論のようにもつれているのはなぜであろうか。

自然が、意味するものの全体として在り、聖なるものが物語の出発として在るときには直接これを現実の属性や、個々の特性で限定することは出来ない。時間の前後でさえ、感覚で捉えることは出来ない。それは、魅惑的であると同時に戦慄的な衝動の舞踊的表現である。現実に生起する個々の体験からほぼ垂直に到達しうるところに、これらの存在の契機があるはずだが、実際には、そこから始まる全く新たな言語的な実験、目論見が必要なのだ。司祭達や神主たちが作り出し、学習的に伝えている言語の効用にその名残りが見られる。逆に悪魔たちが、われわれの日常に影響するために必死に上昇してくるときに使う言語、とくに撥音や略語の多用、不快さを増すための反覆など、彼らに割当てられた役割と領域の中で、さまざまな強制と工夫があるであろう。自然と直接対応しうるわれわれの肉体と生理は無言の運動と自律の全部によって、はるかな言語の領域と現実との二つの世界の調停には役立っている。その点、悪魔は神とともに全く生理を欠いているので、つねに感覚への干渉によって生理を支配しようとする。そこで、われわれは生理の巧みな統一と修練によって、これらの干渉を越えて自然の中心、より大きな秩序に向かおうと努めるのだ。

双性の否定

言語が本来、時間の前後を表わさず、事柄の対極を示さず、存在の上下、人間の両性をもあらわさない姿で、もう一つのコスモスを作っていること、いいかえれば、歴史的に引用されるまでは、そのままの姿で待っていることは、古い時代、神話の発生時に戻って観察すれば分ってくる。いまでも、そのように言語を用いる人々がいる。われわれは、対立を生み出し、属性には他の属性を対立させ、時間と空間を延長的に、また時間と時間、空間と空間が混じり合うことなく排斥し合うようにしたために、人間の精神をも自立自存でなく、対立によってしか顕らかにされないものとして用いる結果となった。

このようにして生み出された現実の法則や、共有価値が人間を共通の場に連れ出して会話をさせているのだが、この充実は同時に虚無を拡大することになっている。

たとえば、われわれは男女に分れて永い年月を過した。男女の文明は別々となり、本来人間的に一つである宿命でさえ分離してしまった。ところが、奄美大島にはいまも両性具有（ANDROGYNE）の司祭が住んでいる。彼、または彼女と呼ばれるこの司祭は男性からはじまって女性に到達したのが、両性の力によっていっそう神への距離が縮まったのだという自覚をもっている。彼が聞きとる神々の声は男性であって女性であり、その印象（姿をあらわさないから）は男のようであり、女のようである。われわれが、神仏または神性をもった人を男か女か、いずれかの姿でしか想像しえないのは、悪しき習慣である。われわれは、このような強固でしつっこい習慣によって本来、中立である精神の能力を失っているのではあるまいか。

言語の包括的な能力について、われわれはもう一度議論してみる必要がある。それには言語の一つ一つが、単語の印象が通過してくる両領域の境界点で、言葉と対象、抽象と具象の交り合う状態を吟味してみるべきである。よく準備して雑念を排しておけば、もっと面白いことがわかるかも知れない。火の中に氷を、夜の中に昼を、闇の中に光を、男の中に女を、生の中に死を、頂きの中に底を、対極を元の状態にかえして体験することもあるだろう。意識の起原にまで溯り、人間の原型がはじめて作られたときの神の手厚い保護まで知ることになるかも知れない。

赤ん坊が喋り出し、犬が不平を述べることは少しも不思議ではない。アイヌが、よく煮えない鍋をもう一度洗ってよくよく謝意をのべてから、再び火にかけるのは少しも珍奇ではない。

詩人が自分の詩のシチュエーションを見出すために、ある想像の力を用いたり、または、自分が体験した残酷さや、愛、極限状況などをもち出してきても、限界はさらにそれを越えており、日常用いた想像力を上回る想像力、むしろ霊的に交感しうる状態を自らに課すことによって、啓示的には時折り見えていた世界を表現することも出来るように思われる。詩の究極のシチュエーションは生と死の交わる領域である。真の生を見出すために、われわれが利用するものは、幻想であれ、狂気であれ、象徴であれ、比喩であれ、また彼岸の行為のユカル（模倣）であれ、それは役立つに違いない。生の激しい緊張の中に顔を出すあの言語領域における神話的な行動も期待されてよいことだ。

たとえば、捕えられたベトナムの少女が米兵の鉋に肉を削られながら、自失しつつ発した言葉は神の怒りに似ており、その詩のように整った言葉をもつ絶叫が予言者のようであったのは正にそのためであったかも知れない。

記憶と詩――半自伝風に

雪と病院

記憶するものしか心の働きに参加してこない。とくに詩に現われるのは若い日の記憶だ。

極小の私が風に舞いながらも
いかに賢く完全であったかの記憶がある
こつこつと音を立てる一巻の書のように
私には知識も本能もそろっていた

(「記憶」より)

一歳のころの記憶がある。中国東北部(旧満州)長春で生れた僕が、ある日、乳を吐いたので、母が毛布にくるんで満鉄病院に走った。夜道に雪が降りしきっていた。まだ眼に残っている。次の記憶はその病院の大きな待合室だ。二、三の人影があった。僕は毛布にくるまれてスチームの上に載っていた。室内は薄暗く、正面に玄関のドア、その外側に暗い夜があった。これが小さいながら僕に生命があった確かな記憶と感覚だ。この感覚はもっと微小なものであったときにもあったはずだというのが先にあげた詩のモティーフになっている。

　ダウン症の子を教えているある詩人の話では、子どもらの眼の記憶は驚くほど確かで、寺院を見学して帰ったあと、寺の屋根の端から細密に描いてゆく。僕もまた待合室の椅子の位置などをおおよそ描くことができる。音や雪の寒さの記憶はない。フィルムの齣のように残っている映像は不思議にモノクロームだ。

　大学一年のある時期、これと同じ記憶の状態をもったことがある。そのころ、宗教上の迷いがあって山に登って断食をした。苦しい十日ほどが過ぎ、身体が軽く透き通り、血の流れさえわかるほど敏感になったとき、幾つもの経文を一読で、コピーするように覚えることができた。いまも経文のシミの一つ一つまで頭に焼きついている。やせて、髪が赤くなって下山し、再び俗界の屈托に入ってからは、二度とそのような記憶力をとり戻すことはできない。

市場

　二歳になったある日、長春のはずれの中国人町にまぎれこんだ。黒い綿入れ服の中国人に抱き上げられ、市場に連れてゆかれた。油で揚げた竹輪のようなものをもらった。何人かまわりにいた。それから交番にいった。僕がイヌヅカと名乗ったらしい。警察で剣道を教えていた父に連絡がゆき、家に戻った。市場の喧騒と強烈な匂いは北京の市場の記憶につながってゆき、僕の詩にしばしば現われる。

　小学校一年のとき、父の転勤について山海関をこえて北京に移った。ここでは小学校と家の中だけが日本語の通用する場所であった。学校では日本語のうまく話せない日本人の子がいた。

　北京の小学校に通学する途次、東単《トンタン》の市場があった。揚げ物の香りがし、商人の呼び声や七面鳥と鶏の叫び声で喧騒だった。幌と旗が風にはためき、獣類も鳥類も人類も一つになって声をからしているのだ。売手と買手のけんかのような取引きがあり、商人は金を受取ると歯で噛んだり、指先ではじいたりして贋金でないかどうか確める。
だが再び不滅と称する時代がきて
深いところから水が現われたら
夜明につかえた魚が浮くだろう
苦難の茄子に雨が降りつづき
市場がぼんやり出てくるだろう
（「不滅のしるし」より）
私は旅先の市場で盗みをした
幌の中で兎を絞めた
生れ変れるものならと
季節に倚りかかって鳥と交った
（「逃亡者」より）
市場の旗より丈高い彼女はそこで
ひとつかみ二十個の瓜を買い
山羊を引いて帰ってくる
（「河との婚姻」より）
野生の麦の間で数千人の支那人の放尿の音が聞える
折り畳むと七面鳥の卵が咳をし
種子を運ぶ蟻の足音がする
（「支那の地図」より）

北京にはもう一つ東亜市場《トンアシージヤン》というのがあった。胡麻餅の香り、客引きの声、ボーリング場のピンの倒れる音がした。だが、この市場で警官に追われ、力尽きた独楽のように逃げまどう阿片患者の姿をみてから不愉快な記憶となり、詩を書くとき、東亜市場を思うことはない。

中国の街角

街路でときどき子どもが売られていた。天秤籠の子どもたちに心が曇った。父は「中国人は買った子どもも実の子のように育てる」といって慰めた。大道曲芸の子どもも心を暗くした。肩の骨をはずし、うしろ手に槍をもつ。子どもは痛いといって泣き顔をしている。親方が観客に子どもが痛がっているから早く銭を投げろという。ばらばらと地面に銭が飛ぶ。

昔　中国の街角でみた
関節をはずして身体を折り曲げる少年を

客は喝采し投げ銭をしていったが

僕にはいまも元通りにならぬ苦痛がある

（「涯しない共存」より）

学校の行きかえりは足が重かった。乞食が多かった。うしろから尻を蹴られながら警官に連行される小盗児《シヤオトール》をよくみかけた。街角で罪状札を首から下げて立っている罪人がいた。胸にチョークで丸印をつけられ、電車道路で射殺される青衣の男、僕らがパンパーンと呼んでいた死刑場で自分の死体が転げ落ちる穴を掘らされている囚人をみたこともある。各国の軍隊がいたが、練兵場では日本の駐屯軍はよく兵隊をなぐっていた。
自転車泥棒が連行されるのをみた。青い化粧をした犯人の娘が二人、巡査に哀願していた。民衆は笑っていた。引き回しの囚人に石を投げるのもいた。最近の中国における重罪犯の市中引き回し、処刑の写真は幼時の憂鬱を思い出させる。

秋が過ぎて町は限りなく拡がり
壁に貼られた手配書に僕は
泪の中に静かに溜る未来の人物をみた
（中略）
僕が食卓で口から一片の肉を落したとき
遠くで彼の首が打ち落され
妻が不安の子を一人生んだそのとき
彼は穴に蹴落されていたというのだ
（「下手人」より）

拷問

家に楊（YAN）という使用人がいた。ある日、警官がきて彼を連れ去った。何日か経って唇が柘榴のように割れ、白痴のようなYANが戻ってきた。無実だった。
後年、朝日新聞の記者となって警察回りをしながら知ったのは、拷問は肉体にだけでなく、精神にも加えられるということだ。警察は人間の心の最も弱く、不安定な部分を攻撃し、巧みに罠に追いこんでゆく。かけ出し記者のころ、一生涯の大半を刑務所で過したという老人がたずねてきた。僕の家に二晩泊った。彼は子どものとき主家の金を盗んだという無実で人生を狂わせられた。彼は肉体に加えられるさまざまの拷問について話したが、最も苦しいのは暗くせまい懲戒房に入れられることだといった。はじめは楽だが、やがて孤独と不安に悩み、加速的に分裂の苦しみが起る。いったん叫びを上げたらそれが最後で看守に屈服してしまう。不安と孤独の中では牢内をはねる蚤にどれほど強い愛情を感じたかと彼は話した。

昭和三十七年、社会部記者のころ、一家をあげて二人の死刑囚の無実を晴らそうと運動している熊本の古川泰龍教誨師に出会った。彼はこの運動のために財産も日常の生活費さえも失っていた。裁判調書を読んで僕もそれが拷問と詐術によってつくり出された無実であることを確信し、古川師に協力させてもらった。しかし、再審の壁は厚かった。そのうち、冤罪運動のみせしめのように一人が処刑されてしまった。彼は仏教に深く帰依し、丹念な仏画を何枚も描いていた。残る一人はキリスト者となり、獄中で育てた文鳥を送ってきたりした。その文鳥は風邪をひいて死んだが、僕は彼に仮りにYANと名づけていくつもの詩を書いた。処刑された一人の鎮魂の詩も書いた。

ＹＡＮよ
君の無実を知っているのはその人だ
ちぢれ毛で　ぼろの下は裸足で
硝子に髯を映している人だ
丸首の毛糸を着て獄窓の外から
二千年くり返しの独り言をつぶやく
それから急に咳をする
（手足の釘跡から一筋の血を流しながら）
それで君は

天上にも咳があることに気づく

（「ＹＡＮの独房」より）

警察、検察の権力の前で〝良民〟の証しをたてるのは困難だ。それに、だれでも内省すれば〝罪〟の記憶がある。

僕はどの犯意とも共謀がある
僕はどの殺人にも思い出がある
大地にめりこむ夜がかくれ家
いつもドアからドアへと走っている
（中略）
釈放されても法廷に出てゆく
僕はどの判決にも観念する
地上のどの吊縄にも僕の首が入っている
僕はどの納骨堂にも入ってゆく

（「地と罪人」より）

戦争

北京では国士気取りの中国浪人や軍人がよく出入りしていた。変名して僕の家にかくまわれているものもいた。酔って大言壮語し、剣舞をしたりした。ある日、彼らが中国の大官を殺しに出かけた。大官の妻が逃げる夫をかばって刀にしがみつき、指がばらばらに切れたなど帰ってから話していた。
抗日運動が起り、学生のデモが始った。彼らは日本人に害はなさなかったが、父は母と僕たち子どもとを郷里の伊万里に一時避難させた。同級生から僕は「支那からきたけん、本当《ほん》なこつはチャンコロじゃろもん」といわれた。
北京に復学して六年生になったとき、奉天（瀋陽）に移り、そこで中学に入った。付属地は日本語の通用する町だった。胸を病んで大連の小平島サナトリウムに入院して間もなく、本格的な日中戦争がはじまった。翌年、退院してみるニュース映画は中国の街や山野が日本軍によって破壊され、荷を負って逃げ惑う中国難民の姿や有様を写したものだった。

戦火の中を河下る夫婦と羊の舟は
まだ色青き河口に届かぬということだ

（「涯しない共存」より）

難民の姿はいまも記憶から消すことが出来ない。
旧制一高に入学したのは太平洋戦争開始の翌年だ。一家はロシア人の作った街、哈爾浜に引越した。僕は玄海灘を渡って再々帰省した。満洲と日本内地とでは戦争の実感が違っていた。それでも、次第に大戦の影響があらわれはじめた。

風にまぎれて戦争の噂ばかりくる
セント・ソフィスカヤの尖塔が汚れてきた
（中略）
ニコライが司祭の服を着て
鳥の葬式をしたという話を聞いたか
それは貧しい弔いで
柵の外を通るコサックが一人

「あっ」と叫びをあげて行っただけ
柱と椅子に水滴のような心が倚って
溜息を夜に吐き散らし
哈爾浜の屋根の肋骨に鼠が蹲んでいた

（「ニコライの出入口」より）

昭和二十年、徴兵令がきた。九州の西部軍に入隊するため帰省中の哈爾浜から日本に帰ることになった。二月の哈爾浜は零下三十度に近かった。

僕が若しも人を殺さずに生きて帰ったら
塩入りのパンを焼いてくれ
お前の遠い故郷ネルチンスクの熱いパンを

（「ОЛЪГА」より）

オリガは父の経営する満鉄のホテルに働く掃除婦の娘で、当時空想的な愛を托した少女だ。僕はまだ戦争が終ったら哈爾浜に帰れるつもりでいた。しかし、僕は〝内地〟にとどまり、九州から焼跡の東京に戻った。翌々年、一家七人はぼろぼろになって哈爾浜から博多港に引揚げてきた。父は心身ともに疲れ果て、間もなく四十八歳の若さで死んだ。僕は大学に入っていたが、勉学どころではなかった。一方で学生運動をやりながら、一方では横浜の米軍の港で荷揚、積荷のアルバイトをして働いた。大学（法学部）には一日も出席せず、試験だけ受けて卒業した。

死者と神々

浅草の浮浪者収容所に寝泊りして学生運動をしているころだ。ある晩、浮浪者の青年が幻のように僕の部屋に顔をのぞかせた。のどをおさえて、すでに死者の相だった。彼の姿がふっと消えたあと、吐気をおさえながら友だちに支えられて地下室にゆくと、その青年は息をひきとったところだった。枕元に砂を盛り、吸い殻を集めて長い煙草をつくって線香代りにした。これと似た経験が何回かある。小学校のとき、修学旅行先で、妹が手帖を下げて遠くにある青い舟の方に歩いてゆく幻をみた。北京の家に帰ってきたら葬式はすでに済んでいて、僕には知らせないでいたのだった。哈爾浜では夜中に皿音がし、ペチカをかき回し、サモワールをひねる音がした。この世ならぬ不快と死の香りがした。サナトリウムにいたころ、二階の女患者が死ぬとき、僕のベッドの蚊帳の外で金盥に血を吐く姿で立っていた。遠くの海の音がすぐ耳許で聞えた。

精神科の友人は「嗜眠性幻覚だ」という。死者との暗合は偶然だという。そうかも知れない。しかし、そうした状態につきまとう異様に透明で非個性的なものがなしい感覚の過敏を僕は意味のないものとは思っていない。詩のためには狂気も利用すべきものならば「幻視」を無価値とはしないつもりでいる。知識に対する態度として個性が必要なら、〝霊〟や〝神〟に対する態度として徹底的に日常の自我を解体し、完全に没個性に至るべきものと考える。

僕は子どものとき、多種多様の神々に囲まれていた。僕の家族は中国にも進出していた本願寺に通ったが、中国の友人は屋根の反りかえったもっと重くて煙のたちこめる暗い寺院に通っていた。大きな門の両側には白い神（善）黒い神（悪）の絵が貼ってあり、冠をかぶった道士の仙術や行にも立会った。回々《フイフイ》教や喇嘛《ラマ》教の祈り、ギリシア正教徒の寺院とロシア人たちの重い祈りを毎日のようにみていた。これらの異種の神々は僕の子どもごころに同居し、折り合っていた。記者となって南西諸島にゆき、ニライカナイの神、アイヌ古譚に入って汎神的神々を取材した。東南アジア、アフリカの神々とその神話、伝承についても取材した。

アイヌの老婆が犬の頭を撫でながら「これは放蕩して家を出て死んだ甥なのだ」というのを聞いた。奄美ではケンムン（木の精）を見たという人の話を聞いた。海神に招かれて海に入っていった恋人が、やがて濡れもせずに戻ってきたと真剣に話す青年にも会った。男のまま女になったという双性の巫にも出会った。霊性を媒介して神々と共存するこれらの人々は日常以上のものを素朴に信じ、想像力にあふれ、敬虔でやさしかった。これら神話の明るく無垢で快活な、そして多産をよしとする雰囲気の中で、僕は詩をかくとき大きな神、小さな神がときどき顔を出すのに気がつく。それを拒もうとは思わない。

そのとき貴女の黄色い地平が遠ざかる
空っぽの雲が走り　イメージは冷淡だ
僕は飢を満し　台所を片づける
麺麹種子と蟹が小さな神の姿で笊に残っている

（「麺麹」より）

おそらく立ちはだかって神が見ている
下界は大きな秤であり
個々の生命が亡びるまでこのように釣り合っているのを

ついに檻の中で眼も鼻もない熊の嵐が吹き出す

（「熊の檻」より）

獣神

「熊の檻」は滋賀県朽木村のキャンプ地で檻にはまった熊が殺される前日に書いた詩だ。

僕は生物の詩を多く書いてきた。長編「一匹の虫」はある会議をしているときに心に浮かび一気に書き上げたのだが、道でみつけた虫によって信仰に導かれるという主題だ。詩集『河畔の書』の第二部は牛、狼、飛蝗、蚊、犬などの詩だ。詩集『南極』にはペンギン、あざらし、大盗賊鷗、雪鳥、樺太犬などが出てくる。これらはその生命と本能と感情によって僕に交感を求めてくる。彼らを手がかりの一つとすることなしに人間の生命や存在が理解されるとは思っていない。彼らも知的で率直で、すぐれた本能の正しさをもっている。僕は彼らに素直な獣神をみつづけてきた。

子どものとき北京の夏の街路でみたいままさに死のうとして幾度も起き上ろうとする騾馬や、けいれんしつつ死のうとする野良犬の眼付きのかなしさを忘れることができない。なお、生きようとし哀願するように見開かれる眼の奥に動物の栄光さえ見た。

たとえば遠い公園で
男女が腕をかわして立ち上るとき
突然　女が牛のように啼くのを聞いたか
熱い舌を垂らした花ざかりの牛が

（「牛」より）

蚊は書物から静かに滑り落ちようとした
この軽さは苦難の生涯を降りる我々と同じものだ

（「蚊と地獄」より）

一篇の詩を書き上げたそのとき
突然　ノートの上で吠えたのだ
私は狼を見たことがない
考えたこともない
だが　インキの滴る狼が
そこに現われたということは

（「狼」より）

河

戦争にゆく前に、哈爾浜の松花江（スンガリ）にいって河獺に愛と別れをする詩を書いたことがある。河が僕に与える不思議なエロスを空想上の動物に仮託したのだ。松花江は冬に凍結する。河は橇でわたってゆく。ロシア人は氷を切って大きな十字架をつくり、水に入って洗礼を受ける。春がくると河氷が割れる。氷が割れる最初の音が銅鑼のように鳴り響く。裂け目が河面を走り、やがてカランカランと音を立てながらゆっくりと氷塊が流れはじめる。
春に先立って吹いてくるのが蒙古嵐だ。天まで真っ黄色にして砂塵を運んでくる。馬車も吹きまくられてよろよろと走る。一週間ほど吹き荒れて「黄塵」がいってしまうと杏の花がちらほらと咲き出す。

僕は風に巻かれている
いまこそ由緒ある風の中だ
風に逆らって鳶色の陽を見守る
鉄槌のように高く振り上げられた陽を
これが僕の希望なのだ　と

砂でこころを鍛える颪は
僕を立ち止らせ　再び前進させる

（「颪」より）

春は少年の僕を解放し、肉体の喜びを感じさせた。サナトリウムを退院して復学した僕は陸上競技に熱中した。授業をボイコットしてトラックを走っていた。肉体の力感と野性は知性や知識の喜びに勝《まさ》っていた。旧制高校の受験間際まで明治神宮大会を目指して身体を鍛えていた。教科書やノートは中学三年から卒業するまでもっていなかった。破目をはずしているというので再三処罰され、最後は教師の方があきらめた。

太陽と氷

中国の太陽。とくに夕陽は真っ赤で大きい。昼の太陽は乾いた空気の間で輝き、太陽の上にもう一つ太陽が並んでいると思ったほどだ。

肉の上に肉
草の上に草
海の上に海
太陽の上に
また太陽が

（「プロメトイス」より）

南極の太陽は満州のそれよりもっと知的で、表現力をもっていた。昭和三十四年暮、特派員として南極に着くと、そこは真夏で、深夜でも太陽は真上にあり、くる日もくる日も正午のように明るかった。秋になるとわずかに沈み、すぐまた昇ってくる。沈む瞬間、みどり色の太陽となる。グリーンフラッシュと呼んでいた。一日に二度も三度も氷山の向うに没し、また出てきた。それから冬となり五十日の夜が続く。
太陽は空の奥にひきこもっていて
長い筒となった夜を亜鉛と塩の光で充した
ぼくらはそれを
悖徳の踊り子のようだと噂した

（「五十日の夜」より）

秋になると大氷河が成長して西の方からやってくる。やがて氷原が東京から鹿児島ぐらいまでの距離を海に向って進んでゆく。その前に南極船（宗谷は老朽していて力が弱かった）は氷海を逃げ出し、昭和基地は冬ごもりとなる。

秋　西方の白夜から
大氷河が結晶しながら近づいてくる
ぼくらは凍ることを忌むべきか

太陽に愛されるだけだった時代が
燃えて終る醜さを押し返し
共同の力で貯えた荷を負い
並んで氷に入ること

薔薇や酩酊や奸策が
目印もなく一つの氷であることが

（「氷結」より）

氷海を去って五年後、僕はいまの保谷《ほうや》に移り住んだ。武蔵野の一隅にあるこの町は大陸ではないが、畑が広がり、年月を経た雑木林が遠くつづいていた。僕はここにも未だ失われない太古と大地の情熱を感じた。祖霊、地霊の働きをみた。

雑木林の上に高々と太陽が昇り、雲塊が走ってゆく。野には古い鼠が暖かい陽の光に鼓舞され、失われた海溝が夕方青く戻ってくる。二百年も立ちつづけた農家がある日、獣の終焉のようにふるえながら地に仆れ、埃の中から魅せられた魔が舞い上った。朝早く、野鳩が啼き、雀、四十雀、頰白が庭先にくる。

保谷を愛し、幾つもの詩を書いた。詩集『河畔の書』の第三部の舞台は保谷である。この詩集の帯に編集者は「少年の記憶に住む大陸と保谷が時空を超えて通底する」と書いているが、僕は保谷を書きながらも、かつての太陽や大地、神々や諸霊の昂奮を忘れることができない。冒頭に書いたように心の働きや、いささかの心の成長に常に参加していたのは若い日の記憶なのだから。

*

H氏賞以後

「何ですか。Hというのは」とわからぬままに、南極で苦労を共にした連中が集って祝いをしてくれた。済まなそうに聞くのもいれば、連想のおかしさをこらえながら聞くのもいた。僕自身、以前はこの賞について知らなかったぐらいだから当然である。僕のつとめている新聞社の調査部にも読者からいろいろ問合せがきたが、よく説明できないからと、そこの部屋から僕に問合せがきたぐらいだ。多くの知合からも手紙をもらったが、その中には北京の小学校の旧師、旧友、奉天の中学校時代の友人などがいた。

「やっと連絡がとれた」といって新聞社や自宅にいちべつ以来の手紙がきたが、彼らもどんな賞かわからずに便りを寄越したように思われた。

南極の仲間は「あんなわけのわからないものをいいという人間もいるのだから世間は広い……」といった冷やかしからはじめて盃を上げてくれた。

あのころは毎日のようにがり版刷で「南極新聞」に詩を書いていたが、僕としては多くの隊員や乗組員に喜ばれたいという気持があった。事実、わかりやすい詩が載った日は、「きょうのはいい」という評判が出た。ときには、ずっとくだけて、隊員たちに「漫醐天王」とか「艨艟太子」とか「心猿王」とか仇名をつけて四行詩を書いたり、男子出生の電報を内地から受取った隊員に祝詩を書いたりした。ヘサキに立って、ひげからツララを垂らしながら難氷と闘っている甲板長をうたったり、アザラシの体内に樽一杯ほど住んでいる寄生虫のうたを書いて動物学の隊員に与えたりもした。そうこうしているうちに詩の注文がふえてきた。自分と妻の結婚ロマンスを夜おそくまで聞かせておいて「叙事詩にして下さい」というのもいた。恋人の誕生日に電報で打ちたいから短詩を一つというのもいた。注文にはみな応じた。ギターで作曲して歌ったり、弾き語り風に棟内マイクで放送する隊員もいた。

ときどき、理解に苦しむ詩が新聞に出たりすると、けさのはどういう意味だ、と質問された。そうした詩を「詩人というヘンテコリンな人間の頭から生れたわけのわからぬもの」と冷やかしながらも、実は多くの連中が詩を楽しんでくれたのだと思っている。

その証拠に、彼らのうちの数人は僕が走り書きした詩の断片や、自分が好きだからといって「南極新聞」から切り抜いていたものをわざわざもってきてくれた。こんなのを覚えているといって僕が忘れているような詩句を思い出させてくれたのもいた。

僕は秋谷豊氏、安西均氏、土橋治重氏、福田陸太郎氏らからすすめられ、昔の詩のホコリをはたいて詩集にまとめるとき、隊員たちが喜んでくれたような詩はほとんど落してしまったのだ。そして〝ヘンテコな詩〟だけを集めた。酔って話がはずみながらも、彼らにはすまない気がした。しかも、詩集が小部数なので、隊員の誰にも詩集を送っていないことを思うとますます申訳けない気がした。

ユーカラの里へ

北海道まで空の旅をゆけば、確かに地図にある通りの地形が見られる。しかし、遠いエゾ地という感じはない。昔、どのようにしてエゾの人々は追われて北に逃がれたのか、明治になって諸藩の人々がどのようにして北海道開拓に出かけたのか。

その実感を得るには、奥州を徒歩でゆき、小さな船に乗って津軽海峡を渡るほかはない。もっといえば、上陸した先に原生林や未開拓のツンドラを見るほかはない。

しかし、空想と理解の一部でも助けるために、私は汽車と船を使った。私は、「叙事詩ユーカラがアイヌの中に生き残っている最後の姿」を見て紀行文にするために取材に出かけたのである。四年前の六月の終りであった。

船はイルカと競走しながら函館に入った。この町にも心を魅かれたが、真っ直ぐ登別にゆき、そこで一息入れた。近くにアイヌ館が出来ているというので出かけてみたが、それほど期待はしなかった。私が知りたいのは「真のアイヌ」であって、観光用に変形されたそれではない。ただ、北大の児玉教授が来ているというのでいってみたのだ。そこに来ていたアイヌは大部分が日高地方の人々で、アイヌ館で輪舞（リムセ）をみせているのだった。観光客に踊りを見せたあと、彼らは酒盛りをはじめた。私は誘われてその仲間に入った。美しいメノコにまじって顔立ちの違う娘たちがいた。アイヌだけでは足りず、和人がアルバイトに入っているということだった。館の近くには熊の檻があった。こんな話を聞いた。

アイヌ館を作るとき、ウタリ協会（アイヌ解放の結社）の青年たちがきていた。観光の一つとして、熊祭りを見せているとき、観光客の中にいたアイヌの青年が「それが本当のアイヌか、うそをつくな」と叫んだ。カメラのシャッターを切るのにいそがしい観光客はアイヌ語で彼が何といったのか理解関心を示さなかった。

それから数日後、熊が檻を破って逃げ出し大騒ぎとなった。アイヌの老人たちは「神の罰だ」と信じた。熊はアイヌにとってはキムンカムイといって山の神である。神が熊の姿をしてアイヌのところに現われ、肉と毛皮を与えるというのだ。だからこそ、祭をして殺せば、神の霊はまた山に帰り、再びアイヌのところに来ると信じるのである。

翌日、近くの白老町《シラオイ》をたずねた。この町の教育長井戸氏にはあらかじめ、朝日新聞の細川記者から連絡がいっていた。細川君は熊本の藩主の末で、井戸氏は代々細川家に仕えていた家柄である。白老近くの広大な細川牧場の管理をしつつ、学識を買われて町の教育長をつとめていた。

その夜は、大皿に山と積まれた毛ガニ、牧場の川で獲れた小魚の揚げ物が出た。最近は姿を消したという珍しい魚が数匹混じっているというのだが、全部が衣をかぶってしまったので見分けがつかなくて井戸氏は困っていた。ところで毛ガニをたべているうちに、眼のふちがむずがゆくなりジンマシンが出はじめたのに気づいた。私はこの律気な教育者の好意に対してジンマシンで報いることを恥じ、湿疹の出てきた顔を伏せたまま、急用を思い出したので宿に引揚げたいと申し出た。再三の引止めをしどろもどろに弁明し、呼んでもらった車で宿に帰って医者を頼んだ。ところが、宿の女中は、井戸氏から大事にもてなすよう注意を受けていたので、ごていねいにも井戸氏に連絡してしまった。井戸氏は早速、娘さんと二人でやって来た。しぼり立ての牛乳をタッパーにいっぱい入れて、これを飲めば直るといった。私は再び難行として、胃からあふれるほど濃い牛乳を幾杯も飲まねばならなかった。

翌日は晴。私も牛乳が効いたせいか身心とも爽快であった。私は井戸氏の案内で観光地になっている白老コタンに出かけた。コタンの入口に、トーテムポールが立っていた。それはアラスカの文様に近かった。民族学的にいえば、白人原型としてのアイヌの祖先が黒竜江に沿って東漸し、カムチャッカから樺太、北海道に渡り、一部はアリューシャンを通ってアラスカに移ったという説もあるから、まるで無縁とはいえないだろうが、これは少しひどいと感じた。観光になるならば何でもいいというすさまじさは、ここでの歌（ウポポ）や踊りにも、設備にもあった。何人か酋長の風俗をしたものがいたが、ただヒゲが似合うという理由からであった。アル中の酋長がいて、赤い顔で客の前に出てくると、小さな彼の妻が夫を物かげに連れていって「また、盗み酒をした」といってはその横面をうつという話を聞いた。

白老、シラウォイ、あぶの多いところという意味である。近くにポロトという湖がある。岸に引上げられた小舟に腰かけて遠い風景から昔をしのぶ方がより古いアイヌを理解することになりそうに思われた。

自動車に乗り、乗りついで門別の宿に着いたのは夜であった。そこの主人はまだアイヌの誇りをもっていた。彼は「八十四歳になる自分の父にぜひ会ってくれ」といった。老父は外出していたが、夜おそく帰ってきた。彼はせまい自室に私を招いた。そこにはマキリ（刀）イナウ（木で作った御幣）衣服などが置いてあった。机には大学ノートが百冊近くも積まれており、カタカナでユーカラが横書きされていた。この老人は自分の頭の中にしまいこんである膨大なユーカラを地上に残すために、隠居してからカタカナを学び、ノートに書きためはじめたのだが「死ぬまでに書き切れないかも知れない」といった。私は明け方まで英雄ユーカラを聞いた。

炉の上に胸を伏せるようにして、その左胸を軽く右手で叩きながら、単調な節回しでうたい、やがて顔が紅潮し、静かに振る首はほとんどかすかなケイレンとなって、詩がひとりでに口をついて出てきた。

「私は西の国の小城主、姉に育てられて……」といったように一人称でうたわれる叙事詩である。英雄がとらわれの娘を助けにゆく。娘は高く吊されている。小城主の宝石のついた剣の先から炎が燃え、悪魔をたおす。娘は吊されたままながし目を送ってよこす。ここいらは勇ましく、あどけなく、可愛い。ある戦いで、敵の刃にたおされた小英雄が明け方に眼をさます。

「私は白骨になっている、風が吹き抜けてひどくさびしい。私は寝ていたのか、死んでいたのか」

と歌う。現代詩でさえ及ばない切れの鋭い詩句である。出てくる神々の豊かさ。自然のすべての現象が神々の性格と役割に仮託されて活動的だ。私は、ただ呆れ、驚き、これほどの詩を長い年月のうちに作りつづけたアイヌの人々に限りない愛を感じた。ふと、気づいて、カメラを老人の顔に向けた。ファインダーを通してみた、その彫りの深い、柔和な相貌にも感嘆した。翌日、少し眠って、老人のノートの一部を複写した。その第一巻の冒頭に老人の父母、祖父母、先祖の名が書いてあった。父は

「雄弁な人」という名であり、母は「羽のような」という名であった。「雷のような」という名の先祖もいた。しかし、約十代さかのぼるころから「〇〇という神」といった名前になる。私が驚いて、そのわけを聞くと、老人はこう答えた。

「それぐらい昔になると、みな神様だべ」

翌日、バスにゆられて静内（しずない）に向った。途中の海岸線はゆるやかで、海辺には浮木が点々とうち上げられ、荒涼としていた。浮木に鳥と海猫が仲よく立っていた。海岸から離れた林ではヤブウグイスがしきりに鳴いていた。東静内の大酋長の息子が迎えにきた。彼と父親が経営する馬の牧場の名がトラックの胴に大書してあった。彼の家にゆく途中、松前藩に反乱して敗れた大酋長シャクシャインの城跡を見るために車をとめて丘に登った。日が暮れようとし、北海道は夏だというのにまだ冬からすっかり眼覚めてはいなかった。

永い間にわたる和人の搾取と虐待。それは明治以後にもつづいた。アイヌ勘定といって数がよく分らないのをいいことにして、和人は少しの金で広大な土地を奪った。ときには力づくで宝物や人間までも奪った。若い男や女がドレイのように連れ去られた。連れ去られた恋人を慕ってアイヌの娘がうたったという歌をきいた。

「おお神様、私がていねいにおがんでいるのがおわかりなら
　山の向うに連れていかれたあのひとを帰して下さい」

牧場を経営する大酋長は年老いて背中は曲っていたが至極元気であった。自分が育てた代々の名馬の写真が居間に飾ってあり、その一つに菊池寛が「無事是名馬」と賛をしていた。

夕食を共にしながら、彼の自慢話を聞いた。「シャモの食物はまずいよ」といって、アイヌの作る筋子や、アメマスの燻製、フキ、アイヌネギ、エゾリウキンカなどの野菜、甘いイタヤの木の汁がど

れほどうまいかを話すのだった。父はコタン随一のモリの名手で、三十メートルも離れて鮭を突き刺した。ある日、父は少年だった彼を小舟に乗せて川に出た。父のモリは獲物を外れた。父はいった。

「わしも年をとった。これからはお前の番だ」

母はつい最近まで生きていた。九十六歳で死んだ。母をなつかしんで話は尽きない。

「バ様はオレが子どものとき病気になると、神様に祈って、一度死んで神様のところに病気のことを聞きにゆくのサ。そして教わってきた草をとってきて飲ませたよ」

「バ様はナ、言葉は祖神のオキクルミ様がアイヌに下さったものだ。だからいい言葉（イタク）だけ使えよ。悪い言葉（マウイタク）を決して使うな。子孫が絶えるからな、と教えてくれたものだ」

「ホントだよ。オレのまだ小さい時に、村に大変身軽な年寄りがいた。そのジ様はナ、高い木の上から飛び降りてもケガ一つしなかった。その孫というのもナ、鳥と話ができる不思議な力をもっていた。あるとき、ジ様とその孫が木の根株を掘っていたっけが、根っ子がびくともしないんだ。すると、ジ様が腰に手サ当てて、〝動かぬなら、動かんでもええぞ。手足生やして歩かせて見せるからな〟と呪いをかけているんですよ。すると、オレのバ様がとんで来てオレの耳をしっかり押えて〝聞くんじゃないぞ、マウイタクを聞くんじゃないぞ〟というのサ。言葉はナ、神様の呉れたものだから、いい言葉しか使ってはいかんというの。そのジ様の子孫は絶えてしまったナ」

母の名はテクンアレという。〝よく働く〟という意味だ。その夜、テープに収録してあったテクンアレのユーカラを聞いた。妻が美男の神様のところにいって浮気しているので困った熊の夫が仔熊を背負って迎えにゆくところからはじまる物語である。美男の神様は人間で、どうやら祖神オキクルミであるらしい。妻のメス熊がいっしょに酒盛をしている。夫の熊は怒りに燃える。すると狐（これも神である）が美男の神に〝危いからお逃げなさい〟という。ハラウォイウォイとかエーヤフンとか動物の鳴声はきまっていて、詩のフレーズのあとに繰返し鳴声が入る。ユーカラのあとはウポポという合唱が録音されていた。村の老人たちのにぎやかな声や半畳まで混っていて、その老人たちの大半は既に死んでしまったと聞くと、あの世の歓楽が突然この世に戻ってきたような奇妙さを感じた。

平和な人々。アイヌには死刑がなかったという。争いごとはチャランケ（論争）で裁かれた。二人対座して交互に論争する。行司役がいて、二人は一日でも二日でも飲まず食わずに議論する。ついに言葉を失った方が負けなのだ。大酋長もいうように言葉は神の贈物だ。言葉には霊魂がある。正しければ言葉を失うはずがないというのである。

私が感動したのは当家の主人とその伯父とのあいさつが録音されているのを聞いたときだった。対座して礼を交し、祈るように合せた手を目の高さの所に捧げて開く。その姿であいさつするのだが、長い長い詩のような言葉になる。言葉は対句と韻を踏み、詩句の中には「雷踊る山、海馬群れる海」といった美しい言葉まで入る。われわれの先祖。たとえば戦場でも互いに交し合った長々しい「名乗り」も言霊の信仰ではなかっただろうか。

その夜は冷えきって、マキを何度もくべ足した。マキからチロチロとのぼる炎。これもチキサニという火の神（年とった女神）、その上の土ナベの底にも神がいる。物が煮えにくいときはナベをもう一度洗って、神に謝って火に掛け直すという。

夜ふけに、主人が風呂を温めてくれた。

「寒いから入ってくるといい」

ふろ場からサビタの花が月明りにみえた。近くの馬小屋から馬たちのイビキが聞えた。

それから数日、アイヌの牧師やユーカラを知る老婆、彫刻をしている若者たちのところをたずね歩いた。牧師が子どものころは学校では「土人」という名簿に記載され、和人の子からひどい迫害を受けたという。幾多の放浪の末、キリスト教に入信したのである。床（ユカ）の傾いた家には先祖の肖像や、衣類、刀などが置いてあり、優しい眼の奥には平和な汎神の信念から唯一の神へとたどりついた人の落着きがみられた。孫の高校生がストーブに石炭を入れ、茶を汲んでくれた。茶の湯は斜めになっていた。ポプラの木の下で子守歌を聞かせてくれた老婆は、内地からの客だときいて盛装し、首に長い飾りをつけてでてきた。その子守歌は単調できわめてかなしかった。私がいくばくかのお礼をすると、恐縮してニペシタルという手製の荷負篭をくれた。彫刻をしている若者にムックリという口琴はないかと聞くと、その翌日作って宿まで届けてくれた。口にくわえて一方のヒモをひっぱって振動を与えると、にぶく単調な音色が出てきた。

　旅の最後の日。私はアイヌの祖神オキクルミが天から地上に降臨したという日高沙流川のほとりハヨピラに出かけた。ハヨピラは高い崖で、その上に空を飛ぶ板に乗って降りてきたという伝承なのだ。アイヌの人々はここを聖地と呼んでいる。

　だが、私のみたのは無残に姿を変えてしまった聖地であった。私がもっていった聖地の写真は大正末にうつしたもので、いかにも森閑として、荘厳な姿をしていた。私がそこでみたのはブルドーザでけずり取られ、石段が敷かれ、奇妙なコンクリート作りのオキクルミ像が中腹に据えつけられたものだ。聞くと、横浜にある「空飛ぶ円盤協会」とかいう結社がハヨピラを買い取り、オキクルミを空飛ぶ円盤に乗ってきた神ということにしてしまって、現代的な石造円盤を頂上に置き、協会の宣伝をかねた観光地にしたということだった。私は唖然としながら階段を登っていった。ハヨピラに行くといって宿を出るとき私にアイヌの人々はこういった。

「あれはもうハヨピラじゃないよ。オキクルミはもっといい乗物に乗って来たんだべ」

　私は悲しげに抗議していた彼らとともに激しい抗議を心の中でしながら頂上に着いた。眼の下に沙流川が逆風に小さな白波をみせて流れていた。アイヌは信じていた。

「はるかな沙流川
アイヌのふるさと
この世の真ん中
われらの誇るふるさと」

和人や文明が侵さなかったら、彼らの信念は平和に誇り高く生きたであろう。何とも醜悪で馬鹿でかいオキクルミの立像。東静内の酋長はオキクルミを身近な存在のように話してくれた。

「オレが子どものころサ。オキクルミが降りて来て熊と闘っていると聞いて、村中の人が山に走っていったんだ。すると、熊が一頭倒れていたけどサ、オキクルミはもう天に帰ったあとだった。惜しいところで会えなかった」

現代人がどのように想念をあやつってみても、粘土をいじってみても、彼らのオキクルミの豊かな性格や無垢で、強ジンで、快活な姿は作れない。私はそう考えた。

沙流川の真上の太陽はさすがに夏らしく明るかった。あの太陽にしても、現代の詩人や画家たちはそれをさまざまに意匠している。しかし、太陽を真の友人と考え、たとえば日蝕のときなど、太陽を悪魔が呑みこみつつあるというので大騒ぎし、男たちは高い所に登って剣をふるい、矢を放ち、女たちは葦の先に水をつけて太陽にふりかけながら、声を限りに励ますほどの愛をもちうるだろうか。

われわれはいささか賢くなったばっかりに、あのユーカラの偉大さをもてなくなったのではないだろうか。私はいまもアイヌの誇りと信念をもちつづけるあの老人たちの顔をしきりに思い出していた。

川田禮子と琉球舞踊

先般、芸術祭に参加する琉球舞踊団のために詩劇を書いた。前回も「惜夜（あたらよ）」という詩劇を書いて渡したのだが、今回は「輪多梨の花」というのを書いた。

一人の少女が黄冥の国に父母をたずねてゆく。土、水、火の善霊を象る三つの鈴をもち、三千億土を鈴を授りながらゆくが、土の国、火の国、水の国を通るとき、その各々の悪霊から次々と宝鈴を奪われる。最後に勢至に救われるという筋だが、僕は出来るだけ能がかりに仕立てたいという気持があった。

琉球の古典舞踊は能の影響を強く受け、その一方、中国の音楽、舞踊、それに部分的には南方の影響も受けている。その本質には、琉球のオリジナルがあるわけだが、尚王朝の舞踊、音楽に対する永い間の保護と奨励が、それぞれの個性を調和させ、能のように抑制力のある、内面化への鋭い気力をもった独自の完成を作り出しているからである。

たしかに、技法の範囲にとどまらず、それは能のように舞いのエスプリをきわ立たせるものとなって感じられる。僕は以前から琉舞がリアリズムを離れ、様式化へ、象徴へと辿りついているのを大変見事なことだと思っていた。能に近く、能よりは平明で、しかも演劇の信念が、独自な宗教的情操に根ざしているのがよくわかったから、詩劇を琉球古典舞踊の技法と表現力にあずけ、できるだけ能がかりに演じてもらいたいと思ったわけである。それと、冠船流家元の川田禮子のすぐれた才能と舞姿に作品をあずけたいと思っていたのである（火野葦平が彼女を絶賛したのを覚えている）。

僕がはじめて彼女の舞台を観たのは五年ほど前、中野の能楽堂で琉球の羽衣伝説「銘刈子」を演じたときである。

修行を積んだ舞いにも感心したが、とくに心ひかれたのは舞いの型と歌詞、発声にひそむ特異な信念であった。天女とその子の科白はかすかな、そして哀切な節回しをもち、漁師銘刈子は堂々と朗々と発声し、一節の最後の言葉は発声されず、ぐっと口の中に呑みこまれる。僕は思い出した。奄美大島に島尾敏雄氏をたずねたとき、同席の島の老婦人（この人は島の文化的な指導者であるが）に、奄美古来の神々のうちの一人の名前を正確に知りたいので教えてくれと頼んだことがある。その老婦人は神の長い名前を教えてはくれたが、名前の最後の方は口の中にもぐもぐと消えてしまってはっきりわからない。再三聞き直したが、どうにもわからない。すると、島尾氏が「南西の島の人は言霊を強く信じており、言葉が存在や物を呼び出す力があると思っている。だから、神の名を最後まで云い切ってしまうことを恐れているのだ」といった。その後、奄美の島々を回っているうちに、たしかに住民が言霊を信じ、言葉の一つ一つが、それに対応するすべての事物、現象に敏感に交感し、反応し合うと考えていることに気がついた。ノロ、ユタという祭神の使者たちが、言葉を選び、言葉の抑揚のすみずみに気を配り、荘重に、そして言葉の語尾を口の中に呑みこむことによって、自分の内の霊に響かせてゆくのが理解できたのだった。

銘刈子の発声と天女の科白は僕の演劇的経験にとっては新しいことであったのだが、ずっと昔からこのことに同感しているように思われたのは奄美での体験があったからかも知れない。しかし、それよりもなお以前の共感、つまり同祖の共感によるのかも知れないと考えた。

たとえば、奄美大島でみた巫女ノロの祭事、ユタの合霊等、そこには、真剣に神を呼び出そうとする言葉が選ばれ、神を喜ばせるであろうと思われる音綴が示された。インチキやカラクリでなく巫女の昂奮や陶酔が自ら韻を踏んで表現されていた。僕は霊性を否定しないので、霊魂の運動が言語や肉体をどのように働かせるかについてきわめて素直に感動するのだが、われわれの祖先は偉大なものと交感するためにまず自らの精神を荘重に仮装し、言語によって人と神を重ねること（その一例にアイヌのユーカラがあり、ユーカラは朗唱の中で一人称の神と化してしまう）をしたであろう、仮面の中に入って化身したであろうと思う。

琉舞を演ずる多くの者が、最近単に型に流れ、やがてショーと同じになりつつあるのも事実だが、それでも、彼らの中には、きわめて濃く舞いと詩と音楽の信念が古い伝統と結びついているのは否定しえない。

川田禮子の舞踊が古い型をそのまま表現していないという問題とは別に、彼女の舞いの中に神への供物としての手振りと、厳格さを見たことが、大変にうれしかったのである。

たとえば、女踊りといわれる古典は、コケティッシュでもなければエロティックでもない。日常の女性的な姿勢や動きは断念している。純粋にフィジカルで、象徴的で時には記号的でさえある。男性の要求する性的な合図はなく、女体が表現しうるバランス（がまく＝腰による重心）の移動と変化であり、追求は中性的でさえある。

一方、演劇的な観念はリアリズムではなく、宗教画、歴史画の一幅が事柄のすべてを見るものの理解にあずけるように、彼女らも、動きを次第にとどめ、より少く語ろうとするかのようにみえる。たとえば「諸屯」（しょどん）という舞いは眼だけの踊りである。一つの、きわめて単調な感情の表現である。しかし、単純な感情として規定しうるものが、これほど繊細で、しかも劇的であるというのは大事なことであろう。

こうした彼女らの演劇的思考は、神や生態や物をも動かしうるとする霊的な信念、それにおそらくは実際的な体験に裏打ちされていると考える。

有名な恩納なびという女詩人が万座毛の巌頭に立って「波の声よとまれ　風の声よとまれ」と呼びかけるとき、「天に響《とよ》む大王《うぬし》（太陽）」に「もっと響けもっと響け」と呼びかけるとき、われわれの祖先もこのように快活であっただろうとうれしくなる。

ミセゼル（祝詞）はさらに大きく快活にうたう。

やらぎもり　やえぎもり　いしらごは　ましらごは　おりあげわちへ　つみあげわちへ　みしまよねん　おくのよねん　世そうもり　国のまて　げらへわちへ　このみわちへ　もうはらて　みよはらて（以下略）

ヤラザの森に大石小石を積み上げて世々の国のとりでを造り、幣を立て、野や海を祓い清めて、といった意味で、天降る親しい神との対話としてうたわれる。そしてこのように韻をもって延々とつづく。まさに神人の対話なのである。

奄美の喜界島で、夜明けまで、村人たちが黄冥の国の死者たちと即興の歌合戦をするのを僕は見たことがある。明け方、村人たちはすっかりくたびれて鶏の頭を叩いて鳴かせる。勝ち誇る死者たちに夜明けを知らせて、ご退散願うのである。僕が驚くのは、村人たちが次第に昂揚すると、おのづから韻を含む歌が口をついて出ることであった。対句は、彼らが自然に学びとった技法であろう。

沖縄の離島多良間の俗謡にも朗らかで無垢な歌がある。

ぴとゆ抱ぐか　ぴとつたあら
ふたゆ抱ぎば　ふたつたあら
みいや抱がば　みいたあら
たあらばひだみばあし

一夜抱いたら赤ん坊が一人、二夜抱いたら赤ん坊二人、三夜抱いたら赤ん坊が三人赤ん坊を間に寝ようよ、といった意味である。たあらは俵で、赤ん坊のことだ。

こうした歌の遊びを、彼らは神遊びとして、人と神の交歓に供える。言葉の崇高さも、諧謔も、ときには性的な誘惑も、すべてアプリオリに与えられていることを、深く実感し、ときには体験によって知悉していると僕は考える。

舞踊の型にしても、雑踊、喜舞踊には言語の即興性と同じように唱和、合同を求めるエネルギーの流れがある。一方、古典舞踊や組踊は能や近世の日本舞踊の影響を受け、強く求心的、内面的要求へと変っている。しかもなお、絵画的な描写と庶民の平凡で、おだやかな調子が残り、少しも気取らず、破調を避けて動いてゆく。

僕はこの舞踊によって詩劇を書いてみたいという気持をもった。琉装や冠風は沖縄の個性を示すというよりは、どこの国にも屈さず、どの時代にも屈さないものとして扱うことが出来た。多くの母音と転化をもつ音便、風変りな抑揚と発声は、偏狭で金属的な現代をきれいに離れて、遍在する柔かな霊性を表現するのに適当だと思われた。

二年間に二つの台本を書いてみて、まだ成功したわけではないが、この整った心霊と情感を備えた琉舞の伝統が意外にも厳しく、そのくせ幅広く寛容なので、それと川田禮子の魅力に誘われてこのあとも二度三度と本を書いてみたいと思っている。

伊藤正孝の帰還

伊藤正孝がアフリカから帰ってくる。僕は彼の帰りを待っている。彼が、飢餓のビアフラに特派されてゆくとき、僕の家で送別会をした。彼の同僚である朝日新聞の記者たちが参加した。中近東、アフリカの諸情勢について若い記者たちはさまざまに議論し合った。〝世界〟を解釈し、理解するのには米ソを軸として考えるのが一番簡単であったし、さらに資本主義、社会主義の政治力学で説明するのが早分りでもあった。それから文化論、文明論まで演繹することもできた。記者たちは明け方には疲れ切ってゴロ寝をしてから出社していった。

伊藤はそののち、家族を連れてもう一度遊びにきた。小さな子どもたちと、夫人のお腹の中にはもう一人の子どもがいたので、単身で赴く伊藤と留守家族のことを考えて、大変だろうなと思ったりした。伊藤と僕はそれまで報道されたビアフラの地獄に関連して、人間の悲惨さ、極限状態について話合い、最后はほとんどを「神」の議論に時間を費した。二人は新聞記者として、数多くの情報やニュースをもっていたが、結局は神と人間のような話になってしまったわけだ。

伊藤は、僕の南極特派員時代に書いた原稿用紙にして数千枚ほどの日記帳を貸してくれといった。以前、この日記帳は紛失してしまったと書いたことがあるが、偶然、手許に戻ってきていたので貸すことにした。彼は五人ほどの家族を古い乗用車につめこんで帰っていった。それから、すでに六年経つ。ビアフラからの伊藤特派員の記事を覚えている人々は多いだろう。感傷をふり切って、しかも読者の心に大きな感動と印象を残した記事だ。現象の前で立ちすくむことなく、彼はどこまでも入っていった。彼は死、病、苦の悲惨さだけを報道しようとはしなかった。常に人間への洞察を怠ることはなかった。飢えは食事で、病は医でいやされる。戦争は砲撃を停止すれば終る。しかし、彼は終ることのない「人間」の劫のようなものについての観察と思索を行っていた。それらは雑報の中で生々と書かれていた。

事業にしくじっても人は死を選ぶ。だが、炎天の下で無数の蠅に黒々とたかられ、すでに始っている「死」の中でなお生きようとする人間の顔を伊藤がどのように見つめていたか。彼の乾いた文章の中に、行き届いた人間らしい眼と、覚悟と心の準備をみる気がした。

伊藤は僕の南極日記の中に自然の厳しさやある種の極限を読もうとしてもっていったのかも知れな

いが、それは何ら特異なものではなく、われわれの想像しうる限りの極限にくらべるとごく平凡なものに過ぎない。僕もまた、特別な感動をもって極地で書いたのでもない。

そののち、伊藤はアフリカの巡回特派員となり、戦争、内乱、飢えを目撃し、多くの通信を寄せてきた。とくに興味を覚えたのは、伊藤が彼の身辺や、アフリカ人の生活を観察して送ってきた記事だ。多くは「朝日ジャーナル」に掲載されたが、淡々として、男らしい意志を感じさせる文章であった。そのために、かえって彼の眼に繊細な、どこまでも行き届いてゆく人間らしい愛がこもっているのを理解し、感得しえたのだった。

彼の記事には声高な議論は一切出てこない。是も非もいわない。権力者が悪で、民衆が善ともいっていない。文明を理想のようにもいっていない。文明への開発途上という、歴史的な評価もしていない。僕らが、彼の報道によって再び認めうるものは、時代や空間を超えて普遍する人間の生き方、在り方である。だからといって彼が政治、経済、社会、文化、宗教などについての論評を欠いていたのではない。地球を東西、または南北に分けて理解し、そのいずれかの理非、善悪が見分け難くなって目下混迷しているという手合いの軽卒さをもっていないだけだ。平凡で物悲しい顔をしている庶民の側に立っていれば、少くとも大悪の側には立っていないのだという立場をとってもいない。もっと、いいことは、彼がこの「現実」を見たために、いままでの人生観、社会観、世界観が急に変ったとはいっていないことだ。

伊藤は学生時代も、新聞記者になってからも自分自身を誠実にみつめてきた。彼は、自分の中の深淵に人間の恐るべき形相をみたといい、おそらくは見足りないままアフリカにいったのである。この六年間は彼にとって苦痛な体験だったに違いない。やさしい彼が凄絶な地上に立ってどれだけ悲しんだか、僕にはわかる気がする。しかし、人間らしい力をとり戻して彼が仕事をするのはそれからだ。彼もしばしば危険に出会い、負傷もしている。それについてはあとになってほんの僅かな報告しかきていない。

彼が戦場から帰って、食い物の足りない支局で現地の女の使用人と交す会話は人間らしい美しい読物だった。それをジャーナルの〝支局だより〟で読んで感動を覚えた。長いので再録はできない。

僕は伊藤正孝について書き過ぎたかも知れない。詩人とは呼ばれていない彼のことをこのように書いたのは、人間の問題は無限に多様でありながら、根本的には一つであるのにいまだに詩壇で「時代」や「世代」やについての議論があり、「現実」への関り方についてさまざまに主張し合っているからだ。

僕は、以前詩誌「地球」の座談会で戦後及び戦後詩が主題となったとき、次のような疑問を述べた。日本が中国で戦争をしていたころは、それほど多感でなかった人々が、なぜ、自分が戦争にかり出され、友人や家族が死に、敗戦で故国が荒れ果ててはじめて戦争というものの痛苦に眼覚めるようになったのか。戦前、戦中、戦後も、「われわれは」という発言はあったが、なぜ「われ」というたった一人で責任を負う思いのこらし方が詩人に十分なかったのか。

僕自身、中国に生れ、排日運動と弾圧、内戦と殺人、日本人の専横などを見てきたので、内地の高等学校にきてからも、日本が勝たねばならぬ戦争の正義をもっているとは思えなかった。昭和二十年、ソ連の侵入によって、僕の家族も手痛い目に会い難民となって中国から日本に帰ってきた。ソ連兵の暴虐は聞いていて吐き気を催させるものだったが、僕が子どものときから見聞きした日本兵や中国の官憲の暴虐さも同じだった。米英仏租界における白人たちも残酷さに変りはなかった。ベトナム、カンボジアにかつて正義と理想を夢みた人々がいま失望しかかっているのは愚かなことだ。昔、北京の町でみた処刑されるために連行される人々に対する中国の民衆もまた酷薄であったのを忘れない。人類がその永い歴史の中で、どのような地獄を現出し、どのように殺りくをくり返し、破壊を続けてきたかについて無知な者は一人もいない。なぜ、いまさら原点が「戦後」なのか。「戦後」の記憶や反省が風化したら、再び良心は再建されないのか。ヒロシマとナガサキを毎年八月に思い出さなければ、未来への協同も努力も薄れてゆくのだろうか。

確かに、未来を守るための人類の合言葉による団結とプログラムは必要だ。世界中で囚われている二十二ヵ国、二百五人の獄中の詩人、作家の救出を求める行動は必要だ。だが、これらの人々が獄中で呻吟しているということは同じ時に無数の無名の人々が殺され、拷問され、凌辱されているということだ。

再び伊藤正孝に戻ってみよう。彼は現世の地獄に永い間立会ってきた。彼の報道は心に届いた。感傷や情緒を伴わず、簡潔で冷静な文章でえがかれた「現実」はどのような政治的プロパガンダより明晰であった。感受性によって内省をつづけ、内省によって感受性を鋭くした彼は低い、ゆっくりとした口調で報道してきた。

僕は低い声で話すアルジェリアの詩人を知っている。ベルベル族である彼は、侵略者と闘い、親族を殺され、自分もまた苛酷な拷問を受けたのだが、僕たちの質問に対して彼の体験を手短かにしか話さなかった。「白人に勝利した」とはいわず、「彼らは出ていった」とさりげなかった。

最近、日本での獄中の体験を書いた一冊の詩集を手にした。特異な状況の作品であったから、特別な感銘があった。しかし、僕は牢獄の経験をもつ三人のことを思い出さずにはいられなかった。その一人は昭和二十八年の秋、僕をたずねてきた老人である。

彼は十二歳のとき、大阪の奉公先の店で、金を盗んだという疑いで警察に送られ、それ以後刑務所を出たり、入ったりして通算四十六年を〝監獄〟で暮した人だ。下駄を不自由な足にくくりつけ、杖をつき、袋を肩から下げてやってきた。袋の中には短歌のようなものをいっぱい書いた帳面が入っており、殆どが悔悟の歌であった。放火癖があって、国鉄香椎駅に火をつけたり、救世軍の山室軍平宅にも放火した。いずれもボヤで終ったが、駅では駅員に、山室宅では家人にそっけなくされた（彼はそう感じた）腹いせだ。「こんどこそは真人間になって、施設のタタミの上で往生するつもりだから自分の約束を新聞に書いてくれ」といって新聞社に入ってきたのだ。その晩は僕の家に泊めるつもりで、サイドカーに乗せた。走っている間「早くて眼がまわる」といって両手で眼をおさえていた。

彼は警察や監獄で受けた拷問や懲戒について話した。しかし、眼がとび出るほどしめつける懲戒の皮衣、逆さ吊り、鞭、中に押しこまれて転がされる樽、口から注ぎこまれる水、それらは馴れると何でもないという。光が入らないせまい懲戒室ぐらい苦しいものはない。最初は苦痛がないので歌などうたっている。そのうち、心が不安定になり、調子が狂ってくる。食事のとき、わずかに開いて差入口から入ってくる薄い光を狂おしく求めはじめる。妄想が妄想をよび、小さかった不安が次第に増大し、加速的に苦しみがふくれ上る。一度、声を上げたら、それが最後だ。何時間も絶望の叫びをつづける。そして二度と反抗しないからここを出してくれと哀願して屈服するというのだ。

暗い懲戒室の中で、足に蚤がはねる。その蚤に信じ難いほどの愛情を感じたと老人は話した。当時、ふとんが足らなかったので、一つのふとんに僕をはさんで妻とその老人三人が寝た。夜中、老人はタタミの上にいた。「自分は馴れてるから、どうぞ二人でゆっくり寝とくれやすや」といった。朝、歯糞を集めて眼を洗うと眼病にならないから、ぜひやってみろと熱心にすすめてくれた。

福岡刑務所に二人の無実の死刑囚がいる。どう裁判資料を調べてみても無実で、判決は戦後、間もない旧刑訴の無理な裁判の結果としか思えない。その一人は獄中で文鳥を飼っている。この二人の冤罪のために財産を使い果し、一家を挙げて運動している古川泰龍というお坊さんが東京まで旗を立てて行脚してきたとき、僕の家に二羽届けてくれた。この鳥のことを以前詩に書いたことがある。真実をすべて知ってくれるものがいなければ救われない。二人のうち一人はキリスト教に、一人は仏教に入っていった。仏教徒となった死刑囚からは、細字の般若心経で廓された阿弥陀如来図が送られてきた。僕たちは法務省の役人から、冤罪運動はためにならないとおどされたが、昭和五十年、仏教徒の刑が執行された。仏教に深く帰依し、中風で身体も動かない彼は看守にたすけられながら、絞首台に上っていったと古川師が話してくれた。執行はきょうかあすかという二十七年間の独房暮しのあとであった。

警察や、検察がときに罪人をつくり出してゆく過程はすさまじい。各地の無実の死刑囚に再審の門がやっと少しばかり開かれてきたが、それより微罪の無実や誤判の囚人は全国にどれくらいいるかわからない。体制紛砕を唱えて逮捕された学生たちが、警察で黙否権を行使し、人権を守れといって法律上の保護を要求する。要求する権利をもっている間は、魂が完全に破壊されることはない。

僕は、その獄中経験の詩集を読みながら、先の三人がのぞいた地獄や深淵のようなものが書かれていないのではないかと感じた。その入口さえ書かれてはいない。誇りと気位はまだ十分に保証されており、屈辱の死が背中のところに立ってはいない。人間が人間でなくなるモメントが示唆されていないように思われた。

われわれは権力の悪に立ち向うとき、正義、人道を主張する。その行動のために手を握り合わないとすれば「自分は人間だ」と主張する資格さえ失うことになるだろう。だが、それは自分が被害者としての体験をするか、またはその悪徳を目撃しなければ始まらない問題ではない。

戦後になってはじめて戦争の悲惨さや荒廃をうたい出す程度の感受性の問題でもない。第三世界を見てはじめて心に変化を生ずる程度のことでもない。永い歴史と現実の中に常に掲示されつづけてきたものだ。最も身近かなのは自己自身の存在だ。われわれの内奥は余りにも暗く、弱い。悪徳なら権力者のそれから一式もっている。とはいうものの、僕自身にはどうも敏感さが足りない。鈍感さに舌打ちすることの方が多い。

それにしても、なぜ、時代に対する論議や世代に関する論評がこうも多いのか。時代や世代、地域を越えて共通する問題をもちながら詩人たちはなぜ、過去の作品ごと、時代の中に位置づけられ、世代ごとにひっくくられているのか。荒川洋治氏が「世代の興奮は去った」といったそうだが、確かに昂奮しすぎていたに違いない。

絵画も工芸も、建築も、音楽も、多くの芸術が時代を超えて生きつづけているとき、詩ばかりは短命で終る。時代精神から垂直に立上る詩は、時代とともに過ぎてゆく側面をもってはいる。また、言語の時代性、地域性にも制約されている。それは確かだ。しかし、時代論、言語論をくりかえすごとに詩における精神の運動は緩慢になり、散漫になってゆく。共感と共観を失い、気兼ねなしにはうたい出せなくなっているようにさえ思われる。かつて、北京で父のところに遊びに来ていた中国の詩人たちが、メモや原稿用紙もなく、自分の詩を吟じ、互いに「好、好」と手をうって興じ合っていたのにくらべて、現代詩の朗読会は例外をのぞいては殆どが感動や陶酔の場ではなくなっている。フットライトの中で、詩集に顔を押しつけるようにして読んでゆく作者と、何とか聞きとろうとする人々の間では貴重な言語がときには障害でさえある。思想らしいものは重荷であり、詩における美は無邪気ではいられなくなっているようにみえる。

このようなとき、つまり、精神が集中から分散へ、総合から細分へ、飛躍から沈滞へ、寛容から辛辣へと向っているとき、派閥がいくつも生れ、詩壇の中にジャーナリズムができ上ってゆくのは自然のことに思われる。

テレビで放映されているシルクロードは人間の豊かで、多様な生き方や創造力を示して好評だ。古代人の芸術や、原始人の創造力が見直されて現代の人々を鼓舞している。バリ島などの民族舞踊が現代の舞踊家に観念の解放を求めている。日本でも南西諸島と北のアイヌの信仰や生活や詩はそれにはさまれた地域に住む日本人に、人間の原型に近いものを示してくれる。神々との共存、見えないものを見る力、言霊へ敬虔な奉仕などである。

男女神が合体したという双性の巫が奄美にいた。竜宮の孤独な神に導かれて、恋人の目の前で海に入ってゆき、やがて着物も濡れずに戻ってきたという娘が沖縄にいた。土間の犬を撫でながら「これは私の死んだ叔母さんのはずだ」といって慰めている老婆が北海道のコタンにいた。彼らはみな、美しく叮重な敬語にあふれた人々だった。

こころはどこまで届けばよいのか。われわれはどこまで深く自らの内側をのぞけばよいのか。これらはすべて過敏な詩人の役割のように思われる。

とすれば、仕事は多すぎるほどある。詩人たちが誠実に働く限りその仕事には何らかの意味は必ずあるだろう。詩というジャンルにみなが共同で参加しており、だれもが、眼を見開いて存在の本質へ、美の創造へと向っているだろう。批評するひまがあったら、創造と認識に時間を使う方がいい。薩摩焼の窯元に〝芸術家〟がやってきて、現代の美学について講釈したとき、陶工たちは当惑気であった。その一人が「わしらは眼をつぶって舌で焼肌をなめてみて、色合いがわかるようになったんだが、これじゃまだダメかねえ」と情ない顔をした。

一九八二年への提言をといわれて、この稿を書きはじめたのだが、僕は詩を書くものが、人間の存在という共同の主題のもとにそれぞれに学ぶ以外にはないということしかいえない。こころの問題は連続する実数にデデキントの切断をして組分けするようにはゆかない。時代とか世代とかを盾にとって古い新しいの議論に没頭したり、それに気兼ねをしないことを望みたい。陶工のような職人としての修練も精神や美の創造にとって必要だろう。鼻風邪に対して鼻を鍛える愚をおかす者はいない。一篇の詩を書くために修練を必要とする心の領域はあまりに広い。

伊藤正孝の取材ノートにはまだまだ多くの事実がメモされているだろう。僕は彼の帰るのを待っている。しかし、彼は人間の悲惨さについては何もかも知る必要はありませんよというかも知れない。人間は天国は想像しにくいが、地獄の想像はかなり出来る。僕も気が滅入るような実話をたくさん聞こうとは思わない。僕の身辺や、身中にいる悪魔たちも一緒に耳を傾けるような話を一晩中聞く気はしない。

わが詩法——BLACK-PAN '83 イヴェント 講演原稿

本日のイベントで講演をするよう、折角お招きをいただいたのですが、どうしても出席できず、皆さんとお会いしてお話申し上げることが出来ません。テープに吹きこんでお話することをお許し願いたいと思います。

今日の話のテーマは、日高てるさんから与えられたものですが、僕がどのように詩を書くかということです。（会場でテキスト配布）詩のコピーをテキストとして、会場で配っていただき、あらかじめ読んでおいていただくことにしました。それでテキストに即してお話申し上げます。

まずテキスト最初の詩「石油」でありますが、今から四年前に、日高さんから、その主宰しておられる「BLACK-PAN」に、詩を一篇書けといわれました。即座に「それでは石油という詩を書きましょう」と申し上げたのです。というのはその頃、僕の詩のスケッチブックに〝驚くのは僕らの五体が石油になるということだ〟という一行が書いてありました。当時、心の中でしだいにポエジーになろうとしていた詩句で、一種のメモなのです。

現在我々が中近東から買っている、石油というのは、もう今から何億年、あるいは何千万年も前に消滅した地球上の生物や、あるいは植物が地下で石油になったのだ、ということを聞いたことがありました。それならば、この地球の土の下で何千万年かあとに、我々もまた滅びて、石油となって眠ることもあるだろうと考えました。文明は、理性は、感性はどうなるのだろうかと思いながら、メモを書いたのであります。

石油のようなものに我々が変身するということも、生命の一つの不思議さの現われであります。このような変化だけでなく、変身するということ、いろいろなものに変化してゆくということは、非常に僕にとって大事なテーマなのであります。

今回、思潮社から出版いたしました『河畔の書』という拙い詩集の中には、牛、狼、犬、その他諸の動物が出てまいりますが、この動物も我々人間と交感し得るものがある。仏教の言葉でいうと、転々輪廻、畜生輪廻というように、生命が他の生命に個々に変化してゆく。というようなことを考察しながら書いた詩が十篇ほど掲載されております。この「石油」もまたそういう意味で、メタモルフォーゼをうたっております。ただ、人間が変身してゆく訳でありますから、人間的な力で創り出した魂や、文明や文化はどうなるのかということに、詩的な着想を入れながら書いたのであります。これは日高さんの求めに応じて、それほど時間がかからずに書いてお渡ししました。その詩の中に

道徳を仕上げて消えた王朝が
地下になお一竿の旗をもつことだ

とありますが、創り上げた道徳の体系も含めて、王朝が地下に油となっている。しかもそれが、地下でなお一竿の旗を捧げもつ、というのは僕の諧謔であります。それからその前にこんな詩行があります。

突然の終末がくるとすれば
その日の最期の宴会がそのまま
花の間を通る運河の中を流れてゆく

これも一つの諧謔であります。そして我々人間が新しい時代に再生するとすれば、その時にはじめて見る事実と虚偽を

直ちに区別できるか
それから
ずっと未来の鳥の墜落
あちこちで起る山火事
旧世紀が終るとすぐ生れ出る新型のレモン
これらの出来事に
あらためてわななく感情はどれか

となっておりますが、これもやはり一種の諧謔であります。
諧謔もまた僕が詩を書くときには、大事な方法なのですが、先ほど申し上げました『河畔の書』という詩集の中にも、永い時間をかけて生成し、ほろんでは再生する主題を扱かったものが多いのです。たとえばその中に「不滅のしるし」というのがあります。

だが再び不滅と称する時代がきて
深いところから水が現われたら
夜明につかえた魚が浮くだろう
苦難の茄子に雨が降りつづき
市場がぼんやり出てくるだろう
世界のはじまりには悪い典型がある
翅についていて何も知らないうちに

毒のない蠅がやってくる
だれも美について知らないうちに
岩の下から花が咲き出す
昼の仕事を覚えないうちに
根と根の間に光が届き
早熟な麦を刈れというのだ

また「不出来な世紀」という詩がありますが、その中に、この世界が再び終末するときのことを詩にしております。(「不出来な世紀」朗読)

僕が詩を書くときに、いつも考えるのは、単に現在ということだけでなくて、遠い過去、それからまた、はるかに遠い未来というものも、現在の中に受けとめねばならぬ、ということであります。

そのテキストの二番目の「いつかまた僕は」にも、それがあります。最初の連は、かつて人を刺し殺した男が、また廻りまわって(永劫回帰のようなものですが)再び同じ刃で、同じ形で、同じように同じ人を殺すときがやってくる。それから次の連は、何千年かあとに、今、女を愛しているのと全く同じ姿で、再び同じ女を愛するということがあるはずだというのを主題にしています。これが無窮の時間の中でとらえる一つのポエジーであります。(「いつかまた僕は」朗読)この詩も先ほど申し上げましたように、はるかに遠い過去、はるかに遠い未来というものを、現在の中に受けとめて書いてゆく、そういうものであります。

ニーチェが永劫回帰説というのを出しておりますが、その中にもやはり因果のように廻りまわって、犯した罪が再び同じように犯される、という想念に達しております。私もそういう感じを子供のころから持っておりました。皆さんはおそらく、こういう経験がおありだと思うんです。何かのはずみに、この匂い、この環境、この周囲のこの陰影、これはかつて、いつだったかよくは分らないけれども、全く同じことを経験したことがある。それは前世のことかも知れないし、あるいは幼い時だったかもわからない。が、いずれにせよ、これと全く同じものが記憶としてある、ということです。

M・プルーストの『失なわれた時を求めて』の中にも、何かの瞬間に、この香り、この環境、たったいま受けた知覚というものが、いつか確かに、これと同じ経験があった、ということに思いいたるが、この印象と知覚は一瞬に消えて再び戻ってはこない。こういうことを書いたのがありますけれども、確かにそういうことが我々にはあります。

逆に、今度は、現在のこの経験が、たとえば女を愛している事実が、何千年か何万年かあとに、再び同じようによみ返ることもあるだろう。「ここに今鸚鵡がいるから、そこにも一羽いるだろう。その何千年か何万年か後に、やはり山茶花の間に古い風が吹いているだろう。すると女は少し顎をあげ、どういうはずみか知らないけれども、ふっと僕は女の名を呼ぶ。その名はずっとずっと前に呼んだのと、全く同じ名前だろう」と、こういう風に僕は詩を書いたわけであります。

しかし、こういう過去も未来も、現在の中に受けとめてゆくということがあるならば、過去にすでに死滅したと思っている人が、現在の中にもきて、街を歩いていることもあると思うのです。テキストの三番目ですが、そこに「街で彼に出会ったら」というのがあります。これは石器時代の人間が、今もこの現代の街にかくされた原始の中を歩いていないとはいえない。われわれはぶっつかっているかもしれない。出会っているかもしれない。ということで書いた詩であります。(「街で彼に出会ったら」朗読)

現代のこの都会の中に、石器時代の人間が、石器時代の人間の信念のままに歩いている。彼は学校や、交番の前を歩いている。あるいはビルの通りを歩いている。しかし、彼はいつもの森を過ぎ、あるいは古い沼を渡っているつもりなんだ。一つの太陽が上る。ふと彼が太陽を仰ぐ。するとその横で僕も並んで太陽を仰ぐ。彼の目と目が合っても驚いたり、悲しんだりするなと〝僕〟は同伴の女に言うわけです。そのあと女と一緒にグリルに入るわけですが、羊肉を切るナイフは羊の心に届くほど切れる、と書きます。すでに一片の肉となって、グリルされた羊でありますけれども、なお肉の中に羊の心や霊魂が残っていると、こういう風に書いております。そして一緒に食事をしている女の顔の美しさの中にも、数万年の時が流れている。また、向かい合って座っているこのテーブルも、大地とともにゆっくり動いている。このように感じて、それが詩句となっているわけです。

そして再び女と連れ立って街に出てゆく。すると先ほど出会った石器人が、今度は向こうから鹿などかついで帰ってくる。それに出会っても、驚いたり悲しんだりしないでくれ。その石器時代の人間の信念も、彼の働くための労苦も我々の仕事と共同だ。律義さも同じだ。そしてこの街には、古い誇りも敬礼も残っている。だから僕らは石器時代の人間ともこの街で出会うだろう。こういうように最後の方は書いたのであります。

次にそのテキストの四番目に「不死家」というのがあります。これはプシケと読むことにしております。つまり霊魂であります。我々は必ず死ぬべきものだということが、生きるということと、どのように関わっているのか。もし死ぬことがなかったならば、生きることは今より意味の深い、大きなものにはならない、というように僕は考えております。

僕の詩集に『折り折りの魔』というのがありまして、その中に、「伊万里湾」という詩があります、佐賀県の伊万里は僕の父母の郷里なのですが、その伊万里の岬にまいりまして、そして、曇った空を鳥が飛んでゆくのをみる。その時に僕は

もし鳥が飛ばなければ
空のことはもっと判りにくい

という詩句を書くわけです。もし鳥が空を飛ばなかったならば、空のことはもっと理解しにくいだろう。これはわかっていただけるだろうと思うのですが、それと同じように、もし死ぬことがなかったならば、生きることの意味は、もっと判りにくいものになるかもしれません。時代が終るということがなかったなら、時代の精神というものは、もっと明らかなものにならないかもしれません。そういうことがあると思うのです。

しかしながら我々は死ぬことを忌み嫌う。死なないようにと苦労し、努力いたします。かって中国の覇者は永遠に死なない果物だとか、不老長寿の薬とかいうものを、家来たちに探しにやらせます。しかし、もしも仮りに永遠に生きるとか、いつまでも死なないとかいうことがあるとすれば、どのような生をわれわれは生きなければならないだろうか。こういうことを書いたものであります。つまり生命の栄光、生きていることの栄光というものを、逆に裏側から書いたといってもいいと思います。

(「不死家」朗読)

一番最初に、何度車に轢かれても死なない男のことが出て参ります。僕は車に轢かれるということを想像してみました。肉がとび散り、骨が砕ける。それは陰惨で恐ろしい想像であります。ところが死ぬことのない生命をもつものが、自動車に轢かれて再び立ち上がって歩いてゆく。そして何ごともないように草垣を右に折れる。何度轢かれても死なないで。その妻も首をつっても死なない。息子は戦場で燃えても死なない。祖先は河に身投げしたが、やはり死ぬこともなく、河畔に濡れたまま生きている。この詩の中に

死にきれない親戚がときに集まって
瞬きをつづける鶏をたべた

とありますが、その鶏もまた、焼かれても焼かれても目をぱちぱち瞬いているわけであります。その目をぱちぱちさせている焼かれた鶏を、また死ぬことのない親戚が集まって食べる。窓から見ると、雲間を漂う老いた神がいる。夜は明け、そして又夜がくる。また再び夜が明ける。決して死なない、死ぬことのない男の姪は、もう長くなって床に垂れるほどの髪を持っている。その姪の腕に抱かれた愛犬も「千年」という名をもつ。この犬も死ぬことがない。

しかし、このように死ぬことがないことを保証されたものが「死にたいねえ」とつぶやく。そのとき、おそらく死ぬことが、また憧れとなると思うのです。そして、生きることが永遠で不滅、つまり無限に生きるということが保証されているとすれば、死という観念はなくなる訳ですから、したがって「死にたいねえ」とつぶやくことは矛盾になります。また永遠に死ぬことのないものは、成長することもないし、老人になることもないわけです。老人になるということは死に近づいていることであります。永遠に死なないということは、永遠に若さがなければならない訳です。

したがって詩の中で、老いた神が雲間を漂うとか、あるいは祖先がいるとかいうことも、不思議なことになります。つまり次の子供を生んで、その子供がまた次の子供を生む、ということがなければ祖先も子孫もない訳です。祖先や子孫がいるということは、どこかで生きたものが死ぬのでなければ、あり得ないわけです。したがってこの詩は多くの矛盾に満ちています。しかし、この矛盾に満ちていることを、そのまま詩にしてゆくと、一種のユーモアが生まれます。死によって生きることを明確にすると同時に、生きることの寂しさというものも、そこに表現してみたいと思ったわけです。先ほど申しましたけれども、生きることの栄光とか、生きることの意味というものを逆に裏の方から見る。先ほどつまりネガティヴの方から見てゆくということで書いてみた詩であります。この詩も『河畔の書』に入っております。

詩を書くときには、ポエジーといいますか、詩想がまずなければなりません。僕は詩を書くときに、詩想のモティフとして、やはり時間と空間の重なり合いというものを、どうしても考えなければならないのです。まだ学生のころ書いた詩に、いや学生時代ではありません。新聞記者になって間もなくです。僕は昭和二十五年に新聞記者になりましたが、そのころ書いた詩のメモに

肉の上に肉
草の上に草
海の上に海
太陽の上にまた太陽が

という詩句があります。この空間にあるものが重なり合ってゆく。つまり空間と空間が重なり合う。一つの世界と世界が幾重にも重なり合う、ということも、僕が詩を書くときの、一つの主題なのであります。先ほど述べました、現在に過去が重なり合い、また未来が現在に押しよせている、というような時間の観念もまた、詩を書くときの主題であり、詩想の一つなのであります。最後に『河畔の書』に収録した詩の中に「河との婚姻」というのがありますので、その詩をどういう風に書いたかをお話申し上げたいと思います。

僕は中国で生まれまして、中国で育ちました。そして昔の高等学校ですが、そこに入るために日本にきました。したがって僕の少年期の世界というのは、中国でありまして、中国で受けたさまざまな印象や、体験や、出来ごと、風物というものが、どうしても詩に影響をもってこざるを得ないわけです。僕の一家が最後におりましたところは、ハルビンという、現在の中国の東北部の、さらにその北の方にあるロシア人の町です。そしてこのハルビンという、全くロシア的な町は、帝政ロシアの人々

が作った町でありまして、至るところに、彼らが深く信仰するギリシャ正教の寺院が建っておりました。石畳が多く、いかにもヨーロッパ風というか、スラブ風というか、そんな感じをもっておりました。

そのハルビンにスンガリ＝松花江という河が流れているんです。大きな河でありまして、冬にはそれが凍ります。すると河を渡るのにソリで渡るんです。そのスンガリという河の印象が僕には非常に強烈でありました。一九四五年に、これは太平洋戦争の最後の年でありますけれども、僕は兵隊になるために、一度ハルビンに帰って再び日本に来るわけですが、その時に「戦争にゆく前に河に出かけた」という詩を書いております。河への愛が書かれております。

それから二十年ほどの時間と月日が経ちまして、ある時、皆さんご承知の詩人の高田敏子さんが、ハルビンの多くの写真を僕にくださったわけです。その写真の中に松花江、つまりロシア人のいうスンガリの写真がありました。その写真をみているうちに、若い日の悩ましいような愛の感覚、女性的でかつ巨大な河のエロティックな感覚が、つよくよみ返ってまいりました。するとこの河がある日、巨きな女になって、僕を訪ねてくる。そしてこの河の女に対する激しい愛欲と、愛情で一緒に暮らす。やがて冬が来て、再び河の女は、河になるために戻ってゆく。そういうイメージが浮かんできて、一気に書き上げたわけです。したがってこの「河との婚姻」は、昔の北満州的な重い、さびしい、しかし卒直な色合を持っていると思います。（「河との婚姻」朗読）

巨きな女と申しますと、ボードレールにも、巨きな女への愛の詩がありますが、私は別にそれとは関係なく、この北満を流れるスンガリという河の大きさから、どうしても普通の女にするわけにはいかなかったのであります。そこでこの巨きな女を愛するためには、のび上がってそののどを吸い、というようになりますし、

市場の旗より丈高い彼女はそこで

ひとつかみ二十個の瓜を買い
山羊を引いて帰ってくる

というようになる訳です。そして、この従順に愛を受け入れた女が再び、樺の木の大きな鞋《くつ》を履いて広野に戻ってゆく。女は元通り、再び北満を流れる河となっている。その河の底には草魚が泳ぎ、やがて冬がきて凍結してゆくだろう。が再び春がきて氷がとけたら、彼女が高く髪を結って、重たい乳房をもって、またやってくるだろうと思いながら、待つという詩です。

次に「狼」という詩について申し上げます。詩を書いた後に残る印象というものは、いつも不思議なものだと思っています。一篇の詩を書きます。すると書いたあとに、何か現実の世界とは違う、ある一種の印象が残ります。余韻といってもいいのですが、これはいったい何だろうと思っていました。ある時、一篇の詩の中で、不敵なものといいますか、一種の憎悪のように激しいものといいますか、そういうものを書いた。その後に残る余韻に、一匹の狼のようなものを感じたので、詩稿の上に突然あらわれたインキの滴る一匹の狼というのを、新たに詩にいたしました。それが「狼」で、やはり『河畔の書』の中にあります。（「狼」朗読）

書き上げた詩稿の上に、一匹の狼が、突然おどり出て一声吠える。その狼を追いながら詩を書き綴ってゆくプロセスが主題となっています。狼の声はやはり、北満の満州里（マンチュリ）で少年のころ聞いたことがあります。その狼が、理性と本能の力によって、このやせ衰え、あるいは飢える世界、人生というものの激しさを明確にしてくれるのです。一匹の狼はやがて群れをなして、蒼涼とした夜の森を歩き出すのですが、僕もまたこの狼と一つになって、精神の激しい欲求に耐えてゆくという仕組みであります。以上、BLACK-PANのお求めに応じて、テキストによって若干のお話を申し上げました。

皆さんにお目にかかってじかにお話申し上げるところでありましたが、それが出来ないので、このようにテープでお話申し上げた失礼を、重ねてお詫びいたします。

あざやかな立ち姿——言葉　そのひと

記事にならない事件

見ましたか?　とある森かげ
しなやかに伸ばした少女の腕から
枝がのび　葉が生えて
みるまに　いっぽんの木になってしまったのを
見ましたか?　青年がその木のそばで
紺の上着を脱ぎ捨てた
とみるまに鳩になったのを

(電話のベルは鳴りっぱなし　鳴りっぱなし
誰も出ない　誰もいない　今日は日曜日)

郊外電車にあかりがつくと
人たちはそそくさとまたにんげんを着て

ビジネスの街に帰ってくるが
聞きませんか？　この頃近くの牧場では
休日のあと　見馴れぬ馬が
一頭や二頭　きまってふえているという話を

（電話のベルは　鳴りっぱなし　鳴りっぱなし
誰も出ない　誰もいない　月曜日が来ても）

この詩には特別な思い出がある。

昭和四十一年の夏、僕は朝日新聞の特集版デスクとして「口の詩・目の詩」というタイトルの続き物を考えていた。難解な現代詩を無縁のものとする多くの新聞読者にすぐれた作品でありながら、面白く読まれ、朗唱にも耐える詩をイラストつきで提供しようというわけだった。

男女三人の詩人を選び、交替に書いてもらって日曜版トップで扱うこととし、男では安西均氏、秋谷豊氏にお願いした。

当時の僕は詩壇とは交渉がなく、女流ではどのような詩人がいるのか知らなかった。人選は安西氏に依頼した。新川和江さんを連れてきた。

曲のない名前をもち、草木染めの和服を着て、束髪、白皙のこの女性が詩人なのかと疑った。

七月十日付の作品が届いた。それが「記事にならない事件」で、ひっそりとこの世で起っているかも知れない神秘な事件は確かに記事にはならないが、不思議な現実感があって面白かった。小唄調の反覆があって、一気に読める。これが僕が彼女の読者となった記事にならない事件だ。

しかし、新聞の何百万人という読者を頭に置いてみると、いまひとつ通りの悪い個所がいくつかあり、再稿を求めた。

「編集者さんに詩の書き直しをいいつけられたのははじめて」と屈託なく笑って原稿をもち帰った。あとで聞くとその夜は展転反側したというのだ。

読者からの読後のよろこびの声が多数届いた。朝日新聞は、その後も夕刊文化欄で詩とイラストを組み合わせたものを、永い間連載したが、このような反響があったのは高橋新吉氏の作品ぐらいしか記憶がない。宇野亜喜良氏のイラストは長い髪を裸身に巻きつけた繊細《か》い少女と半裸の鳥神が並んでいる図で、当時、社内から「ヌードのイラストが朝日に載ったのははじめて」という声が出た。

新川さんもこの作品は気に入っているらしく、四十三年刊の詩集『比喩でなく』にもおさめており、その翌年に出た詩集『ひとりで街をゆくときも』にも再録している。

その次の週は安西氏が大人になりかかった男の子が鏡に向かって安全剃刀を使っている詩を書き、翌々週に新川さんから「美容体操」という詩が送られてきた。長新太氏のイラストつきで、コミカルな詩だった。口の中で言葉がころころと転がるような快さがあり、読者はきっと喜ぶだろうと思った。

その中に「私自身が朝ごとにひらく歴史の一行目」という言葉があり、これが今年の二月十九日発行のエッセイ集『朝ごとに生れよ、私』につながっている。

このエッセイを読んだ人は理解できるだろうが、この言葉だけとり上げると、彼女は幸運な生れつきで、楽天的に現実を肯定し、毎日をひき受けていると誤解する向きがあるかも知れない。詩壇の中にも新川さんを何もかも満たされた詩人と思っている人々がないでもない。しかし、僕にはそれが暗い夜をくぐって朝を迎える詩人が鋭く投げかける覚悟の言葉のように思われる。

さり気なく多くの人々と一緒にいるときも、彼女の顔には寂しげな影がときに走るのが見られる。

彼女の永い詩業をその少女時代から辿ってみても、その自我はいつも不安に揺れている。現実と夢との間で、また、存在と非在、生成と滅亡、死と生、地上と宇宙、この瞬間と無窮の時間との間で、その感受性は常に二つの極に向って届こうとしている。人間は本来このような位置に在ること、そして、どこかに大きく支えている力があり、その中で不安と信頼を感ずるものであることが作品にはしばしば現われる。

新川和江という詩人を修辞派、技巧派の中に入れてすましている人がときにいる。確かにこれほど秀れた修辞的美意識をもった詩人は稀れだ。言葉の乱用と誤用の時代に、彼女は日本語の美しさと正しい語法をしっかりとうち樹てている。古典的といってもよいほど言葉を優雅に磨き上げている。しかし、そのことだけをほめる人々は意識的に彼女の詩の本質から目を外らしているのではないかという気がする。深く存在を凝視している詩人としての彼女の態度を見ようとしてはいない。それは一貫した態度であって、日常の中に立ってうたいはじめながら、やがて日常を越える遠くのもの、より大きなものに届いてゆく多くの作品を読むとわかることだ。その逆に、たとえば「日常の神」という作品のように、大いなる神が、彼女の日常にふと紛れこんできたりする。存在の根源への問いかけは一貫している。そこへ目をこらしているとき、それは祈りのように真摯な姿にみえる。

比喩でなく求める愛、運命のように結合を待っている愛、神の手によって用意され、真に許される愛への希望がある。少女やこどもに向って書かれた詩にもこの希望による鼓舞があることに気がつく。

新川さんはかつて「わたしを束ねないで」という詩の中に〈わたしは一行の詩のように拡がってゆきたい〉という意味の詩句を書いているが、その永い道のりを歩いて『土へのオード13』『火へのオード18』『水へのオード16』という詩集にまで、その詩想は拡がってきた。宇宙と生成の神秘にふれながらとぎ澄まされた感受性は「土」「火」「水」という元素を主題とするところまでやってきた。男たちが哲学的な力でしか対象としないものを女性の感受性によって詩の中にとりこんだといってよい。それらの詩篇はいきいきとして、柔かく、暖かく息づいている。抒情的でありながら、一つの力ある倫理性がそこに感じられる。

ある日、新川さんと茶を飲んでいるとき、ぽつりと
「わたし、もう書けない」
と、いった。
大きな仕事をすませたあとは一息つくのが当然だ。だが、彼女が書いてきた日常のこの瞬間にも垣間見える「永遠」というものは、まだまだ先の方にある。向うの方から、それに向ってこころを働かせている詩人たちを呼んでいる。新川さんも呼ばれている。彼女は立上ってまた歩きつづける。僕はそう思っている。

恩納《うんな》なび——私の好きな詩

波の声も止まれ
風の声も止まれ
首里天加那志《しゆいていがなし》
御機嫌拝《みおんきうが》ま
（恩納《うんな》なび）

なびは沖縄恩納村の女で、生没年不詳。二百五十年ぐらい前といわれ、その生家が残っている。万座毛の崖に立ち、首里の天子の誕生日を祝って声高く波や風に止まれと命ずる気魄に満ちたなびの姿を思い浮べる。彼女は字が書けないから、殆どが即興で、多くの歌が耳から耳に伝わって残されている。

恩納嶽あがた　里が生れ島
森押《むいう》しのきて　くがたなさな

恩納嶽の向うに住む恋人を森を押しのけてもこちらに呼びたいという。馬車引きと結婚したというから、里（あなた）と呼ぶのはその男かも知れない。

沖縄には古くから歌垣があり、毛遊びという自由恋愛を楽しんできた。浜辺で歌を合わせ、踊りに興じ、気の合った者同士が手をとって林の中に消えてゆく。生れた子は誰の子というのでなく、部落の中でいつくしみ育てられる。その毛遊びを禁じて、王府の役人が禁札を立てた。

恩納松下《まちした》に禁止《ちじ》の牌《ふぇ》の立ちゅす
恋忍《くい》ぶまでぃの禁止や無《ね》さめ

なびは即座にこのような抗議の歌を口にした。

抗議を韻文ですることで思い出すのは昭和二十八年、復帰前の奄美の名瀬をたずねたときのことだ。市役所が道路工事に邪魔になるくばの大木を切り倒そうとした。この木はニライカナイ（竜宮）から神がくるとき、船を舫うためのものといわれていた。山の上から髪振り乱した八十歳の神女がかけ降りてきて

山々な変らじ　海々や変らじ
森々も変らじ　など下司ぬじどや変ゆるか

と、狂うように叫んだ。心の高揚が即座に韻をもった言葉となるのに驚いた。悲しみや恋心もやはりそうだ。終戦のころ、アナタハン島にただ一人の沖縄の女性がいた。拳銃をもった日本の水兵が彼女を夫の眼の前で連れ去ろうとしたとき、夫婦の間で即座に交した相聞悲傷の詩がある。夫が先に歌を詠み、妻は夫の歌をなぞるように歌を返している。この記録は九大の文学部に残っている。

北のアイヌのコタンで久し振りに会った叔父と甥が互いに座して合掌し、その手を開いて眼まで上げ、詩のように韻律と対句をもった即興の言葉であいさつし、なつかしむのをみた。私は冒頭に掲げたうたを一番好きな「詩」というのではない。しかし、詩を神にも人にも、自然にも力づよく届くものとし、言葉の霊力を信じていた人々の明るく無垢で大らかな心を高貴でいとおしいものと思っている。

私のとりたいフォルムについて

定型と詩語から解放されて久しい。それでも詩が内的に強要する規律は厳然としてあるはずだが、自由に詩が書けるという放埒もある。

私は中国に生れ、漢詩を作っていた父の中国の詩人たちのつどいの中にいた。低く吟ずる琵琶歌のような調子で吟じ合う彼らの詩の調子に詩には定型と響き合う韻があるのだと感じていた。いつも酩酊している老詩人は扇子を開いて口を覆いながら自作の詩をうたった。座には陶酔の空気がみなぎり、互いに手を打ち、膝を打って喜び合っていた姿が忘れられない。中秋の祭には北京の城壁に集まって宴を開き、月下に立上って即興の詩をうたっていた。頬髯の丈夫が壁に倚って吟ずるときは勇壮で、詩は男のものという感じをもったりした。そのころ、父は母を誘って謡曲をはじめ、東京からくる師匠を招いて私の家でよく稽古をしていた。幼い私は意味はよくわからぬなりに、隣室に聞えてくる謡の文句を暗記した。父母は本無しにはうたえないのに私はいくつもの曲をそらんじることができた。「京に上らんと存じ候　急ぎ候ほどに早京に着きて候」といった物語の展開の早さに驚いたり、たとえば鶴亀の「官人荷輿丁御輿を早め」（いまでも字の方は正確には知らない）の急速にプレストになってゆく調子に魅せられたりした。善知鳥の霊に追われる狩人の話を親から聞いて、業の深さや、現世来世の感覚におそれを覚えたりした。

これら謡曲、能の文学的、劇的な運びや、調子のよさはあとあとまで残って、いま自分が書いている詩に影響を及ぼしており、十本近く書いた詩劇の運びや構成、主題の設定の一種の規範のようになっている。

とくに音の響き合い、対句や科白のやりとりの緊張感、象徴性の役割を強制してくる。もちろん多くの謡曲本の中には愚作もあり、勝手にしろといいたくなるのもあるが、先人の詩的造型には驚嘆するものが多い。

能楽の中の、激しく回転する独楽ほどじっと静止しているような表現が舞台を実に美しく感動的にしており、これを死ぬほど退屈したフランスの詩人もおれば、マルセル・マルソー、ジャン＝ルイ＝バロウ、チャップリンのように演劇美の極致と思った人もいるのは当然の気がする。右の人の名前は違っているかも知れないが、パントマイムを修練した人には理解できるはずだと思う。

私が詩劇を芸術祭に依頼されたとき、沖縄の女舞い、能の影響を受けた組踊りの静かでしかも内側の激しい情念を様式化したものを念頭にして書くのはそのためだ。とくに舞台で女が長く細く声をひきずってする抑揚の美しい科白や、男が科白の最後の言葉を口の中に飲みこんでしまう発声は言葉に対する深い敬虔さにもとづくものと感じている。

中学は奉天（いまの瀋陽）に転校して胸を患い、大連の沖の小平島という島のサナトリウムに入院して世界文学全集や一巻しかなかった明治大正昭和詩集を読んだことは文学上の役に立ったと思う。実はそれまでの私は虚弱だった。ところが、どうした弾みか回復して復校してからは陸上競技に記録を作ったり、果てはボクシング（当時は拳闘といっていた）にまで手を出し、肉体の喜びが自然への讃美に変っていった。そして詩の感動の局面が広くなっていった気がする。旧制の高校に入るためはじめて日本にきたが、仏蘭西文学の教授に導かれたマラルメ、ヴァレリー、ロートレアモン、ヴェルアーランらがポエジーと同時に形式の自由、象徴化の手法を教えてくれた。原詩が直接に教えてくれたわけではないが、翻訳がそれを助けてくれた。詩が定型や音節律から解放されていっそう詩的認識、実存への肉迫が可能になったと考えた。

奇妙な話をするようだが（現代詩人全集の自伝の中にも一部書いているが）小平島サナトリウムに入院しているころ、たびたび死者の霊に出会った。幻覚だという人はいるだろうが、それは構わない。あの煙のような不思議な感覚と霊のさまざまな非現世的表現は私の詩の部分を作っている。神への通路ともなっている。

私はすでに定型にこだわっていない。しかし、それがまだ多くの人々の喜びとなり、詩的な満足を与えていることは否定できない。私が南極で南極新聞の余白に毎日、詩を書きながら、定型、音節、音韻を踏んだ即興詩をときどき南極隊員に提供したのはそのためで、彼らは気に入った詩を暗誦してくれた。ギターを弾く隊員は曲をつけてうたったりした。

今年開かれるアジア太平洋博覧会のために依頼された交響的組詩はいま團伊玖磨氏が作曲中だが、耳に聞いてよくわかり、言葉が響き合うように韻律や、対句、音の連想を念頭に置いて書いた。

詩集『南極』をはじめ私の詩は定型詩ではないが、劇的な進行のリズム、したがって主題の明確な旋律の設定などについてはできるだけの配慮をしたいと思っている。

言葉は永い伝統をもっている。国語審議会や行政が勝手に動かせるものではない。しかし、詩人は新しい言葉の実験が必要だ。
九州は陶窯が多い。そこの陶工、職人たちの修行、修練を見、窯出しのあと美しいと思われる作品を次々に打ちこわしてゆく姿は凄絶であると同時に実に誠実なのだ。何とも永い時間を要する精神的な元手がかかっている。詩の自由は今後もつづけられるべきものだが、人間らしい真率な元手をかけるべきものであろう。

死んで生れ変れ
そのことを学ばなければ
我々は地球という暗い宿屋に
一晩泊って行く旅人に過ぎない

という古い詩人の言葉のとおりではないかと考える。

言葉が詩になるとき

北京では父の友人の詩人たちがよくたずねてきた。琵琶歌のように低吟する中国の詩は心地よかった。一座は陶酔し、好々《ハオハオ》と扇子を叩いてほめ合っていた。中秋の夜は長城で酒を酌み、城壁に倚って即興の朗吟をする中国の詩人は雄々しく見えた。詩は特別な言葉の芸術なのだと実感した。一方、わが家では謡曲同好会が催され、こどもの私は隣室で聞きながら、何曲も諳《そら》ずるまでになった。その内容や仕組みにも興味をもった。極限まで抑制され、様式化された能、仕舞いに幽邃な美を感じた。後年、私は能の影響を受けた琉球古典舞踊のために十曲ほどの詩劇を書いたが、いつも能舞台を意識していた。昨秋、合唱とオーケストラのための組曲「筑紫」八章の叙事詩を書いたが、できるだけ漢語を避け、聞きとりやすい大和言葉を使った。日本語は韻が作りにくいというが、頭韻、脚韻、押韻をとり入れながら、日本語を美しいと感じた。文学的才能豊かな團伊玖磨氏が詩の言葉がさらに昂揚するように交響曲を作ってくれた。三百人の合唱だが、言葉は明瞭に聴衆に届いた。

現代詩の朗読会で、詩の難解さのためではなく耳に響いて直ちにイメージを結んでくれるものは少ない。自分の詩集の上にかがみこんで字を読んでいる姿も不思議だ。アイヌ古潭の老人は炉の上に身を伏せ、朝までユーカラを聞かせてくれた。右手で胸を軽く打ちながら、顎をゆすって低く節をつけて吟誦する。耳朶を紅く染め、老人はいつか英雄ポイヤウンペになり切ってしまう。ポイヤウンペに裏切られた牝熊が「ハラウォイウォイ」と泣く。ユカルとは神々、英雄、動物に成り切ることだ。アイヌにとって鳥、けものも神だ。ふくろうは最高の神。穀物も薪の炎も神だ。汎神の心情に生きるアイヌは優しい。言葉は神の所与で、マウイタク（禍言葉）を口にすると子孫が絶えると教えられている。アイヌに文字はない。エゾ地に落ちてきた義経一行が文字巻物を盗み去って以来、文字を失ったという。文字がないために厖大なユーカラが全部頭の中に記憶されている。文字に頼る言語生活では発語の状態はかなり違う。アイヌの裁判チャランケでは言葉の途切れた方が負けだ。不正の者には神が言葉をくれないのだ。奄美沖縄でも言霊信仰がある。自《おのずか》ら口をついて出てくる言葉には憑依があり、昂揚した巫女の即座の言葉にも韻律や、対句がある。新築の家に移ろうとするのに家の神が居坐って動かないと村人は以前の家の前で困惑している。アイヌの長老の先祖の名を聞くと四代から先は何々カムイ（神）という名になる。「それから先は神様だべ」という。彼らは神と同居して暮している。この汎神の心情を私は南極で経験した。新聞もこない。電波情報も届かない。そこはクジラ、アザラシ、ペンギン、盗賊カモメ、雪鳥、犬、氷中のプランクトンの天地だ。ペンギンの移動にその糞を追って蘇苔類が動いてゆく。海風がきてその上に塩花を咲かせる。無言の世界だが、彼らの本能の素晴しさ、知恵と愛に感動した。彼らをみつめながら、私と彼らの間には霊的な交感があると考えた。秋の氷河、夜光、オーロラ、電離層、緑色の太陽。私はその一々に物神、鳥神、獣神をみていた。一世代毎の交替に無性繁殖する生物に、両性具有の巫者のいる奄美の離島を思い出した。地磁気を感じて方向をみつける鳥、人間には聞こえない音波を聞く魚。文明を発達させ、著しく衰えた本能に生きる人間が、それを当然とする世界以上に理解、感得が及ばないとすれば、創造主は世界の外にいってしまったのではないか。五感以上の感性をもつ古代の人々、遠隔地の人々が感得した領域は現実に在るのではないか。彼らの領域に現われた神、神々、とくに多くの儀軌によって現われた神仏の名をわれわれは新たにみつけることもできない。人間に向って自己変容を求める声は聞こえない。私はこどものとき、仙術を学ぶ道士たち、五体投地の遍路たちをみた。氷の十字架を立て河に身を洗い、祈る信者たちをみた。彼らは特異な形をとり、肉体の桎梏と闘いながら、根源的なものへの認識を求めたに違いない。特異な観念は特異な状態に身を置かねば得られない。日常に埋没していて得られる真善美はそれほど大きくはない。口をAの発音の形にしておいてEの音を頭に描くのは困難だとアランはいっている。地上から天上にまで一気に見渡す目をもつ詩人が身の回りの情緒にだけ屈托していては新しい言葉を得ることは困難だろう。生きたまま死ぬ体験を避けて生死《そうじ》の相に届く言葉を創出することは難しい。

口語自由律によって現代詩は古い叙情の形や位置を変えてきた。観念の拡大、形而上に向う新たな論理ルートをみつけてきた。暗喩、象徴の手法も得た。しかし、ここにも過去に形成された言葉によって支えられている部分は大きい。言葉の余韻、ひびき、主語なしでも通ずる日本語特性がある。「女中に水をいいつけた。水がきた」といった使い方ができる。私は詩集『南極』の中に「氷結」という一篇を入れたが、秋、西方からやってくる氷河の感動をフレーズごとに終止形にすることができず、すべて助詞で終らせた。助詞はつぎの名詞、述語にも必ずしも向き合わず、殆どあっち向き、こっち向きの形となった。それでも理解されると思ったのだ。このことを指摘し理解してくれたのは若い詩人荒川洋治氏だった。私が中国にいた少年時代に書いた漢詩を昨年、北京中央音楽院の高為傑氏が作曲してくれたが、テナー歌手が日中両国語でうたいたいというので自分の詩の邦訳をしたが、忠実に訳するとおそろしく長いものになる。七言絶句の二十八語にうつし換えるには同じポエジーをもっと違った書き方にせざるを得なかった。その逆もあるだろう。俳句を外国語に翻訳する場合だ。言葉の匂い、ひびき、用語法は日本語独自の扱い方があるものだ。

言葉は時代とともに生き、生成変容をしながらも時代を超えて生きてきた。この民族的エネルギーは大きい。お上や役人の手で勝手に整理したり、いい換えを命ずるべきではない。当用、制限漢字をきめると漢字を学ぶ余力が他の知識修得、文化活動に使えるなど考える必要もない。人間の頭脳は大きい。精神力の届く範囲も広い。地方にゆくと「方言はやめましょう」「標準語を使いましょう」といった教育委員会名の滑稽な立札をみかける。方言の魅力、発音、イントネーションを使って特有の情感、現実感をうたっている詩人もいるのだ。言葉を死語にしろというその他の運動もある。私の中国時代の作品「最后の乞食」をラジオで朗読しようとしたアナウンサーが乞食は差別語になっていると苦情申入れがきたという。何といい換えろといっているのかときいたら「街頭探食者」といえといっているという。それから他の団体から、「母なる大地」というのも地面を母にする女性蔑視といわれたこともあるらしい。言葉も変る。死ぬべき言葉はやがて死語となる。命令や圧力でそうなるのではない。

古典を模写して、その秘密をさぐり、それから新しい創造に向う画家もいる。私の住む九州には陶窯が多い。上野焼《あがの》の高鶴元、淳の兄弟は若い日を四百年昔の焼きくず、陶片の研究に没頭した。いまは新しい自分の陶芸を創造している。私の父祖の郷里伊万里では絵付の筆使いにどうしても先人を追い越せないという嘆きの声がある。くらべてみると確かにそうだ。追い抜くことをあきらめた陶工は前衛と称して全く違った手軽な図柄を画いている。絵画、詩文、工芸、建築、演劇のほとんどあらゆる分野でいまの前衛がすでに以前のそれらの部分に現われているものは多い。

言語の歴史は永く、それを生み出し、輝きを与えたエネルギーは厖大だ。肉体の血だけはひき継いだが、言葉の成果や伝統とは断絶していいということはないだろう。いつの時代でも伝統の中から前衛と新しい分野が生まれてきたのだ。

日本人小学堂在那児《はどこだ》

四年前の初冬、私は上海で行われた国際テレビ祭に招かれた。一週間の合間をみつけて、小学生時代をそこで過した北京をたずねた。大連出身の清岡卓行氏が、時間のある旅をし、『初冬の中国で』という詩集を出版されたが、私にはそのような時間がなかった。

北京をたずねたのは通学した小学校と住んでいた家をみにゆくのが目的だった。その前々年にも訪中し、北京、瀋陽、ハルビンと故旧の地をたずねたのだが、首都北京だけは変化が大きく学校も自宅もみつからずに帰ってきたのだった。北京には地下鉄が出来、路面電車は消えていた。路面のレールには私の心を傷つけた思い出がある。胸に罪状札をつけられた男が無表情に晒されていた。ときには中国官憲にレールの上で公開射殺される若者たちを見た。政治犯とされた青い長衣の学生たちだった。中国人のデモもみた。しかし、彼らは日本人（東洋鬼）のこどもには手を出さなかった。

こんども学校はみつからなかった。国際研究所の呉学文教授が一緒に探してあげようといわれたが、連れの中国人と二人で探し歩いた。学校へ行く細い道の入口には東安市場があったはずだ。向うの方に外国人軍隊の練兵場があったなどと見当をつけて歩いたがみつからない。日も暮れかかり、帰宅を急ぐ自転車の大群が通り始めた。あきらめて林の中の散歩道に腰をおろしてタバコに火をつけた。すると、目の前に「児童映画館」の看板がみえた。中国人に「昔、ここらに、つまり学校の近くにオデオンという洋画館があったのだが」というと、彼は「それがいま児童映画館に変ったのだ」という。やはり学校はこの近くなのだ。よくみるとたくさんの建物の上に赤煉瓦の屋根が少しみえる。あれかも知れないと民家やビルの間を抜けていってみた。見覚えのある赤い校舎があった。門には「青年研修所」とあり、窓から顔を出した中年女性が「これは昔は日本人小学堂だった」と教えてくれた。みつからなかったのは校庭にはぎっしりと家が立ち裏門の方の周囲の様子もすっかり変っていたからだ。内部の階段も、その下の便所も教室も昔のままだ。私は中国人に思い出を話した。私は小学校上学年になるまで友だちとは遊ばなかった。休み時間も数室の隅で父母の部屋から雑誌をもち出し、平凡社大百科辞典の何巻かをもってきて読んでいた。活動的な少年になったのは瀋陽（奉天）の中学校に転校してからだ。クラスも十人前後で、算数の先生は中国人、音楽教師は素人のピアニスト、担任の先生は公使館からきて、当時、日本のスパイらしいといわれた。のちに日本で大臣になった人だ。

私は北京で中国の詩人たちから漢詩を習った。父の友人たちで、酒が回って陶酔すると彼らは自作の詩を朗誦し、みなが手やひざを叩いて喜び合っていた。琵琶歌のような低吟を聞きながら、私は詩には独特の快い韻律と響きがあり、みなで喜び合うものだと感じ入っていた。十三歳のとき、見様見真似で書いた中の詩「墨江瓏月」というのをほめてくれて、老詩人が大きな竹の肌に彫刻刀で彫ってくれた。これに一昨年、北京中央音楽院の高為傑作曲部長が曲をつけて中国のテナー許家豪氏がリサイタルで歌ってくれた。風格のある老詩人は忘れられない。嗅ぎ煙草を愛用し、話すときは扇子で顔をかくしていた。

次は家だ。私の家は栖鳳楼（しぃふぇんろう）にあった。道は東単から北に真っすぐだ。宏大な家だったからすぐみつかると思っていた。前回もみつからなかった。門の獅子頭の真鍮の鼻輪を鳴らすと中から大門を門番があけてくれた。

「ぼうちゃん回来了（坊ちゃんお帰り）」

左手に院子（庭）があり、観音様の連れた鹿の耳から噴水していた。道一つ隔てて当時の国税長官のような中国人の家があり、大家族が数戸入っていて、これもまた宏大な家であった。歩いて三百メートルぐらいのところにある筈の家がない。道を間違えたと思い、引き返す途中見覚えのある家の門があった。記憶がよみがえった。この家の夫婦はよくけんかをした。けんかをすると妻は夫を道路に連れ出し、通行人に夫の非を涙ながらに訴える。夫は妻のうしろでうなだれている。通行人は無責任に妻に味方する。ときには小粒な石が夫に飛んでくる。妻は勝ち、夫の背を押しながら再び家に入ってゆく。殆ど毎日だったのでよく覚えていたのだ。すると、その斜め右前が私の家だ。隣りの長官の家も。そこらは電信電話公社のビルになっていた。敷地が広いので建て替えられたのだ。だが私には中国が変ったとも変ってはいないとも思えない。交流した中国の人々の服装は変ったが、人間がすっかり変ってしまったとは思えない。生れて私が十七年間を暮した中国と中国人の肌合いは同じだった。それは悠々とした天地を心とした伝統であり、自由への自然な傾きというべきであろう。天安門事件はその次の年に起った。

原風景

私は中国東北部の長春で生れた。長春の記憶は三歳までである。三輪車に乗って中国人の街まで行き、迷い子となった。賑やかな市場で三輪車ごと中国人に拾い上げられた。その男は油で揚げた竹輪のようなものを呉れて日本人街の交番まで連れていった。父が警察で剣道を教えていたので、すぐに迎えに来た。小学校に入ったのは北京である。日本人小学校は東單牌樓にあった。登校の途中に市場があった。ここも喧騒をきわめていた。人々のわめき合う声。豚、鶏、七面鳥の声、油のはじける音が入り乱れていた。最も繁華な王府井の市場はもっとすさまじい。人々の波の中を押されて歩いた。籠に入れたこどもが売られていた。女の子は麻袋に入れられて、外から触って買ってゆく人がいた。人々が大声を挙げてざわめき立つ。するど、巡査が泥棒や、阿片患者を群集をかき分けて追いかけているのだった。そうした情景は幼い私をいつも苦しめた。フランス軍の練兵場の入口で自転車泥棒がつかまっていた。その男の娘らしい少女が二人、泣きながら巡査にすがっていた。青い色の化粧がくずれて、連行される父のため哀訴しながら二人はどこまでもついてゆく。私は北京公使館に知合いの多い父に急いで電話して助けてやってくれと頼んだ。父は「わかった。心配するな」といった。市電の交差点では時々晒し者にされている人々がいた。荷作りのように縄で縛り上げられ、胸に罪状の札をつけられて、表情を失って立っていた。詩にも書いたが、電車線路にひざまづいてうしろから射殺される人を見た。死体が運ばれると、とまっていた電車や群集が動き出す。空には鳩笛をつけた鳩の群がとび、その笛の音と青い長衣の男の印象はいまも結びついている。中国軍閥が交替するごとに政治犯が出るらしく北京郊外には処刑場があった。日本語の下手な日本人の学友が「ぱんぱーん」を見に行こうとさそった。彼は処刑者は自分の葬られる穴を自分で掘らされるのだといった。余計にこころが傷んだ。私の家の使用人の一家から息子が一人、警察（衛門）に連行された。無実で帰されてきたが、どのような拷問が加えられたのか、顔は腫れ上り、唇は裂け、動けない身体を門の中に抛りこまれた。権力の前には全く無力な人々のことは北京日本人小学校から奉天（瀋陽）の中学に移っても、さまざまに見せつけられた。とくに日本の軍隊の横暴、日本官憲の暴虐、それに日本人の中国人への乱暴もひどかった。

内地の旧制高校に入学して映画館に入るとニュース映画で戦火の中を逃げ惑う中国難民の姿をみる

のがつらくて仕方がなかった。昭和三十六年、旧刑訴で死刑を宣告された九州の二人の被告の無実を明かそうと教誨師の僧侶に協力した。そのうちの一人は冤罪運動の見せしめのように昭和五十年に死刑が執行された。他の一人は冤罪運動をしないという約束のもとに三年前に仮出所となった。彼は首に数珠をかけて死刑となった相被告の回向をしている。私の家には処刑される前にその人が般若心経の経文を細字で書き、その字で阿弥陀如来像を画いた軸が残っている。

戦後、何回か中国を訪ねる機会があった。暫く滞在すると生れて十七年間、そこで育った中国の空気に不思議な落着きを感じた。時代や社会は大きく変った中国ではあるが、私には中国人がその本質まで変ったとは思えない。人民解放軍の将軍四人とホテルで話したとき、おそらく私を慰める気もちであったのだろうが「日本の人民も中国の人民も共に被害者だったのです。人民は常に善なのですから」といわれたが、私は納得しなかった。十年足らずで軍国人民となった日本人、被処刑者に石を投げていた中国人。ドイツ文化の伝統を裏切ってナチスに加担したドイツ人。被害者であると同時に、心ならずもではなく容易に加害者にもなりうる人々。人々の争いや残酷さはすでに永い歴史の中で無数に示されている。私の些少の原風景よりもっと以前からの姿として。

情報化社会と詩人

情報化社会は驚異的な発展をしている。物的生産を追越して情報生産は全産業の五〇%以上のシェアを占めるだろうといわれてすでに三十年を過ぎた。事実、情報生産は驚くべきハード、ソフト、ネットワークの新規の登場を基にしてふくらみ、産業社会の大半を占めるに至っている。これの根本は戦争によって急速な展開を示したコンピュータの進歩とそれの多面的利用による関連技術とハイテクと新しい情報ネットの組織化によるものだ。コンピュータによる情報の収集、蓄積、加工によるデータの無限大に近い大量化、同時瞬間的に世界の隅々まで送ることのできる電気通信技術は戦前まではどの国もだれもが考え及ばなかったものだ。テレビは昭和三十年になって日本にも普及をはじめ、プロレス中継などは電気商の店先に人々を集めた。しかし、いまは一戸に数台のテレビをもっている。携帯用小型テレビは、自動車の中にも備えている。その上、放送衛星、通信衛星は空からの電波で世界中を覆っているほどだ。私が昭和三十四年に「南極」に特派されたときなどは、気象観測のためには多くの専門家が宗谷船に乗りこみ、観測用の風船ゾンデをしきりに飛ばしていた。現在では気象衛星が無数に空に上り、情報データを刻々と地上に知らせてくる。放送衛星は地球の真裏からも実況中継を送ってくる。こどものとき、例のヒットラーの国威宣伝のためのベルリンオリンピックも日本の特派員からローマ字に書き替えた電報ニュースが順番を争う競争で打電されてきた。競技の録音はプロペラ飛行機で羽田から放送局（国営）に送られてラジオで放送された。写真は空輸を待って送られてきた。新聞社はそれをプリントして三段跳田島の優勝や前畑二百m平泳の劇的な優勝を凸版写真で読者に知らせたのである。いまはロスアンゼルスでもヘルシンキ、メルボルンでも現地と同時に見ることができる。例の湾岸戦争でも多国籍軍の空爆や、コンピュータによる目標物への「正確な」爆撃をテレビが映し出す。茶の間ではテレビゲームでも見るような興味で観ている。戦争の実態を情報として正確に見ようとしている人は少数だ。このように氾濫する情報をいつでもどこでも手に入れることが可能になっている現代はコンピュータによる理想社会の実現であり、これによって世界は一つになり、相互の誤解は消えてやがて平和が守られるだろうというので、コンピートピアと名づけられている。だが、実際に情報化社会はユートピアになるのか。それは意識的に誤解をつくり、偽似情報をつくり出すこともできるのだ。

石油まみれのペルシャ湾の鵜の哀れな姿は人々に戦争の悲惨を訴えてショッキングであった。が、どうも作られたPR用の偽物らしいという話がでてきた。同情に早々と泪を流した詩人の朴訥こそが哀れだ。目標を限定したフセイン攻撃は非戦闘員を巻き添えにしない「人道的戦闘」であったが本当かという米側の宣伝は疑問がある。それと同時にその爆撃で死傷者が一般人の中にも出たぞという写真は国際世論に訴えるためのフセイン側の自作自演だというわさも出てくる。情報時代の情報を利用しようとすれば、いくらでも宣伝情報は可能だということだ。

世界を自己の情報伝達のエリアとして抱えこんでいる大国の為政者はいつも熱心に情報操作を考えている。ヒットラーはゲッペルスという天才的情報屋を巧妙に使いこなし、不可侵条約を宣伝して突如攻撃を開始した。大正浪漫と束の間の民主主義でコスモポリタン化した日本国民を十年も経たない間に独尊的な神話人間にし、中国人を蔑視し、英米を鬼畜と信じこませたのはファナティックな軍部の暴力だ。作られた時勢に提灯持ちをする国民の隣組情報組織であり、皇国史観の教科書や修身教科で思考の自由を奪った日本のお上だ。私は旧制一高時代に時流とは逆の自由と自治の教育を受けた。そのころ高校の寮にヒットラーユーゲントがたずねてきた。ハーケンクロイツの腕章をつけた同世代の彼等の制服を冷笑し、彼らの人形のような行進スタイルに罵声をあびせる高校生もいた。カント、ヘーゲル、バッハ、モーツァルトを生んだ国民がなぜ一九三三年を機に、いっせいにナチスに変容したのかは不思議であった。まだそのころは瓦斯室に送りこむなどのホロコーストは知らなかった。しかし、私たち日本の足許にもファッショの手は急速に伸びていた。

中国に生まれ育った私は幼時にも日本の軍人の野蛮さは再々みていた。同時にイギリス租界、フランス租界、共同租界などを中国の中に作って武装警戒している各国の帝国主義の姿もみていた。日本の陸軍が匪賊討伐に出かけて、捕虜を殺すのを目撃したり、噂は再々聞いていた。さらに急速に軍人、とくに陸軍の横暴はひどくなった。街でみかける民衆への乱暴や、中国要人への暗殺者が日本人の家にきてかくれ住むなどもあった。下級の兵士たちでさえ「帝国軍人に対して何をいうか」と抜刀して威嚇するようになってきた。高校に進学して休暇の往復にも釜山の憲兵、特高たちの朝鮮人に対する暴虐を列車や関釜連絡船でいやというほど眼にした。夫を拉致されて泣く家族のために憲兵に抗議して学生証を没収されたりした。しかし、自治と自由を唱えていた一高も右翼、軍部からねらわれていた。安倍能成校長や日高第四郎教頭たちは身をもって自治の伝統を庇ってくれていたのだが、少年たちはその苦労を十分には理解していなかった。昭和十八年に、前連合艦隊司令長官の高橋三吉海軍大将が一高に講話をしにやってきた。それをすっぽかして校外にエスケープしてしまう生徒もいた。高橋大将が「国家非常のときである、君らの寮を拝見したが、まことに乱雑で万年ぶとんでだらしがない。諸君もよろしく海軍兵学校の生徒を見習うべきだ」といった。そのあと安倍校長が壇に上って「海兵は戦争で敵を殺すことを教えている。君ら高校生は文化、つまりいかに生きるか、また人をいかに生かすかの道を学んでいる。海兵を見習えというのは無理だ」といった。間もなく、学徒出陣となって多くの先輩が戦場に出ていった。ラグビー部で一緒だったある先輩は後年出版された『きけわだつみの声』に弟宛に塹壕で書いた平和への遺書を残して死んだ。この間にも大本営発表の情報に鼓舞された多くの国民は家を焼かれながらも「神風」がいつか吹くものと信じていたのだった。

　平和や人間の生活とかはどれだけ多くの真摯な人々の努力でやっとまもられているのかを知ることは大事なことだ。全寮祭のとき、すぐれた先輩がきて戦争や時局を批判する話もしてくれた。弾圧された河合栄治郎教授の門弟で一高教授の木村健康や立沢剛、市原豊太、阿藤伯海教授ら自由主義者、哲学者、詩人らの講義は少年の心にも鮮やかな感銘があった。しかし、単に教養として受取っていたことはいまも恥ずかしい気もちがする。先輩や友人が戦争に呼び出され、暗い残酷な戦火の中で若者たちが明日への道を見出すには余りに周囲は暗すぎた。口も眼も閉ざされていた。その間に多くの人々が空しく散り、アジア各国は戦火に焼け、米兵は無差別爆撃で日本を焼き払った。中国からの留学生（特別一高生とよんでいた）や創氏改姓を強要された韓国人の一高生たちとも互いに時局について討論し合うことはなかった。葦のように風にゆれる生徒は人道主義者としての武者小路実篤氏を講演に招いた。氏は「戦争だから仕方がない。余り気にしないことだ」と平然といってのけて、少年たちを唖然とさせた。戦後はアプレゲールとよぶ戦後派から、いまは戦争を全く知らない世代にと時代は移ってしまった。最近ある大学で若者に〝戦争体験〟を伝えるための事前調査を行った。平和と繁栄にどっぷりとつかった二十代の若者は開戦の十二月八日も終戦の八月十五日もすぐには判らない。日本はどの国と戦ったのかとの問いにも答えられない人がいる。相手はアメリカの他にドイツとソ連だったかなと答えた学生もいる。真珠湾攻撃の十二月八日を「ジョン・レノンの死んだ日でしょ」と答えたのもいる。それほどあの苛烈な経験も情報も若い人々の頭からはすっぽり脱けていた。

いまは情報の氾濫する時代だ。情報というのはマスコミの世界だけではない。出版も音楽や芸能や学校制度やその内容も、科学や技術なども、われわれのまわりを見渡しても無数のネットワークに包まれており、情報はハードもソフトも次々と生産されているのに、身近な社会や生活の規範となる中心情報にはほとんど関心がうすい。余りに多すぎて中心がみえにくいこともある。

以前、新聞週間の記念討論会（ＮＨＫ）である大学の情報科学、記号論理学の教授はいまの新聞の頁数では多様化する情報ニーズを満足させることはできない。遠からず、百数十ページの新聞にならねばならないといった。私は新聞の代表として、新聞的ニュースは広範な内外のニュースをとり上げてもそれほど増大する必要はない。論説、解説を加えても不可欠の新聞的情報はそれほどふくれることはないだろうと反論した。東大の新聞学の教授も同意見だった。雑誌、週刊誌、その他のタウン情報誌や漫画雑誌（これも大きい）ＴＶやラジオやビデオなどのメディアはなお拡大し、それぞれに氾濫する情報を受けとめるだろう。中心的情報は人々の重要な関心を集中し、日々の社会生活、自己の生活設計の規範とするだろう。たとえばカラオケは中国にも、韓国にもアジア地域にもとふえている。ウォークマンは車中でも歩行中でも人々の耳に新しいミュージック情報を流している。芸能ニュースはテレビや週刊誌、スポーツ紙にもスキャンダルも含めてあたかも重大ニュースかのように登場している。読み捨てだから、駅のゴミ箱や車内の網棚にも山のように置きっ放しだ。情報中毒とでもいうべきだ。孤独な人は電波を中空にながしてＣＱＱと世界中の未知の人々を呼び出して交信している。私は新聞のない南極では詩しか書くことがなかった。

情報化社会とはそれら情報に関するすべてであり、情報は世界の人々をつなぐユートピア創造の手段だと情報産業の未来に夢をかき立てているのは当事者だ。物的生産力をはるかに凌駕したという情報産業の当事者は半導体のハイテクノロジーから、ソフトからハードから、市内電線や地下ケーブル線までもふくめて情報産業をうたい上げている。超伝導の磁場は新幹線とは比較にならない超速の交通手段をつくるだろう。日本も世界もせまくなる。空港は増設され、空路は一層過密となっていく。直通電話は整備され、小型の携帯電話は普及し、テレビ電話も登場する。それの盗聴機も安く売出された。目ざましい情報手段の発達は生活をより便宜にするが、余りの便宜さは生活の楽しみやプライバシーやゆとりをも減少させ、危うくする。医学情報の発達は人の寿命を伸ばし、臨死の人をも希望のないままに延命し、試験管ベビーの誕生やそれらは人間の固有の領域とも神の領域とも摩擦を起こしつつある。情報化社会とは油断なく人間の基本的な生活信条と議論せねばならない。

詩を書く人々は人間の原型やその精神の起源ともいっそう直接的で、敏感でなければなるまい。情報の中心をだれが担うのかについて常に明晰で、それが人間の精神の営みに対し、より根元的で自然を損なわないように守らねばならないだろう。

独裁者や、全体主義の権力者は情報の操作と発信を独占したがるものだ。真の民主主義はその独占をやがて許さなくなるに違いない。独裁者の掛声一つで、チャイコフスキーもベートーベンも孔子も抹殺される。伝統的な寺院も古い建造物も破壊される。独裁者は情報の球は投げ下すが、下から投げ返されてくるのは喜ばない。

自由への希望をもっていた中国人のインテリや学生らは天安門で希望をふみ倒された。十二億の人民のなかではほんの少数だという指導者の云いわけもわからぬではない。しかし、モンゴルやチベットや無数の少数民族らは広がってゆく情報社会の中で情報の自由をもっているだろうか。旧ソ連領の中での民族の未解決の問題、中近東における宗教上、歴史上の対立憎悪、テロ行為はまだまだつづく。第一次大戦後の国際連盟は失敗した。いまの国際連合の行動、平和への対応などには難問が山積みしている。それらには旧欧州の大国やその永い植民地主義が蒔いた種子や怨恨のあと始末が多い。人権問題を主張しながらのアムネスティには実際手に余るものがある。食料衣料問題一つにも世界の善意の人々は裏切られっ放しだ。地球環境保全も地球上の人々の合意には程遠い。

情報化社会の生活利益を享受する人々はたとえば反文明のポリネシアの酋長の『パパラギ』という著書にある善良素朴の境地には同感するだろう。石油の乱用には資源不足の大あわてや、大気汚染の報復が待っている。フロンガスには太陽の仕返しがある。核の力によるパックスアメリカーナ（アメリカによる平和）の最終の跡始末はどのようになるのか。答えはない。

詩における努力も「ひかれものの小唄」にならないよう、たとえ平凡で地道なものであっても率直で正直な人間的な営為として、協同して一つずつ石を積んでゆくべきではないのか。

Ⅱ　詩人の眼

正常と異常

アザラシの腕をもったサリドマイド児の行進ほど奇怪な眺めはこのところなかった。親に連れられ、または父の肩車に乗って、彼らの行進は製薬会社へと進んでいった。

ところで、僕はその行進に不思議な明るさを感じた。子どもたちは意気揚々としていたし、それに賢こそうであった。それにひきかえて、カドミウムによる破壊は、人々の精神に到達していた。その陰惨さについては「苦海浄土」に書かれている。三井三池の炭酸ガスの中毒も同じく精神を、とくに頭脳を犯した。患者は退行現象というのだが大人しく、すなおな幼児のようになって家族や保護者にすがり、口に運ばれる食事をたべていた。

それから、こうした人々と家族や仲間が企業に向って行進をはじめた。旗とプラカードを立て、死者の位牌をかざして。

「怨」と書いた布地、「南無阿弥陀仏」と記したのぼりが、工場の正門で一度抵抗に合い人波とともに揺れながら入ってゆく。ときには会社の労働組合までが、妨害者の役割を果す。しかし行進は一筋につづく。僕はそうした光景を見ていてよく泣くことがある。人間の精神力の旺盛さ、正常と健康を最も簡明に主張しうる正しさ、それに行進のうしろには見えない人類の、さまざまの人種や民族の一列がつづいていると感じる。

正常、異常とは何なのか、この社会では骨や内臓が、見えないところで屈曲し、または衰弱しているように、人間がその心も、慣習も、体制も、道徳も見えないところでゆがみ、衰えてはいないか。

高田敏子編の『わが詩とわが心』に書いたことがあるのだが、僕が生れ育った中国の田舎の古い種族の人々を思い返して、いまさらのようにその健康さに驚く。

何が、健康の証拠なのかと考えてみる。

第一には自然や神についての彼らの説話の豊かさである。説話はそれらとの交渉の歴史であり、記憶なのだ。第二に儀式を生み出す空想力と構成力の楽しさ。それから心情のやさしさ、道義の確かさである。それに彼らは退屈などはしていないのだ。

僕は戦争も経験したし、戦争を果すために動員された科学の働きもみてきた。新聞記者となって、政治とか、経済とか、労働とかいうカテゴリーを問題とし、また文化とか、文明とかいう議論にも参加した。

ところが、これらのカテゴリーの映像の大きさ、議論の複雑さに巻きこまれ過ぎていることに気づいた。自由や平和や愛についての議論はたしかに常にあった。しかし車両が洪水になるまでは、銀座から週に一度車を追い出すことを思いつかず、また車のない銀座に出かけなければ、本来道というものはこのように精神を解放することに気づかないのと同じように、僕たちには実際的な力をもつメカニズムの底に沈んでいる我々の単純な原理をみることはむずかしかったのだ。

一人一人の人間が小さく遠く見える領域のうち典型的なものは政治だが、そこでは虚構の価値が通用している。

僕は、無実の罪で死刑に問われた二人の男を知っているが、警察と検察庁が寄ってたかって二人を窮地に追いこみ、トリックを次々としかけて行く過程には慄然とする。二人を助けようと財産も土地も人手に渡して十五年来闘っている古川泰龍という坊さんの一家がある。僕は彼らとともに無実を証す証人をさがして歩いたことがある。そして、ついに偽証したことを告白する人に出会い、その人を連れて刑務所をたずねた。すると、所長に「いまさら、こういう運動をして、死刑囚の心を乱すよりは安心立命の境地で死なしてやることが人道だ」と叱られた。

例の「昭和の岩窟王」の石松老の場合も老人に有利な証拠を検察庁の役人がこっそりと始末してしまった。

この老人の無実を信じ、無罪の証明に努力した安倍治夫検事は、ほめられるどころか左遷されてしまった。

僕は子どものとき、日本軍が面白がって匪賊（向うにとっては愛国ゲリラ）を次々と試し切りする光景を見、ほとんど失心した。日本軍人のうしろに国家があって正義を保証し、彼らが異国民の不正を信じていなかったら、虐殺にあれほどの楽しみを見出すことは難かしかったであろう。

これらの人々は、いつの間にか人間が遠く小さく見える両眼をもつようになったのである。われわれもまた、距離に違いはあるが、人間を真近に見る視力をときに失っていることがある。

昨年の夏、歴程のセミナーが志賀高原で行われたとき、僕は北のアイヌ、南の沖縄離島の人々の健康さと正常さについて話した。僕らが忘れていた信念や、無垢で快活で、即興を求める確かな詩精神、言霊に対する感応のす早さについて話した。そのあと、中桐雅夫、那珂太郎氏らと酒をのみながら話した。

話は正常さとは何か、異常さとは何かについての議論となった。僕は、肉体を鍛えて自分が到達した喜びについて話した。ついでに相撲取りの肉体と力を賛美したところ、中桐氏はムキになって否定した。見世物となるために作り出されたあの肉体は異常であって、悪徳だというのだ。僕は感心した。中桐氏の眼の確かさを感じた。

異常さに馴れるのには少しの時間と、環境の助けがあればいい。理性や悟性は対象を見るのに、遠くに身を置き、眼を細め、感情が働かないようにすることを教える。政治家も、企業家も、役人も、軍人も、その徳性に頼っている。

最近、中国に対して行った日本軍、日本政府の無数の残虐行為が報道されている。多くの青年たちが、出生以前の罪を進んでひき受けようとしている。ところが、売れっ子の現実主義政治学者が、「私はマゾヒストではないから、あんな記事に興味はない」といい放った。戦争に責任をもつ政治家はさらに苦痛については鈍感であった。

「インドに対するイギリス、ボルネオに対するオランダ、もっと昔でいえば短時日にインカ帝国を遺蹟にしてしまい、二十年間でハイチ島の住民を二十分の一に減らしてしまったスペイン。それと比較すれば何でもない」

石原慎太郎は例の早口でこういった。

「政治は四捨五入で割切るものだ。感傷は不要」

正常と異常を見分ける感性の新しさが欲しい、それによって正常を要求する健康な行進をやりたいものだ。やはり感傷が必要だ。

幽霊を見なければならない

このところ、ずっと幽霊を見ていない。俗事にかまけているせいだ。幽霊に出会う前の、一種の肉感と恍惚を忘れてしまった。

僕には大抵の場合遠くから赤ん坊の泣声がし、それが近づき、耳もとで激しく泣きわめくのが前兆になっており、子どものころから、大人になるまで、それが幽霊経験の定ったパターンであった。その泣声が終るころ、光の影の部分が柔かく動き、もはや現実ではないことが明らかに見とられる視界と不思議に淋しい緊張の中で幽霊を見た。

恐怖などは全くない。むしろ懐しい、それが知人や身内であろうと、面識のない他人であろうと、彼らがぼんやりと動き、意味のない行為をし、解き難い表情を見せると、死者の世界の涼しい落着き、気楽さが心をとらえた。

僕の体験でいえば、世界は霊性に満ち、いたるところで僕らはそれに突当っている。フェヒネルは千度くり返して愛するものの名を呼べば必ず変化が生れるという。

僕の知っている死刑囚は無実を訴えて二十四年になる。二十四年間も執行されなかったのは、恐らく確定判決に疑わしい所があるからなのだが、有罪の決定は物証がなくかなり無理して作り上げられた証言と供述書によるものだ。だれが真実を知っているかといえば殺された本人しかいない。そこで死刑囚は毎日毎晩一念をこめて死者を呼び出そうとした。死者は出てきた。次は死者による証明がなければならない。死者は法延に立つ人格がない。仕方なく、被告と死者の魂は一年後、一審の裁判官を殺してしまった。裁判官は自宅の柱に頭をぶっつけて死んだのだ。彼の頭は法帽をかぶっていなかったので、簡単にこわれた。

生霊と死霊は手をとり合うことがある。奄美大島の離島の旧家をたずねたとき、その家の主人から、昔、彼の祖父が生霊と死霊の力によって炉の中にうつぶせに押し倒されて死んだという話を聞いた。

祖父は家人（やんちゅ）という奴隷を買った。美しい娘であった。祖父は彼女を虐待して殺し、死体を野ざらしにした。彼女の親族が風雨の日に忍んできて死体を持ち去り竹の下に埋めた。そして「呪ってやれ呪ってやれ」と竹をゆすぶった。祖父は火の中にのめりこみ、それと同じ時刻に、彼とともに娘を虐待した息子の一人が海岸で船から落ちて脚を折ったというのである。

その話を聞いた夜は台風で、竹やぶの中の鎌で刈られた多くの竹の切口がいっせいに尺八のように鳴っており、非常に物哀しかった。

ところで、話は怨みをもった霊の話ばかりになったが、これは本意ではない。もし、霊の中で生者の眼に見えるものが憎悪と執念だけで、しかも、その霊力が強いものならば、かつて拷問で殺された無実の霊や、水俣病の死者たちは大挙して加害者のところに来なければならない。

僕は、自分の経験からいって、霊はもっと違う力だと考える。死と生は霊を媒介としなければ現存しえない。われわれの日常の経験、とくに集中した心の中で死と生はからみ合って車のように回っている。

僕たちは自然の一部となり、さまざまに転身しうる。ときには指で霊の先端を動かすこともできる。すべての自然や心霊を支配する神についても同じように、特別な状態を作りさえしたらその意匠に参加することができる。空想しうる限りのものを実在と考えることは必要だ。たしかにそれは実現しているわけだから。とすれば、詩人の所業というのも些か似ており、それもまた一つの霊的な行為といえるかも知れない。

愛も、このような霊性に導かれているのだから、性もまたさまざまな霊に明るさを与えるほど快活で壮大であるのがいい。

最近、火野葦平の夫人が死んだ。一月二十四日である。葦平が死んだのは一月二十四日。葦平が愛した母は翌年の同月同日つまり息子の命日に死んだ。それから、彼と昔かけ落ちまでした妻も。因縁話のようだが、こういうこともあるのだ。

漫画家の六浦光雄は信心家で、僕も随分と入信をすすめられた。彼は自分の死ぬ日を知っていた。彼はその日ひとしきりお題目を唱え、家族に「僕死ぬよ」といって、部屋にひき返して死んだ。家族は彼がその日死ぬとは思ってもいなかった。

霊が合図をもち、それから強固な肉体や頑固な石まで動かすものだということは知られている。一晩で家の向きが変ることだってある。アイヌの経験では霊が狂って家や森を焼くことがある。戦う善き霊は踵の先から煙を出しながら歩く。鮭、つまり秋味の霊は銛の霊を柔らかにつかんだりする。愛する霊根が、愛人の回りをまわってつい死なせてしまうこともある。愛人があらかじめ知っている場合もあれば、そうでない場合もある。葦平の妻は知っていたという。

僕は人間の霊だけについていっているのではない。まして、幽霊の能力では全ての霊力の中で割に低い現象しかもちえない。はじめに書いたように、意味のない仕草しかせず、表情もぼんやりとして不可解だ。神の庭の中の放浪者に過ぎない。しかし、それでも僕にとって無縁であるよりは、ちょいちょい出会った方がいい。僕の心身が幽霊になじみにくくなるのは憂鬱だから。

死神は一般に女の姿をしていて、ときどきやってくる。不意に頭を叩いたりする。気づくこともあるが、このごろでは気づかないことが多い。大抵は軽い頭痛だと思って終る。

最近、楽しく読んだのが「服飾文化」に連載されている宗左近の体験的日本文化論で、この中にはどろどろの胎児の霊、遍在する生霊の原体験から洗練された美意識へ昇華するいきさつが書かれている。

僕の場合は、幼児体験が中国大陸のせいか、この世にはびこっている霊のうちやや乾いて、無気味さに欠けたのがよくたずねてきたのだったが。

沖縄恩赦

また恩赦がある。選挙違反をした四万人、その他六百万人の復権者には時ならぬ春だ。終戦後の恩赦はいずれも〝選挙恩赦〟だった。日韓条約や明治百年のように国民全部が喜んでいない出来事まで恩赦の理由にしようとして自民党代議士連は必死に奔走した。国会の廊下で法務大臣に食い下る姿は浅間しかった。

「これをやらなきゃどうなる。総裁選の票は明らかに二十票は減るよ。あんたの政治生命にも関わるよ」

彼らが要求する大赦ともなれば、単に〝許される〟のではなく〝元々犯罪がなかった〟という姿にまで帳消しが行われるのである。

ところで、前に少し触れた福岡事件の無実の二死刑囚にとってこれが最後の機会かも知れない。冤罪運動を十数年してきた僧侶古川泰龍師とその家族、協力者、中学を出たばかりの弟子までが必死の嘆願に上京してきた。死刑囚は今日、明日の処刑におびえながら、すでに二十五年、家族は四散し、二人のうち一人は重病だ。この運動に田も家も失った古川師は上京前には料金未払いで水道までとめられる有様だった。

しかし、法務省の役人は「沖縄恩赦には間に合わない。通常の恩赦申請として扱う」と答えた。仕方がない。古川師一行は手続きのためまた九州に舞戻らねばならない。一人の役人がこういった。

「大体、無実を訴えているものが恩赦を願うのは筋が通らぬ。堂々と獄中から再審運動をするべきだ」。

立派な考えだ。だが保身のためならいくらでも筋を曲げ、官僚機構の中で手も足も出なくなっているお役人のいう科白か。二十五年間の苦しみを見かねて僕たちが、二人の死刑囚に「再審は絶望だから、せめて恩赦で出獄するようにしようではないか」というと、彼らは怒った。「それは筋が通らぬ。われわれは無実だ。このように苦しめた国家のお情にすがって許してもらえとおっしゃるのですか」。

人間らしい誇りに燃えているのは実は彼らだ。もし、警察官や検事にも人間らしい誇りがあり、裁判官が、権力をもつものがアプリオリに善なのではないことを幼いときから知って育っていたら、免田事件、八海事件、狭山事件、徳島のラジオ商殺し、吉田石松老その他無数の無実に泣く人々を作らなかっただろう。

福岡事件の場合、二死刑囚の年若い使用人からおどしと詐術で嘘の証言供述書が作られた。二人への拷問も激しかった（僕も警察記者時代、密室での拷問をしばしば見つけて抗議した）。二人はどこまでも犯行を否認するので、副検事は暴力で白紙に拇印をとって犯行を認めた供述書を作った。そして、念入りにも、その最後に「どうか私を寛大に御処置下さるようお願い申上げます」と本人の代りに書入れた（この供述書は他人の創作だから、二人の関係者の名前など大変間違っている）。

免田事件の死刑囚は彼の無実を証明する唯一つの証拠が検察庁で〝紛失した〟ことになっている。狭山事件では警察官が容疑者の家をたずねて、殺された少女の万年筆を証拠として、家人のスキをみて、そっと鴨居の上にかくしてきたらしい。すねに傷をもつ連中、たとえば浮浪者などを傷とのひきかえに警察側の証人に仕立てる場合がある。僕の友人はある女の〝目撃者〟の証言で窃盗犯にされた。連日の取調べに疲れ果てた彼は、やがて自分が実際に犯行をしたという錯覚にとらわれた。その錯覚は釈放されたいまでも完全には抜け切れていない。

福岡の二人の死刑囚は長い間無実を訴えつづけた。僕たち、牢の外で協力しているものにとって心配なのは、余りにも我々が強力に運動をし過ぎると、面倒を断つためと報復で二人が処刑されてしまうのではないかということだった。

獄中にいて無実を訴えろというが、恩赦には誤判のおそれのあるものの救済という恩恵があるはずだ。もっとも国家の機関が誤判をしながら、恩を着せて赦すというのもおかしいが、それよりよくいわれるのは「改悛の情」の有無だ。どこまでも国民を教育したがる国柄である。たとえ有罪であって、犯した罪を反省しているものでも、お上のおしつける道徳観通りに反省しているとはいえない。量刑に不満があるかも知れないから、何もかもお上に「怒れ入りました」という必要はないはずだ。

確定判決があった以後は再審の請求しか道はない。これが、針の穴に駱駝が通るほど狭い。岩窟王吉田老も、徳島の夫殺しも警察に唆かされてウソの証言をしたことをあとになって謝罪し、役所まで行って泣いて告白しても再審の門は開かない。福岡事件の場合も、僕たちが元使用人の証人をさがし出して協力を求めたところ、「嘘の証言をしたと公表されたら、私の家庭も、生活もこわれるかも知れないが、つぐないをしましょう」といって長い真相書を書いて裁判所に出してくれた。しかし、棄却されてしまった。いまテレビで「地の果まで」というドラマが放映されている。父の無実を晴らすため息子が、真実の証人、アリバイの証人までみつけ出す。しかし、「法の安定性」「裁判の権威」を理由に却下される。

僕らも仕方がない。再審はあきらめて通常の恩赦に（二死刑囚もやっと同意した）全力を挙げ、ひたすらお上に哀訴嘆願するほかはない。

間もなく、選挙違反者がどっと釈放されてくる。彼らには与党がついている。祝盃を上げて、次の黒い選挙にとりかかるだろう。通常恩赦がだめなら、古川師たちはまた炎天下で通行人に訴えねばならぬ。しかし、ほとんどが通り過ぎてしまう。その中には感受性に富む詩人もまじっているかも知れない。凶悪な殺人者でも人々の合意で人殺しはしない。国家の場合は正義をかかげ、国民の合意という形で人間を宙吊りにして殺すのだ。しかも、我々の回りには権力の罠と悪がある。古川師の協力者で落語家の林家正蔵も数奇屋橋で声を上げて訴えている。彼は「大国や権力の犯す悪」を思うと身体が震えるといっている。

老人

恍惚の人と呼ばれて、にわかに老人問題が浮び上ってきた。以前、社会部のデスクをしていたころ、養老院の人々の「愛情調査」をしたことがある。

対象は公立の養老院二十ヵ所、社会部の記者、学芸部の記者数人を使って対面調査をしたのだが、老人の恋愛と情熱は衰えていないことがわかった。

八二％が異性を求めていた。男は九四％女は六五％であり、女の残りのうち三二％は亡夫に対する義理、または愛からくる抵抗をもっていた。男はこうした抵抗は女より少ないが、「女に凝りた」が二％、女の方で「男に凝りた」がほぼその倍であった。

異性を求める人々の情熱はきわめて強く段々質問しているうちにわかったのは、いわゆる老醜などは互いに感じなくなっていることであった。つまり、互いに異性としての魅力を十分与えているのであった。

この情熱は死水をとってくれるだろう、自分が死んだとき、この人だけは心から泣くだろうとの期待で、さらに倍加されていた。

もし、世間やしきたりの重大さが、彼らを完全に老人にしてしまわなかったら、彼らは決して現在見られるほどには老化しないはずだと考えた。女は作られたもの、というのと同じ意味で、老人もまたかなり社会的に作られたものなのである。

この調査について、精神医学会総会で報告を求められたので、説明したあと、老人の恋愛は奨揚すべきものだと述べた。すると、S大学医学部の教授が、S大学の調査例によって反論してきた。「養老院で結婚した老人は他の老人たちより、二・五年早く死ぬ、したがって私は反対だ」会場に笑声が起った。僕も仕方がないので反論した。

「確実に二・五年早く死にますか。それなら早く死ぬべきではありませんか」

会長の内村祐之氏が立上った。内村氏は内村鑑三の子息で、一高時代名投手で鳴らしたが、すでに七十を過ぎていた。

「私は、この学会では最年長であるが、私もできたら、二・五年早く死にたいと思う」と会場を笑わせて、議論は終った。

福岡のある養老院は他の養老院と同じく男女別室だったが、食事のときだけは一同に会して、しかも長い食卓の両側で男女差し向いとした。すると、次第に好き同士が席を移して向い合うようになり、残った人々も向い合っているうちに気心が合ってきたというのだ。食事もすすむとみえて、いわゆる残食が目立って少くなり、老人たちに明るさがみえてきた。ついに、男女別室もやめることにした。はじめは遠慮していた老人たちも、少しずつ「彼女と同室したい」と申出るようになり、院長は院内の月下氷人に変化した。しかし、他の養老院、官庁、世間では、こうしたはからいに道徳的な不快を感ずるものが少くなかった。一般に老人は枯れたものだと思い、枯れた精神を徳とされているのだ。

七十歳の独り居の老人が、近所にすむ愛人を嫉妬で傷つけた裁判で、裁判官は老齢を勘案して執行猶予を云い渡し、そのことを恩に着せながら「すでに、枯淡の境に入り後代に教えを垂れるべき年齢であるにもかかわらず、罪を犯すのはまことに恥ずかしいことといわねばならない」といった。僕はその判決文に怒りを感じた。判事がその老人を理解するには、彼も恩給のつく役人をやめて、その老人のように身寄りもなければ、人も振り返らない石炭ガラ拾いになってみなければならない。

老人にとって身寄りというのは、急速に減っている。これも、社会部時代の調査だが、団地住人のうち、自分の父方の祖父母の名前を知っているものは、四十歳以下の世帯では三%にも満たなかった。母方の祖父母になると皆無に近い。

南西諸島では、身寄り、血縁はまだ生きている。風葬した先祖の骨を子孫たちが海辺に運んで、ていねいに洗っている姿がみられる。中秋の盆には、墓前に門中という一族が集って、蛇皮線を弾き、舞い、うたって祖霊を慰めているのをみる。だから、僕はそこの老人が貧しい子孫の生活の負担にならないようにと食を絶って死ぬ話をそれほど陰惨には感じない。

悪石島という南海の離島は平家の落人の島だが、火山の硫黄のためにイモしか作れない。そのイモでさえ、海を押渡ってくるネズミの大群（この島ではおネズミ様とよぶ）の猛威で半分はたべられてしまう。その島では竹筒の中に二、三合の米が貯えられていて、病人や死に瀕した人にだけたべさせる。家族が死の床の老人に、お粥さんを作ってあげるというと「そんなもったいないことはせんでいい。耳の所で竹の筒を振ってくれ」という。家族が筒を振ってきかせると「米の音はいいなあ」といって死ぬ。僕はこの話を取材してきた記者から感動して聞いたが、やはり救いようのない悲惨さは感じなかった。

かけ出しの記者のころ、獄中生活四十六年という老人がたずねてきた。大阪で丁稚奉公に出たのが十二のときで、母一人子一人だった。ところが店先の金を盗んだ疑いで、少年院に入れられた。出て来て、自分を拷問した刑事が風呂に行くのを待伏せて刺して以来、出たり入ったりで獄中四十六年、沙婆にいたのが八年というわけだ、「こんどは真人間になって畳の上で死ぬんや。そうせんとあの世で母親に会われへん」といった。足に下駄をくくりつけ、杖をひき短歌のノートを入れた袋を下げていた。

その夜、僕の家に泊って懺悔話をし、その翌日は僕の帰宅を待構えて、昔の警官や看守達の非道を話した老人は、拷問の中で一番苦しいのはせまい暗室に入れられることだといった。最初のうちは鞭や逆吊りより楽だが、日が経つにつれて孤独が身を裂くようになる。ノミがはねて膝に当ると涙が出るほどの愛を感じたという。

数日後、大阪の養老院に連絡がとれて、駅までサイドカーで送った。「これは早くて飛ぶのじゃないか」といって、両手で眼をおさえていた。間もなく大阪から「商売するからシャボンを送れ」といってきた。

老人仲間に売るらしかった。「商売はもうかる。また送れ」といってきた。元はタダだから当然だった。便りが途絶えた。院長から老人の歌集ノートが送られてきた。本当に愛されたのは母親だけだったから、幼児のように慕う歌が多かった。

四捨の人々

前に「朝鮮」を書いた僕が、また朝鮮のことから書きはじめるのは金大中が誘拐、拉致されたからだ。

これで、人々は国家権力の実体を見せつけられたはずだ。政権を維持するために、世界中いたるところに忍びこんでいる不気味な秘密警察の事実をはじめて知らされたように驚くのは庶民が善良だからだ。

政権とは一種の毒である。普通ならば体力も気力もなさそうな老人が万策を尽していそがしい権力にしがみついているのをみても、それが彼にもたらす満足の大きさが知られる。吉田茂は「東京から大磯まで他の車を止めて、ノンストップで走れるのは愉快だ」といったそうだ。石原慎太郎は「他人の寝首を掻いても政権が取りたい」といった。

スターリンは大粛清をし、アメリカまで追いかけていって政敵トロッキーを殺した。朴政権は専制によって目下亡命者を次々と作っている。李承晩は銃剣をつきつけて選挙に勝ち、養子に政権を引きつごうとした。韓国の言論人は猿ぐつわを噛まされフィリンピンのマルコスも同じことをしている。

サイゴン政府の凶暴さはそれ以上である。ずっと地球を見渡しても多くの「自由国家」でそうなのだ。

僕の勤め先の朝日新聞には昔、朝鮮東学党の党首を暗殺するために韓国政府の秘密機関員が印刷工となって入りこんでいたことがある。日本に亡命している党首の動向が新聞の小ゲラの中からみつかるかも知れないと考えたからだ。結局、彼は党首の居所をつかみ、上海まで尾行してホテルで殺した。その死体はソウルに運ばれ、腐爛したまままさらし物となった。死体まで憎むといえば、息子の島津久光を藩主にしたいと願うお由羅が、追いつめられて切腹した斎彬派の武士を墓から掘り出して磔にした執念が思出される。権力を構造として解明する政治学者も、その病理については説明していない。

許容主義＝パーミッシブネスによって、すべての言論を許し、反対勢力の存在を許す建前となっているアメリカでもウォーターゲイト事件が起きている。ニクソンは居直って、議会と裁判所と国民を威嚇した。その手下だったアーリックマンは「大統領はすべてのことができる。盗聴などは普通のことだ」と上院調査委で述べた。委員は驚いて「英国王でも、乞食の家にノックしないでは入れないのと違うか」と反論した。政治は法の正義以上だというのだ。頭に来た委員は「大統領の責任と権限、国家の安全という理由で、大統領は勝手に一人の人間が殺せると思うか」と問いつめると、アーリックマンは「そう思う」といい放った。すでに退廃がはじまっている。一人の無実の人間を出すよりは十人の容疑者を逃がした方がいいという法の運営の正義は古い子守唄となりつつある。子ども日記帳さえ盗み読みしないという時代に、権力者は一人前の国民を盗み聞きし、盗み見するようになった。日本でも政府は国民にすべて背番号をつけようとしている。ジョージ・オーウェルの「一九八四年」の社会は早々とやってきた。アメリカの庶民は、こうしたニクソン社会を監視社会と呼んで冷やかすのがせいいっぱいだ。

だが、監視社会となったのにも理由がある。社会が高密度化すれば、権力による統制と管理が必要になってくる。交通の規制、公害基準の設定、安全と秩序の維持、公共施設の整備等を、すべて「お上」の仕事で、国民はお願い申上げなければならない。先日、退職金を福祉施設に寄付しに行った男が、役所の窓口で「寄付願」という書類を書けといわれて苦笑していた。人民が請願する役所の仕組みは昔と変ってはいないだけでなく、いっそう「願書」の数と種類はふえているのだ。生活の周辺を見渡してみるとわかる。どこにも、お上のお世話がしのびこんでいる。一方で、複雑な文明や、人工社会や、物質の充足を求めるものは必ずお上の手をわずわさなければならない。安全を守ってもらうためには、尾行を許さなければならない。それがいやなら、もう一度、あの自然に根拠をもつ生活を思い出して逆戻りすべきである。国と国との間の国境と火薬がおそろしく、そのために安全と平和を権力に依頼するものは、自分と子孫の血を権力者にあずけ、場合によっては理由なく殺される「だれかひとり」になることを覚悟しなければならない。それがいやなら、国家を忘れるほど大きな意味をもつ世界や、国民という意識がうすれるほど大きな意味をもつ人類の意識を思い出して、現状維持から逆もどりすべきである。

アメリカでは、いま、「潔癖な保守の怒り」がわきつつある。ピューリタンと個人癖の強い保守主義者の怒りである。これは当然のことだ。彼らが先祖から受継いだ信念はこんなものじゃなかったという裏切りに対するものだからだ。

保守派のアーピン調査委員長も、七十歳を越した眼に涙さえうかべて、ニクソン側の代弁者にこういった。

「アメリカにはアメリカ人全部から選ばれた大統領が一人いる。たった一人だ。彼は何よりも道徳の高さを示すべきではないか」。だが、彼が望む大統領の姿は蜃気楼にすぎない。ワシントンの老判事も法廷で泣いた。彼はカンボジア爆撃に抗議してホワイトハウスの前で聖書を読み上げて逮捕された三人の女性の判決公判でこういった。

「私は、このような女性に判決をいい渡すことはできない。きょう八月六日はヒロシマにアメリカが原爆を投下した日だ。これは私をいっそう苦しめる」
刑事は、検事の方を向いていった。この検事は政府に尻を叩かれて女性を起訴した男である。
「君たち検事にいう、君たちはホワイトハウスにいって聖書を読み、それから、君たちの書いた起訴状を読み上げて見るといい」

一人娘の結婚には父親らしい感傷を示したニクソンはカンボジアの多くの娘たちを殺している。ニクソンが支持するロンノル政権は早々と財産と家族を国外に逃がし、逃げ出せずにやむなく解放軍とたたかって死んだ兵士に安い勲章を贈って慰撫している。サイゴンのチュー大統領が夫の死体にすがって泣く妻に勲章を渡しているテレビニュースは不快を催させた。彼の副大統領だったグェン・カオ・キは多くのベトナム人が死んでいる真最中に妻を美容整形のため日本に特別機で送ってきた。ジエム政権は兵隊が飢え死にするような食糧横流しまでして、国の富の大半を横領、スイスの銀行に送り、つまみ食い程度の汚職官吏をその家族の前で銃殺して、国家は不正を許さないというジェスチュアを示した。

権力者は、権力維持のためにどのようなことでもするという体質は永久に変るものではない。金大中を拉致した韓国のCIAは世界中にしのびこんで自国民を監視している。日本から北大講師をしている韓国の学者が詐術でおびき出されて捕えられた。西独から七人の韓国留学生が西独政府の知らないうちに国外に拉致された。台湾独立を志ざす台湾人の日本留学生が強引に国外に連れ出されるのをみた。その青年は飛行機に乗せられようとしたとき、舌を嚙んで死をはかったが、血だらけのまま機内に連れこまれた。白運の良人である宮崎竜平氏らの奔走はあったが、日本政府は見殺しにした。

国家の行動が巨大になればなるほど、国民は量として観念される。社会の密度が高くなればなるほど国民は政府の扶養者となる。しかもその国民は繁栄で幸福そうな表情をしている場合が多い。政治の正義は当然、四捨五入で帳尻をみる。だから、上田哲に対して、石原慎太郎は「政治は四捨五入だ」といい「国家の利益のため核をもつべきだ。反戦主義者は一週間でインディオをほとんどまっ殺したスペインのことを考えてみろ」と主張するのだ。政敵の寝首を掻いても権力がほしいという彼は、選挙演説のとき、彼に「バカヤロ」といった群集の中の店員風の青年をなぐろうと思ったそうだ。公人であるために、敵も味方も本来もつべき政治家が罵声を許さない気質をもつことは危険きわまりないことである。それはよろしい。上田哲の方も「国会議員に対して無礼」だといってタクシーの運転手をなぐったぐらいだから。政治を志向する人間には一般の気質であろう。

ところで、われわれは無告の人間の屈辱というものに気づいているだろうか。背に番号がつけられ、首相の車が通るときは止って通過を待つ人間の屈辱に。ドバイのハイジャックのとき、犯人の日本人が客に向って泣きながら「われわれの要求はすべて蹴られた。日本の政府はあなたがたはどうなってもいいといった」といったのが事実とすれば、そのように四捨五入の捨の方に入る二百数十人の人間の屈辱があるはずだ。謀略はどの自由国家にもある。ベトナムでは、解放戦線の服を着こんだ南ベトナムの軍人が南ベトナムの学生たちを殺して国民に敵意を起させようとした。日本の警察も貧乏な学生をスパイに使ったり、警官がもぐりこんで犯罪を誘発しようとした例がある。大きくなりすぎた国家と社会の行為と目的は善良な国民や市民の視力でははっきりとらえることができない。はかり知れない倫理に奉仕しているかも知れないと思ってもっとも単純な不快さえ起きないでいる。最も敏感であるべき詩人も告発者の仲間にはそれほど入っていない。善良な市民の一部である詩人たちは捨てられる四の側に入っていることによって、充分悲劇的な役割を果している。核実験を強行したフランス政府は「実験場の千キロ圏にはたった四千人しか人間はいない」といった。アメリカでは政府高官の原爆待避所はあるが、市民のための設備は作られていない。原爆戦がはじまったら四の側の人間が死ぬのは当然のこととされているのである。

霊異

僕は言葉を話す幽霊にはついに出会っていない。幼時、母の側に向うをむいて寝ていたもう一人のぼんやりとした女がそうだった。高校時代、ハルビンの家で、夜中のペチカの廃炭を落したり、銀のサモワルを空鳴りさせたりしていたロシヤ人の幽霊も、終戦のころ、浅草の浮浪者収容所で、死の直前の苦痛を訴えにきた若い浮浪者の霊根も何も話さなかった。言葉を話すエネルギーは彼らには負担であり、この世にいたときの仕草を模するのがせいぜいのことと思われる。

幽霊を見なくなってかなり時間が経った。彼らは僕にとっては一つの通路であり、出会いのときの、不安定で、やや透明な雰囲気は死の世界も決して不快とは思わせない調子をもっている。

幽霊と接触するのに必要な共感とは、感応のことで、そこでは霊根（僕は霊魂とは書かない）の支配について生者との間に互いに差を認めないことが必要だ。いつも、自らを現わそうとし、呼び出されるのを待っている霊性にとって、現世とのチャンネルはいまではいよいよ数少ないものとなり、彼らが、永い間かかって残した痕跡でさえ急速に失われつつある。

生きているものに呼びかけている証拠は、ふいに口をついて出る意外な言葉や、耳鳴りだ。それはプトレマイオスの「書簡」の中にも書かれている。赤ん坊が、急に大人のようにしゃべり出して、やがて沈黙したという報告もある。言葉の出所について人々は余り議論をしないし、これら厖大な語彙を単に所与として考えるだけにとどめている。もっと重要なことは、言語はそれ自体原初的に領域をもち、そこではきわめて非現実な状態、たとえば、むしろ絵画的に表しやすいようなものであるかも知れない。電子的信号とそれによって再生される表象との間の隔絶のように、根元において霊的な緊張が、深い隔絶を通って日常の中にそれに対応する理解を求め、共通の合言葉を求めてくるのである。審問官の一人が明らかにしたように、悪魔でさえ、さまざまの記号をもっており、一見不可解な、それによって支配される人間は一人一人がそれを翻訳して個性的に行動し、不愉快な、恐しい想念を思いつくということだ。

先日、日本中が雨に降られているとき、カナダの一人の青年が、集中的に念力を送ってきた。そのため、日本では多くのこわれた時計が動きはじめ、スプーンが曲ったり、若干の病人が健康を回復したりした。僕の家ではスプーンは曲らなかったが、確かに卓上で一メートルほど、指もふれないのに移動したと娘がいう。この青年の念力は、封筒の中の文字やパターンを透視して、複写できるほどだというのだが、それは大した力とは思えない。こうした実験は、大正年間にも朝日新聞社の主催、東大理学部の立会いで行なわれたことがある。三人の女がその力をデモンストレイトしたが、裁判官の夫人が最もすぐれていた。その夫人はのちに離婚されたらしいが、ともかく、筥の中に密封された詩文を読んだりした。僕がこうしたデモンストレイションを愉快に思わないのは、これらはすべての人に共通の能力のほんの一部であり、しかも、さらに本体は深い意味につながっていることが忘れられ、ショーになっているからである。

僕の長女は幽霊を極度に嫌う。そこで僕はこういっている。

「簡単に出入りする幽霊などは低級な霊根の証拠にすぎない。さらに深い諸霊に囲まれている僕達はかえって豊かで幸福なはずだ」

いま、アメリカには五千人もの占星術師がいる。だが、そのうちの誰も、たとえば黄道十二宮の星座を考えたプトレマイオスほど偉大ではないし、五行の法則を唱えた東洋人ほどの智力ももってはいない。星座の運行に音楽的支配を直観したピタゴラスほど賢くもない。

僕たちは現在、二つの大きな価値体系のうち、科学の真理や、物質的な充足に関心が集まりすぎて、一方の側でしか生きていない。一方の壁しか見ていない。本当の人間はもっと優しいはずだ。

一粒の米を通して太陽や土や雨の恵みを教えられ、農夫の労働への連想を強制させられていたころは、それを粗末にするものを罰する天の支配を思わざるを得なかった。稲霊（いなだま）を祀り、田舎では盲目の田の神を畦から座敷に招じ入れてもてなした。米を通じて彼らの想像力は無限にのびてゆき、諸神、諸霊の能力との逸話が豊かに作り出された。神々への会話と作法は思いつきで作られたものではなく、芸能は、それを嘉納する神へ向って、統一を求める創作の原理を必ずくぐって生まれた。僕はそのとき、人間の能力とやさしさを倍加するために諸々の霊が手をかしたものと考えている。

現代の文明的秩序では言語にも神の能力にも男性と女性を超える中立が保たれていることを認めもしないし、それを有用とも考えてはいない。性の端的な機能でさえ根元的にはまず中立からはじまっていることに充分気づいてはいない。そのことは、生と死の領域についても、人と霊についても善と悪についても二つの極に分けて、それぞれにその特徴を強調するだけにとどまっている。自我の最も非個性的な成立をときには強い欲望と不安の側面から見失っているのである。

詩人は認識のためには狂気さえ藉りねばならず、想像力のためには地獄さえのぞかねばならないが、実際はそのように生きることは稀だ。大麻に含まれているカンナビス、幻覚剤ハッシシュは詩人の身体を飛ばしてくれる。マリュファナや古代アステカの茸もそうだ。そこから緑玉の幻想が生まれる。硬直した死の想念や、単純で行き場のない生に多くの新しい場所を提供する、コクトーは耳の中に砂糖をつめて想像力を助ける官能を刺戟した。

だが、僕はそうした手段によらず、健やかに目を開いたまま、感覚のすべての能力が働き出す日は来ないものだろうかと考える。子守唄の中にもさびしい軒先の神をうたいこみ、疲れた神をいたわるアイヌの人々や、岩穴の中に住む祖霊と歌競べをする奄美や南西諸島の人々がいつか迷信といわれるものから絶縁するのはいいことだ。だが、それでも、その美徳とやさしさは残り、共通に支持し合う想像力は貧相にはなるまい。空想を刺戟するもう一つの世界がまだ我々の世界と重なって残るだろう。役割は終っていないのに呼び出されぬままにいる死霊や生霊や、物につきまとう霊が音を立てるだろう。フェヒネルの実験のように千べん呼ばれると物が立上り、愛人が現われ、思いがけない現象が起るだろう。詩人の詩も真の精神力をくぐってくる限り、術のような働きもはじめるだろう。

交友記——戦后一年、それから三十年

九州で終戦を迎えた僕は、焼けた東京に復員してきた。軍隊からもってきたのは米少々と煙草、軍靴と蚊帳だった。

まず、友人の消息を知ろうと、母校の高校をたずねると、駒場の運動場は野菜畑となり、その中に担任だった教授が作業衣で立っていた。僕の家族がハルビンにいることを心配してくれた。僕は海外に父兄をもつ全国の学生を糾合して引揚運動をやる。引揚が開始されたら、その組織で復興のための学生運動をするつもりだと話した。

「何もしてやれないが」と教授はいって、二十円と一束の野菜をくれた。その夜は、品川駅の浮浪者たちと野菜を煮、駅のベンチで寝た。十月だった。

翌日、消息の知れた友人のうち東大法科に通う藤本照男をたずねた。藤本は焼け残った家の二階に下宿していた。彼も朝鮮の新義州に家族がいる。僕らは手っ取り早く組織の中心を作るため、一高の同級生で海外に家族のいるものを選び出した。十四、五人ほどいた。早速手分けして探し出すことにした。川原間一がみつかった。この男は満州生れで、高校時代、大陸的なスケールで僕に影響を与えた。彼が、宇田博を浦和に呼びにいった。宇田の「北帰行」は満州で作ったものだ。宇田は寺の一部屋にいた。宇田が高校時代から詩人として知られていた清岡卓行を探すことになった。清岡は大連だ。一人みつかる毎に行動範囲が広がり、そのうち五千円ほどの資金も集った。中国留学生がいたガラ空

きの華山会館のホールを事務所として借り「在外父兄救出学生同盟」の看板を掲げた。

会館を根城に、大学高専をオルグして歩いた。どこのキャンパスにも〝虚脱状態〟の学生がたむろしており、海外出身でない学生たちも学生運動と聞いて参加してきた。その第一号が慶応医学部の荒川、つづいて中央の岡田、拓大（当時は紅陵大）の南方、渡辺、東大の金勝、加藤、吉田、吉原といったメンバーだった。初日で二百人を越えた。中には明らかな栄養失調者がいた。新橋駅前の露店からイモや雑炊、干魚を買ってきてたべさせているうちに資金はなくなった。賀川豊彦がトラック一杯の放出物資をくれたので資金に換えた。威張った第三国人が買って帰った。

十一月に入ると学生は五千人を越え、共立講堂で結成式を挙げ、マッカーサー司令部に引揚要望書をもっていった。壁は厚かったが、若さにまかせて幾度も体当りした。占領初期で、マ司令部もまだ不安と混乱があったと思う。われわれの方も混乱と不安の中にいた。街頭演説などしているとMPが怪しんでジープで拘引しにやってきた。まだ解体前の特高警察もきた。そのうち、満州、朝鮮の日本人の悲惨な情報が入り、たまりかねて朝鮮に密行することを企てた。金勝が医者に化けて小船で釜山に渡った。彼は北に行きついにやせた金日成に会い、日本人保護と引揚の陳情をして無事帰ってきた。

年が明けると、組織は九州から東北まで伸び、引揚げと併行して、独立と民主主義を求める政治的な学生運動の色彩を帯びてきた。中国の学生とも電波やメッセージで連絡がとれた。しかし、実際には明確なプログラムがあったのではなく、ほとんど手さぐりの学生運動であった。それまでの暗黒と戦火の反動で民主主義が火のように明るく見えていただけだ。日本中が戦後民主主義の様々な典型の、右から左まで喧騒で情熱的な市場であり、われわれ学生も店を一軒出したようなものだった。間もなく、社研の学生フラクションが同盟に侵入してきた。彼らを「全体主義の悪魔」と呼ぶ連中と、その連中を「間もなく達成される革命後人民裁判にかけてやる」と罵る二つの流れが組織内に現出した。いずれも未熟であった。

ある日、本部の前にプラカードと赤旗が立ち、フラクの学生たちが、委員長の僕に「食えるだけのものを寄越せ」と要求した。彼らが〝資本家〟ときめつけた僕も、ろくすっぽ食ってはおらず、ふところには二円の電車賃もなかった。オルグに行く途中、行路病のように倒れたこともあった。川原間一も神田駅のホームで倒れた。多くの足が立止らずに過ぎ去ったという。だれも行き倒れに関心を寄せるひまはなかった。

社研のリーダーにSという明大生がいて、機関紙発行のためやっと手に入れたペランペランの仙貨紙の巻取りを深夜、こっそり党の印刷所に運びこんだりした。党への忠誠を示したのだ。

やがて、中国、朝鮮からの引揚がはじまった。すると、多くの学生がその援護活動にいってしまった。博多港、下関港、品川駅、上野、仙台駅といった要所要所で引揚者の世話をする学生の姿がみられた。毎日新聞に報道され、その後、日活で「いつの日か花咲かん」という映画になり、ついには天皇、皇后から健気な学生の指導者に招待までできた。何もしない国や都が物資、医療品、宿泊施設まで学生にあずけて、よろしく頼むといった調子であった。僕の考えている学生運動は横道に外れたと思い、意見を異にする藤本たちとそこで別れた。

同盟を去ってみると、相当に身体が参っているのがわかった。住む家もなかった。そこで川原間一が、つてをたどって川越にいる阿部東吉という先輩の家に僕をつれていった。僕は初対面だったが、離れの洋間が与えられた。その夜、暖かい白米の御飯に対面した。美しい料理が出た。まず眼で鑑賞することを求める料理に感動した。夫人が疹癬だらけの僕を風呂に入れ、薬をつけてくれた。

阿部氏は僕の父と同年で、車夫をしながら大学を卒えた人であり、旺盛な精神力と純粋で激しい感情をもっていた。仏教を信奉し、居候の僕は様々なものを彼から学んだ。当時は憲法草案の論議が激しかった。近衛案も、松本烝治案もつぶれていた。農林大臣秘書官をしていた阿部氏とは毎晩、憲法について論議した。憲法論を通じて、政治の目標が少しわかってきたようで、再び、学生運動に戻りたいと考えるようになった。

そのころ、阿部氏をたずねて川越の三人の学生がやってきた。東大生の大川明治、山田博一、商大生の原田定吉で、三人とも軍服の仕立直しを着ていた。保守的な川越の町に新しい青年運動を起したいと阿部氏の教えを受けに来たのである。山田は飢餓のメレオン島の奇跡的生き残りであり、原田は十三代つづいた米穀問屋の息子で、画家を志していた。大川は高校の一年先輩で、物理学者を目指していた。紹介されて、この三人は僕の川越時代いつも肩を組んでいる仲間となった。川越での青年運動は急速に進んだ。熱い多くの仲間に囲まれて、僕は毎日のように熱い詩を書いて朗読した。とくに大川の一家は家族のように僕を遇してくれた。九人の弟妹と両親と、七十歳に近い祖母がいた。いろいろなものを混入してせいいっぱいにふくらんだ雑炊をよく御馳走になった。配給の煙草にも手を出した。祖母のたけさんは「私はこれでいいよ」と玉蜀黍のひげを煙管で吸った。水でうすめたエチルアルコールを飲み、酔った。ゴムくさい匂いがした。

大川は耳が悪く、そのため寡黙であり、じっと耳をすまして他人の話を聞く男であったが、その類い稀れな誠実さと強い忍耐力に僕は驚嘆することが多かった。次弟の亘《つかさ》はエンジニアで、いつもラジオの組立てに取組んでいた。僕が関心をもったのは、活発な四番目の弟解で敏感でいかにも利口そうな中学生であった。大川家のラジオには「引揚者の家族さがし」の放送が入る。僕のためにいつも家人が注意深く聞いていてくれた。

秋がきた。そのころ、再び藤本たちと手を組んで学生運動に復帰していた僕のところに大川から知らせがきた。僕の家族が九州の郷里に帰ってきて、ラジオで僕を探している、と。僕は川越の青年たちや、学生運動の仲間に送られて九州に帰った。博多の引揚者の仮住いに着のみ着のままの家族がいた。間もなく父が胃癌で入院した。東京や川越の友人たちからカンパした金が送られてきた。手術後しばらく父は生きていた。金を使い果すころ父は死んだ。あとには母と幼い弟妹五人が残った。僕は急いで帰京し、卒業試験をまとめて一度にうけるため勉強をはじめた。一度も大学の講議に出たことのない僕のために友人たちがノートやテキストを集めてくれた。品川のアパートの一室まで電車で机を運んでくれたのもいる。その部屋は畳もくさり、真ん中に大きな穴があって床の土がみえた。窓ガラスの代りに焼け跡のトタンが張ってあったので、昼間はトタンをめくって光を入れた。卒業試験が通ったので、朝日新聞の入社試験を受け、九州本社を志望して東京を離れた。

長い年月が経った。昭和四十年、僕は東京に帰ってきた。すでに学生運動は消え、川越の青年運動も昔話となって、友人たちはそれぞれの道を歩いていた。さらに十年、戦後は殆ど痕跡もない。

藤本は弁護士になり、気ままな川原は前橋で塾を開いている。荒川は開業医、岡田は東京タワーの専務である。宇田の北帰行も流行が終り、ＴＢＳの報道局長として先般、金日成に会ってきた。金勝が会ったときはやせていた金日成がすっかり肥っていた。金勝は農林省の役人、加藤は大学教授、医学生の吉田は転身して日販の重役をしている。当時僕たちの運動を報道してくれた毎日の二人の記者は社長と編集局長。いまもときどき訪ねてくれる阿部氏は悠々自適だが、足の衰えが痛々しい。大川は大学の研究室を断念し、高校教師となって弟妹を育てた。山田は東部鉄道の幹部。原田は脳性マヒの息子を抱えながら、相変らず美しい音楽的な色調をもつ絵を画いている。大川の次弟亘は可哀想で仕方がない。数年前、妻を失ったが、その後を追い、食を絶って死んだ。逆縁というのだろう。祖母のたけさんは昨年暮、九十七歳まで生きた。死の少し前、家人がたけの思い出話を録音した。通夜の晩、三十人もにふくれ上った大川一族とともにそのテープを聞いた。文政に生れ、大正初年に死んだたけの養母についてや日清戦役を昨日のことのように話すのを聞きながら、月日というのは長いのか、短かいのか、不思議な感懐をおぼえた。聞きとろうとして耳を傾けている大川のかっこうが昔と変らなかった。

新聞記者

大阪に赴任して三年半経った。新聞記者から経営の方にまわって組合の団体交渉や実力行使とおつき合いしているうちに過ぎてしまった月日である。そうこうしているうちに「朝日新聞創刊百周年」をこの一月二十五日に迎え、かなり盛大な儀式に朝日の人間の一人として参加した。大阪で創刊されたのが明治十二年のこの日である。その日の礼会面をみると絵入り、ふり仮名つきで、たとえば泥棒のつかまった記事の最後に「悪の栄えたる験なし、めでたしめでたし」などと書いてある。滅んだ主家の嬢《いと》はんを賃仕事をしながら大事に育てた女中を「当節感心忠義の者」とほめている。

百周年の式場に明治十二年に生れた朝日の販売店の元店主がやってきた。明治十二年は初めて日本人の機関車の運転士が出現し、高橋お伝が斬罪になった年だ。内閣制は未だなくて、大政官施政下に生れたこの老人は小さくしぼんではいたが元気で酒をのんでいた。現在の大阪弁とも違うもう一つ前の大阪弁で介添役の元新聞記者に新聞人の心得のようなものを説教していたが、この元新聞記者も明治三十六年の生れなのだ。

「お前の親父さんは筆の早い記者で、矢立をもって二人引きの俥でさっそうと取材していた。国士だった」などといっていた。

百年とは永い月日だが、それを生き抜いてきた人に時代や外界の移り変りにもかかわらず変らぬ信念や信条が生き残っていることに愉しさを感じた。

ところで、われわれの時代はどうなっているのか。

宇宙にはインテルサットが飛び、地球の向う側の事件がそのまま臨場状態で見られる。オリンピックを撮影し、フィルムを飛行機の乗り継ぎで送っていた時代とは違う。コンピューターの中央処理装置が大量の情報を記憶し、処理して、個々人の必要とするカスタム情報まで提供できる。電気通信技術が高度に発達し、即座に情報を需要者に送り届ける。世界を情報網で結びつけ、偏見と無知をとり去って世界は相互理解を通して平和となる。コンピューターとユートピアを一緒にしてコンピュートピアという。

六、七年前に通産省の中にある情報部会が出した未来図によれば、社会は情報化されて、物質的産業の比率が下がり、情報とか知識とかいった無形物の産業が大半を占めることになる。そうすると、新聞産業は情報産業のほんの一部を占めることとなるだろうという。たまたま、そのころの「新聞週間」でＮＨＫ座談会があり、出席したことがある。当時は未来学が華やかで、ある情報科学の大学教授は「やがて新聞は二十四頁ぐらいではとてもだめだという時代がくる。百頁、二百頁の情報が要求されるだろう。それほど尨大な新聞を安価に作り得るとは思えないので、残念ながら新聞は未来の情報の中心の担い手にはなれないと思う」と述べた。

僕はそれに反論して「新聞的情報の要求はそれほど大きくはならない。新聞と読者の間の規範的関係、緊張関係に大きな変化は生じない」といったのだが、議論はすれ違いであった。

僕はコンピュートピアを信じていない。過多な情報は理解も誤解も生む。情報網を使って人々は知識も集拾出来るが、逆に政権をもつものもそれを使って宣伝や、世論操作ができる。国家間に憎悪を生むこともできる。だれが情報の担い手であり、だれが情報網を握っているかが問題だ。新聞の理念は情報の担い手を民主的な基礎の上に置くということだ。独裁者や全体主義者は先ず情報の独占から仕事をはじめる。

ひところ、電送新聞というアイデアがあった。新聞を電波で各家庭に送り、そこにある装置で受信して紙の上にうつし出すというわけで、新聞を印刷してトラックに乗せ、配達員が家毎に配らなくてもいいから便利になる。そこで試作機が作られた。ところがすぐ「電送新聞の規正に関する法律案」というのがでてきた。つまり電波の数はきまっているから電送新聞を発行するには政府の認可が要る。

認可基準が必要だといって、その基準の中に「公正、中立でなければならぬ」とうたっている。ところで、だれが公正、中立を認定するのか。試作機を作ったいくつかの新聞社は考えこんだ。結局、紙に情報や主張を印刷するのは最も原始的だが、瓦板以来、一番簡単で自由な方法だとの結論に達した。試作機は目下ホテル宿泊の外人向け小型新聞にだけ使われている。

コンピューターの能力と利用についてはは大いに期待するが、僕は人間の最もすぐれた能力を超えるとは思っていない。コンピューターは人間の与えたプログラム以上には働かない。充分な入力と綿密なプログラムを間違えるとコンピューターは思いがけない判断を下す。

毎日一分ずつおくれる時計と、こわれて動かない時計とどちらを買うべきか、との問いにコンピューターは「一分ずつおくれる時計は永い月日をかけないと正確な時刻を示さない。こわれた時計は少くとも一日に二回は正確な時刻を示す。こわれた方を買え」といいかねない。

五、六年前のある日、新川和江さんの自宅で宗左近、山本太郎、中桐雅夫氏らと飲んだとき「コンピューターは間違わないとなるとずっと間違わない。いったん間違えるといつまでも間違っている。人間はよく間違えるが、間違いを正すのも早い。だからコンピューターには独創がなく、人間には創造がある」などと話合ったことがある。過ちを犯し、悔み、反省することはいいことだ。

コンピューターが作曲し、句作したのを聞いたことがあるが、感動らしいものは丸で起きなかった。衝撃的な創造や個性は永久にコンピューターから生れることはないだろう。

矢立をもった国士風の記者も、その息子の大正から昭和にかけての記者も、僕たちの世代の記者も、これからの記者もそれぞれに世界観や社会観はあるだろう。しかし、一貫しているのは最も正しいと思われる議論を書くこと。人々に最も利益になると思われることを模索し、報道することであった。間違いや挫折もあるだろうが信条を守ること。態度が真剣だということでは共通していた。

先年、一人の記者が定年で退社していった。その送別会の席で、もう一人の記者が突然三十年近く前の問題をもち出した。

九州の小炭鉱の労務者が手配師の暴力に耐えかねて自殺した事件があった。その少し前に、その労務者は新聞社に救いを求めて投書していた。それを定年退社するその記者が承知しながら直ちに行動を起さず、みすみす死に追いやった。そのあとそれを特ダネにして、しかも署名入りで記事にした。それ以来三十年間、その記者とは絶対口をきかないことにしたというのだ。

「道理でキミは俺にはずっと物を云わなかったのだな」とその記者は驚くと同時に「それは俺の記者生命にかかわる誤解だ。みなしばらくここで待っていてくれ」といい置いて急いで車で帰宅し、やがて引き返してきた。三十年前の古い日記帳をもってきた彼は、その当時の心境を綴ったところを示して読みはじめた。その投書は雑然とした書類の下になっていて気づくのがおくれたのだ。そのため、一人の労務者を救えなかった事実と無念さと苦しみの日々を送った状態が綿々と書かれていた。その席に居合わせて二人の記者が誤解を解いて泣いているのをみて、その単純な明快さに心うたれた。三十年間口をきかなかったもう一人の記者の強情さも気もち良かった。ちなみに口をきかなかった方の記者は昔、殺人者の子どもを二人、世間の白い目から引きとって実子のように育てた男で、入江徳郎の「泣き虫記者」の主人公だ。

「百周年記念」のパンフレットに大正五年大阪本社落成式の古い写真と記事が載っていた。神主が「忌麻波里《いまはり》清麻波里《きよまはり》つつも社長（くみおさ）はじめ諸々《もろもろ》の記者（ふでとるひと）たちと諸共《もろとも》に宇豆《うづ》の玉串を持ち擎（ささ）げ伊波比《いはひ》拝《おろが》み仕奉《つかえま》つる」と祝詞を上げ、当時の記者たちか洋服や羽織袴で頭を垂れて聞いている。おそらく彼らの信念も単純なものであっただろうと思う。時代が変ればいつも新しく厄介で複雑な問題が起る。現代を不確実性の時代といってすませるわけにはいかない。及びつこうとつくまいと新聞記者は単純な信念で行動し、ときには誤りを犯し、悩みながら働かねばなるまい。コンピューターで出てこない答えをつかむのにはそれしかない。

教師

日教組が教育の反動化、平和憲法の危機を訴えている。教師が時代と教え子の間で板ばさみに悩むのはいつの時代にもあることだ。僕は子どものときから、やはり板ばさみの教師に触れてきたのだと思う。

小学二年生。僕は北京にいた。いまの社会科を崔先生という韓国人の女教師が教えていた。先生は平静に修身や、国史を教えていたが、あの教科書は教えにくかったに違いない。先生は失われた祖国に無念を抱きつつ異国人の子に教えていたのだと思う。僕が忘れられないのは、階段から落ちた僕を先生が背負って二百メートルほど先の病院に走ってくれたことだ。白と黒の朝鮮服と先生の荒い呼吸と髪油の匂いをいまも覚えている。先生は朝鮮人虐殺の済南事件で北京に避難してこられた方だった。

間もなく、こんどは僕と弟妹が反日運動の激化で内地の小学校に避難した。佐賀県の伊万里小学校で、伊万里はひなびた陶器の町である。初登校の日、廊下で高等科の大きな生徒をなぐっている詰襟の教師をみて立ちすくんだ。それが僕ら三年生の担任松尾先生と聞いて、目の前が暗くなった。先生は机の中にたくさん洗濯バサミを入れていて、悪いことをした生徒の耳や鼻、唇を容赦なくそれでハサんで立たせた。しかし、先生は同時に、自分の耳や下唇も洗濯バサミではさみ「おれも我慢すっけんくさ、お前も我慢ば、せなこて」といって授業をした。先生は毎朝早く登校して、弁当を持って来れない貧しい生徒数人の机の中に奥さんの作った弁当を入れていた。下校後、カラの弁当を回収してもち帰るのだった。

中学は旧満州の奉天（いまの瀋陽）に転校した。満州国ができて四年経っていた。中国語を教えてくれた三原先生は、教科書にある満州国国歌を教えながら「五族協和」はできても「五族の同化《トンホア》」はできない。よその国に押しかけてきて同化は無理だ。まして日本の神社に参拝させるなどは出来ない相談だといっていた。僕たちは植民者の子弟であったが、その通りだと素直に理解した。配属将校もいたから大胆な発言だった。

十七歳のとき、日本にきて旧制高校に入学した。もう太平洋戦争ははじまっていた。僕たちは高校の名物教授であった阿藤伯海という漢詩人に出会った。教授は年がら年中羽織袴であり、髪を指で掻き上げながら講議をした。当時中央公論社の日本文学全集の「新体詩、漢詩、短歌、俳句集」の中に、阿藤先生の「夢に薔薇の病めるを見たり」というのが掲載されていた。

教授は「自分の方から戦争をしかけておいて神風が吹くなどとはおかしな話」と公言して、右翼の教授や、配属将校のひんしゅくを買っていた。渋谷駅で教授の羽織袴が警察に咎められた。空襲警報下にもっての外の服装というわけだった。「脚絆も巻かずにお前は何者だ」と問われて阿藤氏は「学を愛する者であります」と答えた。

翌日再び捕った。教授が袴の股立ちを上げるとすね毛の上に脚絆が巻かれていた。

終戦になると教授は職を辞して郷里岡山に帰り、田畑を小作人に分け、自らも晴耕雨読の生活に入ったが、最後まで独身で、誰にもみとられることなく玄関先で死んでいた。教授を愛するわれわれは「西の方陽関を出ずれば胡人ならむ」とうたって生前を偲んだ。同じときの校長安倍能成先生は軍部ににらまれている一高の自治を守るために腐心しておられた。

一高生も戦時下には身心を鍛えているというところを示そうと、昼休みに「体操」をはじめた。弊衣破帽、素足に草履、手ぬぐいをぶら下げていた生徒には、号令で集合し、号令で体操をすることはなじまなかった。僕たちは、上半身裸で体操をしている安倍老先生を横眼に見ながら町の方にエスケープしていった。いま思うと親の心子知らずであった。事実、軍部は警察官を派遣して一高自治の息の根を止める算段をしていたのだった。

ある日、元連合艦隊司令長官高橋三吉大将が講演をしにやってきた。倫理講堂で壇上に上った大将は「諸君の生活はだらしがない。海軍兵学校をよろしく見習ってほしい」と訓示した。そのあとすぐ安倍さんが登壇して「海兵は戦争を教える学校だ。ここは文化や人の生き方を教え、学ぶ学校であってそこに大きな差異がある」と述べた。僕たちは拍手したが、何とか時局の中で自由、自治を守ろうとしている老哲学者の真の苦労までは理解してはいなかった。

学校にはその他立沢剛、市原豊太、日高第四郎、木村健康、桂寿一といった自由主義者や哲学者がいた。僕たちは戦争はいかに規模は巨きくとも、本来卑小なものであって、自由な心や感情の方が偉大であることを、諸先生との日常の接触で学んだ。これらの先生方は組合のような組織ももっておらず、声高に絶叫もしなかった。

高校では試験のとき、監視をしないで、「時間が来たら回答を机の上に提出して下さい」といって出てゆく先生が多かった。だれもカンニングはしなかった。戦後、新制大学になって大がかりなカンニングが発生したことを新聞で見て驚いた。

新聞記者になって、僕は二人の人物からどのような教育が昔あったかについて心に残る話をきいた。一人は禅の山田無文老師で、もう一人は落語の林家彦六師匠である。このお二人を知ったのは、福岡刑務所の無実の二死刑囚の冤罪運動を通じてである。古川泰龍というお坊さんがこの運動をはじめ、ほとんど私財を失うまで一家を挙げて二死刑囚の救済に打込んでいた。先のお二人はこの運動に共鳴したのである。

林家彦六（当時正蔵）師匠は白内障の不自由な眼で銀座街頭に立ち、団地に行き、「恐しいことでござんすよ。死刑囚を助けてやって下さいまし」と訴えていた。団地に行って「長屋のみなさん」と呼びかけるのには閉口したが、そこに時代の移り変りに自らは変ろうとしない明治人の気性がみえた。この彦六師匠に「芸は弟子には教えぬ。盗ませるのです」「寄席がはねて師匠は熱いうどんを食いに入っても、弟子は店外で待たせる。つらいものでござんすよ」といった教育の仕方を聞かされた。

山田無文師は「私の父は間違ったことをしたら誰かれの容赦はなかった。母は逆にどんな悪いことをした人のためにも泣いて父に詫びていた。父からは正義のためには怒らねばならぬことを、母からは誰のためにも許しを乞う事を習った」といっていた。

時代と教え子の間で悩む教師の気もちはわかる。組織運動も必要であろうが、声高に絶叫しないで、身をもって教えることも学んでほしい。少くとも、政治を正させると叫び、拳を振上げた大会のあと、開催地で不評を残さぬ教師であってほしい。僕は長崎、松江（出雲大社）の旅館の人々から、先生不信の声をずい分と聞かされた。

奄美

昭和二十九年夏、私は朝日新聞社会部記者として、ダレス声明で日本復帰が決った奄美大島を空からたずねた。

島は狂喜していた。新聞社の社機を迎えて、屋根の上、港の船の上でも日の丸を振っていた。旗をもったまま海に飛びこむ者もいた。小学校はわらぶきであったが、校庭では子どもたちが「万才」の人文字を作り、飛行機が近づくとぐらぐらと字が曲った。旋回して帰ったあと、私ははじめて船で奄美大島に上陸した。

その夜、旅館の窓下で、

「八月うどりしがいこ」（盆踊りに行こう）と誘い合う声が聞えた。カメラマンを連れて学校の庭に出かけた。私はそこではじめて八月踊の歌の多くが即興であることを知った。

「いつまでも立っていると脚が疲れる。さあ踊ろうではないか」と誰かが歌い出す。手や指の動きに南国的な特長があり、ゆるやかな円舞には農耕民の特色があった。人々は陶酔の中で一種のけいれんの表情を見せた。その間、次々に歌われる歌に、多くの即興がまじった。役場の商工課長が書きとって見せてくれたが、たとえ稚拙であっても音節、音韻の確かさがあった。中には見事な歌詞もあり、愛欲を歌ってユーモラスなものもあった。すると、即興に歌った人の周囲に笑いが起り、それに合う身振りが伴った。最後に、

「天の川が行ってしまった。家に戻ろう」という意味の歌が歌われて、人々は陶酔から醒めて、散っていった。私も時に踊りの仲間に加わり、古代の習俗と心情の中にいるように感じた。

私はこの旅で、即興が生きている体験をたびたびもった。

小船で小さな島に渡り、そこで死者とこの世の人々の歌垣もみた。人々は海近い洞穴に向って即興の歌を送る。すると、黄泉の国から歌が返ってくる。私には聞えない。しかし、島の人々は歌が返されてきたのを感ずるのだ。そして、明け方、人々は連れてきた雞の頭を叩いて鳴かせる。死者たちは朝がきたことを知って、自らの霊が鎮まる国にかえってゆく。

南西諸島では言霊が生きていた。言葉には霊がこもり、言葉はまた数々の霊を呼び寄せる。海のかなたのニライカナイ（海神の里）から島にくる守護神の名を聞いたが、老女は名前の全部を教えてくれなかった。名前の最後まで口にすると、神の耳に届き、異変が現われるというのだ。

島で新しい漁船が出来、船魂を入れる儀式があるというのでいってみた。神女（ノロ）を先頭にして女たちが白い被布をかけて並んで船に上っていった。男たちは汚れているというのか、遠くで平伏していた。女たちはウナイと呼ばれて、姉妹としての信仰につながっていたが、船の帆柱を右から左へとまわりながら、女の髪や、女が身につける品物を素早く帆柱の根方に置いた。船は女の霊に守られる。ノロはまだ十四歳の少女であった。ある日、八十を過ぎたノロが門口に立ち、自分が死んだあと、ノロを継ぐのはこの娘だといった。彼女は間もなく死んだノロのあとを継いだ。彼女は草の冠を

かぶり、祈りの言葉を唱える。幼い声が朗らかに新造の船から響いた。私は神と交感し合う楽天的で美しい状況をみていた。

八十のノロといえば、島の若い役人がこんな話をした。

道路を作るため、役場が海岸のくばの木を伐ろうとした。このくばの木は昔から、ニライカナイの神が船を舫う木で、樹齢も古い。その時、山の方から老いたノロがころぶようにかけてきて、涙を流し、髪を振って叫んだ。

むい（森）　むいや変らじ
海　海や変らじ
山　山や変らじ
下司ぬじどや変ゆる

歌のような響きは、ノロの口を借りた神の声に聞え、青ざめて工夫たちは伐るのをやめた。まだ人々に神女ノロや、ノロの下格のユタへの信仰が残っていた。

ある朝、旗やノボリを立てた小さな棺が通っていった。海に溺れた男の子を葬る行列だった。一年経って、土から掘りかえされ、家族が海で骨をきれいに洗って再び墓に入れるのだが、男の子の母親はユタのところに出かけた。なぜ、私の子が海にとられたのか？　小さな稲の穂をもったユタは、

「うやふじをしそにしたばつ（先祖を粗末にした罰）」

と、いった。若い母親は泣き出した。

私は徳之島に漁船で渡った。途中、船内のぬるい水を飲んだためか、上陸するとアメーバ赤痢となって医者を呼んだ。病後は身体が痛んだ。あんまに来てもらった。白い着物を着て、小さく縮んだ老

婆がきた。九十歳に近かった。昔、鹿児島にいて、小さいとき西郷隆盛が昔仲間の祖父をふらりとたずねてきたのを覚えているといった。私は、彼女の掌から霊波の出る効験のあるマッサージを恐縮して辞退し、いろいろと昔話を聞いた。

さらに南下して沖永良部島に渡った。島は飢饉で苦しんでいた。蘇鉄の実を粉にして、水に晒してたべる日もあるということだったが、島の人々は善良だった。村道の木の枝にだれかが落した財布がぶら下がっていた。派出所の事故簿に牛車がヒヨコを二羽轢いたという記載があった。

ケンムンという木の精霊の話を聞いた。一種の妖怪なのだが子どものように小さく、角力といたずらが好きということだった。ケンムンを見たという人が何人かいた。海岸に坐っているとき、隣にケンムンが来て、自分の弁当をたべようとしたんだと、真面目に話した。

与論島は奄美列島の最南にある。そこまでくると晴れた日には沖縄がみえる。

私とカメラマンは小さな旅館の二階で寝そべっていた。天井にはやもりがいっぱい匍っていた。それらがチチと鳴いた。蛾がとびこんでくると素早く口で捕えた。蛾の鱗粉が天井から落ちてきた。

階下から音楽が聞えた。それは沖縄風の古典的な旋律だった。私は下に降りていった。花笠と紅型を身につけた女が三人踊っていた。カスタネットのような四つ竹を鳴らし、その音楽も踊りも、私が奄美本島で見聞きしたものではなかった。

奄美の民謡はもっと庶民的で、座敷歌でさえ、ときに声が裏に返ってものがなしかった。蛇の皮の三味線は細い竹のへらでやわらかに弾かれ、伴奏は軽快なリズムを作った。ところが、旅館の一階の座敷でみたのは沖縄の古い女踊りで、足の運びは能の影響をうけた典雅な摺り足であり、腰を中心にゆっくりと舞う一つの象徴のように思われた。どこにも女の媚がなく、肉体の重さを克服したかのようにゆっくりと、しかも遅滞もなく変化した。

電球は一つしかなく暗かった。その電気も発電力の弱い島では節電のため、早く消えてしまった。

彼女らはローソクの火で身じまいをして帰っていった。

私は日本本土に帰ってきた。特需景気で経済はこれから成長しようとしており、すでに都市の文明は眼を覚していた。そこには私が奄美でみてきたような古いものは一切なかった。奄美でふれ合ったこころのようなものは全くなかった。素朴で明るく楽天的な神々もいない。言霊の信仰もなく、即興のよろこびも人々の中には見当らなかった。

私は古代の習俗と信仰と、神々と交感しうる言葉の霊の栄えた祖先たちのことを思った。記紀には奄美にあったニライカナイのことも出ている。ウナリの信仰のことも出ている。かつて歌に恵まれ、数々の伝承と説話に満ちた時代があったことを考えた。

島にはこのような話があった。それを経験した若い恋人は実在しており、彼らの話を疑うものはいなかった。

ある日、二人は海岸に坐って語らっていた。突然、娘が立ち上って浜の方に降りてゆき、やがて海の中に着物のまま入ってゆき、その姿は遠浅の海のかなたに消えてしまった。

青年は意外な出来事に、茫然として見送っていただけだった。しばらくして、娘が戻ってきた。彼女はいった。海の向うで神様がおいでおいでをしているのを見た。いってみると、神様が「私はさびしいので一緒にきてくれ」という。彼女は神に連れられて、不思議に明るい島にいってきたのだ、と。彼女は確かに海の中にいってしまったのだが、着物は濡れていなかった。青年はそう語ったということだ。

私にとって、この話が真実であろうとなかろうとそれはどうでもいい。この話が疑われずに島の人々が語ることがいいのだ。

また、名瀬市から少し離れた部落で、私がたずねた「双性の巫」を思い出す。

彼は、ある日突然神の命令によって男のまま女になってしまった。私が会ったとき、この中年の巫は女の着物を着て、仕草も女性的であったし、もう髯も生えなくなったといった。男神と女神が合体して強い神をあらわすというのは、古いヨーロッパにもあることだ。世界中にあれほどいた「双性の巫」も、もう奄美にしかいなくなっていた。女の霊によって船などが守られ、女の念力を借りて男が戦った時代はついこのごろまであった。男女の性がエロスを越えて、神々の意志によって合体して力となることの名残りを私は奄美でみてきた。

あれから永い月日が経った。双性の巫ももう死んだかも知れない。各島々には飛行場も出来、テレビアンテナも林立し、建物も新しくなり、島はすっかり変った。しかし、私はこの社会の繁忙に疲れるときや詩を書くときなど、いつも思い出すのはあのころの奄美だ。そして、そこに住む人々の素朴な快活さ、即興と言霊のやさしい敏感さ、科学の恩恵を受けない代りに、より豊富で生々と生活にとけこんだ空想力、たとえ、迷信であっても信仰によって互いに結びつけられていた人々の共感の暖かさにつよく心ひかれる。

自白

ここ二、三年死刑確定囚の再審開始、無罪判決、検察側抗告断念という事件がつづいている。

今年に入っても一月に松山事件、五月末には島田事件がそれぞれ再審への道を開かれた。また、日石ビルピース事件の無罪判決が出た。この爆弾事件には真犯人が時効になって名乗り出た。弘前の教授夫人殺しも真犯人が名乗り出て、危うく死刑を免れたケースだ。こうしたときの警察や検察のあわて方は醜悪だ。マスコミに対してしどろもどろだ。すでに極悪犯人として絞首台に送られかかった囚人に対しては申訳けないという一言もいわない。

法務大臣も参加した検察官会議でも、無実の囚人を出さぬための対策を真剣に討議した様子はない。ただ、〝捜査が甘かった〟と反省しただけだ。ある、警視庁元捜査一課長はその著書で、有罪判決率は九十六％だと逆に胸をはって書いている。だが、残りの四％が問題なのだ。少くとも、その人々は法廷に引っぱり出され、世間からは犯人のように扱われ、ときには職を失い、家族ともどもつらい思いをしたことは事実だ。法廷で悪戦苦斗して、やっと無罪判決を得たのだ。

私は有罪とされた九十六％にしても、問題があるとみている。それは、被告自身が判決に服しただけであって、起訴事実、判決理由に事実でないことが多いであろうとは、私の社会部記者としての経験からしてもはっきりといえることだ。

事実でない判決に服した死刑囚を私は知っている。そして彼はいまこの世にはいない。

もう二十年以上も昔の話だ。場所は九州。小学校もろくに行けなかったMは、菓子屋に職人見習として働いていた。ここの主人とその妻は大変に仲が悪く、ある晩、激しくけんかを始めた。Mは二階にいたが、けんかがおさまったようなので、一階に降りてゆき、放心して座っている主人をみた。Mは饅頭の蒸籠が湯が切れて空炊きになっているのをみて主人に大声で注意した。蒼白の主人がすごい形相で怒鳴り鉄びんを投げつけ、逃げるMを追って来た。主従のけんかとなり、Mは側にあった薪割りで主人をなぐった。

そのときの心理をMはこういっている。

「白眼となった主人が私にしがみついて崩折れました。その瞬間には自分が何をしたか見当がつかず、おや、主人は何故急に変な様子をするのだろうという気がしました。まして、人殺しをしたとは思いませんでした」

殺人罪とするには犯意がなければならない。警察の調べがはじまった。私は妻の方は殺していない。主人に殺され、その死体はすでに押入れに入れられていたと思うといった弁解は許されない。二人を

Mが殺したという警察の推定に合致するまで自白を強要された。主人を殺したあとMは恐しさで実家に逃げ帰っていた。彼は納屋にかくれ、妹にだけ知らせて、諸などをこっそり運んでもらっていた。逮捕されたときは栄養失調だった。朝から晩まで苛酷な調べがつづき、刑事たちは、Mには食事を与えず、Mの前で夜食を食べた。

「夢中だったというならどんな風に夢中だったかいうてみい」

「殺そうと思わんものが、なぜ薪割りを振り上げたか」

Mは答えられない。すると刑事はいう。

「殺そうという気は瞬間だがしたんだ。そして夢中で殺した。そうだ、それに違いない」

「ともかくお前は主人を殺したのだ。奥さんの方はやっていない。そんなことを信用するものがいるか。ともかく大罪を犯したのだから冥福を祈る意味でも、ここは私がやりましたといって罪に服しろ。俺たちも同じ人間で、同じ日本人だ。悪いようにはせん。な、そういえ。ほら、この丼をくわしてやるぞ」

こうして自供書ができ上った。処刑を前にして、Mは教誨師には事実を述べ、私は人を殺す大罪を犯したのだから、これ以上、法廷で争っては主人にすまないといった。Mはクリスチャンとなり聖書に読みふけっていた。

「悪いようにはしない」「ここは（自白では）こうしておいて、そこは違うと思ったら裁判所でいえばいいのだから」。これが刑事の常套手段だ。朝から晩まで、おどし、すかし（必ずおどしの刑事とすかしの刑事がいる）で責め立てられ、永い拘禁と不安の中にいて絶望している被疑者は、この言葉に救いをみつける。先に挙げた一連の殺人事件のような重大な犯罪の被疑者でも、苦しみを逃れたい一心にこの手にひっかかっている。

爆弾事件の犯人とされた知能の比較的高い人でもそうだ。インテリに対してもっとも効果があるのは論理や、心情の説明、事実関係の中からわずかでも矛盾をみつけてせめ立てることだ。インテリほど矛盾の指摘には弱い。脈搏は高くなり、紅潮し、しどろもどろとなって頭が混乱する。そこをさらに攻撃するのだ。

反対に知能の低い容疑者は誘導しやすく、自供をたくみにすりかえる。だれでも犯意や殺意の不存在を説明することは難しい。取り囲んだ数人の刑事に怒鳴りまくられているうちに、彼らの描く犯罪の構図にはめこまれてゆく、肉体的拷問があればなおさらだ。爆弾事件の容疑者もうしろ手錠のまま調べられたということだ。わざわざこわれかかって倒れそうな椅子に座らせて心理的不安をかき立てる。

かけ出しの社会部記者のころ、刑事が酔ってけんかした程度の男を調べているところに出会った。男は酔って覚えていないという。酔いもさめてしょげ返っている。すると刑事は「相手を何回なぐったか」ときく。「本当、覚えがないんです」「なるほど、覚えていないぐらい無茶苦茶になぐったんだな」。そういって刑事は調書に書きこむ。あとで刑事は早口に調書を読み上げて指印をおさせ、「何卒、寛大なお取りはからいをお願いします」と書いておいたぞと恩着せる。これで犯行は任意に自白したという証拠になる。

ここまで書いているとき、夕刊が届き、一の面にまたしても「高裁一審判決を逆転二人に無罪」という見出しの記事が出ている。自白は捜査官の誘導と脅迫によるものと判決したのだ。二人の男が共に無実を有罪の自白をするとはどんな調べ方をしたのか。いままで、自白を自由心証で永い間、信用してきた裁判官も相次ぐ冤罪に警戒をはじめたらしい。

昔はひどかった。検事と一緒になって、ときには暴力まで振った予審判事が、そのまま戦後の刑訴法改正まで生き残っていたので、福岡事件（昭和二十三年）のように二人の無実の死刑囚を生み出すことになったのだ。

西、石井という二人の容疑者は強殺共謀犯として調べられた。連日未明近くまで、入れ代り立ち代りの刑事達にせめ立てられた。ひざの間に警棒を入れて正座のままだ。ときには逆さに吊るされて鼻から水を入れられた。

この事件に三人の少年が証人として調べられた。三人は容疑者の無実を主張して怒鳴られた。偽証で逮捕するというので震え上り、捜査官に迎合してしまった。三人を並べて、刑事は、何度も刑事の推理する犯罪構図をくり返す。私は事件後十五年経って大人になった三人に会った。三人ともこういった。

何回もくり返し「そうだろう、そうだな」と警察でいわれているうちに本当にそうだったように錯覚し、不思議なことに頭の中に虚妄の実感ができ上っていたのだという。少年でなくともそうだ。私の親しくしている社会事業家も、ふとしたことから窃盗容疑で逮捕され、連日、おどしすかしの取調べをうけた。そのうち、本当に自分が盗みをしたという錯覚に陥り、ついに自白してしまう。新聞に書かれ、永年の彼の社会的徳望は失墜した。偶然、真犯人が現われて釈放されたのだが、彼はしみじみ自白強要の中で崩れていった精神のもろさを語った。

不安と恐怖。支えるもののない心は崩れやすい。自白したら家族に会わせる、自白したらタバコを吸わせてやる。最後に、ここ（警察）ではこうして置いて、いいたいことは裁判所でいえばいいのだからといって、強引に自供に指印をおさせる。

タバコ一本でも心は崩れる。長時間怒鳴りまくられたあと、刑事が「どうだ一本」といってタバコを差し出す。涙が出るような、すがりつくような気もちで、押しいただいて口にくわえる。刑事がライターの火を出す。お辞儀をして火をつけようとする瞬間、タバコを叩き落され、大声で一喝される。容疑者の心に穴があき、安定を失った心は暗がりにころがり落ちる。

先ほどの三人の少年は裁判では気を取り直して真実を述べたが、裁判官は「お前たちは日本の警察がウソつきだというのか」と叱った。数年後、この裁判官は自宅の鴨居に頭をぶつけ、それがもとで死んだ。三人は祝杯を上げたが、彼らの調書によって無実の死刑囚が出たので、何回も最高裁に手紙を書いた。だが、取上げられなかった。徳島ラジオ商殺しでも刑事の脅迫に屈した二人の少年は、殺人犯とされた元女主人のためにいろいろとあとで訴え出たが相手にされなかった。裁判官は少年が警察でおどされたという事実を話しても信用しない。拷問について訴えても殆ど信用されない。精神にはいろいろと拷問の方法があることを理解するほど裁判官は繊細ではない。肉体への拷問は巧妙になっている。社会部の記者時代、三角部屋で刑事が傷の残らない拷問をやっているのをみつけ、署長や本部長に抗議したことがある。すると彼らは署長に叱られた。

「新聞記者になぜみつかるようなことをするのか」

精神的拷問については以前も書いたことがある。十二歳のときから少年院に入り、(これも拷問による自白) あとは刑務所を四十六年間、出たり入ったりした大阪の老人が一晩、さまざまな拷問について話してくれた。一番苦しいのは、光の入らないせまい部屋に入れられることだという。はじめは少しも苦しくない。そのうち、いろいろなことを考える。窮屈で退屈する。妄想が浮ぶようになる。孤独に苦しんでノミまで可愛くなる。心が分裂をはじめる。汗を流し、うめき、やがて絶叫し、狂乱し、看守に助けを求めて屈服する。

人間の心の弱点と崩壊をよく知っているのが刑をあずかる専門家だ。留置場という代用監獄が徹底的に利用される。爆弾事件の容疑者全員が看守に頭を下げないと房のトイレを流してもらえなかったといっている。必要もないのにうしろ手錠をかける。これらは心に卑屈を生む方法だ。相被告がいるときは「あいつはお前に罪を全部なすりつりようとしているぞ」と双方にいって互いの憎悪をかき立てる。

証拠物についての偽造まである。狭山事件では殺された少女の万年筆を容疑者の家にこっそりかくしておいた。島田事件では犯行に使われた石を「自供」によってみつけたと警察はいったが、自供よりも前にすでに警察に在ったことを目撃していた証人が出てきたので無罪となった。安倍元検事が私に話したのは、証拠物を検察官が容疑者の家のタンスの裏にこっそり投げこんで「みつけた」としたり、容疑者の無実を証明する証拠をこっそり処分したりするのをみたというのだ。安倍氏はやがて検事をやめて弁護士となる。

かつて自白は証拠の王といわれたが、拷問があり、科学的捜査の乏しかった時代にはどれだけ多くの冤罪者がつくられたかわからない。たとえ、罪を犯していた人でも、その殺意、犯罪事実は判決の通りでないことが多いはずだ。情状酌量も、素直に罪に服し、〝反省の態度〟をみせねば与えられない。自供調書や、犯罪事実が違っていても、寛大を求めてここは卑屈に忍ばねばならない。

福岡事件の被告は裁判官と争ったために反省なき者とされた。

私は子どものとき中国の北京にいて、警察(衙門)や憲兵の横暴と取調べのひどさを何回かみてきた。私の家の使用人の楊(YAN)は拷問で口は裂け、白痴のようになって帰されてきた。だから、私は福岡事件の無実の死刑囚にYANという呼び名をつけて、いままで数篇の詩を書いてきた。彼は獄中でクリスチャンとなり、文鳥を育てている。もう一人の死刑囚西武雄氏は、冤罪運動への見せしめとして処刑された。彼は仏教徒となり、般若心経を写経していたが、ある日、絞首台に連れてゆかれたのだ。二人とも真実を知るのはいまや神仏だけだということから入信した人だ。

世間の人々は「自白」などを強要されるのは特別な人と思っている。わが身にはふりかかって来ないと思いこんでいる。百人のうち、一人二人の無実の人がまじっていても、生活の安定秩序を守ってくれる強い警察の方を頼っている。しかし、少くとも、詩を書く者は権力の悪の前にいる人間の不安と屈辱には敏感でなければならないと思う。意志や心がどれほどこわれやすいものであるかについてもだ。

南極と宇宙

一九五九年、南極に出発するとき私は思った。科学の目的のため世界が協力する場所にゆく、そこには領土も軍事もない、どこかの国が占有する資源もない、宇宙条約がすでに示した平和と協力の理想が南極にだけある、地上では私たちがこれから行くそこだけだ、と。

ソ連のフルシチョフも「南極は平和で結構だ。理想郷だ」とほめ讃えた。もっともそのあとで彼は「しかし、あんなに人のいないところが平和でも仕方がない」といったらしい。

南極ではソ連の世話になった。日本の宗谷は力が弱く、すぐ氷の中で立往生した。すると、すぐソ連のオビ号がやってきた。盛り場でふるえている少女が巨きなアンちゃんに「おれについて来な」といわれたような感じで氷海の中をついていった。私たちはオビのドビーニン船長に厚く礼を述べた。すると彼は「プーシキンの詩にありますよ。きょうは私が助ける側だが、あすは私が助けられる身」と答えた。

南極にはバイ菌もなかった。腐敗菌もなかった。私たちは基地に残っていた四年前の折詰弁当を食った。ペンギンも人間のおそろしさを知らないから、よく「人間見物」にきた。バレーボールを氷上でやっているとコートの外に並んでボールの行方を面白そうに眼で追っていた。千キロ以上離れた隣の基地からもよくソ連人が遊びにきた。三角形の便所の作り方も教えてくれた（それまでは氷の割れ目に跨って用を足していた）海風がはるばるとやってきて、蘚苔類の上にうっすらと塩花を咲かせた。南極で唯一の花であった。紫外線で真っ青にみえる氷の中にプランクトンがいっぱい住んでいた。青いマンションの住人のようだった。夏は一日中太陽が出ていて、秋になると少し沈んですぐまた出てきた。沈む瞬間、美しい緑色の太陽となった。世界中の学者は、南極の科学観測のデータを国境を越えて利用し、それによって互いに学ぶことができた。文字通り人類の理想に近い大陸であった。ところが、このごろ国境を越えてとか、軍事目的なしとかの南極条約にかげが射しはじめた。大腸菌もふえ、南極に冷蔵庫ももちこまれた。ペンギンはペンギンをとらえる人間を信用しなくなった。だが、それ以上に私を憂鬱にさせるのは、南極の平和のモデルとされた宇宙の平和がおかしくなってきたことだ。

この春、レーガン米大統領はテレビで、ソ連のＩＣＢＭ（大陸間弾道弾）からアメリカを守るために宇宙防衛のシステムを作らねばならぬと放送した。つまり、宇宙空間に防衛網を敷きつめようというのだ。まだ時間はかかるだろうが、いつかは宇宙が戦場になるという前触れだ。この構想は「ハイ・フロンティア計画」から出ており、宇宙空間に幾重にも防衛線を敷きつめて、敵のＩＣＢＭを撃墜するシステムである。これによって味方のＩＣＢＭを守ることができる。

まず、宇宙に向って大型ロケット、スペースシャトルを使って戦斗ステーションを打上げる。その数は四百三十二個。これに四、五十個の迎撃用小型ミサイルを備えつける。これが、ソ連のＩＣＢＭに向って時速三万キロの速さで飛び、裂けて無数の破片となって相手に突き刺さる。散弾猟銃で鴨をねらうようなものだ。このステーションには核兵器も当然、備えつけることができるが、いまのところ米ソの間で宇宙空間には核は搬入しないことにしようという約束がある。しかし、煙硝臭くなりつつある宇宙の軍事利用からいって、こんな約束がいつまで有効かわからない。

次に無人の戦斗衛星に代って、有人の、つまり人間の乗った高性能の宇宙船が登場する。つまり、軍人の乗った航空母艦だ。こうなってもなお、人類は平和を夢みつづけるのだろうか。マンガならまだいい。マンガの宇宙戦艦にはまだ正邪、善悪、ヒューマンなものが生きている。だが、相互のますます拡大される軍備と核戦力の釣合いによる抑止力だけに頼っているこの過熱したフライパンのような地球はついに宇宙まで非情な戦場にしようというのだ。そのときに、戦争を仕掛けるのに必要な正義の理くつが必要だろうか。相手が悪魔だと宣伝すればそれでいい。向うがなぐりそうになったから、こっちが先に手を出したといえばいいわけだ。この戦争は地球最後の戦争となるだろうから、将来の歴史の審判などおそれることはない。人類の歴史などはなくなるのだから。

おそらく、そこには勝者も敗者もないボロボロのうつろな地球が残っているだろう。米下院技術委員会が作った核戦争の影響をうける地球についての報告を読むと次のようなことがわかる。

何億という人々が死んで、地球は墓場となり終る。全世界の人々は五人で一人ずつの死者を葬らねばならない。そんなことはとても出来ない。やがて放射線の影響をうけた人々があとを追うように次々と死んでゆく。

チフス、マラリアがはびこって、放射線で死に損った人々が倒れる。核爆発のチリが空間を覆って日光はさえぎられ、暗い地球の顔はいよいよ暗くなり、生き残った人々は穀物も野菜もない地上に脚を投げ出して坐っているだけだ。紫外線の量がふえるので、人々は目がみえなくなり、盲目となってさまよう。そして餓死者は十億にものぼるだろうと予測されている。

だが、一方では核兵器のコストはいよいよ安くなりつつあるなどといっている者がいる。どうせ自殺するならナイフや吊縄で十分だ。

米国の国防情報センター所長のジーン・ラロック氏は「ＩＣＢＭはソ連の核戦力の一部だ。しかも宇宙防衛で撃ち落せるのはソ連のＩＣＢＭの極く一部に過ぎない。ソ連は、アメリカが先に核攻撃をしかけて、ソ連の反撃を宇宙システムで封ずるたくらみをもっていると受取るかも知れない」という。その通りだ。悪魔の顔をしているのはソ連だけではない。ソ連からみればレーガンだって悪魔の顔にみえるだろう。誤解と成行きで戦争ははじまる。ラロック氏は「核戦争のボタンが押されてしまったら、それが最期だ」という。人類が全部滅亡し、勝者生き残りということはないのだといっても、なお核開発をしている人間とは果して賢い存在なのか。神の姿に似せて作られたものなのか。国防総省の専門家も宇宙防衛システムは五千億ドルかかり、しかもソ連のＩＣＢＭの半分しかうち落せないと証言している。

核軍縮の世論は世界中に広がり、高まっている。しかし、〝軍縮〟ということでよいのだろうか。核軍備が残っている限り、それは再びエスカレートし、ぼう張してゆくものだ。

ついこの間まで、宇宙の平和と非軍事化がいわれていた。宇宙空間平和利用条約。ＡＢＭ条約がある。しかし、それも、もう宇宙での戦争の話にかわってしまった。たとえ、ＩＣＢＭを迎撃するのに核は使わないといっても、その約束がいつまで守られるのかわからない。

大陸間弾道弾を本国目がけてうちこまれた国民が、通常兵器である機関砲でがまんするだろうか。しかも、撃墜率50％ということで。そのような牧歌的な戦争が宇宙戦斗艦のとんでいるところでなされるなどと本気で云っているのか。

私は二十数年前、宇宙平和の理想をモデルとした南極に夢みるようにいってきた。たしかにそこではアメリカもフランスもオーストラリアもソ連も日本も仲がよかった。

互いに基地同志で交信し、他国の基地の隊長の誕生日も知っていて祝いのメッセージも交換した。しかし、宇宙は怪しくなっている。レーガンのテレビによる呼びかけはスペースウォーの口火をきるものだ。

人類は天を仰ぎ、そこに聖なるものを夢みてきた。カントのような理くつっぽい爺さんでも天に星、地に道徳律といって感動していた。それがいまでは天に宇宙防衛システム、地に核軍備だ。

核軍縮とはまだるっこい。実は核軍備の廃絶、核絶対反対でなければならない。核を少しずつ相手の顔をみながら、話合いながら軍縮するとして、突如一方が相手の虚をついたらどうするのか。相手より少しずつ強力な核を保ちつつ軍縮したいとどちらも考える。ある不安と策謀で再びエスカレートして、元の木阿弥とならぬとも限らない。恐怖と不信のカテゴリーでは当然そうなる。

ある日、詩人の会合で「反核運動をどう思うか」と聞かれた。私は「やらねばならぬ、手を国際的にもつないで拡げてゆかねばならぬ」と答えた。だれも異論のあることではなかった。ところが、ふっと私は一つの不安にかられた。それは、核ならだめで、通常兵器の戦争なら仕方がないという諦念がちらっとうかがえる向きのあることだ。

地球のあちこちでいまも殺りくがつづいている。難民と飢餓がいっぱいだ。

かつて日中戦争時代にはそれほど戦争の悲惨さに敏感でなかった詩人が、戦後、にわかに戦争の暗黒をうたい出したように、反核運動の中で、通常兵器の戦争も全く悲惨なものだということ、これにも絶対に反対し、たたかってゆかねばならぬことを鈍感にも忘れる危険が確かにある。欧州の人々も核配置が身近にくるまでは東南アジアの悲惨さには想像力が及ばなかった。日本の反核詩人に聞いたらエチオピアの内戦の悲惨さは全く知らなかった。そこから帰ってきたばかりの朝日新聞の伊藤正孝記者は飢えの悲惨さを味わってきただけに、日本人のぜいたくな食い散らかしに衝撃をうけた。反核の人々も食い散らかしはしているはずだ。神も聖霊も住みにくくなった空の上から、これら鈍感で自分の身の回りしか理解しない人間の様子がどのように見えるだろうか。

苗代川の里

僕の手許に薩摩焼の蕎麦掻きの茶碗と錦手の双花瓶があり、僕はそれを愛用している。蕎麦掻きは鉄釉が使ってあり、手にずっしりと重く、茶をたてるときに使う。黒っぽい茶色で、これは蕎麦を熱湯でこねて、生醤油でたべるときに使ったいわば民芸品であって、決して抹茶椀として芸術めかして作ったものではない。白薩摩も黒薩摩もいずれも数多くの名品を残していて、御前窯として他出を禁ぜられていたものだ。しかし、僕の手許にあるこれは苗代川で焼かれたもので、十三代沈寿官の作だ。この名工が何気なく雑器として焼いたにもかかわらず、その風情と色合いのすぐれていることに何ともいえない愛情を感ずるのだ。

二十年前の春を思い出す。当時、僕は朝日新聞の西部本社の社会部にいた。「春待つ里」という続き物を書くことになって鹿児島支局に問合せたところ、カメラマンの落合記者から「それなら、東市来駅で降りて六キロ、いまは美山と名の変っている苗代川がいいです。全村わずかに七十戸、みな純粋な高麗人の里なのです。三百七十年前、秀吉の朝鮮の役で、島津義弘に南原城を陥されて捕虜となった工人や朝鮮貴族の末です。外部との交流を禁ぜられ、苗代川の窯を守ってきた人々です。梅の花もいまつぼみで春待つ里にぴったりしています」といってきた。僕は落合君に案内してもらって苗代川にでかけた。

さびしい寒村の駅で降りると、まず、彼らの先祖が上陸し、東支那海を越えて故国を望んだという丘にいってみた。それは苗代川よりさらに西に海岸に沿ってゆく道にある。多分この海岸から上陸したであろうと思われるところから丘の方にと登っていき、僕は白衣の男女の足どりも重い一行のことを想像していた。丘からは遠く海がみえる。彼らはその向うに東支那海を見、故山をもみたであろう。そして哀号の声を上げて泣いただろう、と。

間もなく、この地に登り窯を築き、土をみつけ、ナラの木を燃やして灰釉をつくって焼物を焼いたのだが、言葉も通わぬ村人たちに迫害され、逃がれて苗代川に去ったのである。上陸後、死んだ人の墓がいまも残っていて朝鮮名が彫られている。

僕たち二人は夕方、苗代川に辿りつき、村の中心的存在である沈寿官宅をたずねた。十四代沈寿官(和名大迫恵吉氏)が門まで迎えてくれた。沈寿官宅というより、それは邸であった。武家門につづいて大きな臥竜梅があり、敵が攻めてきたときに、そこによって守るべき石塁があった。

大柄で骨格もたくましい大迫氏が父の十三代沈寿官と母親と、東京から連れてきた若い妻を紹介してくれた。妻は、この村ではただ一人の〝日本人〟であった。父の十三代沈氏はすでに身体が不自由で窯を息子にゆずっていた。旧制七高から京大法学部に学んだ人であり、官途を望んだが、結局は故郷にかえり、偉大さを讃えられた十二代のあとを継ぐことになったのだ。

大迫恵吉氏も早大の政経学部に学んだが、やはり妻を連れて故郷に帰り、父のあとをついだのだった。元気のいい五才の息子がいた。祖父に甘えていたが、何かのはずみで、気に入らぬことがあったらしく、

「おれは茶碗な焼かんど」といった。

祖父は困ったような笑顔をつくった。大迫恵吉氏が「この言葉が一番、祖父にも私にもこたえるんですよ」と笑った。

そそくさと夕食をすませると恵吉氏、十四代は窯の方に出かけていった。僕と落合君があとを追った。窯は燃え立っていた。十四代は炎にしがみつくような工人とかわり、窯をみつめていた。火は陶器の肌をなめまわし、陶器の肌は灼熱して、紅い水に濡れているように見える。火の滴が滴り落ちる。星は満天に輝いていたが、風がつよく、孟宗の籔が音を立てて揺れていた。

夜が明けると、まぶしい程の天気であった。梅のつぼみが開いていた。家々の門毎に「ここらに野犬な居りもさぬか」とたずねて回る二、三人の人がいた。野犬狩りらしかった。家々はひっそりとしていた。野犬たちは裏山の方にいた。そこらは焼屑で道はいっぱいだ。陶器の破片を犬がちりちりと踏んで走っていた。

僕とカメラマンは窯からひき出される焼物が次々と打ちくだかれるのをみた。どこに気に入らぬところがあるのか、僕らには見分けがたい。情け容赦もなくこわされてゆく。突然、落合カメラマンが十四代がうちくだく表情を写真に撮りはじめた。それで僕も気づいたのだ。気に染まぬ作品を決して許さぬ陶工の心構え、その激しさ、その表情に寸分も現われぬ妥協。売れば売れるであろう美しい作品が次々に破片となり、ときには微塵となり果てるさまに息をのむ思いがした。

その夜は、十四代はくつろいで酒を酌み、僕らも相伴をした。彼は日本酒では酔えないからといって焼酎をまるで水のように飲みくだした。

次の日、村のはずれの小高い丘にある玉山宮をたずねることにした。朝、玉山宮の方から不思議な打楽器の音がした。それは僕が子どものころ中国で聞いた朝鮮の音であった。チャング、双太鼓などの入りまじった音だ。うながされるように大迫氏に案内されて宮に登っていった。のぼりや旗が立っていた。途中、朴氏、鄭氏、金氏など書いた墓をみた。宮の舞台には朝鮮の楽器が並び、祝人の老人が太鼓を打っていた。カメラマンはシャッターを切り、僕はテープを回した。空は真っ青に晴れ、村は静かで、異様な古来の朝鮮の音が空気をふるわして流れていった。祝人の衣裳も伝承のものであった。

家に戻ると十三代沈氏が

「この村から終戦内閣の東郷外務大臣が出ています。彼は朴氏なのだが、実姉がいるから会ってみますか」と聞いた。僕たちは村の桜馬場と称する広い道を通ってその家をたずねた。東郷氏の実姉は風邪で伏せていた。しばらく玄関先で待っていると家人が筆で書いた手紙をもって出てきた。

「折角おいでをいただきましたが、病いで見苦しくしておりますので、失礼では御座居ますが、お会いするのをお許しいただきとうございます」といった文面で、立派な字であった。

「お大事になさって下さい」と家人に伝えて辞去した。

村をめぐり、史蹟をみ、沈氏の家に伝わる陶器を見せてもらい、僕たちは再び鹿児島市に引き返し、私は春待つ里の原稿を書き上げた。これが最初の訪問だった。

このあと、間もなく僕は陶芸の小山富士夫氏（故人）を連れて、というより小山氏のお伴をして苗代川を再訪した。そばがきをみつけたのはこのときだ。小山氏は絶賛し、何度も手にとってみた。ほしそうだった。僕は譲ろうかどうしようかと迷ったが、見つけたのは僕だからと自ら云い聞かせて手に入れた。蔵をみせてもらった。小山氏は先祖伝来の名品が蔵に並んでいるのに感嘆の声を上げた。

「こんな名品、佳品がじっとしまわれているとは驚く。いまの陶芸家ならすぐ世の中に作品を問いたがるのに」と小山氏はいった。

そのとき、このような話が出た。窯をみにきた大学の美術史の助教授が「美と前衛」について陶工たちに彼の〝見識〟を説法した。一人の老工が溜息まじりにいった。

「私は五十年も茶碗を焼いてきて、舌でなめるだけで焼肌の調子や、出来上りがわかるようになったのでごわすが、やっぱだめごわすか」

若い美術史家がどのように感じたかは知らない。しかし、私は黙々と蹴ろくを回す工人、土を口にふくみ、へらで岩間から鉄釉の薬を少しずつ根気よく採取する人々、炎をにらんで夜を明かす人々、そして作品を次々にうちこわす人々。こうした〝職人の仕事〟をみていると〝芸術〟といわれるものの甘さを感じざるを得ない。芸術論や詩論ばかりが口うるさく議論され、実作のたたき上げのひ弱さがないかどうかと疑わざるを得ない。

昭和四十年の暮、僕は東京に転勤することとなって小倉から十四代沈寿官氏に電話をかけて、別れのあいさつをした。電話の向うでしばらく声がなかった。それから、真情に満ちた声が届いた。高麗の貴族の血をひきながら、だれよりも薩摩人らしい薩摩人といわれる氏のやさしい心が伝わってきて僕も涙がにじんだ。

数年後、東京で十三代の死、十四代の韓国訪問を聞いた。十四代は四世紀越しの里帰りであった。朴大統領は十四代と会見して、南原城趾の地図をみせ

「ここで君の先祖は戦い、敗れたのだね」

といったという。

十四代は日本語で大学生に講演をした。大学生は三十余年の日韓合邦の屈辱について質問した。そのとき十四代沈寿官氏はこういった。

「私は三百七十年だ」

つい先日、ある人から最近の沈寿官氏の写真をもらった。頭もうすくなり、代って立派な顎髯が生えていた。

「おれは茶碗な焼かんど」といった坊やもいまは十五代を目ざしているらしい。

司馬遼太郎氏が書いている「故郷忘じがたく候」という一書に苗代川の話、沈寿官氏の話が出てくる。そこにこういう逸話が書いてある。

父親十三代の偉さが少しずつわかりはじめてきたある日、息子の恵吉が作陶の秘法をたずねた。

「教えてたもし」と手をついた。

すると、父親はひとことだけいった。

「息子を、茶碗屋にせえや」と。

僕は錦手を二つ並べて眺める。高台もない重い蕎麦搔きの肌色の細やかな色のまじりをみつめる。そして子から子にと伝えられ、子どもは厳しく鍛えられ、すべてうけつがれた上で新たなものを作り出す〝芸術〟もあるのだということを、つくづく考えるのだ。

コロへの書翰

お前が死んで二十年。お前はいまもコロという名で霊界にいるだろう。畜生の、とくに犬の霊は藍色の光を放ち、第三天の下の方、固い雲と雲の間にいるというから、そこで上にも下にも行かずとどまっていると思う。

二十年前のある日、まだ子どもだった二人の娘がお前を拾ってきた。車に轢かれたのか前肢二本は骨折していて、顎を地面に摺って後肢で歩いていた。僕が新聞社から退勤してきたとき、黒い毛のお前は娘が巻いた繃帯姿で箱の中にいた。医者がどうにもならないといって帰ったあとだった。当時、他に秋田の仔犬が二頭いて、身体の不自由なお前の餌をたべにくる。お前は食器に頭を突っこんで後肢でたたかっていた。ひっきりなしに出る眼脂は娘が綿で拭いていた。

ある日、お前は痙攣を起した。医者に電話すると、既に脳をやられているので手の施しようがないといった。野良犬なんかどうでもいいではないかという調子だった。

二人の娘は蹲んでお前の臨終をみつめていた。お前は顎をふり、寒そうにふるえていた。お前はふるえながら僕や娘をじっと見上げ、あきらかに助けてくれと訴えているのだった。その眼の色の深さに僕は驚いた。奥深いところで消えようとしている生命はまだ燃えようとしてたたかっていた。手をかしてくれとお前はいっていた。手のかしようはなかった。瞳は悲しくうるみ、星のような十文字の光を帯びていた。僕はそこにいのちの栄光をみた。けものの眼に輝くこの美しい光に僕は感動した。

これと同じ眼の色を僕は子どものとき、北京の道路上でみたことがある。荷を負うた一頭の騾馬が夏の砂ぼこりの中で倒れていた。飼主は「チョッ、チョッ」と叫びながら棒で叩いた。騾馬は幾度も起き上ろうと踠いては倒れた。飼主もあきらめて騾馬の頭の横に蹲みこんだ。ちょうど娘や僕がお前の最後を見守るためにそうしたように。飼主が泣き出した。螺馬は飼主を見上げていた。その眼は己れの飼主に実にかなしげに助けてくれと訴えていた。やがてもたげていた首は力なく横たわり、瞳孔が開き、うっすらと眼に膜がかぶさって瞼をとじた。とじる寸前光は鈍く消えていった。

これと同じ眼を昭和二十二年十一月二十五日、父が死んでゆくときみたのだ。

前年、ハルビンから引揚げた父は胃癌となり、福岡の天理教会に引きとられ、奥の部屋に伏していた。その朝、僕と小学生の弟は全く同じ夢をみた。父が鹿革のジャンパーを着て、納屋から鋤鍬を出して乳母車に載せ、畑に出てゆくのだ。家族は奇蹟が起って再び元気になるお告げだと話合った。だが、父はかすかな切れ切れの声で「最後の注射」を求めた。学生の僕はすでに金を使い果し、医者にかけることもできなかった。注射液を買ってきて、僕が鎮痛の注射をしていた。父は口が縺れて「ながいせぇ」とくり返した。必死に母をみつめて永い間世話になったと言おうとした。その眼に薄い膜がかかり、やがてとじた。

コロよ、お前の眼もそのように最後に膜がかぶさり、光が鈍くなってとじたのだ。

それから永い月日が経った。死んだものは天国で完全な姿をとり戻す。お前の前肢は元通りだろう。僕らの言葉も自由に通うものとなったはずだ。だから、この手紙を書いた。手紙はいつも霊感に満ち、投函するやいなや、素早く飛び立つものであることを僕は知っているから、これもきっとお前のところに届くものと思っている。

日録

某月某日

二十九年ぶりに再審で無罪判決がおりた松山事件（宮城）の被告斎藤幸夫氏のニュースに接し、心から喜びを感ずると同時に、再び警察、検察への憤りがたまらなくこみ上げてくる。

またしても、公権力は無罪の人間を死刑に追いやるために拷問をし、わざわざふとんに血までつけて証拠の捏造をしたのだ。そのことは当時の捜査官が退職したあと、被告の身寄りに告白さえしている。それなのに、検事は恐らく本心では有罪の根拠に疑問をもっているにかかわらず、面子のため再審法廷で再び死刑の求刑をしたのだ。

吉田石松老人（がんくつ王）のときも、五十年後の検事たちが先輩をかばって有力証拠を焼いたりした。七年前に、六十二年ぶりに無実となった加藤新一老人（当時八十六歳）のときも、常識ある、普通に人間の心を解するものは無罪を信じていた。しかし、検事は再審で有罪を主張した。五十一年に無罪となった弘前大教授夫人殺し、五十三年無罪となった青森の老女殺しはいずれも真犯人がたまたま名乗り出たものだ。しかし、国家権力は申出た真犯人をうそにしようと頑張った。

免田事件ではあるはずの証拠が紛失し、ないはずの証拠が検察側から提出された。なぜ、公権力をもつものがこのようにして死刑囚をつくり出すのか。これこそ最も許されない極悪の犯罪ではないか。

僕は二十数年前から、熊本県玉名市の僧侶古川泰龍師（当時福岡刑務所教誨師）の冤罪運動に微力をかしてきたが、その福岡刑務所の二死刑囚のうち一人は確定判決後、二十七年後に処刑された。冤罪運動へのみせしめの気がしてならない。私は昨夏、ＴＶのインタヴューに対し、疑わしきは被告人の利益にという鉄則を裁判官は徹底して守ってもらいたいと述べたが、当時の法務大臣のインタヴューへの答弁とその態度は人権への配慮を全く欠いたものだった。

無実となった吉田、加藤、那須、米谷、免田、谷口の各氏はいずれも係官による誘導、脅迫、拷問を訴えている。人間の精神、肉体に加える拷問は専門家にはいとも容易で刑吏の伝統からしても必ずやってみたくなる方法だ。しかし、裁判官はその心理を理解しない。日本の警察がそんなことをするかと怒鳴った裁判官さえいた。

僕は長い間、警察回りの社会部記者をしたので刑事警察のやり方は知っている。彼らの手にかかったら、余程強固な精神力をもったものでも、結局は彼らの目指すとおりの自供に追いこまれる。僕のきわめてすぐれた善良な友人でさえ、無実の容疑にひっかかって十日目には彼らのいうとおりの自供調書に捺印してしまった。おそろしいことに彼は連日の取調べによって精神が錯乱し、本当に自分が罪を犯した気になってしまったのだ。偶然彼に有利な証拠があらわれなかったら有罪とされていたところだ。まだまだ日本各地で無実を叫ぶ人々が多い。その中には殺人犯とされた人もまだいる。人々は公権による犯人でっち上げにもっと非難の声をあげるべきだ。それには反戦を叫ぶと同じような人間の誇りと権利を守るための情熱と団結が必要なのだ。

碧玉のトロフィ

上海で国際テレビ祭が行われて参加した。三十七ヵ国から集った代表を〝熱烈歓迎〟した中国側の熱烈ぶりは正に驚くべきものだった。会場の体育館まで延々と道路に少年少女青年たちの歌と踊りがつづき、われわれは煌々と光る照明とすさまじい音楽の中を通って会場に入っていった。中国内の多数民族の衣裳と歌舞のほか、ソ連、アメリカ、北欧、南欧からも歌と踊りが参加し、日本からもジュディ・オングとアイドル歌手らが参加した。京劇、パンダなどのサーカスも披露され、歓迎のショウは三時間もつづいた。

各国からの参加作品百余点のコンテストが行われる一週間は自由な時間となったので僕は生れ育った中国のハルビン、奉天(瀋陽)、北京などを旅して歩いた。文革で停滞していた中国に新しい建設がはじまり、僕が住んでいたころの街々はようやく姿を変えようとしていた。北京の僕の住んでいた家はなくなり、新しい電話局が建っていた。路面から電車は消えて地下鉄が走っていた。昔、遊んだ練兵場は公園となり、僕が詩をかくときいつも頭に浮べていた天幕の市場はスーパーマーケットのようなものに変り、鶏、七面鳥、うずら、豚などが商人のわめき声と一緒になって声を上げていた風景はもはや無かった。贋金を見分けるために銅貨を指ではじいたり、銀貨を口で噛んでみたりする姿もなかった。しかし、変らない中国と中国人がみえてきて、次第に心が落着くのを覚えた。

ハルビンはロシア人の作った街で、僕の高校時代には多くの白人系露西亜人が住んでいた。ロシアパンや羅沙売りの商人、馬と縁の切れないコサックの馭者などが街にいた。繁華街のキタイスカヤをぞろぞろとロシア人の家族が歩いていた。ギリシア正教の葱のようなドームをもつ教会がいくつもあって、夕方の鐘の音に立止ってロシア人たちは祈りを捧げていた。

「ロシア人はどうしたのか」と中国人の記者にきくと、アメリカやスイスに行ったり、自分の元の故郷に帰ったりして、いまは十三人しか残っていないという。僕が詩に書いた中央寺院もとりこわされてロータリーのような小公園に変っていた。僕が少年時代に書き、土橋さんが『日本の愛の詩』の中に収録して下さった少女オリガももちろん行方はわからない。詩学社が以前出版したアンソロジー『イヴへの頌』に書いた「お前の故郷ネルチンスクの塩入りのパンを」とあるようにオリガは年をとってネルチンスクにいるのかも知れないと思ったりした。

詩集『河畔の書』に出てくる松花江は昔のままに流れていた。凍結する少し前の静かな流れに大きな夕陽が光を落していた。そこだけは街の喧騒から離れて、広々とした河の姿は、やはり豊かで、哀しみをもつ女性のように思われた。陽が沈むまで河の畔りに坐っていた。寒さがいっそう河をなつかしくしてくれた。

ハルビンから夜行列車に乗って旧奉天駅についたのは朝の四時だった。駅前でタクシー（出租汽車）の運転手にとり囲まれた。一人の客に自分の車に乗れといって群がってくる有様は昔の洋車（人力車）の時代と同じだ。僕は「迎えの車を待っているのだ」といったが、彼らは立ち去らず、ますます客引きの運転手がふえてけたたましい彼らの声にとり囲まれた。そのとき無賃乗車の女が改札口から逃げ出し、駅員が追いかけると彼らはそちらの方にいってしまった。そのあと中年の女がきて、手を合わせるような形をして金をくれといった。逃げた女は駅員に髪をつかまれて戻ってきた。また運転手たちに取り囲まれた。僕はこうした中で昔の中国を思い出しながら、彼らと再び一つになる気がしていた。僕が卒業した中学はいまは中国人の学校となり、校舎は古くなったままに使われていた。プールは乾き、そこには冬のために準備する白菜が陽に干されていた。街のいたるところに「道に唾を吐くな」という看板が立っており、唾を吐く中国人は見なかった。多くの公共便所が建てられ、その一つに入ると仕切りがなく三人の男が並んでしゃがんでおり、その一人がここが空いていると隣りの穴を教えてくれた。変ってゆく中国といまだ変らない中国をみながら、人間の歴史の変化の一部分やある時間だけをみればこのようなものであるに違いないと考えた。中国は広大であり、十数億の人々がいる。数千年の歴史がある。驚くべき文化の創造をしてきた。現在行われている様々な改革もまた精神史上の創造であるに違いない。経済的な諸問題はまだ残っている。文学をはじめ、芸術にも停滞がある。だが、一方には眼を瞠るような才能が生れ、それによって加速的に水準が高まることは間違いないと思われる。国技のように思っていた柔道や、囲碁が追い抜かれつつあるように、その他のものもいつか追い抜かれるかも知れない。ただ彼らは急がないだけだ。賢明さや才能は十分にある。

たとえば音楽にしても、美術にしても技術的にはあれだけの能力をもった中国人が多くいるのだから「近代」についての議論をはじめたら、あっという間に先進国に並び、やがてリードする時代が来るだろう。古い時代に詩経国楚辞のような文学を創った中国人は新しい文学の創造者にもなる力は必ずもっている。

滞在中、多くの知識人や若い学生たちと話をすることができた。彼らは恐らく型通りの意見をもっているだろうと思っていたが、違っていた。発想にも自由があり、すぐれた感受性があった。社会的歴史的諸問題については僕と意見は違っていたが、人類の未来や、自由、文明に関する人間的な洞察、熱望を感じることがしばしばあった。何よりも僕の卒直な意見や批判にも不快を示すことなく、互いに誠実な話合い、または議論をすることができたのがうれしかった。

かって紅衛兵だった人にも会った。賢く、おだやかな中年であり、寛恕の人であった。

日本人もある時期、軍国的人間にされた。ドイツ人も十年余ナチス的人間にされた。しかし、人間の本質をすっかり改造することはできない。偏見や非人間性を永く強制することは難しい。人間の解放、人間性の回復は情報化社会では結局は国際間の共同作業となる。

国際テレビ祭のコンクールでは、さいわい僕の属するＫＢＣ制作の「高島炭鉱閉山の記録」が受賞した。翌日、お祝いにきてくれた中国の友人たちに「このドキュメンタリーではだれが敵か、だれが味方かの議論はしていない。ラウドスピークもしていない。ただ人間の姿を淡々とうつしただけだ」といい、彼らも「それは大事なことだ」といった。碧玉の重いトロフィは彼らが空港まで運んでくれた。

散文初出一覧

Ⅰ　詩の原理

言語世界の神話的行動　『現代詩文庫82　犬塚堯詩集』思潮社、一九八五年
記憶と詩――半自伝風に　『現代詩文庫82　犬塚堯詩集』思潮社、一九八五年

＊

H氏賞以後　「歴程」一三一号　一九六九年八月
ユーカラの里へ　「小さな蕾」一九七〇年七月
川田禮子と琉球舞踊　「歴程」一六一号　一九七二年二月
伊藤正孝の帰還　「詩と思想」一五号　一九八二年一月
わが詩法――BLACK-PAN'83 イヴェント講演原稿「BLACK-PAN」七二号　一九八五年四月
あざやかな立ち姿　『花神ブックス　新川和江』花神社、一九八六年
恩納《うんな》なび　「詩学」一九八七年一月号
私のとりたいフォルムについて　「詩学」一九八九年五月号
言葉が詩になるとき　「群像」一九九〇年七月号
日本人小学堂在那児《はどこだ》　「抒情文芸」六二号　一九九二年四月
原風景　「歴程」三九六号　一九九二年十二月
情報化社会と詩人　「地球」一〇九号　一九九四年五月

Ⅱ　詩人の眼

正常と異常　「地球」五一号、詩人の眼　一九七二年一月
幽霊を見なければならない　「地球」五二号、詩人の眼　一九七二年四月
沖縄恩赦　「地球」五三号、詩人の眼　一九七二年八月
老人　「地球」五四号、詩人の眼　一九七三年二月
四捨の人々　「地球」秋号、詩人の眼　一九七三年十月
霊異　「風」五一号　一九七四年四月
交友記　「詩学」一九七五年二月号
新聞記者　「地球」六八号、詩人の眼　一九七九年七月
教師　「地球」七八号、詩人の眼　一九八三年五月
奄美　「抒情文芸」二七号　一九八三年八月

自白　「地球」七九号、詩人の眼　一九八三年九月
南極と宇宙　「地球」八〇号、詩人の眼　一九八三年十一月
苗代川の里　「地球」八一号、詩人の眼　一九八四年一月
コロへの書翰　季刊「手紙」一号　一九八四年九月
日録　「詩学」一九八四年十月号
碧玉のトロフィ　「風」一一〇号　一九八九年一月

年譜

年譜

新川和江編

一九二四年（大正十三）

二月十六日、中国東北部（旧満州）長春で父犬塚秀（ひいずる）と母ミサヲの長男として生まれる。父母はともに佐賀県伊万里出身。秀は満鉄経営のヤマトホテル勤務。漢詩をつくり、警察の剣道師範も務めた（堯のあと二男六女をもうけた）。

一九三〇年（昭和五）　**六歳**

父の任地大連の朝日小学校に入学。ほどなく父の転勤に従って北京日本人小学校に。

父の書棚で蒲原有明らを知る。

一九三一年（昭和六）　**七歳**

満州事変（九月勃発）下、抗日運動の難を避け母、弟妹とともに伊万里の母の生家へ。堯は伊万里尋常小学校に転校。「お前は中国人じゃろうもん」などと級友からいわれた。母子の伊万里滞在は半年余で終わり、堯は再び北京日本人小学校に。

一九三五年（昭和十）　**十一歳**

奉天の春日小学校に転じる。

一九三六年（昭和十一）　**十二歳**

奉天第一中学校入学。一年生後半に胸を患い、大連沖の小平島サナトリウムで約一年間療養。日本文学全集や世界名作全集を読む。寝たまま片手に本を持ち、目を通し続けたため、右目が極度の近視に。中学は一年留年となる。

一九三九年（昭和十四）　**十五歳**

三年生のとき文部省の体力検定で百メートルを十二秒フラットで走り、誘われて陸上競技部に入部。記録会で走幅跳六メートル〇三を跳ぶ。

一九四〇年（昭和十五）　**十六歳**

陸上競技部に入ってきた一年生の原口統三と出会う。

相撲は関西大相撲幕内力士「中の里」の指導で柔道部の猛者をもしのいだ。またボクシングを習うなど「肉体の喜び」に明け暮れる。

ギターを弾き、作曲もこなした。

教科書もノートも持たずに登校、試験では答案用紙に名前を書かず、席次はビリに近かった。

一方、集会での発言はときにおとなの智慧を示した。行動力もあった（級友の証言）。あだなは「O型」。

一九四一年（昭和十六）　**十七歳**

一年上級だった衛藤瀋吉から「一高に来い」と誘われる。衛藤は第一高等学校一年生。夏休みで帰郷していた。「一高は内申書は問題にしない」の一言に心が動く。

十一月、明治神宮体育大会に相撲の満州代表の一人として出場。練習中に脱臼した右腕を包帯で巻いて土俵に上がった。

勉学に身を入れない堯に校長がたまりかね、ハルビンに単身赴任していた父を呼び出して注意を促したが、父は堯になにも言わなかった。

一九四二年（昭和十七）　**十八歳**

卒業席次は百四十八人中百四十七番。それでも大方の予想を裏切って一高に合格していた。東京でのにわか受験勉強の賜物だった。校長は後日、朝礼のとき全校生を前に「悪しき先例」と断じた。

四月、第一高等学校に入学。文科五組（第一語学フランス語）だった。明るくのびのびとした性格を指導教官のひとり市原豊太からいたく愛された。市原が使うテキストなどを通じ、シュペルヴィエル、ロートレアモンなどの作品を垣間見る。

衛藤瀋吉が属するラグビー部に入るが約一年後に退部。

入学間もない文理科合同体操をきっかけに吉林省出身の川原間一を知り、特異な存在感に魅せられる。

一九四三年（昭和十八）前後　**十九歳**

寮で同室の拳法の達人武宮光隆（金汶鏞）とも強い絆で結ばれ、渋谷の百軒店で、強くない一高生を国士舘の荒武者どもから守ったことも。

湧くような即興の詩で周囲をいつも楽しませた。そのひとつ。「わたしゃおもてでしぶっていても／うちわ炎で身を焦がす」。七輪をあおぐしぶ団扇に書いた。

一九四四年（昭和十九）　**二十歳**

寄宿寮総代会副議長を務める。議長川原（一～三月）。寮の風呂場で原口統三から声をかけられる。原口はやがて『二十歳のエチュード』を遺して自殺。

一九四五年（昭和二十）　**二十一歳**

二月、学徒兵として佐賀の通信連隊に入隊。

三月、戦時特別措置で一高を卒業。

八月、終戦の詔勅を西部軍管区司令部で聞く。輸送混乱のなか東京にたどりつき、一高を訪れ、市原豊太と再会。市原は満州で安否不明の堯の家族を気遣い、校庭でできたイモを分けてくれた。

九月二十三日、一高の一年上級で新義州に家族を残して東大に進んでいた藤本照男ほか一名と家族再会を期する「在外父兄救出学生同盟」結成に立ち上がる。川原も佐賀からかけつけ合流。二十四日、在外同胞援護会から虎ノ門霞山会館の一室と運動資金五千円の提供を受ける。

渉外担当として都内・都下の大学、高専を回り、同志を募る。組織は同盟結成大会（十月）を経て地方にも広がるが、極度の栄養失調に陥る。

一高同窓生に川越の実業家阿部東吉に引き合わされて歓待され、暮れごろから同家に寄宿。体調しだいに回復。東吉と親しい地元の大川仲蔵の知遇も得、仲蔵の長男明治が一高出身だったこともあって、大川家の家族ともしきりに往来する。

一九四六年（昭和二十一）　**二十二歳**

春、明治ら川越市の青年有志が創刊した同人誌「高嶺」に長篇詩「青年行」ほか一篇と「川越青年出て団結せよ」の一文を寄せる。

間もなく中原公民館で政治学校が開校され、講師陣に迎えられる。熱心な聴講生のなかにいつも一緒の女性二人がいた。そのひとり関雅江に強く惹かれた。人目を忍びデートを重ねる。

夏近く、浅草・東本願寺地下室に寝泊りして浮浪者・戦災孤児らへの奉仕を始める。雅江も両親の許しを得て加わる。収容所にはやくざの手が伸びていた。救援物資の横流し、ピンはね、逃亡者へのリンチ、女漁り。監視する同盟学生にも危険が迫った。雅江を守るため、浅草を去る。

婚約の身の雅江を略奪して渋谷区・駒場近辺にかくれ住み、のち品川区立会川のアパートに移る。部屋は窓に焼けトタン板を打ちつけ、畳は真ん中が抜けていた。友人がふとんを持ってきてくれるまでは軍隊から持ち帰った蚊帳に二人くるまって寝た。

友人の戦死した兄の遺品分けのギターを奏で、雅江に自作の歌を聞かせた。雅江がときに父親の目を盗んで家から持ち帰る食料・日用品で生をつなぐ。

同盟活動を継続。雅江は同盟事務所のある千代田区代官町の学生会館で同盟農耕部の作業を手伝った。

十月、父母弟妹がハルビンから引き揚げ、ラジオで自分を探していることが分かり、伊万里で親族の家に身を寄せていた家族と再会。初対面の雅江に父は「よく息子についてきてくれました。苦労したでしょう」とねぎらい、母は「本当の娘のような気がしますよ」と泣いた。「これが二人の正式な結婚式のようだった」と後年、堯は回顧した。

二人はしばらく両親弟妹と暮らしたのち帰京。

生活の資を得るためになんでもやった。夜警。沖仲士。夜警のときは病んだ雅江に果物を買う金にも窮して「夜警求む」と掲示した家に飛び込んだ。鉄工所の社長が「頭の包帯はどうした?」数日前、電車の中で看護婦をからかった米兵五人を相手にしたというと「それじゃ負ける」。見ぬ振りをしたら彼女のところに帰れないと答えると給料を前渡ししてくれた。

友人が手を染めた甘味料サッカリンの製造事業にも請われてかかわった。爆発する危険がある材料をリュックに詰めて満員電車で運んだこともある。「変な臭いがするぞ」と乗客が騒いだ。多少の利益配分にもあずかったが、途中で嫌気がさして遠ざかった。雅江も化粧品会社のキャンペンガールなどをして家計を助けた。

この年五月、東京大学法学部政治学科に入学するが、同盟の仕事とアルバイトのために通学せず。

一九四七年（昭和二十二）　**二十三歳**

十一月、父秀死去。

一九五〇年（昭和二十五）　**二十六歳**

三月、東大を卒業。友人のノートを借り、昼夜兼行の猛勉で追いついた。

四月、朝日新聞社入社。福岡市高宮に住む母と弟妹の近くにいたいと西部本社を希望した。時代遅れの型のスーツにビロード襟のオーバーを着て出社。「十八世紀が歩いている」と評された。編集局次長は耳元で「少しずつ変えていこうね」。

家族七人を支える身で服を新調する余裕はなかった。福岡総局で社会部記者として第一歩を踏み出す。「自分の天職は詩人。新聞記者は余技」、「よい目とよい耳とよい頭を持ってさえいれば新聞記者は務まる」と触れ、先輩も君づけで呼ぶなど、新人らしからぬ言動から「古兵」と呼ばれる。

仕事のかたわら職場の女性らを集めてコーラスグループをつくり、タクトを振る。

一九五一年（昭和二十六）　**二十七歳**

七月、長女ゆりあ誕生。福岡から西部本社（小倉）詰めに。ギター、のちマンドリンを仕事中も持ち歩き、ところ構わず弾いた。事件現場に向かう車のなかでも掻き鳴らし、ハンドルを握る運輸部員から嚙みつかれたこともあった。この流儀を在社中押し通し、ついに周囲も怪しまなくなった。

一九五三年（昭和二十八）　**二十九歳**

八月十日、米国統治下を脱し日本復帰の方針が決まった奄美大島に、抜擢されて朝日新聞社機で飛び、戦後初の空からの訪問記で西部本社版夕刊トップを飾る。このあと鹿児島から海路名瀬に渡り、大島本島を起点に九月にかけ奄美五島を写真部員とともに回って現状を報道。

名瀬では八月うどり（盆踊り）の開始を促す即興の歌詞に歌垣の伝統の名残りを見る。巡航の道すがらノロ、ユタを訪問。島唄を聴き歩き、五十近い詞を写すとともに採譜。三味線を抱えた作曲家とも会い、持参したマンドリンと合奏、合唱。

一九五四年（昭和二十九）　**三十歳**

十月、次女奈津日誕生。

一九五八年（昭和三十三）　**三十四歳**

三月、朝日新聞労働組合本部書記長に選出され（専従休職）、懸案の労働協約改訂交渉などに当る。交渉の席でのタフな言動から「猛犬」と呼ばれる（翌年六月復職）。

一九五九年（昭和三十四）　**三十五歳**

十月、第四次南極学術観測隊に朝日新聞特派員として参加（翌年四月に帰社）。ゆきかえりの「宗谷」船中で発行されたガリ版「南極新聞」の余白にコラム「人生点語」と詩一篇を毎日、書き込む。船中日記を書き始める。ときに隊員でつくる「オンチコーラス」を指揮。「ドースルカニーニ」と自ら名乗る（トスカニーニのもじり）。

十一月、日記を継続。二十六日から翌月九日までは女性論に終始。「愛については激しいこと以外に正しい証拠はない。絶えず精神の仕事へと変えられながら自然の意思を静かに感得できる日の来ないような愛は途中で遺産の分配のように乏しくなって行く」とも。

一九六〇年（昭和三十五）　**三十六歳**

十一月、「日本未来派」95号に「犬塚尭作品集」が組まれる。〈朝日新聞で同じ釜の飯を食っている〉詩人土橋治重の熱心な推挽によるもので、土橋は紹介文中に次のように書いている。〈厚いノートブックに何冊も感想を書いた中にこれらの詩は散らばっていて、時々の感慨として書いたものにしては、不思議にひびいてくるものがあり、僕は読みながら亢奮してくる自分を感じた。〉収録作品「アフリカの居る場所がない」「たたかれた馬」「南アフリカの太陽（のちに「不調な太陽」と改題）」「南極の食いもの」「あざらし」「街」（のちに「街から眼が退くとき」と改題）「一点」（のちに「歩く人が消えるところ」と改題）。「定義」「抽象の猟」「プロメトイス」（のちに「PROMETHEUS」と表記変更）。

十二月、「日本未来派」96号に詩「同じ剣」を発表。（のちに改作、「同じ鎌に驚く時代」として詩集『南極』に収録）。

一九六二年（昭和三十七）　**三十八歳**

六月、福岡事件死刑囚二人の雪冤運動を進める教誨師古川泰龍氏の訪問を受け、訴えを聞く。古川氏から後日送られた裁判記録、関係書類を読み、誤判との心象を強め、個人として再審請求にかかわり始める。

福岡事件　一九四七年五月二十日、福岡市内で軍服の

取引きをしていた中国人雑貨商ほか一名が殺された。警察は七人を逮捕、うち西武雄容疑者を強盗殺人の主犯とし、石井健次郎容疑者を実行犯として五人の従犯とともに取り調べた。西容疑者は現場にいなかったと述べ、石井容疑者は二人を撃ったことは認めたが、強盗の犯意を否定した。しかし、これらは聴き入れられず、両被告は一、二審で死刑判決を受けた。判決は一九五六年、最高裁による上告棄却で確定した。事件発生は敗戦直後で、捜査、裁判は旧刑訴法下で行われ、有罪の根拠とされた自白も拷問、強要によるものと被告側は後日主張した。また被害者の中国人が戦勝国民だったこともあり、第一審などには有形無形の圧力が加えられたとされる。


七月、古川氏、塩尻公明神戸大学教授らとともに福岡拘置所で西、石井両死刑囚に面会、主張を聞く。

八月、事件の従犯として刑期を終え、佐賀県伊万里の山中に住む藤川清氏を古川、塩尻氏とともに訪ね、証言を取る。

九月から仕事の合間に古川氏の従犯証言録取、現場検証に塩尻氏とともに引き続き協力。

一九六三年（昭和三十八）　**三十九歳**

二月、西部本社学芸部次長に就任。

一九六四年（昭和三十九）　**四十歳**

一月三日、全国手配の連続殺人犯西口彰の逮捕を古川氏の通報でいち早くつかみ、取材・号外発行準備を関係部署に要請。

西口は弁護士と詐称して前日、熊本県玉名市の古川家に現れ、福岡事件再審実現に協力すると持ちかけて同家に泊まりこんだ。正体を見破った古川氏が警察に届け、三日朝、逮捕を見届けてすぐ小倉の犬塚家に電話で知らせた。

西口逮捕報道での朝日圧勝に大きく貢献したとして編集局長から努力賞を受ける。

なお西口逮捕報道は広く国民の耳目を集め、古川氏が功労者として脚光を浴びたことから再審運動への理解・協力が大きく前進した。

一九六五年（昭和四十）　**四十一歳**

十月、朝日新聞健康保険組合会報にエッセイ「元刑事の彼」。

一九六六年（昭和四十一）　**四十二歳**

一月、東京本社編集局勤務（次長待遇）に。日曜版などの取材・編集に当ることとなる。「目の詩・口の詩」を企画、安西均、秋谷豊、新川和江らに執筆依頼。

五月、北海道に取材行。「アイヌの人々は日蝕のとき太陽が死ぬと思い、「太陽が死ぬ　太陽が死ぬ　息吹き返せ」と叫びながら男は弓を射たり刀を振ったりして魔神をおどし、女は草に水をつけて振り、太陽に元気をつけてやる」（旅先から友人に宛てた六月三日付はがき）。

一九六七年（昭和四十二）　**四十三歳**
二月、「地球」43号に詩「鳥に悪意を」を発表。

五月、北海道静内などでアイヌ口伝の叙事詩ユーカラを取材。六月十一日付朝日新聞日曜版に「ユーカラ——神々と生きたアイヌの詩」として掲載（連載企画「日本の年輪」の一環）。

七月、「地球」44号に詩「発掘」。

一九六八年（昭和四十三）　**四十四歳**
一月、「地球」45号に「南極では物は腐らない」「嵐の中でいなくなった福島隊員」「基地の私生児」を発表。

三月、秋谷、新川らの熱心な慫慂により第一詩集『南極』を地球社から出版。

六月、「地球」46号に詩「福島君の火葬」。

七月、「風」28号に詩「もし不滅だとしたら」（のちに「不滅のしるし」として『河畔の書』に収録）。

十一月、総合企画室主査に就任。経営スタッフとして経営計画立案などを担当。

一九六九年（昭和四十四）　**四十五歳**
四月、「詩学」に詩「目の前に犬がいる」。

五月三日、新宿・紀伊國屋ホールで開催の日本現代詩人会詩祭に於て、詩集『南極』により第19回H氏賞を受賞。同時受賞石垣りん詩集『表札など』。選考委員長宗左近。

八月、「歴程」131号にミニ・エッセイ「H氏賞以後」を書く。

十月、「地球」48号表紙裏に受賞祝賀会（朝日新聞社8Fアラスカにて）のグラビアが載る。「芸術生活」に「青空と海と氷の歌」と題されてインタビュー記事と作品が紹介される。

十一月、新川和江編『愛の詩集』（集英社）に「春」を、『季節の詩集』（集英社）に「秋」を、共に書き下ろし。

詩人たちとの交流さかんになる。

一九七〇年（昭和四十五）　**四十六歳**
七月、「風」35号に詩「キャンパス」、月刊「小さな蕾」にエッセイ「ユーカラの里へ」。

十一月十日、詩劇「惜夜《あたらよ》」（作曲・山下毅雄）初演（新宿厚生年金会館小ホールにて）。上演・川田禮子。琉球舞踊に魅せられて、詩劇の構想次々と湧く。

一九七一年（昭和四十六）　**四十七歳**
一月、「風」38号に詩「髯剃りあとに刺客がきて」。

四月、清岡卓行編『イヴへの頌』（詩学社）堀口大學から長田弘まで、男性詩人七十五名による肉筆の豪華アンソロジーに「僕は兵隊にゆくОЛЪГА——昭和二十年二月」を執筆（のちに「ОЛЪГА」と改題。オーリャは犬塚の詩にしばしば現れる淡い初恋の相手、白系ロシア人の少女）。十日、「惜夜」再演（那覇市民会館大ホールにて）。

七月、「風」40号に詩「海の方から帰ってきた」。

十月二十二日、詩劇「輪多梨の花」（作曲・山下毅雄）初演（新宿厚生年金会館小ホールにて）。上演・川田禮子。

一九七二年（昭和四十七）　**四十八歳**

一月、「地球」51号「詩人の眼」に「正常と異常」。

「風」42号に詩「回想の奉天」。

二月、総合企画室副室長に就任。「歴程」161号にエッセイ「川田禮子と琉球舞踊」。

四月、「地球」52号「詩人の眼」に「幽霊を見なければならない」、詩「折り折りの魔」。

七月、「風」44号に詩「手術」。

八月、「詩学」に詩「メルグイの島」。「地球」53号「詩人の眼」に「沖縄恩赦」。

十月、「風」45号に詩「聖者が町にやってくる」。

一九七三年（昭和四十八）　**四十九歳**

二月、「地球」54号「詩人の眼」に「老人」。

「地球」54号から会員作品「地球の椅子」選者。

六月、『歴程大冊』に詩「持病」を収録。

十月、「風」49号に詩「怒りの鳥」、「地球」56号「詩人の眼」に「四捨の人々」。

一九七四年（昭和四十九）　**五十歳**

一月、「風」50号に土橋治重著『永遠の求道者 高見順』書評、詩「古い支那の地図がある」。

四月、「風」51号にエッセイ「霊異」、詩「鼬が来た夜」。

八月、「地球」58号、座談会「現代詩の展望」秋谷豊・新川和江・唐川富夫・磯村英樹・会田千衣子・斎藤庸一と。

十一月三日、弘前市「地球文芸講演会」、秋谷豊・磯村英樹・斎藤庸一・新川和江らと。犬塚の演題「男性と詩」。

一九七五年（昭和五十）　**五十一歳**

二月、「詩学」にエッセイ「交友記」。

四月、「風」55号に詩「戦争に行く前に河にでかけた——一九四四年哈爾浜で」。

五月、総務局次長（大阪在勤）として単身赴任。総務局の一室に寝泊りして印刷局の労務体質改善に取り組む。八日、日本現代詩人会詩祭で「輪多梨の花」再演（パルコ西武劇場にて）。

九月十六日、「惜夜」再演（虎ノ門ホールにて）。

十二月、大岡信編『日本現代詩大系』第十一巻（河出書房新社）に「南極・抄」収録。七日、「輪多梨の花」再演（大阪フェスティバルホールにて）。

一九七六年（昭和五十一）　**五十二歳**

六月、福岡事件西死刑囚一周忌法要にメッセージを送る（西死刑囚は七五年六月十七日処刑。なお石井死刑囚は同日恩赦を受け無期懲役に減刑）。

七月、「風」60号に詩「難儀な浪華のひとりぐらし」。

九月、第一回地球賞選考。衣更着信詩集『庚申その他の詩』に。

十月、「風」61号に詩「鳥の病気」。

一九七七年（昭和五十二）　**五十三歳**
一月、「風」62号に詩「訪問」。

四月、「風」63号に詩「熊の檻——滋賀の朽木キャンプにて」。

九月、第二回地球賞選考。広部英一詩集『邂逅』に。

十一月、大阪本社印刷局長に就任。引き続き局内労務体質の改善に取り組む。

十二月、「無限」41号（特集・現代百人一詩）、に「たたかれた馬」を自選自註。

一九七八年（昭和五十三）　**五十四歳**
六月、西死刑囚四回忌に弔文を寄せる。「地球」66号「詩人の眼」に「エカシ（アイヌ・男性側の祖先のこと）」執筆。

七月、「風」68号に武田隆子詩集『紺色の陽』書評。

九月、第三回地球賞選考。金丸桝一詩集『日の浦曲・抄』に。

十二月、役員待遇。

一九七九年（昭和五十四）　**五十五歳**
四月、「風」71号に詩「夜の中で昼のＧＩＲＬ ＨＵＮＴ」。

五月、詩集『折り折りの魔』を荒川洋治の紫陽社から出版。

七月、「地球」68号「詩人の眼」に「新聞記者」。

九月、第四回地球賞選考。石垣りん詩集『略歴』に。

十一月、「地球」69号「詩人の眼」に「動物たち」。

一九八〇年（昭和五十五）　**五十六歳**
三月、「BLACK-PAN」67号女流特集に評文「新川和江の「物神」について」。

八月、「BLACK-PAN」68号に詩「石油」。

九月、第五回地球賞選考。瀬谷耕作詩集『稲虫送り歌』に。

十月、「風」77号に詩「生れかわり」。

十一月五日、「輪多梨の花」再演、「蚊帳」（作曲・杵屋正邦）初演（国立小劇場にて）。上演・川田禮子。「地球」70号にエッセイ「南極の日記」。

十二月、総務局長（東京在勤）に。久々に保谷の自宅から出勤。東京の詩人たちとも旧交をあたためる。

この年、長女ゆりあ、荒井昭夫と結婚。犬塚姓に（八三年死別）。

一九八一年（昭和五十六）　**五十七歳**
一月、「詩学」に詩「いつかまた僕は」、「風」78号に詩「午後」。

七月、「BLACK-PAN」70号にて犬塚堯特集。作品四篇「地と罪人」「一匹の虫」「下手人」「いつかまた僕は」。執筆者十名。福田陸太郎・山本太郎・土橋治重・高橋新吉・川田禮子・荒川洋治・井坂洋子・新川和江・川原間一・宗左近。

八月、「抒情文芸」19号に詩「街で彼と出会ったら」。

九月、第六回地球賞選考。小柳玲子詩集『叔母さんの家』に。

十二月、「歴程」278号に詩稿「ノート」（のちに大幅に改作「狼」と題して詩集『河畔の書』に収録）。

この年、次女奈津日、増田重夫と結婚（一児　奈々子、平成二年生）。

一九八二年（昭和五十七）　**五十八歳**

一月、「詩学」に詩「犬の基督」、「詩と思想」15号にエッセイ「伊藤正孝の帰還」。

九月、第七回地球賞選考。新井豊美詩集『河口まで』に。

十月三十一日、「三夜」（作曲・杵屋正邦）初演（国立小劇場にて）。上演・川田禮子。

一九八三年（昭和五十八）　**五十九歳**

一月、「詩学」に詩「河との結婚」（のちに「河との婚姻」と改題して『河畔の書』に収録）。

二月、現代詩人会のゼミナールで講演、「マスコミと現代詩」。

六月、「地球」78号「詩人の眼」に「教師」。

七月、「風」88号に詩「隣に現われたもの」。

八月、詩集『河畔の書』を思潮社より出版。「抒情文芸」27号にエッセイ「奄美」。

九月、「地球」79号「詩人の眼」に「自白」。第八回地球賞選考。右原厖詩集『それとは別に』。十九日、「蚊帳」再演（俳優座劇場にて）。

十月、「風」89号に詩「物象の音」（のちに「物象」として『死者の書』に収録）。

十一月、「地球」80号「詩人の眼」に「南極と宇宙」。

この年「BLACK-PAN」のイベントで講演。

一九八四年（昭和五十九）　**六十歳**

一月、「風」90号に詩「朝」。

三月、「歴程」305号に詩「玄海」。H氏賞選考。水野るり子詩集『ヘンゼルとグレーテルの島』に。同日、別室で行われている現代詩人賞の選考会で『河畔の書』が第二回現代詩人賞に決定。

四月、「現代詩手帖」に詩「首」。

五月、「地球」81号「詩人の眼」に「苗代川の里」。

六月、「ALMÉE」226号に詩「公園」。二十二日、東京・八重洲三越ロイヤルシアターで行われた「'84日本の詩祭」で現代詩人賞受賞。「詩学」六月号に「受賞のことば」。

朝日監査役に選任（翌年辞任）。

簿記の勉強をはじめる。

七月、「風」92号に詩「空と地の間で」。

九月、第九回地球賞選考。財部鳥子詩集『西游記』に。季刊「手紙」にミニ・エッセイ「コロへの書翰」。

十月、「詩学」にエッセイ「日録」。三十日、詩劇「盲遊女」（作曲・山下毅雄）初演（国立小劇場にて）。上演・川田禮子。

十一月十九日、第十七回歴程フェスティバルで「福島君の火葬」「ままにならない三軒の家」を朗読（新宿朝日生命ホールにて）。

十二月、「歴史と社会」5号に詩「猫無し町」。

一九八五年（昭和六十）　**六十一歳**

一月、「詩学」に詩「銀狐」。

二月、『現代詩文庫82 犬塚堯詩集』（思潮社）、作品論・飯島耕一、詩人論・荒川洋治。

三月二十一日、「三夜」再演（国立小劇場にて）。

四月、公益信託平澤貞二郎記念基金、澤野起美子記念基金の運営委員に。沖縄・摩文仁の丘に「ひめゆり平和祈念資料館」建設をめざすチャリティ公演芸能祭に出演の沖縄女子師範、県立第一高女卒業生ら女声コーラスグループのために「花の便りを」を作詩。

六月、九州朝日放送㈱専務取締役に選任される。

七月、「風」16号に詩「落し子」。

九月、第十回地球賞選考。岸本マチ子詩集『サシバ』に。

十月、「風」97号に詩「会食」（のちに「砂の上の会食者」として『死者の書』に収録）。

十一月、「ALMÉE」237号に詩「隕石」。

十二月、「地球」85号に詩「理法Ⅱ」。「現代詩年鑑'86」に詩「落し子」採録。

一九八六年（昭和六十一）　**六十二歳**

二月、「ALMÉE」239号に詩「再び影が」。

四月、「風」99号に詩「病む妻を励ます詩」。

六月、「詩学」に鈴木ユリイカ論「『ＭＯＢＩＬＥ・愛』について」。

七月、「風」100号に詩「村の中で」。

九月、第十一回地球賞選考。石川逸子詩集『千鳥ヶ淵へ行きましたか』阿部岩夫詩集『織詩・十月十日、少女が』に。

十月、「風」101号に詩「深夜の町にゆくのは何故だ」。

十一月、伊万里市講演、「外から見た伊万里」。

「ALMÉE」45号に柴田基典詩集『耳の生活』書評。

十二月、「現代詩年鑑'87」に「村の中で」採録。『花神ブックス 新川和江』に詩人論「あざやかな立ち姿――言葉　そのひと」。

一九八七年（昭和六十二）　**六十三歳**

一月、「詩学」にエッセイ「恩納《うんな》なび――私の好きな詩」。

三月、「ALMÉE」248号に詩「地球がある日」。

四月、「風」103号に松下次郎への追悼文「会話は終った」、詩「彼は入ってゆく」。

五月、広島県詩人協会総会に於て講演「詩における死の問題」。

七月、「風」104号に詩「飢餓」。

九月、第十二回地球賞選考。永瀬清子詩集『あけがたにくる人よ』。

十月、「風」105号に詩「硫黄の島で」。

十一月、「ALMÉE」253号に詩「音楽は天に!」。「獅子族」(特集・現代詩・犬塚堯)創刊号。詩十三篇と写真。執筆者、荒川法勝・石原武・内海康也・小長谷清実・杉山平一・崔華國・荒川洋治・中江俊夫・日高てる・山本太郎・鍋田清太郎。

一九八八年(昭和六十三)　**六十四歳**

一月、「風」106号に詩「風景に向って」。

二月、「筑紫讃歌」の構想を練るために玄海灘を船で渡り、古代の往来を体験する。壱岐から対島へ。さらに巡視船で釜山が見えるところまで行った。「筑紫讃歌」制作は福岡市制百周年・KBC創立三十五周年記念事業として企画され、福岡にゆかりの深い團伊玖磨が作曲を担当、玄海灘にも同行した。

六月、西武雄十三回忌に詩「神よ仏よみて下さい」を寄せる。

八月、村田正夫編『現代地名詩集』(潮流出版社)に「南極では物は腐らない」を採録。

九月、「ALMÉE」260号に長篇詩「筑紫讃歌」初出。第十三回地球賞選考。片岡文雄詩集『漂う岸』に。

十月、「風」109号に詩「夜が明けるまで」。

十二月、「現代詩年鑑'89」に「風景に向って」採録。

一九八九年(昭和六十四・平成一)　**六十五歳**

一月、「風」110号にエッセイ「碧玉のトロフィ」。

二月、「歴程」362号に高橋新吉の詩について「ここにいる、ここにはいない」。

五月、「詩学」にエッセイ「私のとりたいフォルムについて」。

八月、「ALMÉE」267号に詩「公園の山茶花」。團伊玖磨から電話。「筑紫讃歌、やっと完成。先程野っ原に出て仰向けに寝て空を眺めてきました」。

九月、第十四回地球賞選考。安水稔和詩集『記憶めくり』に。

十月、「風」113号に詩「世辞と反論」。読売新聞西部本社学芸欄(十一月三日付)に、リレー随筆「私の原風景」。

十一月十日、福岡サンパレスにて「合唱とオーケストラのための組曲・筑紫讃歌」発表。合唱・筑紫讃歌記念合唱団、指揮・團伊玖磨。詞と曲は福岡市に寄贈された。

十二月、「現代詩年鑑'90」に「公園の山茶花」採録。石井死刑囚が恩赦を受け、仮出所。祝賀会に出席。この年、長女ゆりあ、高橋幸男と再婚(二児　遼、平成元年生、みよ子、平成四年生)。

一九九〇年(平成二)　**六十六歳**

一月、「風」114号に詩「星雲」(のちに「星雲と手紙」と改題して『死者の書』に収録)。

二月、「詩人会議」に詩「醬油」。「ALMÉE」271号に詩「新しい地球の上で」(のちに「地球の上で」と改題して『死者の書』に収録)。

四月、「風」115号に詩「死後の唄」。

五月、「地球」98号にミニ・エッセイ「動物との交感」。おのれの生い立ちも含めて述べた詩的私信「たらちねの母を讃えて」を母ミサヲに贈る。「ALMÉE」273号に「星雲と手紙」。

七月、母ミサヲ死去。「群像」（特集・日本語へ！）にエッセイ「言葉が詩になるとき」、「風」116号に詩「百万日の約束」。

九月、第十五回地球賞選考。辻井喬詩集『ようなき人の』に。

十一月、「地球同人アンソロジー」に詩「牛」を収録。ミニ・エッセイ「「地球」と私」。

十二月、「現代詩年鑑'91」に「醤油」採録。

一九九一年（平成三）　**六十七歳**

一月、「風」118号に詩「無声の村から」（のちに「死者の村」と改題して『死者の書』に収録）。

四月、「風」119号に詩「火星の秋」、鎗田清太郎詩集『幻泳』について「誠実とその達成と」。伊万里市から「伊万里讃歌」の作詩を委嘱される。

五月、「ALMÉE」281号に詩「雪中の男」、「詩学」に詩「ねずみのようには届かない」。

六月、九州朝日放送顧問に（翌年退任）。

八月、「現代詩手帖」（特集・現代詩の前線）に詩「銀狐」。

九月、第十六回地球賞選考。知念榮喜詩集『滂沱』に。

九月二日、「伊万里讃歌」を伊万里市に渡す。

十月、アーサー本社ビル完成記念に「アーサーへおくる献詩二篇」を作詩（「地上の二人」「オレゴンの薔薇」）。「地球」102号に井上靖追悼文「汎アジア的詩人」。

十一月、「風」121号に詩「哭く山に」。詩集『死者の書』を思潮社から出版。

十二月、「ALMÉE」286号に詩「天上の出会い」。「現代詩年鑑'92」に「物象」を採録。

一九九二年（平成四）　**六十八歳**

二月、「ALMÉE」287号に改稿「哭く山に」。

三月、第十回現代詩人賞選考。大木実詩集『柴の折戸』に。

四月、「地球」104号にミニ・エッセイ「私の武蔵野」、「抒情文芸」62号、エッセイ「日本人小学堂在那児」。

六月、「詩と思想」に日高てるについて「異次元からの詩人」。十四日、「ALMÉE」の黒田達也、KBCの社員らに博多駅で見送られ、帰京。

九月、第十七回地球賞選考。岩瀬正雄詩集『わが罪わが謝罪』に。

十月、「風」125号に詩「巨人第二楽章——マーラーの交響曲に」。「地球」105号にミニ・エッセイ「僕と昆虫」。

十一月、「詩学」に詩「言葉とねずみ」。十九日、「恋々魚」（作曲・宮下伸）初演（梅若能楽院会館にて）。上演・川田禮子。

十二月、「歴程」396号にエッセイ「原風景」。「現代詩年鑑'93」に「言葉とねずみ」採録。

一九九三年（平成五）　**六十九歳**

一月、「現代詩手帖」（特集・現代日本詩集）に詩「杖と地球」。九日、「筑紫讃歌」再演（神奈川県民大ホールにて）。

三月、「ALMÉE」296号に詩「村の病魔」。二十一日、「伊万里讃歌」（作曲・田村洋）初演（伊万里市民センターにて）。

四月、「風」127号に詩「円形の墓地から」。

六月三日、「惜夜」再演（国立小劇場にて）。

七月、「風」128号に詩「射程」。

九月、現代詩人会理事に就任。第十八回地球賞選考。川杉敏夫詩集『芳香族』に。

十一月、「歴程」405号に詩「鳥」。

十二月、「風」129号に追悼文「合掌のひと土橋治重」、風木雲太郎著『長崎暮色』書評。

一九九四年（平成六）　**七十歳**

一月、「現代詩手帖」（特集・現代日本詩集）に詩「YANの脱獄」。

三月、第十二回現代詩人賞選考。該当者なし。

五月、「地球」109号「詩人の眼」に「情報化社会と詩人」。

六月、「現代詩手帖」にエッセイ「運命にふれる詩」。

七月、「現代詩手帖」に宗左近詩集『新縄文』などについて「「うずくまる」詩人」。

九月、第十九回地球賞選考。文倉隆子詩集『酸素31』。

一九九五年（平成七）　**七十一歳**

この頃、からだの不調にみずから気付く。

九月、新橋・蔵前工業会館で行われる現代詩人会の新理事会に出席するべく、新橋駅前まで来たものの著しく体調崩れ、出席せずに引き返す（次期会長は犬塚に、との声が高かった）。

脳梗塞に襲われ、入退院をくり返すようになる。

一九九六年（平成八）　**七十二歳**

四月、『詩のレッスン』（小学館）に詩「隣に現われたもの」採録（解説・三木卓「苛酷な時代の詩」）。

十月五日、「輪多梨の花」再演（国立小劇場にて）。

病気療養に専念。このあと新作の詩見られず。

一九九九年（平成十一）　**七十四歳**

一月十一日、心筋梗塞により死去。十三日、埼玉県志木市に於いて告別式。生前好きだったマーラーの「巨人・第三楽章」の調べが流れる中を、親族や友人・知人に見送られて旅立った。病床の妻雅江に代って長女のゆりあが、娘の深い愛をこめて晩年の父を語り、参列者の胸に沁みる挨拶をした。

二〇〇二年（平成十四）

十一月二十八日、「三夜」再演（国立能楽堂にて）。

二〇〇五年（平成十七）
一月九日、「筑紫讃歌」再演（神奈川県民ホールにて）。第十一回神奈川国際芸術フェスティバル（團伊玖磨氏との共作を予定した「二つの海」の原稿が二〇〇六年発見された）。
四月十六日、「輪多梨の花」再演（国立劇場おきなわにて）。
二〇〇六年（平成十八）
三月二十三日、「三夜」再演（国立小劇場にて）。
三月三十一日、「三夜」再演（国立劇場おきなわにて）。

附記　犬塚堯の生い立ち、学校時代と朝日新聞社・九州朝日放送時代については、僚友の秋山正敦が、詩活動については新川和江が、呉美代、菊田守、西岡光秋、大西和男、日高てる、新藤凉子、三島久美子、谷口ちかえ氏らの協力を得て作製した。

犬塚 堯 全詩集

発行日　二〇〇七年四月十三日

著　者　犬塚 堯

発行者　小田久郎

発行所　株式会社思潮社　東京都新宿区市谷砂土原町三―十五

電話〇三（三二六七）八一五三（営業）・八一四一（編集）

FAX〇三（三二六七）八一四二　振替〇〇一八〇―四―八一二一

印刷所　三報社印刷株式会社

製本所　誠製本株式会社